LOUP DURAND

Né le 18 septembre 1933, par hasard, dans le bureau de poste de Flassans-sur-Issole (Var), localité que ses parents traversaient en voiture. N'y est jamais revenu.
Etudes primaires et secondaires à Pau, Dakar, Buenos Aires et Toulon; études universitaires à Aix-en-Provence, Paris, Saigon, Oxford, New York (Université Columbia), licence de lettres, d'histoire et d'anglais.
Parle plusieurs langues, en baragouine quelques autres dont le khmer et le chinois, qu'il améliore actuellement tout en apprenant le malais.
Plus de cent vingt pays visités. Premier voyage personnel en 1950, à destination de la Laponie finlandaise pour un film sur la migration des rennes. Voyages multiples à compter de cette date : séjours successifs d'un an en Grande-Bretagne, aux Etats-Unis et au Canada, de sept ans en Extrême-Orient (Cambodge, Thaïlande, Vietnam et Hong Kong).
Parmi les emplois occupés : docker, barman, assistant commissaire de bord, réceptionniste d'hôtel, guide touristique, agent de voyage, interprète, publicitaire, associé d'une société d'import-export en Asie du Sud-Est, directeur d'imprimeries, rédacteur en chef de journaux de courses, scénariste. Mais, pour l'essentiel : journaliste indépendant. A ce dernier titre surtout, a longuement parcouru l'Asie et l'Amérique du Sud pour United Press International, Washington Post, Borba, etc.
Par jeu, écrit en 1967 un roman policier, *La Porte d'or* (prix du Quai des Orfèvres), ne commence toutefois à écrire régulièrement qu'une dizaine d'années plus tard. Produit dès lors une quinzaine de pièces radiophoniques, une autre quinzaine de dramatiques télévisées et une dizaine de romans policiers sous pseudonyme. Publie *Pirates et Barbaresques en Méditerranée* en 1975, *Le Caïd* en 1976, *Un amour d'araignée* (prix du Roman d'aventures) en 1976, la série T.N.T. chez Robert Laffont (9 volumes de 1978 à 1980), *Jaraï* en 1980, *La Porte de Kerkabanac* en 1982, *Daddy* en 1987.
Travaille actuellement à un nouveau roman contemporain, à l'adaptation télévisuelle (six heures) de *La Porte de Kerkabanac* en coproduction franco-brésilienne, à l'écriture d'une série de treize heures d'« Aventures en Méditerranée » en coproduction européenne. Prépare également une série de livres sur l'Asie où il effectue de fréquents voyages de documentation.

Dans Le Livre de Poche :

LE CAÏD.
JARAÏ.

LOUP DURAND

Les Cavaliers aux yeux verts

LA PORTE DE KERCABANAC

ROMAN

DENOËL

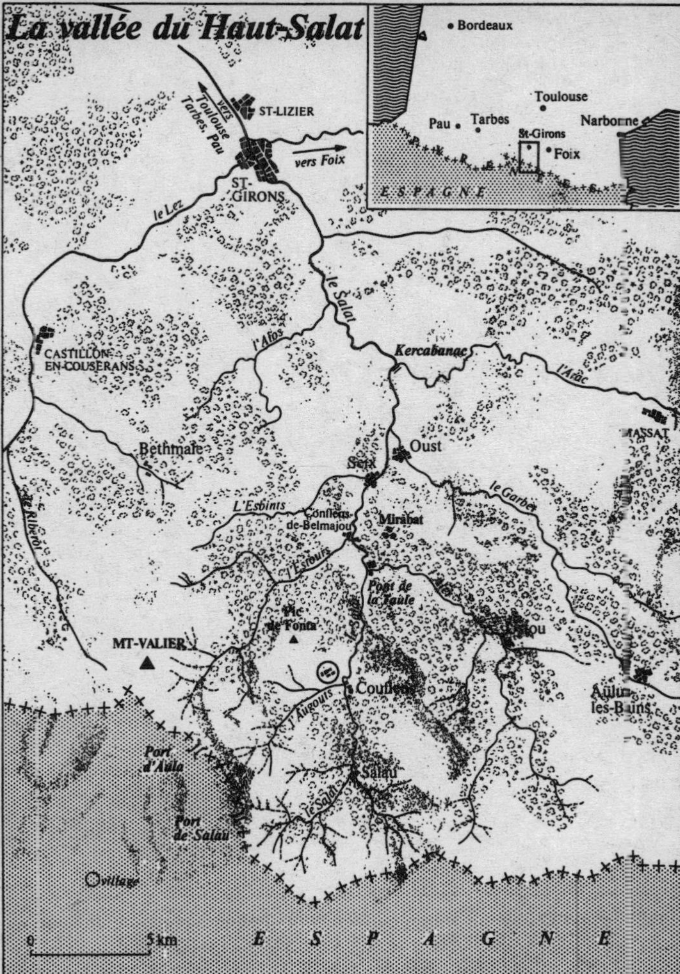

La vallée du Haut-Salat
Bordeaux
Toulouse
Pau
Tarbes
Narbonne
St-Girons
Foix
ESPAGNE
vers Toulouse Tarbes, Pau
ST-LIZIER
vers Foix
ST-GIRONS
le Lez
le Salat
l'Arac
l'Afos
Kercabanac
CASTILLON-EN-COUSERANS
Bethmale
Oust
Seix
le Garbet
le Riberot
L'Esbints
Conflens-de-Belmajou
Mirabat
l'Estours
Pont de la Taule
Pic de Fonta
MT-VALIER
Couflens
Aulus-les-Bains
l'Augouls
Port d'Aula
Salau
le Salat
Port de Salau
village
0
5 km
E S P A G N E

Ceci est le livre d'Elie Rouch

qui, s'en revenant de la guerre en Crimée (où il avait tué trois ou quatre Russes par un mouvement d'humeur bien compréhensible), ne trouva plus son village où il était sept ans plus tôt,

qui en conçut pas mal de colère,

et qui dès lors partit à sa poursuite, sur treize mille kilomètres. Avec l'idée ferme de le ramener; par le moyen, si la nécessité s'en imposait – et même sans cela –, de soixante-seize coups de pied au derrière.

...

C'est également l'aventure de Jeanne-Marie la Bethmalaise, nourrice de son état et de dix-neuf printemps, qui avait d'autres ambitions dans la vie que celle de fournir son lait comme une vache, et la très confuse intuition qu'une femme peut conduire sa vie tout aussi bien qu'un homme.

...

Et c'est évidemment aussi l'histoire de Joël Rouch le Faiseur de Rêves, hâbleur, rêveur lui-même et séducteur s'il en fut jamais,

qui jugea désopilant

et dans tous les cas inouï

d'emmener soixante-seize Ariégeois – tout un village du haut Salat sans oublier personne – émigrer dans le grand fin fond des Amériques.

Sans aucune autre espèce de raison que de se prouver à lui-même qu'il était capable de les convaincre et

sachant qu'il avait toutes chances, ce faisant, de se faire casser les os par son frère aîné, l'Elie susdit, pour peu que ce dernier revînt à temps ou réussît à les rejoindre.

I

... Et ce pays existe, je l'ai vu...

1

Joël Rouch, quant à lui, arrive à Bordeaux dans la matinée du 27 mars 1856.

Venant d'Amérique, où il a passé dix-sept ou dix-huit mois – New York, Philadelphie, La Nouvelle-Orléans, Boston et autres lieux, mais rien de plus à l'ouest, quoi qu'il prétendra par la suite.

Le voyage de retour, il l'a effectué sur le trois-mâts de commerce d'un armement bordelais. Non comme passager, mais comme coq. C'est dire qu'il a cuisiné vingt-huit jours durant, avec une sarcastique régularité, des haricots charançonnés et du lard qui n'était guère plus frais, au bénéfice exclusif de l'équipage; lui-même n'y touchant jamais et se contentant du bœuf fumé, des poulets, des jambons de Virginie aux clous de girofle en principe destinés au capitaine et à sa femme, ainsi qu'au subrécargue.

Durant la traversée, il a en outre consacré l'essentiel de ses nombreux loisirs à prodiguer divers enseignements, tel le Jeu du Cochon, dont il a expliqué les subtilités à toute personne se trouvant à bord. Avec des résultats particulièrement réjouissants, surtout du point de vue de la finance.

Au physique, c'est un jeune homme d'à peu près vingt-cinq ans; plus qu'agréable à regarder; pour tout dire, extrêmement beau; mince, grand, souple; le cheveu noir et bouclé et, par-dessus tout, les extraordinaires yeux verts des Rouch; dans son cas, d'une singulière mais fascinante impudence.

Pour l'heure, et à Bordeaux, il est en train de pèleriner dans la rue du Chapeau-Rouge.

2

La vérité était que le trois-mâts de commerce, qui s'appelait la *Thérèse-Eyquem,* avait rencontré du gros temps, à deux jours du golfe de Gascogne, vingt-trois jours après le départ de New York. Une voie d'eau s'était déclarée, tandis qu'il ventait grand frais du nord-ouest. On avait dû tenir les pompes en mouvement jusqu'au moment d'emboucher l'estuaire de la Gironde et l'équipage, se voyant un moment en danger de se perdre, avait fait vœu d'aller pieds nus jusqu'à Saint-Dominique.

On y était. Ce n'était pas un si long pèlerinage. Il ne s'agissait que de marcher des quais sur les bords de la Garonne jusqu'à l'église, qui était également nommée Notre-Dame; pas beaucoup plus d'un dixième de lieue. Mais on allait pieds nus, la tête découverte et il n'y avait là rien pour enchanter Joël, à qui l'eau de la pluie commençait de tremper le cou; qui plus était, on marmonnait lugubrement des Ave Maria entrelardés de Confiteor, ce qu'il jugeait fort fastidieux, et de nature à contrarier sa gaieté naturelle.

Tout d'abord sans cesser de marcher, il se retourna tout à fait, avança donc à reculons, regarda vers le fleuve et ne vit que des mâts et des voiles évidemment carguées, qui tissaient un maillage continu de vergues jusqu'à rejoindre la colline de Lormont, sur l'autre berge de la Garonne. Cela et le rideau de pluie grise. Mais de bosco, point. Le maître d'équipage n'était nulle part en vue, qui avait pourtant promis de lui casser la tête, sitôt qu'on aurait mis sac à terre. On ne voyait pas davantage le subrécargue, pareillement vindicatif. Ils auraient donc renoncé à le poursuivre? Joël ne pouvait y croire. Pour un peu, il se serait senti frustré.

Il estima la distance parcourue depuis le quai : environ trois cents mètres; ça devait bien suffire pour être en paix avec le Ciel.

Il revint dans le sens de la marche, au prix d'un nouveau, souple et presque dansant pivotement. La procession s'éloignait de lui, au vrai l'abandonnait sur le pavé. Elle était constituée de sept à huit marins au front aussi bas que les nuages ce jour-là, conclue par un mousse famélique, à l'œil chafouin, qui n'avait pas douze ans. Et les trois gabiers qui en faisaient partie, qui avaient menacé de lui arracher les deux bras (pour le moins), ne semblaient pas avoir constaté sa défection. Pas encore. Mais ce n'allait pas tarder. Ils reviendraient tôt ou tard pour s'occuper de lui; dans le meilleur des cas, sitôt qu'ils auraient fini de paternosteriser à Saint-Dominique. *C'est le moment, Joël.*

Il s'arrêta net. Son regard croisa celui d'une vieille femme filant sous un porche.

– En vérité, je vous le dis, dit-il, l'heure est venue de renoncer à la marine, à ses pompes et à ses œuvres.

Il sourit. Ce fut spectaculaire. A l'immobilité, son visage était déjà plus qu'intéressant, avait de quoi accrocher l'œil, des femmes notamment, et ne manquait pas de le faire. Mais quand Joël

Rouch souriait, quand il penchait un peu la tête, quand une certaine lueur naissait dans ses yeux verts, qui alors étincelaient, quelque chose arrivait, un courant passait, s'ouvrait un autre monde.

La femme filante sourit aussi.

Ne fut pas la seule : son sourire gagna de porche en porche, il toucha des échoppes, d'où tous les yeux se portèrent sur le nouveau venu, qui tenait le haut du pavé...

... Qui à présent était seul, les marins pèlerinant se trouvant déjà à quinze ou vingt mètres et sur le point de déboucher place du Théâtre, en vue des allées de Tourny. Le mousse seul se retourna, à deux reprises, ayant découvert que Joël ne suivait plus. Le mousse hésita, peut-être tenté de prévenir les autres. Mais en fin de compte il n'en fit rien, et poursuivit sa route en position de serre-file.

...

Ce fut à cet instant que vint à Joël l'idée de s'enfoncer dans les ruelles du vieux Bordeaux, sur sa gauche, voire de quitter la ville, dans les délais les plus brefs. Autrement dit, de détaler comme un lapin. Il en aurait eu le temps.

Et s'il l'avait fait, rien ne serait sans doute arrivé de ce qui se passa par la suite.

...

Au lieu de cela, continuant de sourire, il allongea les bras, renversa son visage, qu'il offrit à la pluie fine. Il se mit à tournoyer lentement, à la façon des derviches de Turquie. Ce fut assez pour faire converger sur lui les regards de ceux qui ne l'avaient pas encore remarqué. Un fiacre qui descendait vers les Chartrons dut même stopper; son cocher grommela puis se tut, étonné. Une demi-minute à peu près s'écoula. Le silence descendit sur la rue du Chapeau-Rouge...

... Au bas de laquelle apparurent enfin le subrécargue et le bosco, identiquement raidis par la fureur. Et de deux, pensa Joël. Il exécuta une ultime et lente demi-volte, qui lui permit de venir face au haut de la rue. Et donc de découvrir les trois gabiers qui venaient de surgir à leur tour, et pressaient le pas. *Et de cinq. La situation s'éclaire. Dans trois ou quatre minutes au plus, ils m'auront cassé les os.* L'idée de prendre la poudre d'escampette l'effleura pour la seconde fois. Il l'écarta avec nonchalance. Devant lui s'ouvraient plusieurs boutiques. Il fit mine d'entrer dans celle de droite, et les compagnons armuriers qui s'y trouvaient au travail tinrent en l'air leurs chasse-goupilles, dans l'attente curieuse de ce qu'il allait faire. Mais il choisit la corderie voisine. Dès le seuil, un apprenti y coudrannait cordages et bitords, c'est-à-dire qu'il les trempait dans du goudron. La senteur du bitume chaud plaisait à Joël. Il entra, avisa un petit banc, s'y assit, sourit à la ronde :

– Je rentre, dit-il. Me voilà de retour, j'arrive. J'étais aux Amériques et me voilà. Vous pouvez entonner vos alléluias.

Il se rechaussa. Les neuf ou dix ouvriers qui étaient là le considéraient d'un air de surprise amusée et amicale. Il les dévisagea un par un, souriant de plus belle, maintenant savamment le silence à la façon dont on tient et prolonge une note de musique.

Ne tourna même pas la tête quand les deux premiers de ses cinq poursuivants – bosco et subrécargue – débouchèrent sur le seuil en arcade double de la corderie, et s'y figèrent, un peu déconcertés de le trouver au milieu de dix hommes.

Il prit encore le temps de replacer sur sa tête son bonnet de laine rouge puis s'étira, soupira d'aise, avec une expression de contentement extrême. Les trois gabiers surgirent à leur tour mais eux aussi s'immobilisèrent. A leurs côtés, deux puis un troisième ouvrier de l'armurerie voisine apparurent en curieux, essuyant leurs mains à leur tablier de grosse toile verte.

Puis des passants s'arrêtèrent; vinrent des chalands d'autres échoppes. L'attroupement se formait. La pluie avait cessé.

– Et maintenant, regardez..., dit Joël d'une voix à l'extraordinaire douceur.

Sa main droite s'enfouit avec lenteur dans le sac de marin posé entre ses jambes. Parut chercher. Cessa soudain tout mouvement. Tandis que les yeux verts s'élargissaient, brillant d'une malice qui promettait monts et merveilles.

– Ha... ha..., nous y sommes, dit Joël. Regardez donc...

Il chuchotait presque. Sa main ressortit du sac et sur des cordages lovés, déposa la pépite. Bien en vue. Elle était plus grosse qu'un poing d'homme, à l'évidence faite d'or pur, et devait peser ses quinze livres pour le moins. Sur elle se portèrent tous les regards jusque-là attachés à Joël. Qui reprit avec la même et presque hypnotique douceur dans la voix :

– Imaginez... Essayez d'imaginer un nouveau monde... Avec des rivières claires, des forêts sur des milliers de lieues, des vallées merveilleusement fertiles... Et personne, pas un seul être humain depuis la création du monde n'y a encore posé le pied... Même l'air y est différent, on dirait du cristal tant il est pur... Parce que personne ne l'a respiré avant vous...

Le bosco fit un pas en avant, sourcils froncés, la lippe coléreuse; il ouvrit la bouche, sur le point d'intervenir. Mais à la même seconde, d'autres curieux en grappe vinrent silencieusement prendre position au seuil des arcades ouvertes sur la rue du Chapeau-Rouge. Parmi les nouveaux arrivants, des domestiques en livrée, des calicots, des portefaix montés du port, et aussi une femme en cheveux qui, pour cette raison, était sans doute une catin. Et encore des ouvriers en blouse, voire deux ou trois bourgeois avec la chaîne de montre en or barrant leur gilet rebondi. Tous fascinés par la pépite. Joël :

– On vous dira qu'en Californie, ou dans un autre territoire appelé...

– C'est un tricheur, dit le bosco déterminé.

– ... appelé Nevada, on vous dira que même des montagnes entières sont en or pur...

Joël secoua la tête d'un air de regret apitoyé :

– C'est faux, de telles choses ne sont jamais...

– Un tricheur et un voleur, dit le bosco.

Joël sourit :

– ... ne sont jamais arrivées et n'arriveront jamais... sauf peut-être là où personne n'est encore allé... Où il reste encore à aller...

L'attroupement sur le seuil s'épaississait de seconde en seconde. Ils étaient bien quarante à écouter, le dernier arrivant se trouvant être un marchand ambulant de lait d'ânesse, qu'accompagnaient ses deux animaux gris fer, caparaçonnés de rouge et chacun d'eux porteur de quatre gros bidons de cuivre.

– Mais d'où je viens, dit Joël, d'où je reviens, cet or-là devant vous, sous vos yeux, est roulé par les rivières, comme les galets des gaves d'Oloron et de Pau... Cette pépite, je l'ai ramassée moi-même... je me suis simplement baissé...

Le bosco n'hésita plus. Il fit deux pas supplémentaires et dit :

– Je suis le maître d'équipage de la *Thérèse-*

Eyquem. On est arrivés ce matin, de New York et il – il désigna Joël d'un menton agressif – il était à bord, comme cuisinier, malgré qu'il ne soit pas inscrit maritime.

– Il ne l'est pas, confirma le subrécargue, avançant à son tour. Je suis formel.

Le subrécargue avait une voix fluette et aigre, un regard sournois et vrillé à passer par les trous de serrure. Le bosco, lui, était grand, légèrement moins large qu'un menhir, ses mains atteignaient l'exacte dimension des jambons de Bayonne. Le bosco poursuivit :

– Ça a commencé au départ de notre départ de New York...

– Il nous a fait le coup de la pépite, dit le subrécargue. Cette pépite-là.

– La même, dit Joël en riant. Je n'en ai pas trente-six.

Il y avait une éclatante gaieté dans ses yeux, de la gaieté irradiant à ce point que bien des badauds présents en vinrent à lui sourire, par pure sympathie. Le bosco :

– Il a posé la pépite sur le pont, au pied du mât de misaine...

– En plein soleil, précisa le subrécargue avec rancœur (et on put comprendre que le fait que Joël eût ensoleillé la pépite constituait à ses yeux une circonstance aggravante).

– Il nous a proposé de la jouer aux dés. Tout le monde pouvait jouer, tout le monde...

– Et on pouvait miser ce qu'on avait...

– Ce qu'on voulait.

– Même cinq francs si on avait pas plus...

– Une pépite d'or pour cinq francs ! s'exclama le subrécargue, en prenant l'assistance à témoin de cette infamie.

Joël riait franchement, ses yeux verts plus étincelants que jamais.

– On a tous joué, continua le maître d'équipage.

– Tous, je suis formel.

– Tous, sauf le capitaine.

– Mais sa femme, si. Elle a d'abord misé sept francs cinquante...

– Et ensuite son harmonium.

– Qu'elle a perdu aussi.

– Je le lui ai rendu, indiqua Joël, suave. Qu'est-ce que j'aurais bien pu foutre d'un harmonium?

Des rires éclatèrent dans le public. L'attroupement s'était encore augmenté. Dans la rue du Chapeau-Rouge, cela tournait à la manifestation.

– Ça a duré vingt-trois jours, dit le bosco, l'air de plus en plus sombre, luttant visiblement contre une fureur que les rires avaient forcément accrue.

– Vingt-trois, je suis formel, dit le subrécargue. Parce que après on a eu du gros temps...

– Et surtout parce qu'il avait gagné tout l'argent qui se trouvait à bord.

– Jusqu'au dernier centime, dit le subrécargue.

– Il est formel, dit Joël en désignant du doigt le subrécargue.

Cette fois, les rires roulèrent en cascade. Le bosco-maître d'équipage avança de deux nouveaux pas, sa tête tondue de Breton têtu portée en avant, et ses énormes poings commençant à se crisper :

– Et moi je dis que ce n'est pas normal, quelqu'un qui gagne aux dés pendant vingt-trois jours de suite... Il n'y a qu'une explication possible et si le capitaine nous avait laissés faire...

Il secoua la tête :

– Il a triché.

Les trois gabiers à leur tour se portèrent d'un pas en avant de la foule :

– C'est vrai, il a triché.

– Triché honteusement, dit aussi le subrécargue. Je suis...

Il s'interrompit. Il avait failli dire encore : « Je suis formel. » Silence.

Silence après lequel une voix anonyme s'enquit :

– Et c'était quoi, ce jeu de dés ?

– Le Jeu du Cochon, répondit Joël avec le plus large de ses sourires.

3

HUIT ans plus tôt avant ce retour d'Amérique, soit en 1848, Joël Rouch a dix-sept ans. Il porte comme prénom le nom d'un prophète, à l'instar de tous ses frères – Jérémie, Daniel, Amos et Zaccharie – et bien évidemment Elie, l'aîné, qui a deux ans de plus que lui. En ce temps-là, dans les hautes vallées du département de l'Ariège, c'est volontiers l'usage que de donner des noms bibliques. Et encore, ç'aurait pu être pis quand on sait que parmi les prophètes, il existe un Nahum, un Baruch, un Habaquq, voire un Sophonie. Il arrivera à Joël, il lui est déjà arrivé de penser qu'en fin de compte, il l'a échappé belle : j'aurais été baptisé Habaquq Rouch, il ne me restait plus qu'à me faire turc.

Il sait lire et écrire, en vérité très nettement mieux que n'importe quel autre membre de la tribu des Rouch. Au vrai, il lit couramment, goulûment, n'importe quoi. Il a appris d'abord, comme tous les autres, sous la férule d'Anastasie, la mère, qui n'a jamais plaisanté sur ce sujet (sur les autres non plus d'ailleurs). Il a débuté par le Nouveau Testament, il a poursuivi par l'Ancien, qu'il sait à peu près par cœur. Ensuite, l'*Imitation de Jésus-Christ*. Puis, les édifiants *Mémoires d'un troupier* et les ouvrages édités par la Société des bons livres de Lille, distribués par colportage; tels *Auguste Revel* de l'abbé Brasseur de Bourbourg et *Georges ou le Bon Usage des richesses* de Mme Joséphine de Gaulle. Au double plan de la morale et de la religion, c'est inattaquable... mais c'est d'une ineptie proprement miraculeuse. Peu importe, Joël lit tout, sans broncher. C'est au point que le curé de Saint-Girons, consulté par Anastasie, commence d'entrevoir pour lui le petit séminaire. Nanti d'une éducation aussi chrétienne, le garçon devrait en effet devenir la gloire et la fierté des vallées du haut Salat, prises dans leur totalité.

Lanlaire. C'est un monstre, un mouton noir. Et la vérité éclate dans toute son horreur peu après. Le jour où, quand il a quatorze ans, on le conduit jusqu'à Saint-Girons, afin de le placer sous la haute protection de M. Laurent Pujol soi-même, personnalité éminente s'il en est, maître de forges et de fabriques de pâte à papier, qui n'est rien moins qu'un marguillier de la paroisse. On confère à propos de Joël, on dresse le bilan de ses capacités éclatantes, on se prend à rêver pour lui des destinées les plus hautes : il pourrait peut-être devenir facteur voire, pourquoi ne pas spéculer, instituteur ou curé? Las, il ne s'est pas écoulé quatre heures du même jour, la diligence de Pistoulou ramenant le curé de Coufflens à sa cure et Anastasie à sa montagne n'a pas encore franchi le tunnel de Kercabanac conduisant à Seix et aux sources du Salat, que le drame se noue : le garçon écrit un message (« Ne veux être ni facteur ni curé. Adieu. »), laisse ce message en vue, pisse sardoniquement sur le bureau Empire de M. Laurent Pujol et disparaît. De six mois, on ne le trouve plus. Ce sont les gendarmes qui le ramènent. Il était à Marseille, en compagnie d'un brûleur d'eau-de-vie de la soulane de Massat, donc ariégeois comme lui.

Il s'apprêtait à embarquer pour l'Algérie, alambic de cuivre sur le dos et criant « brûla Bi ! Brûla Bi ! » pour attirer le chaland. Il a attiré l'œil des argousins du port parce qu'il était à ce moment-là poursuivi par une horde de cacanes[1] marseillaises particulièrement véhémentes qui lui reprochaient, entre autres choses, de leur avoir vendu des missels dont la première page était seule imprimée. Mais les cacanes n'ont finalement pas déposé de plainte contre lui. Peut-être parce qu'il les a remboursées, probablement surtout parce qu'elles ont fini par fondre devant son sourire de contrition et ses yeux verts pleins d'innocence.

« Il a le diable au corps », pense Anastasie quand elle récupère le deuxième de ses fils. Pour l'heure, le corps en question prend une trempe d'anthologie, administrée par le père Rouch, Eloi de son nom de baptême. Eloi qui n'est pas grand, mais qui a des poings de fer (on reparlera de lui). Anastasie assiste sans s'émouvoir à l'effroyable correction. Elle n'est pas du genre à s'apitoyer. A travailler comme une bête dix-huit heures par jour, sept jours dans la semaine, douze mois l'an, on n'incline pas à être sentimentale. Et d'ailleurs, de ses quatorze enfants encore vivants – Eloi lui en a fait dix-neuf mais cinq sont morts, ce qui est peu –, c'est Elie qu'elle préfère. Entre Elie et elle, entre la mère et l'*aïnach*, Eloi le père étant presque toujours absent, existe une tacite complicité. Elie est l'homme qu'elle n'a jamais eu.

Pas Joël.

Et Joël l'a su très tôt, et le saura toujours.

Pour ce qui est de Joël, Anastasie ne sait pas, ne comprend pas. Comment diable celui-là a-t-il

1. Sorte de consignataires, intervenant entre les pêcheurs et les revendeuses de poisson.

jamais pu sortir de son ventre? Et fait avec Eloi, aucun doute, puisqu'elle n'est jamais allée avec un autre homme. D'ailleurs, rien qu'à voir les yeux... Non, il a fallu que le diable s'en mêle, c'est la seule explication, et Joël est fou. (A cette époque, Anastasie ne voit pas encore que cette espèce de folie qu'elle découvre en Joël, vient peut-être aussi d'elle-même : il fallait être folle pour tourner le dos à la quiète maison saint-gironnaise où elle est née, elle qui avait voyagé jusqu'à Toulouse, y étudiant quatre ans chez les sœurs, et s'en aller soudain marier un mountagnol à demi sauvage, sous ce seul prétexte qu'il avait les yeux verts et un rire étincelant.)

Reste pourtant que dans les semaines qui suivent son retour entre deux gendarmes, Joël donne des espoirs. C'est qu'il a rapporté des sous, de ses pérégrinations. Le premier soin d'Anastasie a été de fouiller les poches du gamin : elle y a trouvé le capital exorbitant de cent soixante-dix francs, trois sous et quatre centimes. Alors qu'il n'avait strictement rien quand il a fui de chez M. Laurent Pujol. « Où les as-tu volés? – Pas volés : gagnés. – Honnêtement? – Bien entendu. – Comme à Marseille? – A Marseille, c'était un quiproquo... » A quatorze ans et demi, il a déjà cette façon d'utiliser des mots au-dessus de sa condition et qu'en tous les cas personne ne comprend. Le *quiproquo* lui vaut une autre volée d'Eloi, pour le cas où ça voudrait dire quelque chose de grossier. Mais quiproquo ou pas, le fait subsiste : cent soixante-six francs et trois sous. Et ce n'est pas tout, il y a encore l'alambic de cuivre, qui vaut dans les cent dix ou cent vingt francs. Il l'a ramené. « Evidemment. Puisqu'il est à moi. »

Soit deux cent quatre-vingts francs au total, plus du dixième de ce que gagne la tribu entière des

Rouch en un an, au prix d'un travail forcené. Voilà qui ouvre des horizons. Anastasie rêve. Et s'il avait le don de gagner de l'argent ?

Elle déchante très vite. Au cours des deux ans et demi qui suivent, Joël voyage. Il prend part aux migrations saisonnières qui seules permettent au village de survivre. Avec ses frères Elie, Jérémie, Daniel et Amos (mais pas Zaccharie qui est trop jeune, et pas non plus Eloi le père pour une raison qu'on verra), avec les Raufaste, il part chaque printemps. Il se conforme à une tradition qui a au moins trois cents ans d'âge. Il part comme brassier, pour moissonner sur les grandes propriétés de Catalogne et d'Aragon. Retours par le val d'Aran, où l'on fauche et moissonne de même, et où l'on investit ses gains en poivre, qu'on ramène en contrebande, de nuit, par le port de Salau. Belle occasion de démontrer qu'on a des dons pour la finance. Joël ne démontre rien. Il revient chaque fois les poches vides. Ou alors il ramène d'absurdes objets exotiques, qui selon lui viendraient de Chine, d'Amérique, d'Afrique – et qu'il montre aux veillées, quand on mange des châtaignes, en inventant des histoires à vous tenir les yeux écarquillés des nuits entières.

Se dévoile alors l'épouvantable vérité : l'argent ne l'intéresse pas.

Pour un Ariégeois, un mountagnol de surcroît, c'est l'ignominie.

Le printemps de 1848 est marqué par des bourrasques. Glaciales, comme presque toujours. Le boulbi souffle à cœur joie, mais pas le vent d'Espagne, qui apporte la chaleur. Chez les Rouch, on s'apprête pour l'Aragon. C'est la première année où Zaccharie sera du voyage avec les hommes (il a huit ans). « Lui oui, mais pas moi », annonce soudain Joël. On veut le convaincre. Rien à faire. Il sourit : non. En l'absence d'Eloi, une fois de plus disparu, c'est donc d'Elie que Joël reçoit sa trempe traditionnelle (il ne gagne pas au change). Mais aucun résultat, il continue à sourire : *ça raill* (pas d'importance), répète-t-il en souriant sous les coups.

Ça raill. Il n'ira pas en Aragon. Il fait bien, avec ses frères, la descente jusqu'à Coufflens, mais les quitte à la sortie du pont de pierre sur le Salat. Il prend à gauche. Il marche trois jours de conserve avec ses sœurs qui, quant à elles, et pieds nus, s'en vont moissonner dans les entours de Saint-Gaudens.

Il les quitte aussi. Il prend la route de Paris. Vingt-cinq jours de marche au minimum. Ça va lui prendre plus longtemps. Il a des tas d'idées en tête. Au vrai, il en est encore au temps où c'est à son propre usage qu'il fabrique des rêves.

4

LE Jeu du Cochon est un jeu très simple, dit Joël.

Il tenait entre ses doigts, comme une pierre précieuse, un morceau de charbon de bois.

– Ça se joue avec des dés... Deux dés...

– Il triche, dit le bosco.

– Le nombre des joueurs n'est pas limité. Chaque joueur tire les dés à son tour. Sitôt qu'un joueur tire un neuf, il gagne le droit de dessiner ceci...

A même le sol de pierre de la corderie, il dessina une espèce d'ovale...

– Le corps du Cochon. Je rappelle qu'il faut tirer le nombre Neuf, avec les deux dés bien sûr, pour avoir droit de le dessiner. Et chaque joueur dessine son propre cochon. Qui n'obtient pas Neuf passe son tour.

– Il triche tout le temps, dit le bosco.

Joël sourit et poursuivit :

– Le joueur qui a réussi à faire un Neuf doit maintenant obtenir un Huit...

Il dessina une figure vaguement trapézoïdale à l'extrémité droite de l'ovale :

– Le Groin. Neuf pour le Corps, Huit pour le Groin. Et la main passe, chaque joueur tire à son tour et tant pis pour celui ou ceux qui n'ont pas encore pu commencer leur Cochon. Il s'agit maintenant de tirer un Sept...

– Ses dés sont pipés, dit le bosco. Pas de doute.

– Un Sept pour les Oreilles... ou plutôt pour l'Oreille. C'est un cochon à une seule oreille, comme on en trouve aux îles Sous-le-Vent. A cause du vent, justement, qui, soufflant toujours du même côté, empêche l'autre oreille de pousser...

Imperturbable, il dessina l'Oreille juste au-dessus du Groin : « Neuf pour le Corps, Huit pour le Groin, Sept pour l'Oreille... Et pour la Queue... » A l'autre extrémité de l'ovale originel, il traça une ligne tire-bouchonnée : « Six pour la Queue. Ce n'est pas si facile de tirer un Six avec deux dés... » Il fixa le bosco :

– Contrairement à ce que certains prétendent...

Rires.

– Allez va, continue, grommela le bosco. Continue, mais je te préviens...

– Restent les quatre Pattes, dit Joël, et le Cochon sera complet. Pour chaque Patte, un As. Quatre As, quatre Pattes. Et le premier à avoir fini son Cochon, gagne et emporte les mises. Je vous l'ai dit : rien de plus simple.

Il se redressa. L'attroupement n'avait pas diminué. Au contraire. Ils devaient bien être cinquante, maintenant, à prendre prétexte de la pluie qui s'était mise à retomber à verse, pour assister à la scène. Il était sûr que cette pluie servait Joël : elle recréait dans la corderie bordelaise l'exacte atmosphère des veillées; elle faisait l'office de la nuit, qui lors d'une veillée circonscrit le monde extérieur au halo d'un feu dans la cheminée. Et Joël s'en rendait parfaitement compte. Tout comme il savait, savait exactement le degré de son emprise sur cette foule, qu'il avait exprès réunie. Dans les débuts, il lui était arrivé de s'enivrer de ce don qui était le sien, de sa merveilleuse aptitude à parler et à être aussitôt écouté. Ç'avait été une jouissance infinie – qu'au reste il pouvait éprouver encore – que de faire naître à volonté le rêve chez ses auditeurs; il était même allé jusqu'à se laisser enfiévrer par sa propre imagination, et donc de communier avec ceux qu'il faisait rêver. Plus maintenant. Il avait passé ce stade et demeurait froid, à l'intérieur de lui-même.

Son regard courut sur les visages.

S'abaissa.

Tout près de lui, sur un trépied de fonte alimenté au charbon de bois, se mitonnait, dans un poêlon de terre à longue queue, un salmigondis de viandes diverses, qu'on appelait alors un arlequin – ou un pot-pourri. On y avait certes rajouté quelques pommes de terre, mais l'essentiel était fait de restes de repas, recueillis par d'astucieux marchands auprès des cuisines de la préfecture, des restaurants à cinq ou dix francs le repas, des grandes maisons bordelaises. Ces restes étaient dans un premier temps mélangés, puis vaguement triés, et enfin revendus à cinq centimes la portion. Dans le poêlon près de Joël, il y en avait pour peut-être douze sous et c'était d'évidence le repas de midi, le dîner, des compagnons et apprentis cordiers.

Joël releva les yeux. Tel était son public : de pauvres hères à trente sous par jour, avec des têtes à travailler quatre-vingts heures par semaine, en se satisfaisant des restes des repas des autres.

Il sut dès lors ce qu'il allait faire.

Silence. Il sortit l'argent de son sac de marin, en fit six parts égales.

– Tu joues, dit-il en souriant au bosco. Toi ou le subrécargue, à vous de choisir votre champion.

– C'est notre argent.

– Je vais t'en rendre une partie.

– Tu vas me faire jouer avec MON argent ?

– C'est ça même.

– Il va encore tricher, insinua la voix aigrelette du subrécargue.

– Tu peux refuser, remarque bien, compléta Joël. Tu refuses et tu t'en vas. Vous renoncez à cet argent, vous remontez sur votre bateau à voiles et vous disparaissez à l'horizon.

Un temps. Sa poitrine lui faisait un peu mal, à présent.

– Mais si tu acceptes de jouer, tu as une chance de regagner tout l'argent que vous avez perdu, bande de gourdiflots.

Silence encore. La douleur montait, par saccades. Il avait tout de même reçu trois balles, à la hauteur de la sixième côte et de Baton Rouge, sur le Mississippi; le chirurgien de La Nouvelle-Orléans avait bien réussi à lui en extraire deux mais avait échoué, renoncé, pour la troisième; celle-ci suivant stupidement l'itinéraire ouvert par ses deux collègues, avait presque traversé la poitrine de part en part et quasiment atteint la colonne vertébrale. Où elle était toujours, frôlant le cœur. Par moments, elle se révélait pénible.

– Je vais jouer, dit le bosco. Mais avec mes dés.

Joël haussa les épaules, en signe de ce qu'il s'en fichait complètement. De nouveau, son regard courait sur les visages. Il en choisit quatre. Pas tout à fait au hasard : son choix se porta sur ceux qui lui parurent les plus misérables. Il les interrogea : avaient-ils déjà joué aux dés? Oui, pour deux d'entre eux. Ils le regardaient, interloqués. Et le Jeu du Cochon? En avaient-ils bien compris les règles? Oui. Mais ils n'avaient pas d'argent à risquer. Joël leur sourit amicalement : il ne leur demandait pas de jouer ce qu'ils avaient en poche. Lui leur fournirait les mises. Il les fit s'avancer, sous l'œil furibard de la marine.

... Et s'il leur arrivait de gagner, dit-il, ils garderaient l'argent. A une condition toutefois : si la chance favorisait l'un des quatre hommes pris au hasard dans la foule, l'heureux gagnant devrait partager ses gains avec les trois autres. D'accord? Ils acquiescèrent. Qu'avaient-ils à perdre?

Joël lança les dés pour savoir dans quel ordre on jouerait.

Ce fut naturellement pur hasard si le sort décida que lui, Joël, tirerait en cinq et le bosco en six.

La pluie tombait encore, très drue, quand on commença à jouer vraiment. Interrompus dans leur travail, les cordiers n'avaient pas pensé à s'en plaindre, ils regardaient. Les spectateurs venus de la rue s'étaient formés en demi-cercle. Dans l'air que l'humidité froide imprégnait, l'odeur de bitume et des cordages neufs, la puanteur des pieds, des entrejambes mal ou pas du tout lavés depuis des semaines, la senteur forte des vêtements de grosse laine détrempés par la pluie, tout cela envahissait l'air de la corderie et y stagnait.

Dans les yeux verts de Joël, une expression lointaine était venue. Il semblait ne plus voir personne, de tous ceux qui le fixaient pourtant avec intensité.

Mais il avait d'ores et déjà remarqué le regard aigu, sarcastique, amusé, de l'homme au gilet de nankin jaune, sous une redingote gris souris à parements bleu-noir.

5

Il se leva. Non sans mal : la balle dans son dos s'était apparemment remise en route et voyageait à travers sa chair, comme chaque fois qu'il restait courbé trop longtemps.

Il sourit à celui des quatre ouvriers qui avait raflé la totalité des mises, pour avoir le premier achevé de dessiner son cochon :

– N'oublie pas : tu as promis de partager.

– Je n'oublierai pas.

L'homme tremblait, pleurait presque de joie. Il demanda :

– Je peux vraiment garder cet argent?

– Nous avons cinquante témoins de ce que la partie était honnête.

Joël ramassa la pépite et la glissa dans son sac. Cette foutue balle finira bien par me tuer. Il marcha droit vers le bosco, posa sa main sur le bahut breton qui était paraît-il sa poitrine :

– Du large, matelot.

Les yeux vrillés du subrécargue lançaient également des flammes mais lui aussi s'écarta. Joël fendit le reste de la foule. Il sortit dans la rue du Chapeau-Rouge. C'était à n'y pas croire : le soleil brillait, maintenant. Il partit sans se retourner, entendant bien les pas de l'autre qui le suivait.

Après vingt mètres, il dut stopper, livide, secoué par un spasme de douleur. Il demanda :

– Ça vous a plu?

– Beaucoup.

Joël ferma les yeux. La douleur allait passer, elle finissait toujours par s'estomper, il suffisait d'attendre. La voix derrière lui :

– Je passais dans la rue du Chapeau-Rouge. J'ai cru qu'ils allaient vous casser les os. Mais non. Vous parlez remarquablement.

La douleur diminuait. Joël rouvrit les yeux et, se retournant enfin, fit face à l'homme au gilet de nankin jaune :

– Qui êtes-vous?

André Labadie. Négociant. Et d'expliquer en quoi consistait son négoce : il était propriétaire d'un bon vin de palud, bien corsé; en achetait çà et là d'autres fûts, d'autres pièces à d'autres récoltants; expédiait le tout voyager à l'île de France; la mer faisant du bien au vin, il revendait les pièces trois cents francs, après trois ans, alors qu'il les avait payées vingt-cinq. Au total, un revenu de trente mille francs par an. Sans rien faire.

Sourire sarcastique :

– Et ce n'est pas tout, je suis aussi le fournisseur attitré de l'empereur du Brésil, et de toute sa cour.

– Grand bien vous fasse, répondit Joël, qui s'en foutait éperdument.

Ce n'était décidément pas le seul fait de sa blessure, cette indifférence morne qu'il éprouvait pour toutes choses, depuis maintenant plus d'une heure, et qui l'avait pris un peu avant le début de la partie de dés. Il y avait une autre raison. Pourquoi diable était-il revenu en France? Il n'avait rien à y faire.

Son interlocuteur le dévisageait :

– Vous êtes malade?
– Non.
– D'où venez-vous?
– De l'Amérique.
– Vous n'avez pas du tout l'accent américain, remarqua moqueusement Labadie. Et avant l'Amérique?

Ils se mirent à marcher côte à côte, se dirigeant vers les Quinconces. Une jeune fille en bonnet de dentelle vendait oranges et violettes à un coin de rue. Non loin de là, des ouvriers en blouse bleue sciaient des blocs de pierre blanche venue des carrières de La Roque, destinée à une façade.

– Ariège, expliqua Joël. Du fin fond de l'Ariège. Le bout du monde. Pas d'endroit plus reculé.

Devant eux, les ormeaux des Quinconces. Labadie :

– J'ai une affaire à vous proposer, qui vous fera gagner pas mal d'argent. Quoique je ne sois pas très sûr que ce soit l'argent qui vous fasse courir. Vous avez fait exprès de perdre, tout à l'heure, et du diable si je sais comment vous avez fait. Mais vous avez toujours cette pépite...

Et l'Ariège soudain, le haut Salat, resurgit en surface de la mémoire de Joël, avec une précision extraordinaire : durant quelques secondes, il eut réellement dans ses narines le parfum des fougeraies de sa montagne, humides, courbées par l'autan d'Espagne. Et il eut même sur sa langue le goût de la viande cuite en pleine soulane, sur une pierre de granite chauffée à blanc...

– Je vous paierai cent... non cent vingt francs par tête...

– Trois cents, dit mécaniquement Joël, ne sachant même pas de quoi il s'agissait, et s'en foutant plus que jamais.

Ils prirent place à la terrasse du *Café Montes-*

quieu, et eurent dès lors sous les yeux l'admirable demi-cercle que la Garonne fait devant Bordeaux.

– Là-bas, dit Labadie, ils appellent cela une fazenda. C'est en général grand comme un pays. Ils recherchent des colons, surtout des familles, et prêtes à travailler dur. Par tête, j'entends bien entendu quelqu'un en état de travailler : on compte les enfants à partir de cinq ans. A cent quarante francs pièce, vous pourriez vous constituer un joli capital, avec ce talent que vous avez pour en faire accroire aux gens.

– Deux cent quatre-vingts.

Joël but un peu de vin à la cannelle qu'on leur avait porté. Pensait : « J'aurais dû prendre à gauche en sautant du show-boat sur le Mississippi. Aujourd'hui, je serais en Californie... »

– Le voyage bien sûr leur sera payé. Le voyage aller s'entend, pas question de retour. Et je vous réglerai les cent cinquante francs pièce à la minute où leur bateau quittera le port. Pour ce qui est de ce port, je ne sais pas encore. Tout dépendra de leur nombre, et aussi de la date. Ce pourrait être Bordeaux, ou Le Havre, ou Bayonne... Ou un port d'Espagne...

Une courte seconde seulement, les pensées de Joël vinrent à cette proposition qu'on lui faisait. Il n'y vit aucune difficulté particulière, pour sa part. Si la fantaisie lui en avait pris, il se serait senti capable d'entraîner à l'émigration la totalité des habitants de la Guyenne, de la Gascogne, et pourquoi pas du Béarn. Quitte à dépeupler entièrement le sud-ouest de la France impériale, du Moustachu au profit d'une jungle exotique.

Mais justement, cette fantaisie-là lui manquait. Il se leva :

– Ça ne m'intéresse pas le moins du monde.

Il s'en alla.

Pas très loin.

Il marcha sur les Chartrons, allant droit devant lui, sans but. Et d'ailleurs, je n'en ai jamais eu, de but.

La douleur due à la balle s'était presque complètement estompée, au point de n'être plus qu'une gêne légère, quelque part entre ses omoplates. Et de même s'était effacé, s'effaçait ce sentiment de morne indifférence. Il avait toujours été ainsi, tantôt s'abandonnant à de fulgurants élans d'exaltation, tantôt sombrant dans la désespérance. Somme toute, c'était le défaut et le revers de son imagination puissante...

Et voilà que cette imagination, précisément, effectuait un retour en fanfare. Déjà ces seuls mots : « Empereur du Brésil »...

Et « Amazone »...

Sans compter que le nom du fleuve désignait aussi des dames toutes nues qui, comme chacun sait, tirent à l'arc, non sans s'être coupé le sein droit (sauf à être gauchère) pour éviter que leur flèche ne dévie.

Et les conquistadores.

Et l'Eldorado.

Il n'était pas très sûr que les conquistadores et l'Eldorado eussent grand-chose à voir avec le Brésil, mais il n'allait tout de même pas s'arrêter à de tels détails.

D'ailleurs, je ne sais même pas où est au juste le Brésil...

Son pas se fit plus vif. A déambuler sans fin, il se retrouvait dans la rue Sainte-Catherine, au cœur de la ville. Et le temps s'en mêla, le ciel se couvrit à nouveau. Si bien que lorsque les cloches de Notre-Dame se mirent à sonner et aussi celles, plus lointaines, de la cathédrale, leur vibration fut répercutée par la chape des nuages bas, se prolongea donc et eut exactement la sonorité de la cloche de Coufflens tintant dans la vallée du haut Salat, escaladant les estives, par les matins sans vent.

L'aventure commença vraiment à ce moment-là.

Il repartit vers les Quinconces et le *Café Montesquieu*. Labadie s'y trouvait encore à bavarder avec un autre homme. Sur un signe, il quitta sa table et vint à Joël.

– Et si je vous amenais tout un village? proposa Joël.

– Cent soixante par tête.

– Deux cent cinquante.

– Deux cents, pas un sou de plus. Tout un village?

– Dans sa totalité. C'est loin le Brésil?

– Trois mille lieues, à vue de nez.

Douze mille kilomètres. Joël rêvait, prunelles écarquillées. Il sourit, mais son sourire ne s'adressait pas particulièrement au négociant-recruteur. C'était le grand sourire qu'il avait quand il captait le rêve et commençait à le créer.

– Je leur parle et ils s'en vont, dit-il enfin. Ils ferment la porte de leur maison et partent pour le Brésil. Dont jamais auparavant ils n'ont seulement entendu parler. Ils partent comme ça, du jour au lendemain. En une heure, le village est vide, abandonné pour toujours. Personne ne reste derrière ou alors – il secoua la tête – ou alors c'est qu'il y en aurait un que je n'aurais pas su convaincre...

– Ce qui est absolument invraisemblable, souligna Labadie sarcastique.

Joël éclata de rire :

– Tout à fait.

A présent, il tremblait d'une excitation sauvage

et pour un peu se fût mis à danser. Il secoua de nouveau la tête :

– TOUT UN VILLAGE !

Il demanda :

– Ça s'est déjà fait ?

– Ça m'étonnerait, répondit l'autre dans un premier temps.

Sur quoi il précisa sa pensée :

– J'en serais tout à fait surpris. Personne n'a sûrement jamais été assez fou pour ça.

6

QUAND, au printemps de 1848, huit ans plus tôt, il quitte le village très au-dessus de Coufflens, dans la vallée du haut Salat, quand il tourne le dos à l'Espagne et aux moissons, il n'a pas un sou en poche. Au sens littéral : pas un sou. Ça ne le trouble pas.

Il a déjà cet instinct presque surnaturel qui lui fait lire dans les yeux d'un ou d'une inconnue, fussent-ils dans une foule, si on est prêt à lui sourire et à l'écouter. Pour vivre, il récite des psaumes. Il choisit des fermes, de préférence isolées, à coup sûr opulentes. Il pénètre dans la cour, s'y plante, sous la pluie ou le soleil. On ne s'étonne pas quand il commence à réciter : *Au jour d'angoisse, j'ai cherché le Seigneur; la nuit, j'ai sans relâche tendu la main, mon âme a refusé d'être consolée... Je me souviens de Dieu et je gémis, je médite et le souffle me manque...* On ne s'étonne pas parce que c'est l'usage, de voir des mountagnols ou plutôt des *gabachs* comme on dit dans la plaine, tenter de vous prendre un sou ou un repas en vous portant la Bible à domicile. Ça distrait. Joël, d'ailleurs, fait plus. Il ne se limite pas aux psaumes. Qu'il découvre une ferme où les femmes sont seules, pour quelque raison, et le voilà parti sur le Cantique des Cantiques : *Qu'il me baise des baisers de sa bouche, tes amours sont plus délicieuses que le vin, l'arôme de tes parfums est exquis...* Et que dans la ferme en question les hommes reparaissent, il clame aussitôt l'Apocalypse : ... *Et lorsque l'Agneau ouvrit le Septième Sceau, il se fit un grand silence dans le Ciel...*

On le nourrit, on le couche, on lui donne un vêtement, des chaussures, quelques sous.

D'autant qu'au Livre saint, il ajoute d'extravagantes histoires de son cru; dans lesquelles il est un jour Espagnol fils d'hidalgo (il parle très couramment espagnol, outre gascon, français et quelque catalan), tantôt Anglais (il ne parle pas encore anglais mais quelle importance?), tantôt même Allemand. Dans tous les cas poursuivi par un destin tragique qui vous tire les larmes. En bref, il est encore dans sa période affabulatrice. Ça lui passera.

Mais il fait si bien qu'arrivant à Paris, il a cent cinquante francs dans sa ceinture.

A Paris, il passe l'automne et l'hiver. Reprend la route au printemps, pour la Belgique. Voyage un temps avec un colporteur de Betchat, en Ariège, qui fait commerce itinérant de broderies et dentelles. En octobre, il est à Amsterdam, s'y prétend bachelier, y trouve un emploi de précepteur auprès des filles d'un négociant de l'endroit, qui souhaiterait que ses deux filles connussent le français. Joël leur enseigne sournoisement le gascon, à la place. Découvert, il gagne l'Angleterre avec des saltimbanques de Savoie, sans autre emploi dans la troupe que d'être l'amant de l'écuyère, laquelle ressemble (de dos) à son cheval. A Londres, il se fait magicien, jongleur et prestidigitateur, en sa qualité d'assistant d'un Français alors en tournée sur les bords de la Tamise, un dénommé Robert Houdin.

Mais il n'a pas vraiment vocation pour la magie, quoique doué. Il va sur ses vingt et bientôt vingt et un ans, et les premiers voyages qu'il a faits, loin d'étancher sa soif d'espace et de mouvement, l'ont au contraire avivée. A l'automne de 51, à Bristol il veut se glisser à bord d'un tout nouveau paquebot à hélice de la Cunard, le *Canada.* On le refuse, mais on l'accepte comme aide-cuisinier sur un bâtiment de la Peninsular & Oriental en partance pour Alexandrie. Il n'ira pas jusque-là : on le débarque à Lisbonne pour l'avoir trouvé à batifoler dans la couchette d'une lady de première classe. Du Portugal il rentre en France *via* Oran et Marseille. A Oran, il s'en faut de peu qu'il ne s'engage à la Légion étrangère; se rend même à Sidi-bel-Abbès dans cette intention, change d'avis en dernière minute, y vend à la femme d'un commandant le cheval qu'il a eu à Oran en échange d'une américaine[1] troquée à Alger contre un lot de vin d'Espagne obtenu à Valencia, suite à la vente faite là-bas d'épées de Tolède qui lui ont été remises contre une malle de dentelles portugaises elles-mêmes acquises avec quelque argent qu'il a gagné lors d'une partie de lenturlu, qui est une sorte d'écarté.

Le produit de la vente du cheval lui permet d'embarquer pour Marseille mais guère plus. Peu lui importe, il se fait représentant de moulins à café Peugeot et enseigne aux populations provençales la manille de Sidi-bel-Abbès, ainsi que le loto dans les villages les plus reculés. Mais sans excès il limite ses gains.

Et c'est un point essentiel à retenir, s'agissant de

1. Voiture à quatre roues aux sièges interchangeables.

Joël Rouch : il est hors de doute qu'il possède les moyens les plus remarquables pour entreprendre une somptueuse carrière d'escroc. Mais il ne les utilise pas. Il a la tête ailleurs.

A Marseille, il retrouve les cacanes, avec qui il avait eu maille à partir six ou sept ans plus tôt. Elles le reconnaissent, le trouvent plus mignon encore, se le câlinent sur leurs vastes mamelles. Lui parlent d'un sien pays, un pâtre d'Ercé en Ariège qui, vingt ans plus tôt, a promené dans Marseille un ours enchaîné par le nez. Joël enregistre sans, sur le moment, tirer les conséquences. Au printemps de 52, il est de nouveau à Paris, trouve un emploi de typographe chez le célèbre imprimeur Lahure; y consacre un an et, de tous ses avatars, ce sera le plus long. Il lit plus que jamais, et se lie avec un Jules Vallès. Mais l'envie de repartir le brûle, tout comme l'enflamme l'idée du Nouveau Monde. C'est alors qu'il repense aux ours. Pour la première fois depuis cinq ans, il retrouve l'Ariège. Il néglige son propre village. Il se rend directement au pays des montreurs d'ours : les vallées du Garbet et l'Alet, les villages d'Oust, Ustou, Ercé, Aulus...

Très vite, il recrute trois des frères Rieu, qu'il décide à l'accompagner. Seul problème, les Rieu n'ont qu'un ours à l'entraînement. Joël en souhaiterait trois ou quatre. Et dans les Pyrénées, les martins commencent à se faire rares. On achète donc trois oursons, deux des Carpates et un de Russie; on les attache à un arbre, on leur troue la narine au fer rouge, on y passe un anneau et vogue la galère, on embarque au Havre le 7 juin 1854, sur la frégate transatlantique *Philadelphie,* qui file ses huit nœuds grâce à des roues à aubes. Prix du voyage en troisième classe : deux cent soixante francs (prix réduit, tarif d'ami obtenu par Joël qui a fait valoir que ses oursatès donneraient le spectacle aux deux cent quatre-vingt-cinq passagers de première et deuxième classe, durant la traversée).

A New York dix-huit jours plus tard, on commence une tournée dans l'Est américain. Fructueuse. Et même trop. Considérant qu'ils ont fortune faite, les Rieu rentrent au pays. Joël est dépité. Il rêve de Californie, d'or et d'oranges. Il est très vite sur un show-boat mississippien, s'y fait un soir revolvériser, est hospitalisé à La Nouvelle-Orléans. Sitôt rétabli, il remonte sur le même Mississippi Boat, le *A.L. Shotwell* (le bien-nommé) et cette fois, c'est lui qui tire le premier. Plus adroit que son précédent adversaire, il touche de ses trois balles en plein cœur. En grand danger d'être pendu, et physiquement pas encore en état de galoper vers l'Ouest sauvage, il n'a d'autre ressource que d'aller chercher refuge à New York.

On l'y poursuit.

Et, dans le port de New York, justement, il y a un bateau bordelais sans cuisinier, qui s'appelle la *Thérèse-Eyquem.*

Il embarque et le voilà à Bordeaux le 27 du mois de mars 1856.

7

Le 29 du même mois de mars, à Toulouse, Jeanne-Marie entra en scène.

Depuis le bas de l'escalier, l'homme dit :

– Tout ce que je veux, c'est voir tes tétons. Ce n'est quand même pas grand-chose.

– Vous les avez déjà vus, répondit Jeanne-Marie.

– Quand tu nourrissais ma fille, oui. Mais ce n'était pas pareil.

La maison se trouvait à Toulouse dans la rue Pargaminières. Elle comportait trois étages si l'on ne comptait pas les soupentes. Jeanne-Marie se trouvait au troisième, dans une espèce de salon désaffecté où l'on avait entassé de vieux meubles; elle s'arc-boutait contre la porte.

Et de l'autre côté de cette même porte, ne poussant pas encore mais indubitablement sur le point de le faire, était un médecin-député, qui avait une idée derrière la tête.

– Ne sois pas sotte, Jeanne-Marie.

Il haletait, d'avoir couru derrière elle dans l'escalier. Et pas seulement dans l'escalier.

– Puisque nous sommes seuls dans la maison, toi et moi...

Il exerça une première pression sur le battant, mais sans forcer vraiment. Il rit. A l'ordinaire, il avait une voix claironnante de député habitué à haranguer les foules, que ce fût pour redemander du poulet ou réclamer une chemise propre. Mais, pour l'heure, il faisait son câlin. De sorte que lui revenait son accent de Toulouse, qu'il avait pourtant si obstinément cherché à perdre pour n'avoir pas l'air trop province, quand il dînait à Paris chez Rouher ou Persigny. Il dit :

– Tu n'as plus de lait, ça fait bien un mois maintenant. Et ça sert à quoi, je te le demande, une nourrice qui n'a plus de lait ? Je pourrais te chasser et quand je rendrai ton livret au commissaire de police, quand tu te chercheras une autre place, je dirai que tu as de la malice, que tu es sournoise et même... Il prit le temps de réfléchir : je pourrais même écrire que tu as de mauvaises mœurs et que tu as cherché à corrompre mon fils Alfred...

L'Alfred en question étant l'aîné des trois enfants du médecin-député, et il avait six ans et demi.

– On me croira, tu peux me croire. Il ne te restera plus qu'à faire la fille de joie.

Jeanne-Marie s'arc-bouta de plus belle.

– Je pourrais même écrire que tu es voleuse. D'ailleurs, tu l'es sûrement... Je voudrais bien voir tout ce que tu caches dans ta malle...

Elle pensa : « Je vais te lui mettre un coup de pied dans le ventre. Là où ça fait mal aux hommes... »

Silence.

– Jeanne-Marie, tu me les montres et je te donne cinq francs.

Elle ricana pour toute réponse.

– ... Et peut-être même dix... Tiens, allons, c'est dit : je te donnerai dix francs...

Il poussa vraiment sur le battant. Il commençait à s'impatienter. Plus surpris que véritablement en colère : qu'est-ce que c'était que cette fille qui se refusait? Et qu'est-ce que c'était que cette époque où l'on ne pouvait plus folâtrer avec les domestiques? Il n'était pas méchant homme; la preuve : il avait même serré la main de l'ouvrier Albert et d'Auguste Blanqui; on pouvait difficilement aller plus loin dans le social. Mais trop, c'était trop. Déjà que ça lui avait pris des semaines, d'expédier femme et enfants à la campagne d'Ax, et de mettre en congé pour un jour les cinq autres domestiques...

Il poussa encore. En vain. Cré nom de Dieu, il avait pourtant envie d'elle. Quoiqu'elle fût probablement la nourrice la plus étique du département, pour ne pas dire du sud-ouest de la France. Des tétons superbes, ça oui, mais pour le reste, maigre comme un hibou.

Il recula à pas de loup. Prit son élan. « Je vais te les culbuter, la porte et elle. Baoum, ça ne va pas traîner. D'ailleurs, j'ai rendez-vous chez le préfet. » Il se mit tout de même à parler pour détourner les soupçons :

– Réfléchis, petite : tu n'as plus de lait, tu n'as donc pas le choix : il te faut redevenir grosse pour être encore utile. Par contre, si tu es accommodante – je suppose simplement, remarque –, si tu l'es, avec moi, je pourrais t'engrosser tout aussi bien qu'un autre. Et si tu es grosse, tu auras de nouveau du lait, et tu pourras de nouveau redevenir nourrice. En somme, c'est un service que je te rends...

Ayant fini de prendre son élan, il hésita encore. Cette saloperie de porte était bien épaisse. Il n'aurait plus manqué qu'il y rebondît comme une pelote basque !

Mais la vision de ce corps d'Algérienne, mince et nerveux, hâlé, qu'il n'avait vu nu qu'une seule fois, quand elle se débarbouillait dans une cuvette, cette vision l'exalta.

Foin de tergiverser, il s'élança avec la même fougue dont il usait dans ses discours, et que soulignaient les gazettes. Il arriva sur le battant telle la foudre. Y passa au travers et, sitôt dans le camp adverse, prit le pot de chambre sur la tête.

Ce qui le conduisit à s'effondrer.

De son nom de famille, Fougaril. Jeanne-Marie pour le nom de baptême. Elle est de Bethmale.

Lorsque l'on sort de Saint-Girons, allant vers le sud-ouest, on trouve la route de Castillon-en-Couserans et de Seintein, qui suit le cours du Lez, lequel est un affluent du Salat. On remonte ce cours jusqu'aux Bordes. Le Lez y reçoit un torrent. C'est celui de Bethmale.

L'histoire remonte aux environs de 1600. Un certain Jouanissou étant un jour parti en Grèce, en revint avec trente chevaux, douze chèvres et un harem de trente femmes. Celles-ci également brunes, grandes, minces et fort jolies, quoique turco-monténégrines et un tantinet musulmanes. A son harem, le coquin fit une quantité d'enfants proprement hallucinante, au point d'en peupler la vallée tout entière, à lui seul. C'est la première version.

Il y en a une autre. Mettant en scène un certain Soulan qui, à son retour de Grèce où il était allé en excursion avec des Irlandais (aucune explication connue), ramena le même harem de houris rouées. On choisira.

La vallée de Bethmale est en 1856 un cul-de-sac.

Elle s'enfonce entre des sommets de 1 600 à 1 700 mètres et n'a d'autre échappée, dans son fond, que le port de la Core, à 1 400 mètres d'altitude. Par la Core, on accède au Salat. En 1856, c'est un monde clos. Quasi mystérieux. Par le nom lui-même, la Vallée Mauvaise. Par la stature de ses habitants et surtout de ses habitantes. Par sa réputation : depuis au moins trois siècles, on dit qu'à Bethmale les filles se couchent à peine leur dit-on de s'asseoir; et des bergers de Seix ou du Biros se sont complaints d'avoir été – les pauvres diables – violés par des hordes de femelles à longues jambes, qui les ont surpris à l'heure du *brespail,* autant dire du casse-croûte.

Bethmalais et Bethmalaises ont un costume bien à eux qui, en effet, peut rappeler le Monténégro devenu Albanie. Ce même costume que porte Jeanne-Marie Fougaril en cette fin de mars 1856, à Toulouse, au moment d'assener un coup de pot de chambre sur le crâne d'un médecin-député.

Il se compose d'une cornette de lin avec une coiffe de velours rouge, brodée, assujettie sous le menton par un ruban de velours noir. La cornette retombe sur les épaules et encadre le visage.

Le corsage quant à lui est rouge (mais Jeanne-Marie en a un de rechange qui est bleu); il s'ouvre sur une chemisette fine, brodée sur toute sa surface et pincée à la taille. Un foulard éclatant à ramages vifs couvre les épaules. La jupe est lourde, bleue ou verte; elle se plisse sur les hanches, sans dépasser les chevilles; elle s'orne d'un tablier luxueux, à fleurs ou à ramages, fixé à la taille par un ruban de soie. Une bavette en croissant, rehaussée de broderies très fines, se place sous les seins qu'elle fait ainsi voluptueusement pointer sous la chemise. Enfin, une petite chaîne de métal (en argent, s'agissant de Jeanne-Marie) fait le tour des hanches et soutient d'éventuelles clefs, des ciseaux, une bourse et un couteau à manche de corne.

Il y a encore les chaussures, qui ne sont pas la partie la moins originale : ce sont des sabots de bois, ornementés de cuir lui-même ouvragé, et qui surtout sont à la poulaine, c'est-à-dire que leur pointe effilée, nantie d'un embout de feutre rouge, voire d'un pompon, grimpe vers le ciel jusqu'à quarante centimètres d'altitude. Existe à ce propos, en guise d'explication pour cette forme à la poulaine, une sombre histoire de fiancée infidèle qui, pour s'être montrée accommodante avec un Maure de passage, se fit ouvrir la poitrine par le titulaire du poste de promis, lequel empala le cœur de la fille (et celui du Maure) à la pointe de ses sabots, fabriqués tout exprès.

A Bethmale, on n'est pas nourrice par hasard. La tradition existe depuis longtemps mais l'exportation vers Toulouse, voire dans le Grand Nord, a commencé vers 1840 quand Auguste Billault, sous-secrétaire d'Etat du gouvernement Thiers, puis président du conseil législatif en 52, puis ministre de l'Intérieur en 54, choisit pour ses enfants une nourrice bethmalaise, de préférence aux habituelles Bretonnes, Bourguignonnes et autres Morvandelles.

Pour devenir nourrice, Jeanne-Marie a tout fait, à commencer par un enfant. Elle l'a eu, cet enfant, du premier venu, n'importe qui pourvu qu'il eût une culotte. Peut-être pas l'un de ses frères – encore que... – mais à tout le moins l'un de ses cousins; la vallée en est pleine. Sitôt l'enfant mis au monde, en décembre 54, elle s'est empressée de s'en débarrasser, selon l'usage : en le confiant à une espèce de tante qui habite Samortein, et en l'oubliant. Sans grand regret : du fait de la consanguinité qui fait rage dans Bethmale, le mioche est tout à fait hideux et, cela saute aux yeux, irrémédiablement idiot. Et puis le temps presse, on l'attend à Toulouse où, sur la recommandation du curé d'Areu qui jure de sa parfaite éducation chrétienne, on lui a trouvé un emploi, maintenant qu'elle a du lait.

A Toulouse, on lui offre le vivre et le couvert, bien mieux qu'à une domestique ordinaire : elle mangera à satiété, servie la première avec les restes du repas des maîtres; elle dormira dans la chambre des enfants, sur une paillasse, plutôt que dans un cagibi, ou sous l'escalier, ou dans la cuisine, comme font les autres. Qui plus est, elle recevra quarante-deux francs par mois, une fortune (une femme de chambre en touche vingt), dont elle compte placer l'essentiel, voire la totalité à la Caisse d'Epargne.

Ce qu'elle fera en effet, très régulièrement, lors des quinze mois qui vont suivre.

Elle considéra le corps étendu à ses pieds. L'affolement lui vint peu à peu. Le pot de chambre en porcelaine avait explosé sous le choc, et elle vit bien que la tête du médecin-député en avait fait autant : « Je l'ai tué. » Elle se répéta les mots avec une hébétude stupéfaite. Tout était allé si vite, elle s'était simplement saisi du premier objet venu sous sa main.

A n'en pas douter, c'était un pot de chambre sans préméditation.

Elle recula de quelques pas, au bord des larmes.

Puis elle revint vers le cadavre et réussit à le retourner :

– Monsieur le Docteur, je ne voulais pas...

Le sang ruisselait, s'étalait déjà sur la poussière

du plancher. Pivotant d'un seul coup, elle se jeta hors de la pièce. Ne fit qu'un bond dans l'escalier, jusqu'à la porte de la rue. Mais là, elle s'arrêta, pile. Du calme, Jeanne-Marie, du calme. Elle s'exhorta : ça n'avait pas de sens de se mettre à courir dans Toulouse. Elle se força à s'asseoir sur la dernière marche de l'escalier, s'accotant d'abord au pilastre qui concluait la rampe puis, après quelques secondes, l'encerclant de ses deux bras et y apposant sa joue. Fut aussitôt enveloppée par le silence écrasant qui pesait sur la maison déserte, pour la première fois depuis sa venue de Bethmale. Une chose était sûre : elle n'avait pas d'illusions à se faire, on allait l'arrêter comme meurtrière et la mettre en prison, si on ne lui coupait pas plus simplement la tête. L'homme qu'elle venait de tuer n'était pas seulement riche, médecin, député; il n'avait cessé de proclamer, à chacun de ses retours de Paris, qu'il serait tôt ou tard ministre, ou à tout le moins sénateur.

On va me couper la tête, c'est certain.

Dans un premier temps, elle pensa qu'elle allait rester là, à attendre d'être prise par les gendarmes. La cuisinière finirait bien par rentrer et donnerait l'alarme.

Puis, dans un deuxième mouvement, elle envisagea de courir se jeter dans la Garonne. Avec cet inconvénient toutefois qu'elle savait nager, peu ou prou, pour s'être moultes fois trempé le derrière dans le lac de Bethmale.

Quant à s'aller pendre, elle n'y tenait pas non plus, à y bien réfléchir.

Il y avait chez Jeanne-Marie, même si elle ne s'en rendait pas compte elle-même, une réserve d'énergie farouche, quasi animale, dont elle n'avait fait jusque-là que peu ou pas d'usage. Une jeune mountagnole ordinaire, descendue en ville pour y faire la domestique, se serait dans la totalité des cas laissé faire par le médecin-député, avec résignation voire avec des ambitions financières. Le droit de cuissage, de forçage si la fille était pucelle, était naturel. Et Jeanne-Marie n'était même pas vierge, on l'avait pour la première fois culbutée quand elle avait douze ans et chaque été suivant l'avait vue troussée de même, au hasard des meules. De sorte qu'elle ne savait même pas pourquoi elle n'avait pas cédé, tout à l'heure. Elle en avait assez d'être contrainte, ce devait être la seule raison. Un peu de sa rage lui revint...

Elle se leva et par ce mouvement, l'énergie qu'elle avait en elle, sans encore trop le savoir, cette énergie commença de se faire jour. Elle se forgea conviction : il n'était pas question de demeurer là à attendre qu'on lui coupât la tête. Et pas davantage d'aller se noyer ou se pendre. Plutôt crever. « Si j'étais un homme, je passerais en Espagne. » Cette dernière réflexion lui vint spontanément, presque inconsciemment. La seconde d'après, sa décision fut prise : elle allait essayer d'échapper aux gendarmes.

Montant l'escalier, elle gagna la chambre des enfants en bas âge, où elle dormait aussi, sur une paillasse qu'on roulait durant le jour. Alla droit à sa malle, qui était d'osier renforcé de bois, et fermée par un cadenas gigantesque. Elle projeta de l'emporter mais très vite abandonna l'idée, non pas tant à cause du poids (elle était fichtrement forte, quoique mince) mais à cause de ce que, chargée d'un tel fardeau, elle ne se voyait pas cavalcadant pour échapper à une poursuite. Elle ouvrit le cadenas à l'aide de la clef qu'elle portait à sa ceinture d'argent. A l'intérieur, ce qu'elle appelait son « trésor ». Pas seulement des vêtements ou autres effets personnels; se trouvait entassé là le butin de quinze mois de modeste rapine : cela allait d'un bouchon de carafe ébréché à des embrouillaminis de fils de laine multicolores, en passant par deux vieilles fourchettes, un verre à pied sans pied, neuf assiettes, trois culottes de Madame et le reste à l'avenant. Sans parler de son précieux livret de Caisse d'Epargne.

Qu'elle prit.

Elle se changea, troquant son costume de Bethmalaise, décidément trop spectaculaire, contre une jupe, une chemise, un madras, dons de sa maîtresse, plus une cape de bure bleu-noir, qui était à elle. Elle chaussa des bottines, dont on lui avait également fait cadeau, et qu'elle n'avait jamais mises (à marcher pieds nus dans la montagne, elle avait le pied large et quasiment patagon).

Au rez-de-chaussée, elle étudia longuement la pendule. Elle ne savait pas lire, ni écrire, ne savait pas davantage compter. Mais la petite aiguille était à droite, un peu en bas : il était donc peut-être quatre heures.

Nouvelle hésitation, au moment d'ouvrir enfin la porte de la rue. C'était surtout sa malle qu'elle regrettait, elle en aurait pleuré (mais elle avait mis entre ses seins le livret de Caisse d'épargne). Et puis il y avait cette ville, Toulouse, qu'elle ne connaissait pas ou pratiquement pas. On ne lui avait accordé, au cours des quinze mois passés, que deux heures chaque dimanche après-midi, et elle n'avait guère usé de cette liberté. Pour aller où ?

Elle sortit, prenant soin de ne pas claquer la porte derrière elle, avec l'impression déjà que tous les regards étaient sur elle.

A ce moment-là, elle était à deux heures de sa rencontre avec Joël Rouch.

8

AVANT de faire, et même pendant qu'il faisait dix-neuf enfants à sa femme, Eloi Rouch, le père, avait été Demoiselle.

Il avait même été, en quelque sorte, Demoiselle en chef, en ce sens qu'il avait conduit un détachement et fait plus qu'à son tour le coup de feu. Au point qu'il avait tout de même tué deux gardes. Depuis, l'Administration lui gardait de la rancune.

C'était une histoire qui avait pris naissance avec un certain Dralet, administrateur des Forêts sous le Premier Empire. Dralet avait estimé de son devoir d'augmenter les revenus des forêts domaniales. Au reste, il y était parvenu, en récupérant ce qu'il appelait les usurpations, en régularisant les droits d'usage, en faisant la guerre aux chèvres, et en interdisant les défrichements. Toutes dispositions qui avaient hérissé le poil des mountagnols, lesquels depuis que le monde est monde ont toujours besoin de nouveaux pâturages et, à cette fin, s'étaient toujours fait une joie de cravater[1], d'abattre et d'incendier tout bosquet, boqueteau ou *a fortiori* une forêt susceptibles de les gêner. En

1. Enserrer fortement le tronc d'un arbre pour le faire mourir.

outre, ce qu'entreprenait Dralet revenait à se mêler de la façon dont on vivait en montagne. Intolérable. A la limite, l'Administration aurait-elle ordonné le défrichement que l'on se serait acharné à reboiser. Ne fût-ce que pour démontrer à ces gens de la plaine, et à plus forte raison de Paris, qu'on n'était pas près d'accepter leur tutelle.

La haine monte vite en montagne. Et la violence avec elle. On avait tiré les premiers coups de fusil vers 1806, dans les forêts de Foix. La loi forestière de 1827 – en restreignant de façon draconienne les droits d'usage millénaires, du pâturage en forêt et de la dépaissance des ovins – avait carrément suscité l'émeute : « *Nous boulen exulpa aquesto mountagno, hé que noste ben, et que nous apparten* – Ils veulent nous voler cette montagne, qui est notre bien et qui nous appartient », dit alors une chanson de la haute Bellongue, près du Portet-d'Aspect.

En mai 1829, les premières Demoiselles apparaissent. Ce sont des hommes. Qui ont enfilé sur leurs habits de bure une longue chemise de femme, qui se sont noirci la figure au charbon de bois et qui portent enfoncé jusqu'à la nuque un bonnet, pour n'être pas identifiés. Les Demoiselles s'assemblent à la nuit, au son des cornes courant de crête en crête, dans les hurlements stridents du *hilhet,* qui est l'équivalent ariégeois de l'*irrintzina* des Basques : un cri suraigu, sauvage, prolongé interminablement, que les hommes seuls ont le droit de lancer, et qui, s'il peut être langoureux, est le plus souvent un défi à l'adversaire, homme ou montagne.

Le branle est donné. On opère des descentes sur les bureaux de l'administration forestière, on les détruit, on tire à vue sur les soixante gardes et brigadiers des arrondissements de Foix et Saint-

Girons et sur les quatre-vingts gardes communaux qui les assistent. Tandis que, par familles entières, jusqu'aux enfants, on part chaque nuit arracher les plants mis en terre de jour par les forestiers. Cela tourne à la jacquerie : on ne se contente plus de s'en prendre aux hommes de Dralet ou de son successeur, tant qu'on y est on s'attaque aux forges et aux châteaux des grands propriétaires, qu'on pille et incendie...

Eloi Rouch, père d'Elie, de Joël et de dix-sept autres, s'était fait Demoiselle dès les premiers temps, en mai 29, pas tout à fait trois ans après avoir épousé Anastasie, dix mois après la naissance d'Elie, premier enfant. Ce n'avait pas été de sa faute : on lui avait forcé la main. Un matin d'avril, il avait découvert les deux hommes à cheval qui montaient lentement vers la Soulane, ayant déjà largement dépassé les toits de Faup. Pas de doute à avoir : ils avaient des têtes à venir de Saint-Girons, voire carrément du Nord. Il les avait attendus tout en continuant à charrier des pierres pour en débarrasser le tout nouvel essart que les cousins Raufaste et les Rouch unis venaient de terminer, afin d'y mettre de la pomme de terre (mi-Patraque, mi-Longue-Rouge).

Après une heure ou presque, les deux escogriffes s'étaient trouvés devant lui. Ils lui avaient demandé en gascon, de peur qu'il ne comprît pas le français :

– Vous vous appelez Raufaste?

– Rouch.

Ils avaient consulté des papiers :

– Raufaste ou Rouch, c'est du pareil au même.

– C'est vous qui le dites! avait répliqué Eloi, avec une première indignation. Et déjà cette entrée en matière l'avait mis de mauvaise humeur (l'irriter n'étant pas très difficile, il avait le caractère plutôt incandescent).

– Il y a longtemps que vous êtes là?

– Où ça?

– Là où vous êtes.

L'un des deux hommes avait désigné d'un index méprisant le village, si l'on pouvait appeler ça un village : en ce temps-là douze maisons alignées en deux files presque parallèles, pas loin du lit de l'Artigou; et exclusivement peuplées de trente-neuf Raufaste et de quarante-sept Rouch.

– Ça doit bien faire dans les deux cent cinquante ans, avait répondu Eloi.

Il exagérait un peu, peut-être sans le vouloir : c'était vers 1650 que les Rouch et les Raufaste avaient abandonné Coufflens, en bas, où l'on crevait de faim, agglutinés les uns sur les autres en plus, pour aller s'installer mille mètres ou presque plus haut, à demeure, dans des bergeries qu'on possédait depuis mille ans au moins et où, jusque-là, on ne montait que l'été.

Les deux hommes s'étaient mis à discuter en français, pensant sans doute qu'il ne les comprenait pas (il les comprenait très bien). Sur quoi, celui des deux qui avait la langue si bien pendue, avait dit en gascon :

– Vous pouvez rester, pour ce qui est des maisons. Mais pour l'essartage, le déboisement, bref le défrichement, ça suffit. On va vous tracer des limites et vous les respecterez à compter d'aujourd'hui.

Eloi avait plissé les yeux, que donc il avait verts, en très lointain souvenir d'un ancêtre wisigoth. Puisque tous les Rouch, surtout mâles, avaient des yeux verts, couleur de mer dans le soleil; on savait ça jusqu'à Saint-Girons, voire jusqu'à La Bastide-de-Sérou.

– Et qui vous êtes, vous, pour nous dire ce qu'on doit faire?

Il était relativement petit, même à l'époque; un mètre cinquante-sept sous la toise, mais il vous assommait un bélier d'un coup de poing et à la foire de la Saint-Luc à Seix, pour rigoler, il avait soulevé une vache de terre. L'instant d'après, il avait croché les deux hommes par le ceinturon, il les avait amenés au sol. Il leur avait donné un petit coup amical sur la tête, puis ensuite les avait mis cul nu et sur leurs fesses rebondies, avait apposé au fer rouge la marque aux deux R du village. Les avait lui-même redescendus, eux et leurs chevaux, jusqu'au pont sur le Salat, pour leur éviter de se perdre en route. Il avait bon cœur, si on savait le prendre, et dans son esprit, il n'avait agi que par espièglerie. Mais à Foix chez le préfet, on n'avait pas considéré que ce fût si drôle. Deux semaines plus tard, des gendarmes, à cheval eux aussi, étaient venus. Ils n'avaient pas trouvé Eloi, à qui Anastasie avait enjoint d'aller prendre l'air des cimes. A défaut, ils avaient emmené Lucien Raufaste, dit le Bardu, sous ce prétexte hypocrite que c'était lui qui avait fourni le fer rouge. Le Bardu avait tout de même tiré deux mois de prison, et encore Anastasie était-elle intervenue en personne, sans quoi on l'eût peut-être expédié au bagne de Toulon.

Les Raufaste et les Rouch, comme toujours unanimes s'agissant de conflits avec les étrangers (ce qui ne les empêchait sûrement pas de se taper sur la gueule entre eux, mais on restait entre soi), avaient sorti les fusils. Eloi avait exterminé son premier garde forestier trois mois plus tard, dans le bois de Poursugues. Et il avait inscrit le deuxième à son tableau de chasse l'année suivante, en juin 1830, quelques jours avant la naissance de Joël qui, suite à Elie et à Marie la première des filles, allait être son troisième enfant.

Ce deuxième garde, abattu chez lui à la brune, avait lui-même une femme et deux enfants. Qui avaient identifié Eloi sous son accoutrement de Demoiselle. Cette fois, même Anastasie n'avait rien pu faire, quoiqu'elle fût allée plaider la légitime défense, et légitimement (le deuxième garde avait tiré le premier et blessé Eloi à la jambe mais c'était vrai aussi que le même Eloi se trouvait alors en train d'essayer de mettre le feu à la forêt de Fonta).

Si bien qu'à compter de cette époque, Eloi avait dû demeurer en permanence sur les crêtes, ou en Espagne, été comme hiver – au vrai voyant quand même Anastasie de temps à autre puisqu'il lui avait encore fait, dans les années suivantes, seize enfants dont douze avaient survécu.

Cette absence avait eu pour première conséquence un manque à gagner pour le groupe familial où certains hivers, on survivait par miracle. Elle avait ensuite chargé davantage les épaules d'Anastasie, tenue désormais de faire le travail de deux.

Elle avait enfin fait d'Elie, l'aîné, l'*aïnach* des fils Rouch, le véritable chef de famille. Le caractère du garçon, d'ailleurs, s'y prêtait à merveille : tout gamin, il avait déjà le silence lourd des chefs naturels, dont on attend la décision. Et une fois exprimée, une fois cette décision longuement mûrie, Elie s'y tenait, envers et contre tout. On aurait plus aisément aplani les Pyrénées que conduit Elie Rouch à changer son opinion quand il l'avait formée. Qui plus était, il travaillait comme trois hommes et cognait plus fort que son père, ce qui n'est pas peu dire.

Quand en 1849 il était tombé au sort, en tirant

un mauvais numéro à la conscription, ç'avait été pour tous, Rouch et Raufaste, comme si le ciel s'était effondré.

Le village s'était retrouvé sans chef.

... Et donc à la merci du Faiseur de Rêves, bien qu'on l'ignorât encore.

En cette fin mars 1856, Eloi Rouch se trouve depuis plusieurs semaines sur une même serre du versant espagnol. Il gagne son pain noir à garder des chèvres, dans la cordillère de Pilas, pour le compte d'un groupe de fermes à Isil. Là-bas, à peu près tous les hommes sont partis se battre pour ou contre don Carlos – Eloi ne sait pas au juste et s'en fout complètement, d'ailleurs. A vol d'oiseau, il n'est à guère plus de quinze kilomètres du village, de sa famille, d'Anastasie. En fait, de par les détours qu'il devrait faire à cause des gendarmes, et en raison du relief, ce sont vingt heures de marche au moins qui lui seraient nécessaires pour rentrer chez lui.

Mais l'idée d'aller rendre visite à Anastasie ne lui est pas venue depuis des mois.

9

En sortant dans la rue Pargaminières, elle avait presque couru sur les premiers mètres mais, très vite, s'était calmée. Elle se mit à marcher normalement... Enfin normalement autant que le lui permettaient ses bottines, qui enserraient ses grands pieds. Elle vérifia qu'on ne lui prêtait aucune attention particulière, s'apaisa tout à fait.

Elle n'avait pas la moindre idée de la direction à prendre, pour se rendre en Espagne. Au surplus, elle irait à pied. De sa vie, elle n'était montée qu'une fois dans une diligence, quand elle était venue de Castillon à Toulouse. On lui avait payé le voyage et sans cette femme de Seintein, une Biroussanne donc, qui voyageait à la place voisine, elle aurait été affolée, aurait très sûrement oublié de changer de voiture à Saint-Girons et n'aurait même pas su qu'elle était arrivée. Mais plus question de diligence, et d'ailleurs elle avait son plan : la Garonne venait des Pyrénées, de cela elle était à peu près sûre. Donc, il lui suffirait d'en remonter le cours et, sitôt dans les montagnes, elle saurait trouver sa route.

Elle se mit en marche, très contente d'elle-même. Je me débrouille assez bien, au fond.

Alors seulement, elle pensa à son argent.

Ce fut comme si la foudre venait de la frapper. Bien sûr, elle ne savait pas compter, et donc elle ignorait à combien se montaient ses dépôts à la Caisse d'épargne; mais quarante-deux francs pendant tout ce temps, chaque mois, ça devait sûrement faire une fortune. Que non, décidément, elle n'abandonnerait pas, quitte à risquer d'avoir la tête coupée. Déjà, elle avait dû laisser sa malle, mais l'argent, c'était trop.

Elle demeura immobile, réfléchissant. Et sans doute attiré par cette immobilité, en pleine rue, un homme en bottes à revers, qui fumait le cigare, s'approcha :

– On est perdue?

Elle lui jeta un œil noir mais ne répondit pas. Elle ne se souvenait même pas de l'endroit où se trouvait la Caisse d'épargne, n'y était allée qu'une fois et ensuite avait laissé à ses maîtres le soin d'effectuer les dépôts.

– Comment t'appelles-tu?

L'homme insistait. C'était un solide gaillard qui balançait dans son poing droit un bambou gansé de cuir. Il portait une redingote bleue, assez râpée, dont la capsule des boutons se fendait, pour avoir été trop manipulée; sous un gilet à châle, sa chemise de calicot était ornée d'une cravate effilochée mais néanmoins piquetée d'une épingle en chrysocale. Pour la figure, des traits rougeauds, et un regard franc comme une pièce de trois sous.

Jeanne-Marie tourna brusquement les talons. La Biroussanne. C'était la seule personne, à Toulouse, qu'elle connaissait, en dehors des gens de la maison dont elle venait d'estourbir le propriétaire. Depuis la diligence, elle l'avait revue, une fois en allant à la messe, et l'autre lui avait appris qu'elle était cuisinière, lui avait même montré...

– Il fera nuit dans pas longtemps, dit l'homme. Tu ne peux pas traîner...

... lui avait même montré la maison où elle travaillait, pas très loin de la place Saint-Pierre.

Elle reprit sa marche. Et l'homme se mit à la suivre, balançant sa canne en bambou.

On avait placé de la paille sur les pavés, en signe de ce qu'il y avait un mort, ou un malade, dans la maison. Un maître d'hôtel vint ouvrir à Jeanne-Marie. Qui dit ce qu'elle cherchait : une cuisinière native du Biros, dont elle ne savait pas le nom.

Le maître d'hôtel secoua la tête et, presque aussitôt, lui referma la porte au nez. Elle ne se découragea pas tout de suite, alla frapper à la maison voisine – pas de Biroussanne – puis à la suivante – toujours pas. Elle fit ainsi toute la rue et l'homme au bambou la suivait toujours, ricanant. Vint inévitablement un moment où elle n'eut plus de sonnette à tirer, de heurtoir à soulever. Et c'était vrai que la nuit tombait.

– Et tu viens d'où?

Elle essaya la rue voisine, non pas affolée mais envahie par la rage, à l'encontre de la Biroussanne : « Cuisinière, tu parles! elle doit faire la puto, oui! »

– Tu pourrais au moins me répondre...

La rue voisine ne donna rien, et pas davantage la suivante. La nuit était complètement tombée à présent. On allait trouver, on avait peut-être déjà trouvé le cadavre, on allait la rechercher. Et elle se trouvait sans argent, sans endroit où aller... Ce fut le seul moment où elle s'abandonna à presque du découragement.

– Et tu as mal aux pieds, en plus, remarqua l'homme d'un air de profonde satisfaction.

Elle le dévisagea d'un œil meurtrier :

– Vous voulez coucher avec moi, c'est ça?

L'attaque brusquée l'interloqua un peu.

– Dans ce cas, dit Jeanne-Marie, il faudra me donner cinq francs.

Il éclata de rire.

– Tu es folle.

Il s'approcha d'elle et de l'extrémité de ses doigts spatulés, aux ongles noirs, lui tâta les seins, hocha la tête :

– Je te donnerai trente sous, et c'est déjà beaucoup. Mais tu les vaux.

– Cinq francs.

Elle tremblait de rage. Il voulut l'embrasser mais elle s'écarta. Elle pensait : « Je pourrais aussi bien le tuer, celui-là aussi. De toute façon, il va dire oui et ne me paiera pas. » Si elle ne savait rien des villes, si elle ne savait pas lire, même pas l'heure, l'homme qui pouvait la tromper n'était pas encore né.

– Va pour cinq francs, dit-il en souriant.

Il l'emmena à Matabiau, où il avait ses habitudes, la tenant par la taille et s'étonnant de la trouver si mince mais, en même temps, si musclée.

Mais quelle foutue belle fille, nom de Dieu!

10

– Je ne te savais pas à Toulouse, dit à Joël le cabaretier de la rue Roquelaine, qui était de Massat.

Joël se contenta d'un mouvement de tête, l'œil dans le vague. Il avait voyagé de Bordeaux à Toulouse par le bateau à vapeur remontant la Garonne, jusqu'à Langon, où il avait pris la chaise de poste. Ce qu'il éprouvait n'était pas exactement de la fatigue mais, qu'il le voulût ou non, plutôt une nervosité légère, intérieure. De nouveau, il se trouvait dans l'un de ses états de dépression. Ç'avait été une chose que de débarquer à Bordeaux, d'y moquer quelques marins, de s'engager avec le négociant Labadie. Mais la première chose qu'il avait faite, comme malgré lui, en arrivant à Toulouse, avait été d'aller sur ce pont par-dessus la Garonne, d'où l'on voyait les Pyrénées. Il y avait pris un coup au cœur, par surprise. S'était alors souvenu qu'en huit ans, depuis qu'il avait refuse de se rendre en Espagne, il n'était revenu qu'une fois en Ariège et encore avait-il soigneusement évité de passer par chez lui. « Et à quoi bon te le cacher davantage : tu préférais ne pas avoir à rencontrer Elie... »

– Moi, dit le Massatois, je suis retourné par deux fois au pays. D'abord en 49... Tu y étais encore?

– Je suis parti en 48.

– Puis en 54. C'était plus dur que jamais et ça ne s'est pas arrangé depuis : ils ont tout eu, de la patano[1] malade à la typhoïde, en passant par le mal noir...

... Ç'avait été une chose que de promettre monts et merveilles à Labadie, c'en était une autre, maintenant, de penser à Elie, qui serait bien entendu l'obstacle principal. La vieille haine resurgit, intacte après huit ans. Une haine qui ne devait pas tout à la jalousie, bien que la jalousie fût largement justifiée par la préférence toujours donnée par Anastasie, à l'aïnach sur lui : elle ne tenait pas non plus seulement à l'antagonisme qui les avait toujours sourdement opposés, depuis l'enfance. Elle s'alimentait aussi de leurs différences. Joël le voyait bien : Elie était le village, mieux que n'importe qui; le village dans son essence même : cet acharnement stupide, animal, à s'accrocher à sa montagne, quitte à en crever un par un, alors que le monde était si vaste...

– Tu veux encore du vin?

– Non.

Joël fixa le Massatois :

– Tu as des nouvelles de chez moi?

– Coufflens?

– Au-dessus de Couffiens. Au-dessus de Faup, vers le col de Pause. Tu passes le Salat, tu montes, et quand il n'y a plus rien, c'est là.

– Je peux essayer d'en avoir, des nouvelles, dit le Massatois en riant de la description. Pas plus tard qu'hier, j'ai eu quelqu'un de Seix.

Ce n'était pas seulement un cabaret qu'il avait à

1. Patate, pomme de terre.

Toulouse, il tenait table d'hôte et louait aussi des chambres, si l'on pouvait appeler chambres ces réduits faits de planches, évidemment sans fenêtres, auxquels on accédait par des échelles que le locataire retirait avant de se mettre au lit et de souffler sa chandelle. Sa pratique était surtout faite de colporteurs, qui lui payaient quatre sous la nuit. Lui-même était un ancien du colportage, il avait parcouru pendant vingt ans les grosses fermes de la Picardie, de l'Artois, de la Beauce, à vendre des pierres à faux d'Aleu – trente-cinq kilos par voyage et sur mille kilomètres – accumulant centime après centime avec une effarante minutie. Son établissement à Toulouse remontait à 1842. Dans son esprit, ce n'était qu'une étape : il rêvait d'acheter l'un des trente cafés dont les terrasses faisaient ventre sur la place du Capitole. Peut-être même le *Café Lissençon*, qui était le plus prestigieux. Et il se voyait déjà fortune faite, à vendre du café à longueur de journée, et même du café chaud, luxe qu'on ne connaissait guère qu'à Paris, dans des bols octogonaux, à la mode d'alors. C'était un petit homme d'environ cinquante ans qui, à force de charrier des pierres à faux à travers toute la France, marchait toujours les bras pendants, voûté, comme poussant une invisible brouette.

Il était presque six heures et demie. A une table voisine, des sous-officiers de zouaves buvaient du vin de Cahors à un franc la bouteille. Un peu plus loin, leur souper terminé, des bourgeois s'étaient remis aux dominos. Le reste de la salle se composait encore de deux ou trois colporteurs rentrant au pays au terme de leur tournée hivernale, et de gens de boutique portant sur la tête de vieilles calottes à la grecque. Sans compter quelques gredins aux regards obliques, mais qui se tenaient tranquilles. C'était en somme un soir comme les autres, et les affaires n'allaient pas mal.

Entra alors le couple qui allait tout changer.

Jeanne-Marie souffrait horriblement des pieds. Elle avait de la haine pour ses bottines, et les typiques petits cailloux gris et noirs, pointus comme des amandes, qui pavaient la ville, n'avaient rien arrangé.

L'homme au bambou posa sa canne sur la table d'hôte, adressa un coup d'œil complice – qu'elle nota – à trois ou quatre hommes qui n'étaient pas très loin et avaient des figures de fausses couches. Il sourit :

– Moi, dit-il, je soupe. Et comme j'ai grand cœur, je t'invite.

Il commanda une omelette, du pain, du vin et du fromage. Jeanne-Marie l'examina de plus près. Jusque-là, elle ne lui avait guère prêté attention. D'ailleurs, les réverbères étaient rares dans les rues de Toulouse, aux abords de Matabiau. Qu'elle eût bientôt à coucher avec lui, à se laisser faire, ne la préoccupait pas trop. Il y avait quinze mois et plus qu'elle n'avait pas eu d'homme. Cette abstinence ne l'avait pas obsédée, loin de là. Ils devaient bien être une demi-douzaine à lui être passés dessus, depuis qu'elle avait douze ans et chaque fois, elle avait éprouvé le même sentiment de surprise et de déception. Sans savoir ce qu'elle aurait dû attendre de ces étreintes pour le moins rapides (en général, son interlocuteur ne prenait même pas la peine de lâcher le manche de sa fourche ou de sa houe), elle avait pourtant l'intuition vague que quelque chose aurait dû se passer, qui ne s'était jamais produit. Elle en avait conclu que c'était une affaire d'homme. A quoi ils semblaient très attachés, pour une raison mystérieuse. Même la fois où, après, elle s'était retrouvée grosse, elle s'était au plus senti une espèce de timide chaleur dans le ventre, qui n'avait rien eu pour susciter son enthousiasme...

– Tu ne m'as pas dit d'où tu venais.

Il faisait l'aimable. En un sens, c'était bien sûr un progrès sur ses prédécesseurs, qui la culbutaient sans ouvrir la bouche. Mais justement : elle se méfiait. « S'il fait ainsi le beau, c'est qu'il a autre chose en tête. »

– Jeanne-Marie, dit-elle. Je m'appelle Jeanne-Marie et je suis de Fougaril, dans la vallée de Bethmale.

Sans y penser, elle avait parlé gascon. L'homme ne comprit pas un traître mot, son visage le montra. En revanche, le cabaretier qui à l'instant apportait l'omelette, l'identifia évidemment pour Ariégeoise. Cette identité d'origine entre la fille et lui le contraria un peu. Il connaissait l'homme au bambou et l'avait souvent vu ramener des filles, cueillies parmi les bonnes qu'on avait licenciées pour quelque raison. En bref, c'était un souteneur et cette grande bringue aux airs de bohémienne finirait à la retape, comme les autres.

Le Massatois dit à Joël :

– Ça me contrarie un peu. Remarque que je ne peux rien dire, c'est un chaland de longue date mais quand même.

Joël en était toujours à penser à Elie, et à l'offensive qu'il allait devoir mener contre son frère.

– Ferme les yeux, dit-il.

Mais lui-même ouvrit les siens, machinalement. Il voyait la fille de trois quarts et, ma foi, elle n'était pas si laide. Au vrai, à bien la regarder, avec son visage anguleux, plus on la regardait et plus elle devenait intéressante... En premier lieu, elle le surprenait par sa taille, lui qui était accoutumé de voir les Ariégeoises, et les Pyrénéennes en général, comme des pots à tabac noirauds. Elle l'étonna ensuite par sa minceur, qui n'était guère dans les goûts du temps – mais lui les aimait minces. Quoique du point de vue des seins, elle avait incontestablement du relief. On aurait dit le Vallier. Enfin, il prit soudain goût à la fermeté de sa bouche, à cette lèvre inférieure gonflée qu'elle avait, à ses yeux noirs qui étincelaient. Et surtout et enfin à une sorte de tension interne, de violence contenue...

Il reposa le vin dans lequel il trempait distraitement ses lèvres.

– Reste tranquille, dit aussitôt le Massatois. Il a sa canne et il est gros, cet escogriffe. Et en plus, les trois bonshommes dans le coin sont ses collègues. C'est rien que de la mauvaise engeance. Tu ne peux rien faire.

Joël sourit :

– Quand il n'y a pas de solution, c'est qu'il n'y a pas de problème.

Et puis cela le changerait de penser à Elie.

Il commença par aller parler aux militaires. Il leur apprit qu'il leur portait une amitié farouche, pour avoir été zouave lui-même. Hélas non, pas dans le 4e Régiment de la Garde impériale comme eux, il n'avait pas eu cette gloire d'appartenir à un semblable régiment d'élite. Il avait été plus modestement au 2e, celui qui avait pris Constantine. La Crimée? Hélas encore, il ne l'avait pas faite. On l'avait blessé en Algérie, c'était à peine s'il pouvait marcher, lever un bras misérable. Il ouvrit sa chemise et montra la cicatrice mississippienne, prétendument due aux moricauds de Constantine. On l'avait réformé, il en pleurait encore.

Emus, ils lui offrirent du vin de Cahors.

Il le boirait avec reconnaissance, répondit-il. D'autant plus qu'il avait du chagrin à noyer.

A cause de sa réforme, toujours?

– Non, de ma sœur. Elle est là. Regardez.

Il désigna la Bethmalaise d'un pitoyable mouvement de menton. Et leur fit le récit de sa non moins pitoyable histoire : la pauvre fille avait été levée le jour même par cet infâme souteneur, qui la ferait retaper tôt ou tard, elle qui était tellement vierge. Lui, son frère, n'avait rien pu faire; il avait bien tenté d'intervenir mais comment l'eût-il pu, avec cette blessure reçue au service de la Patrie, et dans les zouaves, qui plus était?

– Songez qu'elle est à ce point extasiée par ce gredin qu'elle refuse de me reconnaître; elle, ma sœur, la chair de ma chair...

Les six zouaves se levèrent comme un seul homme. Ils étaient à Inkerman et à l'Alma, un souteneur de Toulouse ne pouvait pas leur faire peur, si gros qu'il fût. Joël les retint :

– Je vais d'abord essayer, une dernière fois, de convaincre ma malheureuse sœur...

Il arriva sur Jeanne-Marie au moment même où – elle avait faim – elle allait porter à sa bouche un morceau d'omelette. Il l'embrassa sur les deux joues, quatre fois en tout, et pour faire bon poids, l'embrassa sur les lèvres :

– Tu n'as pas honte? Après tout ce que la mère a fait pour toi?

Elle le regardait ahurie. Il l'embrassa encore. Il s'amusait énormément. Mais il ajouta tout de même en gascon :

– Ne dis rien, suis-moi. On parlera dehors.

Il ne lui laissa pas le temps de réfléchir, la prit

par le poignet, la fit se lever, la tira vers la porte. Ils n'avaient pas fait trois pas que l'orage survint. L'homme au bambou, d'abord stupéfait, se dressa à son tour. Il eut le temps d'allonger le bras vers Joël, sur quoi les zouaves arrivèrent en renfort, la garde impériale entra dans la fournaise. La seconde d'après, la mêlée faisait rage. Joël gagna la porte de la rue, poussant devant lui la Bethmalaise.

– C'est malin, lui dit le Massatois au passage. Ils vont tout me casser.

Sur le seuil, Joël se retourna. Approuva : on se serait bien cru à Malakoff, lors de l'enlèvement de la redoute.

Ils marchèrent côte à côte sans se toucher, droit vers Saint-Sernin et très vite il se rendit compte que ses bottines la blessaient.

– Enlève-les.

– Va crever.

Mais elle se mit pieds nus, fermant les yeux de plaisir et de soulagement. Il la considéra en souriant, amusé. Elle demanda :

– Et je serais ta sœur ? Depuis quand ?

– Tu avais vraiment envie de faire la puto ?

– J'avais besoin d'argent.

– Il fallait choisir quelqu'un d'autre. Combien d'hommes as-tu déjà eus ?

Elle le foudroya du regard :

– Tu me demanderais combien j'ai eu de femmes, si j'étais un homme ?

Il éclata de rire :

– Non.

– Alors, ne me fais pas des questions pareilles.

– D'accord, dit-il, le rire se prolongeant dans ses yeux verts.

Ils débouchèrent sur la place déserte de Saint-Sernin, contournèrent la basilique avec ses arcades rondes, son clocher de brique nue. Eurent sur leur gauche un autre grand bâtiment également en brique, et sur leur droite les murs d'un jardin.

– Tu es fatiguée ?

– Non.

Et c'était vrai qu'elle avançait à grands pas, foulant pieds nus, dans la plus grande indifférence, les petits pavés pointus. On voyait bien qu'elle était de la montagne, et habituée à marcher. Il lui fit prendre la rue du Taur. Il commençait à avoir une idée de ce qu'il allait faire.

– Ainsi, tu es de Bethmale ?

– Parce que tu connais ?

Il connaissait. A deux reprises au moins, il avait franchi le pas de la Core, venant de Seix et remontant le cours de l'Esbints. Une fois même, il avait gagné la vallée par le mont Noir et de bois de La Plagne. De sorte qu'il était certainement passé par les bordes de Fougaril, oui, celles-là mêmes où elle était née. Et Joël pensait en lui-même : « J'étais alors avec Elie, nous allions à Castillon et ce fut l'une des rares fois où nous avons réussi à aller ensemble sans nous casser forcément la gueule »

– Tu es presque de chez moi, en somme, dit-elle.

Elle s'adoucissait peu à peu. Mais elle demeurait néanmoins extraordinairement tendue, presque désespérée, quelque effort qu'elle fît pour le dissimuler. Elle a des ennuis, et sérieux, elle n'est pas fille à se désemparer pour rien. Mais autre chose serait de la faire parler.

Ils vinrent en vue du Capitole, et devant l'entrée de l'*Hôtel Gasset*. Joël s'arrêta à quelques pas du portier qui les considéra d'un œil sévère. Il dit à Jeanne-Marie :

– Ecoute-moi. Nous allons entrer dans cet hôtel, c'est le meilleur de Toulouse. On ne nous y voudra pas, à cause surtout de toi : tu es pieds nus, en cheveux, tu as l'air pour le moins d'une paysanne. Nous allons pourtant entrer. Parce qu'on les emmerde, nous autres de l'Ariège. Viens.

– Ça te fait bien de peine pour coucher avec moi.

Mais il y avait eu une sorte de vacillement au fond de ses prunelles noires.

– Il ne s'agit pas de coucher avec toi, quoique j'en aie envie. C'est autre chose.

Mais quoi? Il ne le savait pas au juste. C'était vrai qu'il lui eût volontiers fait l'amour. Elle l'excitait diablement. Mais c'était loin d'être la seule raison, ni même la principale. Accoutumé d'être lucide à propos de lui-même, sans doute plus encore que sur les autres, il ne discernait pas très clairement ce qui était en train de le pousser : je rentre d'Amérique, il n'y a pas deux jours que je suis en France, je tombe sur cette fille, qui est de chez moi ou presque, elle est ignorante, seule et perdue, je suis sûr qu'elle ne sait pas lire, ni écrire, je ressens à la voir peut-être de la colère, voire de la révolte. Elle est cette Ariège que je voudrais voir changer, en somme. Et je m'identifie à elle, au point de l'imposer à l'*Hôtel Gasset* où moi-même, seul, il ne me serait pas venu à l'idée d'entrer. Pure provocation. Nous serions à Paris, j'irais sans doute aux Tuileries. Joël, tu es vraiment tout à fait fou...

– D'accord, entrons, dit-elle, tout à fait déterminée.

Toujours *in petto*, il se moqua de lui-même : « Reste que si elle avait un goitre, du poil aux pattes et dans le nez, je me préoccuperais moins d'elle. » Il la prit par la main. Ils entrèrent dans l'*Hôtel Gasset* comme s'il leur appartenait. Bien sûr, on leur dit qu'il n'y avait point de chambre libre.

– Je suis sûr que si, dit Joël en souriant, et avec son meilleur accent d'Angleterre. Et en déposant devant l'hôtelier une pièce en or de vingt francs. Sur quoi, il se lança dans une histoire extavagante, de bagages volés, à sa femme, qui comme on pouvait le voir était brésilienne, et ne savait pas un seul mot de français, qui faute de ces effets qu'on lui avait pris n'avait pas pu s'habiller comme il convient, et qui avait grand faim, tout comme lui d'ailleurs.

– Et dépêchons-nous s'il vous plaît. *Hurry up my good man.*

Et de sortir encore vingt francs en or, en laissant voir les quelque mille francs que lui avait avancés Labadie, avant qu'il ne quittât Bordeaux.

– Je veux qu'on nous monte un bain, et un souper pour deux.

Assommé, titubant sous son bagou à l'accent britannique, on leur donna la meilleure chambre. Très peu de temps après, on y monta une baignoire, et de l'eau chaude. Ils furent seuls. Silence.

– Vas-y, dit Joël.

– Où ?

Elle se tenait plantée au milieu de la pièce. Il pointa l'index :

– Là-dedans, c'est une baignoire.

– Et pourquoi je ferais une chose pareille ?

– Pour te laver.

Elle le fixa comme s'il était fou. Mais se contenta de demander :

– Et il faut que je me mette toute nue ?

– Ça vaudrait mieux, dit Joël suave.

– Et tu vas me regarder, c'est ça ?

– Pas si tu ne veux pas que je te regarde.

Il pourrait passer dans le salon et lire les gazettes, en attendant. Puisque la « meilleure chambre » de l'*Hôtel Gasset* comprenait, outre une chambre, un salon et deux cabinets noirs, l'un pour la garde-robe, l'autre équipé d'un broc et d'une cuvette.

Jeanne-Marie réfléchissait, haletante soudain, la gorge nouée.

– Je veux bien que tu me regardes, dit-elle enfin, d'une voix un peu basse, et rauque.

Il sourit : « Merci. » Il s'assit sur une chaise, croisa les bras et ses jambes bottées de neuf. Elle ôta sa cape, de plus en plus étrangement troublée, éprouvant quelque chose d'inconnu qui, dans tous les cas, lui bloquait de plus en plus la gorge. Elle défit sa chemise après son gilet, ôta le tout. Fut la poitrine nue.

Et lui la regardait, de ses yeux verts. Pensant qu'elle était bien moins maigre qu'on n'aurait pu le croire. Mince, ça oui, et hâlée comme une More d'Afrique mais...

– Ça me fait drôle, dit-elle à voix basse.

– Tu ne t'es jamais mise nue devant un homme ?

Elle s'indigna : pour qui la prenait-il ?

– Mais pourtant, tu m'as bien dit que tu avais eu des tas d'hommes ?

– Pas des tas, corrigea-t-elle. Peut-être six ou huit. Pas plus.

– Et tu ne te mettais pas nue ? Comment diable faisaient-ils ?

Elle haussa les épaules : ils la flanquaient par terre et la troussaient, ça ne prenait pas longtemps, Dieu merci. Il y en avait eu un ou deux pour lui caresser les seins, mais elle ne leur aurait pas permis d'aller plus loin. Elle n'était pas une puto.

– Je comprends, dit Joël impassible. Il n'avait pas envie de rire. En vérité, même lui ne sachant pas pourquoi, il éprouvait comme de la tristesse.

On frappa à la porte du salon et c'était leur souper qu'on leur apportait. Joël se leva :

– Quand tu seras dans l'eau, frotte avec le savon. Frotte bien. Partout. Et quand je dis partout...

– J'ai compris, le coupa-t-elle d'un ton acerbe. Je ne suis pas idiote, tout de même.

– Sûrement pas, dit Joël, sincère.

Elle mit à profit son absence de la chambre pour se débarrasser de sa jupe et de son jupon, sous quoi il n'y avait plus rien qu'elle-même. Quand il revint, elle était dans l'eau jusqu'au cou.

– Le savon. Et tu frottes...

– Partout, je sais.

– Les cheveux et l'intérieur des oreilles aussi.

– L'intérieur des oreilles?

Là, elle était carrément surprise.

– Quand on prend un bain en oubliant de se laver l'intérieur des oreilles, on attrape la fièvre de Malte, expliqua Joël.

Un silence. Elle le scrutait d'un œil aigu :

– Tu te moques de moi.

– Oui, dit Joël.

Il sourit avec gentillesse, elle finit par sourire aussi. A force, ils se mirent à rire ensemble. Mais pas longtemps. Revint le silence et ils étaient yeux dans les yeux.

Tandis que dans la tête de Jeanne-Marie, une petite mécanique se mettait lentement en route, très nouvelle. Une mutation s'opérait en elle, qui était tout à la fois stupéfiante et parfaitement logique. Dont elle éprouvait les premiers effets sans le moins du monde en connaître les causes. De fait elle dit :

– Je n'ai pas d'amour pour toi, il faut que tu le saches.

– Ça ne fait rien, dit-il.

– Je n'en aurai peut-être jamais. Et pourtant…

Elle commença à se savonner, passant et repassant avec conscience sur son corps le morceau cubique de savon de Marseille, tandis qu'il la considérait de ses yeux verts. « Il a envie de moi », pensa-t-elle. Au moins savait-elle lire dans le regard des hommes. Et pour la première fois de sa vie, elle procédait à ce genre de constatation avec ce qui était bel et bien du plaisir. « Il est beau, il est vraiment très beau. » D'où lui venait alors cette certitude que jamais elle n'aurait d'amour pour lui ? C'était vraiment étrange. D'autant que dans le même temps, ce quelque chose qu'elle avait déjà éprouvé en se déshabillant sous ses yeux, ce trouble revenait, et ne s'en tenait plus à sa gorge : il atteignait son ventre, d'où provenaient des signaux inconnus. Cela faisait comme une chaleur, une mollesse, presque une brûlure, comme elle n'en avait jamais ressenti. Peut-être était-ce ce bain, cette eau tiède, mais voilà qu'elle avait envie, à son tour, d'être nue devant lui. Au moins cela. Il y avait pis : des images lui venaient. La honte l'envahit : « Je suis une puto. »

Mais elle n'hésita pas pour autant et se dressa tout d'un coup hors de l'eau, constatant avec surprise que ses seins étaient durs, et que son ventre la brûlait de plus en plus.

Il lui tendit des linges.

– Je vais tout mouiller, remarqua-t-elle.

– C'est fait pour ça, ce sont des serviettes. Tu veux que je t'essuie ?

Elle ferma les yeux : « O Jeanne-Marie, qué puto tu fais ! »

– Oui, dit-elle dans un souffle.

Il la sécha, la frôlant à peine, et la brûlure augmenta d'intensité. « Mets-toi dans le lit à présent, tu finiras par prendre froid. » Elle obéit, avec une docilité qui n'était pas d'elle. Il demeura debout, l'air pensif, perdu dans un rêve, terriblement lointain.

– Non, je n'ai pas d'amour pour toi, dit-elle. Malgré que tu sois très beau. C'est seulement parce que je suis une puto.

Il secoua la tête :

– Tais-toi donc.

Il abaissa ses yeux sur elle. Dit doucement :

– Je ne te toucherai que si tu en as envie.

Elle rougit et cela aussi était nouveau :

– J'en ai envie, dit-elle.

11

« ELIE, mon Dieu, Elie... »

Les mots revenaient sans cesse avec l'âpre et douloureuse douceur d'une antienne suivant les psaumes. Pour la neuvième fois ce même jour, qui était le trentième de mars, Anastasie arracha le sac à la terre et le fit venir exactement, avec cette précision née de l'habitude, sur le cercle en bois de cornouiller lui couronnant la tête. Le sac contenait du fumier et pesait pas loin de quarante livres. Le jus noirâtre et puant dégoulina comme toujours sur ses épaules et même son visage, l'un et les autres également déjà détrempés et maculés par les voyages précédents.

A côté d'elle Marie, bien que grosse de cinq mois, se pencha de même. Mais les forces lui manquèrent à l'instant de soulever son propre sac. Elle tomba à genoux.

– Rentre, ordonna Anastasie. Tu as suffisamment fait pour aujourd'hui.

– Je peux en porter encore un.

– Rentre.

On obéissait toujours à Anastasie. Marie s'exécuta et s'éloigna, vaguement titubante, prenant un moment appui au chambranle de la porte de la grange. L'enfant dans son ventre était son cinquième, fait comme les autres avec François Raufaste, mais deux seulement avaient survécu jusqu'ici. Et on pouvait craindre que l'hiver à venir les tuerait, eux aussi. Si seulement ils vivaient jusqu'à l'hiver.

Anastasie se retourna et partit droit devant elle. Elle s'éloigna de la *bourdaous,* la grange. La lourde pluie des jours précédents avait rendu la terre meuble, on s'y enfonçait presque jusqu'aux chevilles et le piétinement continu – qui durait depuis l'aube – de la noria incessante des sacs de fumier, l'avait encore dégradée. Ce n'était pourtant pas le pire passage que ces deux cents mètres de soulane; le pire était bien entendu la pente qu'il fallait ensuite gravir. La serre s'allongeait sur à peu près six cents mètres et sa déclivité atteignait par endroits vingt pour cent (bien entendu, cette expression mathématique n'avait de sens pour personne dans le village, même pas pour Anastasie).

Elle piocha l'eau froide du ruisseau, l'Artigou, qui courait au cœur de la soulane et peu après attaqua la pente, le cœur déjà entre les dents, les jambes tremblantes de fatigue.

Elie, mon Dieu, Elie...

Depuis sept ans qu'il était parti, elle avait compté chaque jour, chaque heure de son absence. Et depuis sept ans, comme un fait exprès, les choses étaient allées de mal en pis. Elie était parti au printemps de 1849. Dans les premiers temps, somme toute, ç'avait été comme toutes les autres années, quand il conduisait régulièrement ses frères et les Raufaste, au côté du Bardu, soit en Espagne, soit en Roussillon ou Languedoc, soit à Bayonne ou à Bordeaux pour travailler aux ports. La différence étant cette année-là qu'il ne rentrerait plus. Anastasie ne savait même pas où l'armée l'avait envoyé. Peut-être en Algérie ?

Il n'avait jamais écrit, sauf une fois, quatre mois après son départ, pour dire qu'il allait bien et qu'il était à Toulon. Depuis, rien. Mais ce n'était pas pour surprendre. Quoiqu'il sût lire et écrire – pas aussi bien toutefois que Joël, elle devait en convenir – il n'était pas homme à s'épancher. S'il ne donnait pas de nouvelles, c'était qu'il allait bien. Il fallait s'en satisfaire.

Mais Dieu que la vie avait été dure durant ces sept ans ! L'épouvantable hiver de 45-46 avait manqué de peu de se renouveler, lorsque était pour la première fois apparue la maladie de la pomme de terre, la patano. Une maladie qui non seulement touchait à la récolte, la réduisant des quatre cinquièmes, mais faisait aussi que même les patanos venues à maturité ne se conservaient pas et pourrissaient très vite, en trois ou quatre semaines, malgré toutes les précautions qu'on pouvait prendre pour tenter de les conserver. Et dans un pays où l'on ne mange guère que cela, ou peu s'en faut, à défaut de blé qui eût permis de faire du pain, cela équivalait à une catastrophe. A plusieurs reprises, le village tout entier accroché à sa montagne n'avait survécu qu'en mangeant de l'herbe. Et Anastasie se souvenait de cette fois où François Raufaste, Amos et Daniel leur avaient à tous très certainement sauvé la vie, en ramenant quatre pleins sacs de croûtons, même un peu moisis, que sans aucun doute ils avaient volés à Seix...

Elle buta dans la pente et le sac sauta hors du cercle de bois. Le fumier s'étala un peu plus, coula même sur le sol. Elle dut s'arrêter, descendre le sac, ramasser à mains nues ce qui était tombé, le replacer dans le sac, hisser à nouveau le sac sur sa tête. Elle repartit, sa vue brouillée par l'épuisement. Non loin d'elle, montant ou redescendant, ils étaient au moins trente, Raufaste et Rouch mêlés, surtout des femmes et des enfants en la quasi totale absence d'hommes, à s'acharner au même travail : hisser la fumure jusqu'à ce nouveau champ qu'on avait ouvert, d'abord en incendiant la hêtraie, puis en arrachant chaque souche, enfin en ôtant les pierres les plus grosses.

... L'hiver de 1850 avait été terrible, lui aussi. Tout s'était ligué : d'abord la pomme de terre qui continuait de pourrir, sauf ces quelques plants de la Chardon ramenés de Salies par Jérémie; puis également le sarrasin et le millet, qui avaient misérablement peu donné; quant au méteil, il y avait longtemps qu'il n'était plus qu'un souvenir. Les gelées s'étaient succédé à n'en plus finir et il avait fallu laisser deux hivers consécutifs la terre en guéret, dans l'espérance chaque fois déçue de cultures de printemps qui s'étaient révélées impossibles : les soulanes avaient, suite aux gelées, subi des chaleurs lourdes brutales, apportées par des autans soufflant en rafales, et entrecoupées d'averses orageuses. Incroyable acharnement du ciel qui, non content de provoquer coulures et échaudages, avait en outre, par toutes ces pluies diluviennes, rejeté dans la vallée une grosse partie de la mince couche de terre cultivable, qu'on avait eu tant de mal à étaler sur le granite, au prix de millions de portages par hottes, en deux cents ans.

Et ce n'était pas tout : il y avait eu la thyphoïde de 48 – l'année où Joël les avait quittés – qui n'avait atteint le village qu'avec du retard, mais n'en avait pas moins tué onze d'entre eux.

Et le choléra de 54, qui en avait encore emporté

neuf, dont deux des propres enfants d'Anastasie et quatre de ses petits-enfants.

...

Cette fois, elle fit plus que buter : elle s'affala, à demi morte d'éreintement. « Je n'irai pas jusqu'au bout... » Naturellement, elle ne le croyait pas vraiment, c'était façon de dire, elle n'était pas femme à abandonner un travail entrepris. D'ailleurs, qui aurait pu l'aider ? Il n'y avait plus d'hommes au village, hormis des très vieux comme le Gris et Gudane, ou des très jeunes. Tous les autres, les dix-neuf autres, étaient au loin, notamment tous ses fils, enfin ceux qui étaient restés après les départs d'Elie et de Joël. Bien sûr, ils allaient rentrer, d'Espagne, du Languedoc, de Belgique, de Savoie. Ils rentreraient et avec eux les Raufaste, le François en tête, qui avait épousé Marie. Mais ce serait pour repartir, dans la migration de printemps qui les conduirait encore en Espagne, avec tous les risques que l'Espagne comportait. Déjà, l'année précédente – et ce n'était pas la première fois –, ils avaient eu affaire aux Espagnols, comme toujours furieux de voir arriver ces étrangers qui, acceptant n'importe quel salaire, leur volaient leur travail. On s'était battu à coups de faux. François et Daniel avaient été blessés.

Un jour viendra où ils ne rentreront plus...

Cette certitude soudain envahit Anastasie, dans une intuition fulgurante. Non parce qu'ils auraient succombé à une embuscade espagnole mais parce qu'à force de quitter si souvent le village, où entre les migrations d'hiver, d'été, de printemps, ils ne passaient plus guère que deux ou trois mois par an, ils finiraient bien par céder aux attraits d'une vie plus facile.

Elle se figea.

Cette vie qu'ils décrivaient, regard tourné vers l'intérieur, à chacun de leurs retours...

Et ce jour-là, le village va mourir...

L'intuition d'Anastasie se fit encore plus claire. D'un coup, elle se sentit déchirée, comme frappée d'horreur et d'effroi. Comment ne l'avait-elle pas vu plus tôt? La vérité était que le village s'émiettait. Que peut-être il était déjà mort.

Dans ce qu'elle ressentit à cet instant, il y avait plus que la simple fatigue physique. Pour la toute première fois depuis le départ d'Elie, alors que le retour d'Elie était maintenant si proche, elle s'interrogea sur elle-même. Qui était Anastasie Rouch? Elle se vit brusquement de l'extérieur, tout comme elle eût étudié une étrangère. Des souvenirs lui revenaient, désaccordés : ceux d'une petite fille de Saint-Girons, ruban propret dans les cheveux, dont le père était mercier sur la place des Capots, qui avait joué sur les bords du Salat, était allée régulièrement à l'école et même, pour quatre ans, chez les sœurs à Toulouse où elle avait appris *rosa-rosam* et par cœur des vers des *Géorgiques*.

Qui aurait pu épouser l'un des fils de l'auberge Eychenne...

Et qui au lieu de cela, par pure folie, était allée s'amouracher d'un mountagnol, au désespoir de sa famille.

Elle se revit au bras d'Eloi, passant le pont sur le Salat. Mais ce Salat n'était pas celui, domestique, de Saint-Girons; celui-là était un torrent sauvage, qui pouvait tuer et tuait par intervalles, comme il l'avait fait en 1801, noyant trente personnes et emportant jusqu'à l'église de Salau. Le pont passé, on était monté, monté sans fin. Elle retrouva dans ses narines l'épouvantable puanteur de la bourdaous – ça n'était même pas une vraie maison – où pour la première fois elle avait reçu Eloi dans son ventre. A compter de ce moment, une sorte de brume enveloppait ses souvenirs. Les années se ressemblaient toutes. Dans cette communauté de haute montagne ou deux femmes sur cinq arboraient un goitre hideux, elle avait creusé son trou. Et puisqu'elle savait lire, au contraire de tous (Eloi n'avait jamais appris, même auprès d'elle, qui avait pourtant essayé cent fois de lui apprendre), elle s'était peu à peu érigée en maîtresse d'école, pas seulement pour ses propres enfants.

Ce qui ne l'avait pas empêchée de travailler comme une bête, avec un acharnement inouï, comme si elle eût voulu se faire pardonner de n'être pas vraiment de la montagne. Vingt-neuf ans avaient passé, elle approchait de la cinquantaine, et il n'aurait pas fallu grand-chose pour qu'elle jugeât sa vie finie.

...

Le sac avait une nouvelle fois glissé, et il restait trois cents mètres à monter. Mais elle ne le rempoigna pas tout de suite. Encore figée par sa découverte, elle pivota. Regarda dans le sens de la pente, en bas, vers le village, vers ces quatorze maisons-chaumières écrasées, ces bordes déglinguées que les hommes n'avaient plus le temps d'entretenir.

Puis son regard tourna, à défaut de son visage immobile bloqué par la charge. Il y avait de la neige sur le cap du Quer juste au-dessus d'elle. Il y en avait sur le Montbuou et, par-delà le col de Pause, évidemment sur le Vallier. Elle sentit perler une larme. C'était fou et c'était à n'y pas croire, elle constatait stupéfaite : en dépit de tout, elle avait de l'amour pour cet endroit...

Le même amour qu'Elie.

ELIE.

Il allait à présent rentrer. Ses sept ans étaient

faits. Il serait là, d'un jour sur l'autre, il ne tarderait plus.

Et lui revenu, elle le croyait comme on croit en Dieu, lui revenu tout allait changer. Il remettrait de l'ordre dans ce village qui s'en allait à vau-l'eau

La joie maintenant la faisait trembler.

Elle ré-arrima le sac sur le cercle de cornouiller et recommença de monter.

Elie, mon Dieu, Elie...

12

Zaccharie et Daniel Rouch faisaient route ensemble depuis Casteljaloux, dans le département du Lot-et-Garonne, où ils s'étaient retrouvés, comme ils en étaient convenus à l'octobre de 55, six mois plus tôt.

Cet hiver-là, Zaccharie s'en était allé pour sa part « en Médoc » comme on avait coutume de dire, à travailler dans les vignes et il avait complété ses dix heures d'emploi quotidien, dimanches compris, par un labeur supplémentaire, finissant sept jours sur sept bien après la nuit. S'occupant de creuser des fossés, de débroussailler, de couper du bois, de sarcler les jardins fleuris des riches récoltants. Il avait seize ans et il ramenait deux cent huit francs, plus quelques centimes. Il n'était pas mécontent de lui-même, jamais il n'avait autant rapporté. Anastasie allait peut-être même dire que c'était bien.

...

Daniel de son côté avait hiverné à Bayonne, où il avait choisi de se joindre à tout un groupe de *pariès*, d'hommes de peine, descendus dans les premiers jours d'automne de la montagne castillonnaise pour aller au port basque. Où ils avaient leurs habitudes et d'ailleurs cela valait mieux, tout comme il était plus sûr d'arriver en nombre : la concurrence était âpre entre les portefaix et un homme seul se serait fait casser les os. Pis encore : il n'aurait pas trouvé à s'employer. C'est que ces foutus Basques avaient la tête dure et ne goûtaient pas trop qu'on vînt marcher sur leurs brisées. Daniel en savait quelque chose, qui avait dû se battre trois ou quatre fois, histoire de prouver que pour ce qui était de la dureté du crâne, un Ariégeois du haut pays n'avait à jalouser personne.

Il s'était en vérité un peu trop battu (on n'avait pas besoin de l'y encourager) et avait fini par récolter un peu de prison et, surtout, une amende. Résultat : il ne ramenait que cent quatre-vingt-dix-huit-francs à peine. Heureusement qu'Elie n'était pas au village, sans quoi il n'y eût pas coupé d'une trempe.

– Mais il est peut-être rentré, remarqua Zaccharie. Ça fait sept ans cette année qu'il est parti.

Et après un silence, il ajouta, pince-sans-rire :

– Peut-être aussi qu'il est mort. Ça arrive, quand on est soldat.

Plaisanterie qui les avait fait presque mourir de rire, tous les deux. Comme tous les Rouch, comme la quasi-totalité des Raufaste, ils portaient à Elie un surprenant mélange d'admiration, de respect, et peut-être de haine, tout cela enrobé dans un formidable esprit de clan. Qu'on pût tuer Elie leur semblait hautement comique, et parfaitement invraisemblable. Soldat ou pas. Si Elie était en Algérie, comme beaucoup le croyaient, alors les moricauds étaient bien à plaindre...

Ils marchaient d'un bon pas. Ils abattirent leurs dix lieues quotidiennes de leur pas faussement lent de montagnards.

Dans la soirée du 27 mars, ils furent à Auch. Le rendez-vous qu'ils y avaient avec Amos était fixé au

29. Deux jours à attendre. Ils savaient où coucher : dans la grange d'un fermier, sur la route de Pessan, sur l'autre rive du Gers. L'homme les connaissait, savait surtout leur qualité de frères d'Elie, qui avait été le premier des Rouch à lui demander asile, dix ou douze ans plus tôt. Quant au manger, pas d'inquiétude, et pas non plus question de toucher à leur pécule : ils travailleraient sur place, à épandre de l'engrais, tailler les arbustes, voire débutter les rosiers du notaire. Bref, ils pouvaient attendre. Amos serait sûrement à temps, quitte à couvrir au pas de charge les six cents et quelques kilomètres qu'il devait parcourir, pour son compte. De tout le clan, Amos était le meilleur marcheur.

A l'exception d'Elie bien entendu.

La typhoïde de 48 avait tué un Ariégeois sur sept. Le choléra de 54 avait fait onze mille quatre cents victimes en Ariège. D'autant plus aisément que ces deux épidémies avaient touché une population dramatiquement sous-alimentée en raison de la maladie de la pomme de terre, à peu près concomitante. Et l'on avait connu d'autres disettes. Sans remonter trop loin, il y avait eu celle de 1812, celles de 1817 et de 1837, et la pire durant l'hiver 45-46.

Le fait pourtant était là : surpeuplement. En Ariège dans la montagne, la poussée démographique avait comme ailleurs débuté vers le milieu du XVIIIe. Mais elle avait été plus forte qu'ailleurs. Le moindre hameau avait vu ses effectifs augmenter de presque cinquante pour cent, en à peine un demi-siècle. Parfois plus : dans le Couserans notamment, où est la vallée du haut Salat, on était passé d'une densité de 27 au kilomètre carré (en 1741) à 64 (en 1846). La cause essentielle étant tout bêtement l'augmentation des naissances. A

Coufflens, vers 1850, il n'était pas de ménage qui n'eût quatre enfants; trois sur dix en comptaient plus de dix; une quinzaine en élevaient quinze et plus.

On avait bien essayé d'un malthusianisme en quelque sorte artisanal : vocations religieuses plus ou moins provoquées ou retardement des mariages, en contraignant les filles à ne prendre époux que passé la trentaine. Il ne s'agissait au vrai que de palliatifs. Et pas mal de donzelles n'avaient pas attendu la trentaine, curé ou pas, pour regarder la feuille à l'envers.

Il fallait survivre : on s'était préoccupé d'étendre les terres cultivables, en gagnant sur la montagne. Suivant en cela la route ouverte par les Rouch, les Raufaste et quelques autres, on était parti à l'assaut des soulanes[1] les plus escarpées. On avait toujours plus haut reculé les estives où l'on menait paître.

Ce n'avait pas suffi non plus. Le temps était alors venu de déverser le trop-plein, d'aller chercher ailleurs. On en était arrivé à vivre à trente là où, au Moyen Age, on ne subsistait qu'à huit. Les migrations saisonnières avaient commencé. Elles n'étaient pas nouvelles, cela faisait des siècles qu'on allait en Espagne en tant que charbonniers, ou moissonneurs; déjà vers 1500, on passait la frontière pour fuir les guerres de religion.

Mais rien de comparable avec le mouvement puissant du début du XIXe siècle.

D'abord, une migration d'été. Un sous-préfet le note en 1848 : il n'y a plus un seul homme dans un village du Biros, tous sont partis moissonner en Espagne, et ils ne reviendront que pour la moisson locale, heureusement décalée dans le temps. (Ce

1. Partie la mieux exposée au soleil.

sous-préfet-là n'est pas n'importe qui, il s'appelle Haussmann, il fera carrière à être si observateur.) En 1852, ils sont sept mille brassiers du Couserans à franchir le port de Salau, à deux mille mètres d'altitude, pour déferler sur Catalogne, Aragon, Andorre, et val d'Aran. On quitte son village quand le blé y est en fleur, on est à Lérida pour la fauche, on passe à temps à Aran pour faire de même, on rentre à l'instant de prendre soin de sa propre culture. Avec trois cents francs dans la ceinture.

Mais ce n'est pas tout. D'autres choisissent – ceux-là sont des *manouvriers* – de descendre sur Atlantique, Aquitaine, Méditerranée, dans les vignobles d'Agen ou de Bordeaux, dans les guérets gascons ou dans les forêts landaises qui commencent à naître. Ou bien ils vont faucher le blé de la Narbonnaise, cueillir les olivettes du Roussillon, vendanger aux abords de Toulouse, Béziers, Perpignan.

Certains vont même faire le vin en Algérie, pour juste un mois, au départ de Marseille.

...

Après les migrations d'été et d'automne, celle d'hiver. Elle est plus restreinte, parce que plus rude. Elle est la ressource du dernier recours, quand les greniers des bourdaous sont vides, et la vraie famine sur le seuil.

Le colportage apparaît. Il débute réellement vers 1820. (Il y a pourtant des antécédents : les peignes en bois du Mas-d'Azil inondaient le sud de la France depuis déjà un siècle au moins – de même les œuvres des verriers de Sainte-Croix – de même les Massatois, avec leurs pierres à faux d'Aleu et de Soulan, qui vont jusqu'en Flandre ou en Andalousie, dont on revient avec de la mercerie ou de la laine, ou des statuettes de bois – mais ce n'est encore qu'un phénomène local.)

Cela commence par de la mendicité itinérante, à l'échelle industrielle. On voit un maire en vivre uniquement, coupant son temps en deux : moitié à mendier dans Toulouse, moitié à administrer sa commune. En 1829, c'est le premier *oursatès* d'Ercé, dont Joël vingt ans plus tard relèvera la trace à Marseille.

Et l'ingéniosité se donne libre cours. N'importe quoi, sur n'importe quelle distance, pourvu qu'il y ait au bout trois sous supplémentaires qui feront survivre la famille. On récite des psaumes, on chante des cantiques, on fait vénérer une prétendue vierge miraculeuse en attendant celle de Bernadette à Lourdes qui, Dieu merci, ne va pas tarder (1858) et grâce à laquelle on pourra bientôt débiter l'eau du Salat, ou du Lez, en flacons.

Ceux de la haute Bellongue font dans la mercerie, la bonneterie, les tissus. Ceux de Betchat vont en Belgique. Ceux de Fontelles et Biert vendent de la vanille sur les plages atlantiques où l'on commence à se baigner. A Ardichen, on s'occupe de lunettes et de bijoux de fantaisie (comme à Seix et à Coufflens). A Biert et à Boussenac, on est plutôt brûleurs d'eau-de-vie et l'on parcourt essentiellement la Provence. A Liers, on préfère la « baladeuse » de fruits et de légumes dans les rues de Toulouse; Aulus, Ercé, Ustou et Oust sont le pays des oursatès, les montreurs d'ours; Bethmale est spécialisé dans les nourrices; Massat fait tout cela, plus les tapis anciens, les bibelots, les vases de Chine; au point qu'une génération d'antiquaires est en train d'y naître.

Les colporteurs de l'Ariège sont des hommes. Mais pas toujours, que ce soit le couple qui prenne de concert la route, ou que la femme se substitue à son mari quant à lui parti, par exemple, se faire débardeur à Bordeaux. Dans la montagne, les colporteurs ont capturé des marmottes, dont ils se servent pour susciter la curiosité, d'où le nom qu'on donne à la caisse qu'ils transportent. Ils ont souvent leur zone de vente, leurs chalands particuliers; on voit des colporteurs de Coufflens (c'est le cas du Bardu Raufaste) parler flamand. L'un d'eux réussit à rallier Saint-Girons à Bruges en trente jours, évidemment à pied, à raison de quarante à cinquante kilomètres par jour, en portant une marmotte de trente-cinq kilos.

Mais si loin qu'ils aillent, ils reviennent. Ils migrent mais n'émigrent pas. Ou alors à Toulouse et à la rigueur Bordeaux, guère plus loin. Pas encore. Pourtant, l'heure est proche. Anastasie a vu juste, comme toujours : à force de passer tant de temps hors de l'Ariège, l'idée vous vient fatalement de n'y plus revenir, quitte à aller au diable.

Une fois encore, Joël va survenir au bon moment.

Amos arriva à Auch le 30 au matin, avant l'aube, au moment même où ses deux frères hésitaient entre l'attendre un demi-jour de plus et prendre d'ores et déjà la route. De tous les Rouch hormis peut-être Zaccharie encore en train de grandir, Amos était celui qui, au physique, ressemblait le plus à Elie. Il en avait à peu près la taille, et les épaules presque démesurées. Et aussi cette façon de vous dévisager, œil dans œil, tête un peu baissée, sourcil relevé. Sauf que dans le cas d'Amos, il s'agissait de découvrir en vous ce qui allait vous faire rire; ce qui n'était pas précisément le premier souci d'Elie. Amos adorait raconter des histoires. « C'est à se demander », disait de lui Anastasie, « s'il ne fait pas ses cinq cents lieues chaque année à seule fin de nous rapporter des gaudrioles. »

L'histoire de la Térésina était de lui. Et soit qu'il l'eût inventée, soit qu'il en eût été réellement le témoin, elle avait fait en tous les cas éclater de rire jusqu'au sous-préfet de Saint-Girons.

C'était à une veillée. On était bien quarante à éplucher des châtaignes, avec un froid dehors à pétrifier un loup. L'homme qui parlait était un ancien de la Grande Armée. Il avait pourfendu du Portugais au Portugal, de l'Espagnol à Saragosse ou à Montserrat, de l'Autrichien à Austerlitz, du Prussien à Iéna, du mamelouk en Egypte et de l'Anglais un peu partout. Il avait visité Moscou en septembre 1812, avant de faire la retraite de Russie. C'était surtout ce dernier épisode de ses excursions européennes qu'il narrait le plus volontiers. Il l'avait encore fait cette nuit-là, n'oubliant rien : le froid, les partisans russes, les hommes qui éventraient les chevaux pour dormir au chaud dans la tripaille, les pontonniers et le brave maréchal Ney. Au terme de son récit, voulant conclure par un trait qui pût stupéfier, il avait dit : « Et pensez que dans le lit de la Térésina, cent mille hommes sont morts... » Silence en effet stupéfait de l'auditoire. Et c'était alors que, dans cette atmosphère de sépulcre, du fond de la salle, une grosse voix de mountagnol s'était élevée : « Cent mille hommes dans son lit? Que puto! »

En fin de compte Amos, s'il tenait plus d'Elie quant au physique, ressemblait plus à Joël dans son goût de séduire. Mais cette ressemblance-là, personne chez les Rouch ne se serait hasardé à la souligner. On ne parlait jamais de Joël, surtout pas devant Anastasie. Après tout, Joël avait choisi de quitter le clan, s'il en avait jamais fait partie. A preuve son silence de huit années. Et puis l'on se souvenait que quand il était encore au village, il ne faisait pas trop son travail. Dans la montagne, c'est pire que de tuer quelqu'un.

– J'ai marché toute la nuit pour essayer d'arriver à temps, dit Amos à ses deux frères.

Autrement dit, il avait enchaîné deux étapes l'une derrière l'autre, et couvert quatre-vingt-dix ou cent kilomètres d'une seule traite (il revenait de Lorraine, où il avait passé l'hiver à vendre des statuettes en buis venant de Lérida, représentant la Sainte Vierge et aussi saint Pierre tenant les clefs du Paradis). Il se débarrassa de sa marmotte, vide, et s'assit dans le foin de la grange. Allongea les jambes avec un soupir d'aise.

– Suis quand même un peu fatigué. Je voudrais bien dormir deux ou trois heures avant qu'on reparte.

Zaccharie et Daniel se consultèrent du regard. C'était un spectacle en vérité bizarre, presque hallucinant, que ces trois paires d'yeux exactement semblables, aux prunelles identiquement vertes. Pour un peu, on les eût dites venues d'un autre monde. Les yeux des Rouch. Quand le clan descendait en entier à Seix, il ne passait pas précisément inaperçu.

– D'accord, on t'attend, décida Daniel.

Il devait être aux alentours de cinq heures du matin, le jour n'était pas encore levé. L'idée de profiter des circonstances pour prolonger leur propre nuit, puisqu'ils ne pouvaient pas partir tout de suite, ne vint même pas à Daniel et à Zaccharie. Ils avaient en gros trois heures devant eux. Pas question de fainéanter. La veille, un fermier leur avait proposé de lui abattre un arbre ou deux. Ils avaient refusé, pensant quitter Auch avant l'aube. A présent, ils pouvaient accepter. Ce serait l'occasion d'ajouter un franc ou deux à leur pécule. Ou bien non, ils demanderaient plutôt du *pa de brenho*, du pain de vendange qui était presque blanc, en même temps que de l'ail et du vin; de quoi manger pendant trois jours au moins, en route.

– N'empêche, dit Daniel à Amos, tu es en retard. Qu'est-ce que tu as bien pu foutre?

Les paupières d'Amos se fermaient, irrésistiblement, dans la tiède moiteur de la grange, où le foin de l'an passé commençait à pourrir.

– Elie, dit-il. C'est à cause d'Elie.

Ils le fixèrent dans un grand frisson : il avait vu Elie? *Il l'avait vu?*

– Pas vu, bredouilla Amos que le sommeil gagnait.

Mais il avait vu quelqu'un qui avait vu quelqu'un qui avait vu Elie. Et pour cela, il avait dû faire un détour d'une entière journée de marche, d'où son retard.

– L'homme était un soldat. Il a rencontré Elie à la Noël d'il y a deux ans. Lui a parlé.

– En France?

Secouant la tête lourde de sommeil, les yeux déjà clos :

– Pas en France. En Crimée.

La grande différence entre les Rouch et les Raufaste d'une part, les lapins de l'autre, c'était que les premiers savaient lire.

En cette année 1856, l'aîné des quatorze enfants vivants d'Anastasie et d'Eloi Rouch est donc *Elie*, qui a vingt-huit ans. Ensuite vient *Marie*, née dix mois plus tard. Puis *Joël*, vingt-six ans. Puis *Alida* et *Romaine*, les jumelles, vingt-cinq ans; puis *Jérémie*, vingt-quatre; *Léopoldine*, vingt-trois; *Rose*, vingt-deux; *Daniel*, vingt; *Amos*, dix-neuf; *Manon*, dix-huit, *Louise*, dix-sept; *Zaccharie*, seize; *Alexandrine*, onze.

Elie n'est pas le premier-né du couple. Avant lui, il y a eu Louis, mort-né, de même que Marguerite, qui normalement aurait dû figurer entre Marie et Joël. Noémie, née entre Rose et Daniel, a succombé à la typhoïde de 48. Jouanissou (Jean), né en 41 et Madeline, née en 43, sont morts du choléra en 54.

Dix-neuf enfants au total, dont cinq sont morts. Onze filles pour huit garçons. Et une naissance tous les ans, voire à des intervalles de dix mois, entre 1827 et 1845. En dépit de ses démêlés avec les gardes forestiers et les gendarmes, malgré son état d'homme traqué, nonobstant ses absences, Eloi Rouch a souvent vu Anastasie, avec une efficacité maximale.

En cette année 1856, Anastasie est déjà vingt-trois fois grand-mère,

Marie a deux enfants d'avec le François Raufaste (et en a perdu trois),

Alida et Romaine ont poussé leur ressemblance jusqu'à faire cinq enfants chacune, avec Jouan Raufaste pour la première, avec Pierre Caoussinat pour la deuxième,

Jérémie a épousé une fille Faur d'Ustou et lui a également fait cinq enfants,

Léopoldine vient de pondre son quatrième, en principe des œuvres de Lucien Raufaste dit Boussut, mais rien n'est moins sûr – elle a la cuisse vagabonde,

Daniel s'est marié l'année précédente à Suzon Raufaste et lui a déjà fait un fils,

quant à Amos, il n'a pas attendu le prêtre pour engrosser, lors d'un fou rire, la sœur cadette de Suzon, c'est-à-dire Ursule Raufaste,

Rose et Louise ne sont pas mariées et ne se

marieront pas. Elles ont pris le voile et c'est toujours ça de gagné,

Manon se tâte mais ne veut pas être tâtée,

Zaccharie a seize ans et peut attendre,

Alexandrine a tout l'avenir devant elle.

De Joël on est sans nouvelles, et il est en quelque sorte rayé des contrôles.

Elie enfin est célibataire. A son départ pour être soldat, après être tombé au sort, il avait – croit Anastasie – cinq ou six fiancées entre Salau et Saint-Girons, mais rien de précis. Elie n'en a jamais parlé. Ce qui ne veut strictement rien dire. Il est bavard comme un saumon, celui-là.

Amos dormit trois heures et rouvrit les yeux à environ deux lieues de la grange où il avait sombré dans le sommeil. Il constata qu'il marchait encadré de ses deux frères, en direction de Saint-Gaudens.

– On n'avait plus d'arbres à abattre, lui expliqua Daniel. On ne pouvait quand même pas rester à te regarder dormir sans rien foutre.

– Evidemment, dit Amos. Il but un peu d'eau sans cesser de marcher. Bâilla.

– Vous pouvez me lâcher maintenant, je suis réveillé.

– Parle-nous d'Elie.

– Il était en Crimée, pas à la dernière Noël, l'autre avant. Il allait bien. C'est tout.

– Maintenant qu'on sait qu'il était là-bas, c'est pas étonnant qu'ils y aient eu la guerre, commenta sarcastiquement Daniel.

– C'est où la Crimée? demanda Zaccharie.

– Tu descends à Saint-Girons, tu tournes à droite et c'est tout droit. S'ils parlent russe, tu es arrivé.

Ils marchaient du même grand pas souple, balançant leurs épaules larges par un mouvement parfaitement synchrone. C'était ce qu'il y avait de bon à cheminer sur une route, on pouvait aller de front, pas comme en montagne où les sentes sont étroites. Et à aller de front, à trois frères, on avait la sensation que le monde entier vous appartenait. Ils se souriaient, se comprenant sans mot dire. Qu'est-ce que ce serait quand ils seraient tous réunis, eux plus Jérémie, plus François et Jouan Raufaste, et Boussut, Laurent et Vincent Perdigou, et Luc Faur, tous les jeunes hommes du village, faisant également partie du clan. Diù Biban! il n'y aurait pas en France de route assez large!

Ils avaient cette idée-là en tête, comme à chaque retour de colportage quand ils se retrouvaient, venant de tous les coins de France, de Belgique et d'Espagne, à des rendez-vous pris six mois plus tôt, leur troupe se forcissant au fil des retrouvailles.

Ils avaient cette idée et puis, pour la première fois depuis sept ans, une autre...

Elie.

Putain de Dieu, c'était bon de savoir qu'il allait rentrer. Et le bonheur qui les prenait fut tel qu'ils se mirent à chanter à tue-tête *La Chanson des moissonneurs* qui alors était fameuse :

« *Que n'éron très segadous, qu'anabon séga en Espanho...* Ils étaient trois moissonneurs, qui allaient moissonner en Espagne... »

Il ne pleuvait même plus et bientôt, les nuages tous dissipés, ils pourraient voir la ligne bleue de leur montagne.

13

ELLE fut éveillée par le hennissement d'un cheval. Au-dehors, forcément, pas dans la chambre. Car elle était dans une chambre, une vraie, et ce fut d'abord ce qui l'étonna le plus, d'être dans un lit véritable, avec des draps, des oreillers, des rideaux aux fenêtres et même un tapis, que Dieu me pardonne! « Je suis vraiment une sacrée puto, le sort en est jeté. » Elle se souleva sur un coude et crut que Joël dormait encore, tant il était calme. Mais non, ses yeux étaient grands ouverts, à peine écarquillés, ses yeux pâles que faisait luire étrangement la pénombre. Il ne fixait rien, même pas le plafond. Un rêveur éveillé. Elle éprouva une sensation étrange. Et ce fut sans doute à cette seconde-là qu'acheva de se former en elle le sentiment déjà esquissé la veille, et qu'elle devait avoir toujours pour Joël, par la suite. Cela n'avait rien à faire avec de l'amour, Joël lui était trop étranger et elle voyait déjà qu'il lui resterait tel. Quoi qu'il advînt par la suite. La vie est ainsi faite : Jeanne-Marie en sabots sortait tout juste de sa montagne, elle avait dix-neuf ans, ne savait pas lire, ne savait d'ailleurs pas grand-chose et en avait vu moins encore, mais déjà, elle devinait Joël. Ce qu'il y avait en lui d'incertitudes et d'angoisse, de vantardise enfantine, sous les dehors d'un culot monstre. Cela eût fait pleurer de rire tous ceux qui avaient croisé la route du deuxième des fils d'Anastasie, qui avaient été séduits, impressionnés ou trompés par lui (ou le tout ensemble) mais elle, elle voyait Joël fragile. Elle ne raisonnait pas, elle sentait. Il allait même venir un jour, pas très lointain, où elle comprendrait que son besoin de courir le monde n'était rien d'autre qu'une fuite, ou une quête...

Elle n'en était pas encore là. Pour l'heure...

– Tu ne dors pas?

Il ne répondit pas. Pour l'heure, elle était préoccupée d'autre chose. De ce qui s'était produit entre elle et lui, pendant Dieu seul savait combien de temps... (Ce n'était peut-être pas très malin de mêler Dieu à cette affaire. S'Il n'avait rien remarqué, ce n'était pas la peine d'attirer Son attention.)... jusqu'à ce qu'elle ait fini par s'endormir. Il s'était passé des choses. Tous ces hommes qui, dans la vallée, lui avaient passé sur le ventre, l'avaient laissée inerte. Quand ils ne lui faisaient pas mal, elle pouvait s'estimer heureuse. Et la découverte était là : ça pouvait être agréable...

Et pas qu'un peu. Il y avait même eu un moment où...

Elle se sentit devenir écarlate. « Que puto, Jeanne-Marie! Et tu n'as même pas honte! »

Elle ne cessait de contempler Joël, beau comme il ne devrait pas être permis à un homme de l'être.

– Tu dors, oui ou non?

Cette fois, il parut entendre. Il tourna les yeux vers elle.

– Je ne dors pas.

Silence. Elle comprit qu'il avait du mal à sortir de son rêve. Pourtant, il demanda :

– Fougaril Jeanne-Marie, c'est ça?

– Oui.
– Tu as quel âge?
– Dix-neuf. Elle corrigea : Je les aurai en septembre.
Il mit sa nuque dans ses paumes et, sous le gros édredon, plaça son talon droit sur les orteils de son pied gauche.
– Allez, raconte, dit-il.
Interloquée : raconter quoi?
– Ce qui t'est arrivé. Il faut bien que quelqu'un t'en sorte.
Ce fut subit et plus fort qu'elle : elle faillit pleurer. Elle se rallongea, lui tourna le dos, parce qu'il n'était pas question qu'il la vît faible. Après un moment, se mit à parler, d'une toute petite voix. Dit tout. De cet enfant idiot qu'elle s'était fait faire à Bethmale, juste pour avoir du lait dans ses seins. Et le curé avec ses recommandations. Et la diligence. La Biroussanne qui prétendait être cuisinière et qui était plus sûrement une puto. Et la paillasse entre les lits des enfants. Et ces extraordinaires repas, avec du pain blanc, du vin, de la viande presque tous les jours. Et le médecin-député qui la guignait sans trêve, qui même s'était arrangé un jour pour la surprendre à sa toilette, ce fils de puto, et l'avait vue cul nu. Et comment le même fils de puto avait manœuvré pour rester seul avec elle dans la maison désertée, l'avait traquée, d'étage en étage. Et qu'il lui avait touché les seins et aussi là, derrière, enfin le dos. Et les cinq francs qu'il lui avait proposés.
Et même dix.
Et le pot de chambre pour finir.
Elle n'osait plus se retourner tant elle avait honte, et n'était même pas sûre d'être écoutée.
Silence.
Sur quoi le lit se mit à trembler. Trembler

vraiment, comme un (petit) tremblement de terre.

Ça y est, je le savais bien, il va se lever et aller me dénoncer aux gendarmes. Et on me coupera la tête...

– O Jeanne-Marie ! disait-il d'une drôle de voix. Jeanne-Marie !

Elle se retourna, parce qu'elle voulait tout de même en avoir le cœur net.

Joël riait. Il riait, cet imbécile ! Plus que cela, un énorme fou rire l'avait pris et le secouait. Il en pleurait.

– Un pot de chambre ! O Jeanne-Marie, je t'adore !

Quand il revint quatre heures après être parti, elle attendait assise sur une chaise, très droite, face à ce lit où elle s'était couverte de honte, et dont elle n'osait plus s'approcher. En quatre heures, mais ça lui avait paru durer bien plus longtemps, elle était passée par tous les stades de la désespérance. Elle s'était vue avec des chaînes et un boulet, en alternance avec la guillotine. Dans ses phases les plus optimistes, elle parvenait à se convaincre qu'il l'avait tout bonnement abandonnée à sa misère.

Et qu'il était parti avec son argent.

Elle ne l'entendit même pas rentrer.

– Et ta soupe ? Tu n'y as même pas touché.

– Pas faim.

Il mordit dans le morceau de pain, goûta la soupe : « Elle est froide, forcément. Depuis le temps... » Elle le fixait. Il lui sourit :

– Oh ! l'assassin ! C'est tout ce que tu trouves à me dire ?

Elle pensa alors : « Je vais te lui flanquer un coup

de pied dans le ventre là où ça fait mal aux hommes. »

Mais il continuait à sourire :

– Allons, viens, dit-il. Tu n'as tué personne.

Il dut la prendre par la main et la forcer à se mettre debout :

– Tu as compris? Tu ne l'as pas tué, ce pattepelu, il n'est pas mort du tout. Pense donc, un homme politique! ça ne se tue pas comme ça. Il est blessé, tout au plus, surtout dans sa vergogne. Il n'a même pas porté plainte. Ça ne m'étonne pas : tu le vois aller au commissaire et dire : « Je viens d'être assommé par une nourrice, à coups de pot de chambre? » On en rigolerait jusqu'en Afrique.

– Ce n'est pas vrai, il était mort.

– Alors, il est ressuscité, c'est un miracle. Il allait tout à fait bien quand je l'ai vu.

– Tu l'as vu?

La méfiance revint d'un coup à Jeanne-Marie. En même temps que l'idée qu'ils avaient pu s'entendre sur son dos. Avec des hommes, on pouvait s'attendre à tout. Autant qu'avec des femmes. Joël précisa :

– Je lui ai même parlé. Pour un député, il serait presque intelligent. Il a compris tout de suite.

– Compris quoi?

Mais à propos de son argent, voyons, expliqua-t-il. Il voulait parler de son argent à elle. Et aussi de sa malle. Comment pensait-elle qu'il avait pu procéder, pour récupérer l'un et l'autre?

– Ma malle?

– Je l'ai ramenée avec moi. Elle est en bas. On va te la monter.

On la monta sur ces entrefaites. Le médecin-député n'avait pas fait trop de difficultés pour se laisser convaincre. D'abord pour la malle, ensuite pour l'argent à la Caisse d'épargne. A ce dernier endroit, il avait même fait accompagner Joël par son secrétaire, qui avait réglé toutes les écritures, grâce au pouvoir qu'elle, Jeanne-Marie, avait signé devant le personnel de l'hôtel et remis à lui, Joël.

– Mais je n'ai rien signé ! protesta-t-elle.

– Evidemment, puisque tu ne sais pas écrire. Tu sais écrire ? Tu vois bien. Et voici ton argent.

De la poche intérieure de sa redingote vert bouteille, il sortit des cylindres de papier, qui se révélèrent être des piles de pièces de vingt francs en or. Qu'il aligna sur une table ronde.

– Quinze mois, dont quatre à quarante francs et onze à quarante-deux, soit au total six cent vingt-quatre francs. Plus deux dépôts de cinq francs, et un autre de dix. Des cadeaux qu'on t'aura faits, je suppose, pour tes bons et loyaux services de vache. Total : six cent quarante-quatre francs. Passons sur les centimes. Plus cent francs de prime exceptionnelle. Ceux-là, je ne pensais pas les obtenir, pour être sincère. Mais il a craqué d'un coup, le brave homme, comme une branche de cerisier. Je crois qu'il m'avait assez vu.

Surtout à partir du moment où Joël, se présentant comme avocat et porte-parole à Toulouse de l'Œuvre pour la protection des nourrices, avait appris au médecin-député que cette nourrice qu'il avait employée se trouvait être une cousine de celle employée par le ministre de l'Intérieur soi-même, son Excellence Auguste Billault. Le médecin-député avait déjà blêmi. Il avait dit : « Je serai magnanime, et ne porterai pas plainte. – Politiquement, c'est habile, avait répliqué Joël, et je vous en félicite. Mais l'amitié et l'admiration que je vous porte, sans avoir eu jusqu'ici la joie et l'honneur de vous connaître, m'obligent à vous avertir : cette fille est malade de repentir, elle est folle – tais-toi,

Jeanne-Marie, laisse-moi finir – elle est folle et veut à toutes forces aller se dénoncer elle-même. J'ai pu la retenir et j'ai voulu vous alerter, en raison de l'intérêt passionné que je voue à votre carrière et des espoirs qu'elle suscite, dans Toulouse et pour notre patrie bien-aimée... »

– Bref, il m'a allongé cent francs supplémentaires pour que tu fiches le camp, de préférence au pays de Siam. Il m'a même invité à dîner mais je ne pense pas y aller.

Elle le considérait avec les yeux effarés de quelqu'un qui voit une charge de cavalerie traverser sa cuisine.

– Mange ta soupe, dit Joël.

Ce jour-là, au lendemain de leur rencontre et de l'arrivée de Joël à Toulouse, est le 30 mars 1856. A quelques heures près, c'est le moment où Daniel, Amos et Zaccharie, ensemble, épaule contre épaule, viennent de quitter Auch pour Saint-Gaudens. Joël sait bien ce qu'il a fait, à courir dans Toulouse toute une matinée, à seule fin de venir en aide à une Bethmalaise : tout simplement retarder, encore un peu, l'échéance. Il aurait pu prendre dès le matin la diligence pour Saint-Girons. Il aurait dû le faire, et être déjà en vue du Salat.

Mais tu hésites, Joël, sois franc, à l'instant de sauter le dernier pas.

Pourtant, il n'aurait pu choisir meilleur moment pour rentrer au village, et cela aussi il le sait. La fin de mars est l'époque où tous les Rouch et les Raufaste partis un hiver sur les routes convergent les uns vers les autres, dans le but de se trouver ensemble, après des mois de solitude. Le détail de ce grand rendez-vous a été réglé, des années plus tôt, par Elie...

Il corrige aussitôt : c'est bien Elie qui a établi les étapes et les dates, mais c'est lui, Joël, qui en a eu le premier l'idée. « Et comme toujours, il s'est mis à commander... »

Un instant, il laisse son imagination, et surtout ses souvenirs, vagabonder : sans doute ont-ils encore le rendez-vous d'Auch, dans la grange sur la route de Pessan, pour ceux qui sont allés à l'ouest; et puis le ralliement de Rabastens, au bord du Tarn, pour ceux qui ont fait la Beauce, le Poitou ou la Normandie; enfin celui de Carcassonne, pour les autres revenant de Provence, du Lyonnais et de la Savoie, ou d'Algérie.

... Avant de tous être à Saint-Girons, chez Poutensan.

Il fouille un peu plus sa mémoire et retrouve presque tous les noms : Elie, Jérémie, Daniel, Amos et Zaccharie – qui doit avoir dans les quinze ou seize ans maintenant – pour les Rouch; et du côté de chez Raufaste : François, Jouan, Boussut, Honoré, Eugène, Denis dit Gaffouil, sans oublier le Bardu bien entendu. Sans parler des alliances : Luc Faur qui a marié Elvire Raufaste, et Laurent Perdigou qui juste avant que je ne parte commençait à fréquenter Tinou Raufaste, ils sont probablement mari et femme aujourd'hui. Et sans compter ceux que je ne connais pas, et qui ont épousé soit l'une de mes sœurs, soit des filles Raufaste.

Eugène et Honoré Raufaste ont péri en 1854, du choléra, mais Joël l'ignore.

Dans tous les cas, cela fait du monde. Et du beau monde. De jeunes hommes solides, durs à tout et surtout au travail. Après tout, les emmener au Brésil n'est pas si fou. Avec lui à leur tête, ils pourraient créer un empire...

A condition qu'Elie ne s'oppose pas à leur départ. Oh! merde...

– Tu veux dire que tu t'en vas demain?

Il redécouvrit Jeanne-Marie, qu'il avait presque oubliée.

– Tu m'as fait manquer la diligence d'aujourd'hui, je prendrai celle de demain matin.

– Pour Saint-Girons?

Il acquiesça. Ça le mettrait place des Capots en fin d'après-midi, le 31. S'ils avaient vraiment conservé les étapes et le calendrier des rendez-vous que lui-même avait connus, les trois groupes, de Carcassonne, d'Auch et de Rabastens feraient alors leur jonction, ou s'y apprêteraient, une jonction fixée par tradition, et par Elie, au premier jour d'avril, chez Poutensan. Son pouls s'accéléra un peu, à les imaginer tous ensemble.

– Et après Saint-Girons, tu monteras à ta montagne.

– Oui.

– Pour y rester?

Il sourit :

– Non. Juste le temps de les convaincre tous de me suivre jusqu'au Brésil.

Brésil. Ce dernier mot à lui seul réduisit Jeanne-Marie au silence. Pourtant, il put très clairement suivre le cheminement de l'idée dans la tête de la jeune fille. Il se mit à rire et remarqua :

– Tu ne sais même pas où est le Brésil...

– Je ne sais rien, dit-elle. Rien de rien, c'est vrai. Je ne sais même pas où aller.

Son ton était calme. Elle constatait, sans s'apitoyer sur elle-même. Elle serrait son sac d'or sur son abdomen, ses grands yeux noirs fixant le vide avec une expression farouche. Elle aurait pleuré, supplié ou geint de quelque façon, Joël l'aurait assurément plantée là. Dans la perspective de son prochain affrontement avec Elie, il n'avait sûrement pas besoin d'une femme dans ses jambes. Mais cette fille-là, justement, n'était pas ordinaire. Il se souvint de la réponse qu'elle lui avait faite, quand il lui avait demandé combien d'hommes elle avait eus : « Et si j'étais un homme, tu me poserais une question pareille? » Joël n'en était tout de même pas à penser qu'une femme pût en tout point valoir un homme, et avoir les mêmes droits. Il ne fallait pas exagérer. Mais celle-là le déconcertait un peu, elle avait un diable de caractère, elle apprenait vite. Et quant à la mater, il laissait ça à un autre...

... Et puis il y avait son corps, ce corps hâlé, nerveux, avec son odeur naturelle de poivre et de cannelle. Je ne vais quand même pas m'amouracher de cette fille!

– Tu pourrais rentrer chez toi à Bethmale.

– Non.

– Tu y as un fils.

Elle se contenta de hausser les épaules, froidement déterminée.

– Je veux partir, dit-elle.

– Tu me suivrais?

– Oui.

– Je vais vraiment au bout du monde.

– Ça ne peut pas être pire. Et je paierai mon voyage. J'ai des sous.

Il fixait sa bouche ferme et eut soudain envie d'elle. Il allongea une main et lui toucha la joue. Mais elle s'écarta :

– Non.

Il n'en crut pas ses oreilles. Aucune fille ne l'avait jamais refusé.

– Ou alors, à une condition, dit-elle. Que tu m'apprennes à lire.

14

FRANÇOIS RAUFASTE époux de Marie Rouch fut rejoint par Jérémie son beau-frère à l'entrée du vieux Carcassonne. Presque en même temps Luc Faur arriva, sa grosse pioche renforcée de fer sur l'épaule, en compagnie de l'aîné des Perdigou, Laurent. Luc et Laurent venaient de franchir la montagne Noire, revenant de la Bourgogne et des Flandres, où ils avaient hiverné ensemble. C'était surtout la pluie qui les avait horripilés.

– Il a plu tout du long pendant vingt et un jours, depuis qu'on a quitté Chalon. On n'a plus seulement un poil de cul de sec.

François leur demanda – mais il savait la réponse – pourquoi ils étaient passés par la montagne Noire. La route ordinaire quand on vient de la vallée du Rhône, aurait été moins fatigante, par le Teil, Uzès et Ganges, puis Lodève et Capestang.

– A cause de la tante à Laurent. Il a voulu passer par Mazamet, pour lui faire un gâté.

Luc cligna de l'œil et tous éclatèrent de rire. Sauf Laurent. C'était un bon gros garçon, aux joues rouges, qui n'avait pas inventé l'eau tiède. Il n'avait pas de tante à Mazamet, ni d'ailleurs la moindre famille. Mais huit ans plus tôt, s'en revenant de Belgique, il avait levé dans cette petite ville le chaland idéal. Ou presque. Il s'agissait d'un notaire de soixante-dix ans, grand comme une figue, avec de petites mains voletant partout, qui avait été – allez comprendre pourquoi – foudroyé d'admiration à la vue de l'aîné des Perdigou : « Vous avez des yeux magnifiques » et « Comme vous devez être fort... » et encore : « Mais asseyez-vous donc, vous goûterez bien une praline ? » Chez Laurent, le réflexe du colporteur l'avait emporté sur l'envie de cogner : il avait profité des circonstances pour se défaire au plus haut prix d'un lot de dentelles ramenées de Bruges et destinées à des tailleurs de Toulouse. Depuis, chaque année, il ne manquait pas de rendre visite à son amoureux. On le brocardait. Il répondait, placide : « Rien à foutre. Il m'achète tout. » En huit saisons, il avait enseveli sous la dentelle la demeure notariale :

– Il m'a encore tout acheté, ce couillon. Pourtant, j'en avais pris quatre-vingts livres. Heureusement que Luc m'a aidé à les porter.

Les quatre hommes entrèrent dans le vieux Carcassonne. Ils poussèrent la petite porte gothique au travers des murailles de trente ou quarante pieds. Au-dedans, c'était une ville morte ou peu s'en fallait, les Carcassonnais préféraient la ville nouvelle, de l'autre côté de l'étroit pont de pierre sur l'Aude avec ses dix ou douze arches.

Ils avancèrent dans des rues désertes. Les maisons étaient petites pour une ville et quand par hasard elles avaient des fenêtres, celles-ci ne comportaient pas de vitres mais du papier huilé, comme dans l'ancien temps.

– Ils ne seraient pas arrivés ?

Luc s'inquiétait déjà mais, la seconde suivante, le pesant silence sur la ville morte fut déchiré par un hilhet joyeux, suraigu, poussé par Jouan Raufaste assis sur le rebord d'un toit.

– Si Jouan est là, Boussut ne doit pas être loin, remarqua François de sa voix lente. Et avec Boussut, la charrette. On va pouvoir se défaire de nos caisses.

Jouan était le mari d'Alida, l'une des jumelles Rouch. Quant à Boussut – le sobriquet faisait évidemment allusion à sa bosse – il s'appelait de son vrai nom Lucien. Il était le frère de François et de Jouan et avait pour sa part épousé Léopoldine Rouch. Ce n'était probablement pas ce qu'il avait fait de mieux. On disait à Coufflens que sur Léopoldine, tout le monde était passé, sauf la diligence de Pistoulou. Pour Pistoulou lui-même, le postillon, on avait des doutes.

Les six hommes s'assemblèrent. Pour signe de ce qu'ils étaient heureux de se revoir, ils se contentèrent d'un vague sourire gêné, d'un bref mouvement de tête, d'un balancement d'ours. Ils conférèrent tout en mangeant. On était déjà le 29 mars en fin de matinée. Si l'on voulait être à Saint-Girons à temps, on n'avait pas trop de temps à perdre. Déjà, on était en retard...

– Nous, on était là hier au soir, dit Boussut.

Evidemment, avec la charrette et le cheval! On allait plus vite qu'à pied, tout de même. Il en convint, plissant un peu plus ses yeux de renard dans un sourire. De tous, il était celui qui avait le meilleur sens des affaires. « Je pourrais vendre une culotte à un ours », disait-il, et on le croyait presque. Un an plus tôt, le 18 octobre à la foire de la Saint-Luc à Seix, il avait acheté une carriole et un cheval. A la surprise générale, on ne le savait pas si riche.

– D'ici à Saint-Girons, trente-quatre lieues,

résuma François. En partant demain matin, on y sera pour midi, le premier d'avril...

– Mais on aura l'air de couillons et les jambes lourdes, nota Jouan en riant.

François acquiesça. Il dit que selon lui le mieux était de partir tout de suite. On marcherait jusqu'à la nuit, afin de joindre Montréal, où Jérémie avait des accointances dans une ferme. Il se leva, massif : « En route. »

François était l'aîné des fils Raufaste, le pendant d'Elie chez les Rouch. Il était lent dans ses gestes et dans son parler, on ne l'avait à peu près jamais vu sourire – et rire moins encore. Quand étaient morts trois des cinq enfants qu'il avait faits à Marie, et qu'il adorait, il les avait enterrés de ses propres mains, refusant d'être aidé. C'était un homme qui avait naturellement de la malchance, on le savait et on le disait. Entre les milliers de brassiers allant faire les moissons en Espagne, il n'y en avait eu qu'un du haut Salat pour avoir la jambe cassée, et bien sûr ç'avait été lui. La fracture était vilaine, l'os pointait à l'air, esquilleux. On avait dû le laisser à Lérida et il y était resté pendant cinq mois, seul, crevant de faim comme il n'est pas permis, avant de pouvoir rentrer clopin-clopant, passant Salau en plein hiver, dans quatre mètres de neige. Plus loin encore dans le temps, il y avait eu l'affaire de la faucille. Cela s'était passé en 41, il avait donc treize ans. Tout un groupe de segados était tombé dans une embuscade espagnole; on s'était battu; tous étaient passés à l'exception d'un seul, trop lent pour courir ou psychologiquement incapable de fuir. On l'avait pris. Les Espagnols l'avaient menacé de torture, bien entendu sans réelle intention d'aller au bout, ils ne voulaient que l'épouvanter. Lui avait pris la menace au sérieux, apparemment. Dans la cabane où on l'avait enfermé, il s'était saisi d'une faucille, était ressorti : « Regardez. » Il avait tranché net l'index de sa main gauche. « Regardez encore... » il avait fait de même avec son majeur. « Je n'ai pas peur de vous. » Les Espagnols avaient dû se jeter sur lui pour l'empêcher de se mutiler davantage. Ils l'avaient même raccompagné jusqu'en Andorre. Au village et à Coufflens, on n'avait su l'histoire que l'année suivante, et d'une bouche espagnole. Lui n'avait rien expliqué, et simplement parlé d'un accident.

Mais cette histoire-là, et d'autres, expliquaient que si l'on admettait la mauvaise chance de François comme une évidence, on n'en riait surtout pas.

C'était avec Jérémie qu'il était le plus lié. Et pour cause. Le troisième des Rouch après Elie et Joël, s'agissant des mâles, était encore plus taciturne que lui. Il était homme à rester tout un mois sans ouvrir la bouche. C'était à se demander comment il avait fait pour se marier, et avec une fille d'Ustou, en plus, qui n'était même pas de leur vallée.

François et Jérémie avaient coutume de partir ensemble. Cet hiver-là, ils avaient été en Provence, et jusqu'à Nice, en Savoie, pour vendre de la mercerie et des lunettes de chez Moussu Farge à Saint-Girons. Ils ne ramenaient pas grand-chose, les affaires n'avaient pas été trop bonnes. Mais à quoi s'attendre d'autre avec François?

Dans l'après-midi du 29, donc, vers les trois heures, ils prirent la route à six. Après avoir comme toujours marqué sur un mur leur passage...

Rouch et Raufaste, deux familles. Elles vivaient ensemble depuis environ deux cents ans. Par la force des choses : elles avaient une montagne de part à deux, celle qui commençait au-dessus de Faup et allait presque jusqu'au Tuc de Fourmiguet, en vue directe du Vallier. Entre huit cents et mille quatre cents mètres d'altitude, selon les endroits. Le mot de Joël au Massatois était juste : passé le Salat, passé Faup, on monte encore et quand il n'y a plus rien, c'est là...

On s'était longtemps tapé sur la figure, avec persévérance et enthousiasme. La paix avait été définitivement scellée par ceux de la génération d'avant Eloi et Anastasie, Lucien le Bardu et Etiennette Raufaste. En l'espèce par Benoit dit le Gris pour les Rouch, et par François dit Gudane pour les Raufaste. Le Gris et Gudane étaient partis comme soldats en Allemagne (notamment en l'An Deux et sous l'empereur Napoléon). Ils s'étaient entrebattus à Saint-Girons, quand on les avait enrôlés; s'étaient rajoutés quelques gnons à Valmy, en attendant que les Prussiens attaquent (ce que les Prussiens n'avaient pas fait et les deux Ariégeois étaient convaincus d'y être pour quelque chose : « Quand ils ont vu ce qu'on se mettait déjà entre nous, ça les aura découragés »). Ils avaient poursuivi leur combat singulier au pied des Pyramides, pendant que l'Autre parlait de ses cent mille siècles. Puis à Austerlitz, Auersted et Friedland, avant que Gudane fût blessé d'un éclat dans le ventre aux alentours d'Eylau. Pour ne pas perdre son ennemi personnel, le Gris avait ramené Gudane sur son dos et avait du même coup récolté son boulet dans le postère. Rétablis parce qu'ils étaient décidément increvables, ils avaient bien tenté de compléter leur collection d'horions, mais le cœur n'y était plus, ils avaient soudain découvert qu'ils se portaient de l'amitié, voire de l'affection. Et ils étaient remontés ensemble sur leur montagne, jurant de n'en plus jamais descendre.

Ils s'étaient mariés. Pas l'un avec l'autre. Le Gris avait épousé une Marie Barlabé de Coufflens, dite Caleïl (et entre autres enfants avait eu Eloi); Gudane pour sa part choisissant une Faup, dont il avait eu notamment Lucien, qu'on allait appeler le Bardu. Seuls de leurs enfants, Eloi et Lucien étaient demeurés au village, tous les autres étaient descendus dans la vallée.

En mars 1856, le Gris et Gudane vivaient encore. Quatre-vingt-deux ans pour l'un, soixante-dix-neuf pour l'autre. Ils n'étaient pas les seuls représentants survivants de cette génération née avant la prise de la Bastille. Vivaient avec eux au village : Marie dite Caleïl, qui allait sur ses soixante-quatorze ans; Alida Pujol, mère d'Anastasie, née en 1789 et à ce titre la benjamine et enfin Maria Fourque, mère d'Etiennette épouse Raufaste, qui avait soixante-huit ans et était aveugle.

Cela, c'étaient les ancêtres vivants.

Une génération en dessous, on trouvait donc Eloi et Anastasie, avec leurs quatorze enfants et leurs vingt-trois petits-enfants; et chez les Raufaste, le Bardu et Etiennette, en relative position de faiblesse puisqu'ils n'avaient eu que dix enfants (seize en réalité mais six étaient morts); par contre, ils s'enorgueillissaient de vingt-quatre petits-enfants, dont neuf en commun avec Eloi et Anastasie, en raison de mariages entre l'une et l'autre familles.

Les dix enfants du Bardu et d'Etiennette étaient dans l'ordre : Elvire (née en 1826); François (1827 – il avait un an de plus qu'Elie); Etiennette dite Tinou (1830); Pérette (1832); Jean ou Jouan

(1833); Lucien fils dit Boussut (1835); Suzon (1837); Ursule (1839); Anastasie dite Zie (1842) et enfin Denis dit Gaffouil (1844) qui avait donc douze ans.

Cette troisième génération-là, donc celle d'Elie, Joël et de leurs frères et sœurs, celle d'Elvire, François, Jouan et autres Boussut, s'était largement mariée entre elle. Scellant ainsi pour toujours une alliance somme toute naturelle puisqu'on habitait le même village sur une montagne collective. Et l'on avait ainsi parachevé l'amitié conclue entre le Gris et Gudane, au soir de la bataille, parmi les quarante-six mille morts d'Eylau.

Il y avait d'abord eu le mariage de François Raufaste et de Marie; celui d'Alida Rouch avec Jouan Raufaste; celui de Lucien Boussut avec Léopoldine Rouch; celui de Daniel Rouch avec Suzon Raufaste. Et si Amos Rouch n'avait pas encore amené Ursule Raufaste devant le curé de Coufflens (celui-ci en avait d'ailleurs gros sur la patano, à ce propos), il lui avait tout de même déjà fait un enfant, preuve qu'ils ne se trouvaient pas antipathiques.

Cependant, on ne s'était pas marié qu'entre Raufaste et Rouch. Dans quelques cas, on avait eu l'extrême fantaisie d'aller quérir mari ou femme parmi les populations extérieures. C'était, on l'a vu, le cas de Jérémie, qui avait un jour ramené d'Ustou une certaine Jeanne Faur, pas plus bavarde que lui, une grande bringue anguleuse et sèche, noire comme un pruneau, avec des yeux fixes, noirs et ronds de gerfaut, mais forte comme un homme et travailleuse à n'y pas croire; et fertile (cinq enfants en cinq ans). Trois des filles Raufaste avaient fait de même. D'abord Elvire, aînée de la troisième génération avec ses trente ans, qui avait convolé avec Luc Faur et comptait déjà sept enfants vivants; puis Tinou et Pérette, qui avaient épousé les frères Perdigou de Coufflens, Laurent et Vincent (six enfants pour l'une, deux seulement pour l'autre).

A quoi il fallait ajouter la seconde jumelle Rouch, Romaine, mariée à Pierre Caoussinat de Seix.

Au total, à compter à partir du doyen, c'est-à-dire le Gris, jusqu'au plus jeune des enfants, en l'occurrence le fils encore un peu bâtard d'Amos et d'Ursule, au total donc soixante-seize personnes.

Soixante-quatorze en décomptant Elie et Joël. Mais pas leur père Eloi, bien qu'il fût pour l'heure absent.

Tout le village était là.

Or, ils allaient être en fait soixante-seize à partir, toujours en décomptant Joël et Elie.

Il en manquait donc encore deux.

15

QUAND se leva l'aube du 31 mars, Eloi Rouch était déjà en marche depuis deux bonnes heures. Derrière lui, la cordillère de Pilas; sur sa droite la ligne de crêtes marquant la frontière française, courant du mont Rouch avec ses deux mille huit cent cinquante-huit mètres jusqu'au pic de Geu, deux mille cinq cents ou presque, derrière quoi se trouvaient le port de Salau et les sources du Salat. Tout cela enneigé, évidemment, on était encore loin du printemps.

Eloi marchait vite, trotte-menu, tête enfoncée dans les épaules, son très large béret lui mangeant la moitié du visage, ses yeux clairs curieusement lumineux. Depuis un bon moment déjà, il n'avait plus qu'à descendre. Il suivait le lit du petit ruisseau de Llampar, qui est un mince affluent du rio Noguera Pallaressa. Et bien entendu, il pleuvait, une pluie glacée à la limite de la neige fondue.

Il était encore à une heure des maisons d'Alos-de-Isil quand, comme convenu, le gamin se montra sur sa gauche, engoncé dans sa cape, arrivant quant à lui du ravin de Llers. Eloi le rejoignit :

– Il y a longtemps que tu m'attends?

Il parlait espagnol.

– Depuis hier soir.

Eloi secoua la tête :

– T'es vraiment un couillon. Je t'avais dit de ne quitter la cabane qu'au dernier moment, c'est un coup à prendre la malemort. Enfin, tu es là. Viens.

Sans plus de discussion, ils repartirent ensemble. Ils étaient de la même taille, bien que le muchacho n'eût même pas quinze ans. L'heure suivante, ils n'échangèrent pas un mot. Le jour était tout à fait levé quand ils entrèrent dans la ferme. Pilar était dans l'étable, à fourrager, ils l'entendirent qui engueulait les vaches. Ils ne prirent pas la peine du détour et pénétrèrent tout droit dans la maison. Ils étaient en train de s'empiffrer de farinette additionnée de vin quand Pilar apparut. Elle s'immobilisa sur le seuil, grossie de ses deux capes superposées, frotta ses mains bleuies par le froid. Après un moment, elle s'avança et rafla la bouteille de vin sur la table, dont ils avaient déjà bu plus de la moitié, et alla la ranger dans une espèce de bahut équarri à la diable mais sculpté du Christ-Roi :

– Et puis quoi encore?

Eloi lui sourit, quoique la bouche pleine. Il cligna de l'œil à l'intention du muchacho. Silence.

– Tu crois que c'est la chose à faire? demanda Pilar.

– *Inemaromimiro,* bredouilla Eloi, la bouche plus pleine que jamais. Il déglutit sans hâte et répéta plus clairement : *Sin embargo, es mi hijo* – C'est quand même mon fils.

– Et moi je suis sa mère, dit Pilar.

– Je me demande bien comment j'aurais pu le faire tout seul, commenta Eloi avec juste assez de bonhomie pour ne pas faire exploser la fureur de Pilar. Il but ce qui restait de farinette et de vin mêlés dans le bol et se leva. Dit au jeune Esteban :

– Tu te dépêches ? On a de la route.

Pilar ne s'écarta du seuil qu'à regret :

– Et tu me le ramènes quand ?

– Juin, juillet. Ou août.

– Si ta femme Anastasie ne me l'a pas tué entre-temps.

Large sourire d'Eloi : « C'est plutôt moi qu'elle tuera. » Mais il ne se voyait pas mort. Bien sûr, ça allait être un moment pénible quand il présenterait à Anastasie ce fils espagnol, mais il avait une extraordinaire tendresse pour le muchacho, et cela faisait bien cinq ans qu'il lui parlait de la France, en lui promettant de l'y amener un jour. Eh bien, ce jour était venu, voilà tout. On n'allait quand même pas en faire une soupe. « D'ailleurs, si ça se trouve, l'Anastasie ne s'apercevra de rien. Avec tous ces enfants que je lui ai faits, le muchacho passera inaperçu, dans le tas... » Il ne se rappelait jamais au juste combien il avait de rejetons purement français. Quinze ? S'il avait fallu les compter, en plus...

Il ne regagnait pas la France à cause d'Esteban. En vérité, il s'était fait une règle d'aller au moins une fois l'an rendre visite à Anastasie. Il lui était certes arrivé de sauter une année ou deux, mais guère plus. Et même s'il y avait belle lurette qu'il ne craignait plus les gendarmes, à cause de ces deux gardes qu'il avait tués dans le temps, il s'était bien complu dans son état d'homme traqué par la justice. Il aurait pu chercher pendant un siècle, jamais il n'aurait trouvé de meilleur prétexte pour vagabonder. Un homme a besoin de liberté, après tout. Pas comme les femmes.

Esteban sur ses talons et silencieux comme une ombre, Eloi marchait. Pilar était déjà loin derrière lui, dans tous les sens du terme. Au contraire, ce qui était devant, sans parler d'Anastasie, était à prendre au sérieux. Ce n'allait pas être une mince affaire que de franchir les crêtes, avec ce foutu temps. Il avait choisi de ne pas passer par Salau. Il irait plus à l'ouest, vers le port d'Aula, en contournant le tuc de Bignau. Ensuite, sur le territoire français, il trouverait l'étang de Prat-Matau et puis celui d'Areau. Dès lors, avec le Montbuou sur sa gauche, il découvrirait le village en bas.

Mais cet effort qu'il allait devoir fournir, surtout avec la neige tombée ces derniers jours, ne le préoccupait pas plus que cela. Au vrai, il s'en promettait presque du plaisir, il avait toujours aimé se mesurer à la montagne.

... Et à y bien réfléchir, Anastasie ne l'inquiétait guère davantage. Elle ferait la gueule, évidemment, et se refuserait, comme toujours. Et comme toujours, elle finirait par céder, Eloi était tranquille. Fils espagnol ou pas.

Ce ne fut que deux ou trois heures plus tard, au hasard de son soliloque muet, en un jaillissement soudain qui fut comme un éclair dans la nuit, qu'il tomba sur le seul vrai souci qu'il eût à se faire ..

Elie.

Ah! pute borgne, avec Elie, ce serait une autre paire de manches! Et justement, sauf à se tromper, c'était précisément l'année où l'Elie devait finir d'être soldat. Et rentrer au pays. Je l'avais oublié, celui-là!

Il se vit en train d'expliquer à l'aïnach qui était le muchacho, et pourquoi Elie devrait désormais considérer Esteban comme un autre frère. Lui qui déjà en avait pas mal. Un frisson parcourut Eloi, qui ne devait rien au vent froid et tourbillonnant, au *boulbi* annonciateur de bourrasques en train de se lever. Ce fut au point qu'il faillit rebrousser chemin et reporter d'un an au moins son retour au village.

Il stoppa net et le muchacho derrière lui, surpris par cet arrêt inattendu, vint lui buter contre le dos.

Après quelques secondes, Eloi se retourna et plongea son regard dans les prunelles noires :

– Ça te paraît normal, à toi, un père qui a peur de son fils ?

Il avait parlé français, intentionnellement, pour n'être pas compris, évitant jusqu'au gascon qu'Esteban entendait bien.

Et « peur » n'était pas le mot exact, pour définir ce qu'Eloi éprouvait à l'égard d'Elie.

Le boulbi commençait à souffler de plus en plus fort. Comme prétexte à s'en retourner vers l'Espagne, cela valait. Mais la tendresse l'emporta, s'agissant du muchacho, qui serait tant déçu. Eloi finit par reprendre sa route.

Esteban lui emboîta le pas, mettant ses traces dans celles de son père, exactement.

Le muchacho allait être le soixante-quinzième.

16

Le groupe de Carcassonne et le trio des frères Rouch arrivant d'Auch furent à Saint-Girons à trois heures d'intervalle, avec un avantage à ceux qui venaient de l'Ouest, c'est-à-dire Daniel, Amos et Zaccharie. Vingt minutes plus tard apparurent le Bardu et son propre groupe, avec Denis-Gaffouil, Pierre Caoussinat, l'autre Perdigou, Vincent. On était le premier jour d'avril 1856, à l'heure des vêpres. Le point de rendez-vous était sous les platanes du champ de Mars, face au café *Poutensan.* Il suffisait de se pencher sur la marge de pierre et l'on voyait sous soi le Salat, filant une eau d'un gris ardoise avec des reflets ocre. Zaccharie s'y pencha, humant l'humidité avec une espèce d'ivresse. Les derniers kilomètres, il avait presque couru, dans son impatience, et ses deux frères avaient dû le calmer : « Et si les autres arrivaient avant nous? – Et quand bien même? On est à temps. »

Merveille, ils étaient arrivés les premiers et il avait fallu attendre que l'heure sonnât trois fois au clocher pour les voir déboucher enfin, Boussut sur sa charrette avec à son côté Jouan, les quatre autres dont Jérémie allant à pied, mais débarrassés de leurs marmottes posées sur le plateau de la carriole.

On avait peu parlé, il fallait en garder pour le village. D'ailleurs, le moment n'était pas encore venu de se retrouver entre soi, le foirail était plein de monde : des curieux évidemment, venus assister au retour, mais surtout quantité d'autres colporteurs rentrant eux aussi de leur tournée hivernale et faisant, comme Rouch et Raufaste, une pause ultime à Saint-Girons avant de couvrir la dernière étape, qui les ramènerait à leur montagne respective. Si bien qu'on était deux ou trois cents à s'assembler.

A un certain moment, un certain Auguste Rivel parut. C'était une espèce de cousin des Rouch, par le truchement d'Anastasie. Pas un mountagnol : il travaillait depuis toujours à Saint-Lizier, à la papeterie Bergès où il était contremaître.

Il secoua la tête quand Daniel lui demanda s'il avait des nouvelles d'Elie : non, il ne savait rien.

– Il est peut-être passé sans que tu le voies?

– Il en est capable, mais je ne crois pas. Ça se serait su.

– Il était en Crimée, dit non sans fierté Zaccharie.

– La guerre de Crimée est finie, annonça Rivel plein d'assurance.

– Il y a longtemps?

Rivel haussa les épaules : qu'est-ce qu'il en savait? Le Moustachu ne le tenait pas personnellement au courant. Mais la guerre était finie, cela était sûr, même qu'on l'avait gagnée...

Amos ricana :

– Evidemment. Puisque Elie y était. Pauvres Russes!

... On l'avait gagnée et les soldats étaient rentrés. C'était inscrit dans le journal. Car il lisait les gazettes, lui, il se tenait informé. Et si Elie n'était pas encore rentré, c'était peut-être qu'il lui était arrivé quelque chose.

– Ce qui va t'arriver, à toi, c'est un coup de pied au cul qui te fera voler jusqu'à Saint-Gaudens.

La menace venait de Daniel, toujours prêt à l'algarade. Jérémie intervint, apaisa son cadet en lui touchant l'épaule. Un peu plus loin, Boussut leur faisait des signes, puis expliqua qu'il avait convaincu Andreu Gouazet de leur offrir à tous à boire. Bien sûr, gratuitement! Qu'est-ce qu'ils croyaient? La proposition souleva l'enthousiasme : un Ariégeois vous invitant à l'œil, c'était un miracle à ne pas manquer, il fallait être le Boussut pour réussir des coups pareils. Tous s'éloignèrent en direction des tables de Poutensan.

– Pas toi, dit François à Zaccharie, tu auras bien le temps de boire. Reste plutôt à surveiller la charrette, toutes les caisses sont dessus.

Submergé par le dépit, Zaccharie s'accota à l'une des roues. C'était toujours pareil, on le laissait derrière, sous prétexte qu'il n'avait que seize ans. Il faisait pourtant son travail tout comme un autre. Mais il resta seul, lorgnant les quelques filles à l'entour, avec cet œil gourmand qu'avaient tous les Rouch en la matière.

... S'écoula alors moins d'une minute ou deux et puis ça arriva.

D'abord, il aperçut la silhouette. On ne pouvait guère la manquer, même dans cette foule, grâce à cette taille qui lui faisait dépasser tous les autres en train de discutailler.

Dans un second temps, Zaccharie croisa le regard. Tout aussi vert que le sien, pareillement ourlé de longs cils noirs, mais celui-là étincelant d'une clarté infiniment moqueuse, dansante, inoubliable et pour l'instant diablement chaleureuse. Et ce regard était posé sur lui. Une brusque chaleur lui vint dans la poitrine, à presque l'étouffer : « C'est Elie qu'on attendait et c'est lui qui arrive! » Macarel de macarel! le jour était décidément extraordinaire, après tout...

Le grand Joël fut enfin devant lui et sourit, penchant un peu la tête :

– Eh bien, dit-il, tu as tout de même grandi pas mal, on dirait. Car tu es bien Zaccharie, non?

Une chose avait interloqué Jeanne-Marie lors du changement de chevaux de Cazères : Joël ne s'était pas contenté de descendre pour se dégourdir les jambes. Il avait réclamé son sac de tapisserie et était entré dans le relais. Pour en ressortir transformé, ayant troqué sa redingote, son gilet, sa chemise fine, ses bottes de bourgeois pour de gros brodequins, un tricot avec des raies blanches et bleues, une veste épaisse de marin, un bonnet de matelot. Même le sac en tapisserie avait disparu, caché dans un autre sac, celui-là de toile. En bref, il s'était déguisé. Et de rire quand elle lui en avait fait la remarque : « C'était peut-être avant que j'étais déguisé, qu'en sais-tu? » A part cela, tout au long du voyage, il n'avait pas desserré les dents, lui qui avait pourtant la langue si agile. Surtout à partir du moment où l'on avait découvert la montagne. Il lui était même arrivé de se pencher un peu en avant, élargissant ses prunelles et elle avait perçu en lui une tension, comme une attente fiévreuse et presque inquiète. En deux ou trois occasions, il s'était même noué les mains, qu'il avait longues et fines, d'un geste à l'évidence machinal. Jeanne-Marie connaissait ces signes : c'étaient ceux des hommes se préparant à se battre, en imbéciles qu'ils étaient.

On était arrivé à Saint-Girons à midi. Les deux heures d'après avaient été consacrées à marcher, marcher, marcher, Joël allant d'un grand pas qu'elle avait un peu de mal à emboîter. Il avait fait de moins en moins attention à elle, elle avait bien senti qu'il l'oubliait. « Et on va marcher longtemps comme ça ? – Tu n'es pas obligée de me suivre. » Elle se l'était tenu pour dit. C'était à prendre ou à laisser. Elle prenait. Tout plutôt que de s'en retourner à Bethmale. De sorte qu'elle s'était évertuée à s'accrocher à lui, quatre pas derrière, tandis qu'il effectuait ses allées et venues d'ours en cage, de temps à autre longeant le Salat et jetant un coup d'œil en direction du foirail, de l'autre côté de la rivière, où des tas d'hommes – des colporteurs à en juger par leur marmotte – ne cessaient de s'assembler. « Bon, il attend quelqu'un là-bas et le guette. Et s'il n'a pas peur de ce quelqu'un, c'est fichtrement bien imité. » Elle se demandait qui pouvait bien être ce quelqu'un, capable d'impressionner Joël à ce point...

Là-dessus, enfin, quelque chose s'était produit. Une rencontre. Un homme avec de gros favoris, un costume de bourgeois. Qui s'était exclamé à la vue de Joël. Jeanne-Marie s'était maintenue à distance, par discrétion et timidité. Elle n'avait pas tout capté de la conversation. Mais elle avait saisi un prénom « Elie », et elle avait vu surtout le visage de Joël se figer, elle avait surtout entendu Joël dire, d'une voix blanche : « Je ne savais pas, je ne savais pas... »

A compter de cette minute, il s'était brusquement transfiguré. Un autre homme. De nouveau gai, léger, empli d'une formidable assurance, débordant même d'une joie qu'il parvenait mal à cacher. Il avait regardé Jeanne-Marie comme si elle avait soudain cessé d'être invisible.

– Viens.

Alors, ils traversèrent le Salat par le pont quasiment neuf, en marbre gris des carrières de la Moulasse. Ils quittèrent enfin Villefranche pour Bourg-de-Vie qui sont les deux moitiés de Saint-Girons. Laissant une église à main gauche, ils débouchèrent vite sur le foirail. Là, Joël s'immobilisa, à l'orée de la foule : « Regarde, Jeanne-Marie. Regarde-les. Tu ne peux pas te tromper : tous ceux qui ont des yeux verts sont à moi. » Elle regarda et de fait on ne pouvait s'y tromper. Ils se ressemblaient, pas seulement par leurs yeux clairs absolument identiques. Ils avaient les mêmes cheveux noirs et bouclés, la même façon de porter leurs épaules larges : « Tes frères ? – Oui. – Qui est Elie, Joël ? Lequel d'entre eux ? – Il n'est pas là. – Mais qui est-il ? – Un autre de mes frères mais il n'est pas là. » A cette seconde, Jeanne-Marie se mordit heureusement la langue. Elle avait failli dire : « Et ça t'arrange bien, qu'il soit absent, non ? » Mais l'instant d'après, un autre sentiment l'absorba, qui fut de la fascination : elle avait cru Joël unique, voilà qu'elle en découvrait quatre autres, certes moins beaux à son avis, quoique le plus jeune ne fût pas mal déjà, certes moins grands et moins minces, mais tout de même très proches. On ne pouvait vraiment pas douter qu'ils fussent frères.

« Et il en manque un ? *Moun Diù det Ceou*, quelle famille ! »

Un long moment, Joël demeura immobile, se contentant de regarder avec un sourire que Jeanne-Marie, pour sa part, estima diabolique, pas moins. Mais un mouvement se manifesta parmi les Rouch sur le foirail. Trois d'entre eux, les plus âgés, se regroupèrent avec sept ou huit autres hommes dont un qui était bossu avec des yeux fendus brûlant d'intelligence.

Joël attendit encore, le temps qu'ils s'éloignent.
– Attends-moi là, Jeanne-Marie.
Il se mit enfin en mouvement. Il fendit la foule qui s'écarta volontiers devant lui, dominée par sa taille. Il marcha vers le plus jeune demeuré près de la charrette.

– Tu te souviens de moi, Zaccharie ?
– Bien sûr.
– Ça te fait quel âge maintenant ?
– Seize.
– Tu en avais donc huit quand je suis parti. Et tu te souviens de moi ? C'est bien. Tu es tout seul à Saint-Girons ? Qui est avec toi ?
Jérémie, Daniel, Amos. Mais pas Elie. Elie était en Crimée, il était parti soldat sept ans auparavant.
Joël hocha la tête, la baissa :
– Je sais.
– On n'a pas de nouvelles de lui, dit Zaccharie, mais il va rentrer, c'est sûr...
Joël l'hypnotisait, littéralement. Il le retrouvait aussi grand et aussi extraordinairement beau que dans ses souvenirs. Pendant un très court moment, pourtant, une espèce de doute l'effleura. La scène était précise dans sa mémoire : il se souvenait parfaitement qu'Elie avait mis une sacrée trempe à Joël, juste avant le grand départ de celui-ci. Mais après tout, entre Rouch, ou entre Raufaste et Rouch, c'était souvent qu'on se tapait sur la gueule, ça n'empêchait pas les sentiments. Le doute, donc, s'effaça vite...
– Comment va Anastasie ?
Il disait « Anastasie » au lieu de « la mère ». Anastasie allait bien. Elle allait bien six mois avant, en tous les cas. Quant au père, cela faisait bien

deux ans qu'on ne l'avait pas vu, il devait toujours être en Espagne, à cause des gendarmes. Mais il y avait eu des morts au village... Zaccharie allait se lancer dans l'énumération des décès et des naissances survenus au cours des dernières années. Joël le coupa :

– Tu es content de me voir ?

Oh ! ça oui ! Les yeux de l'adolescent brillèrent. De seconde en seconde, sa joie et son enthousiasme croissaient. Il était d'ores et déjà sous le charme de Joël. Qui pensa : « En voilà déjà un. Il ne me reste plus à en convaincre que quatre-vingts ou cent. J'ai presque fini, en somme. » Il ignorait quelle était exactement la population du village qu'il s'était à lui-même juré d'entraîner tout entier – sans oublier personne – jusqu'au Brésil. Mais ne s'en souciait guère. La miraculeuse absence d'Elie lui ouvrait une voie triomphale, à n'en pas douter.

Quoique je n'aie pas trop de temps à perdre, il serait bien capable de revenir dans les semaines qui viennent, voire dans les jours prochains, puisqu'il était en Crimée et que la guerre y est finie. Il ne doit plus être très loin d'avoir fait ses sept ans, sinon déjà.

Il allongea le bras et crocha le cou de Zaccharie, qu'il tira contre lui, pour une accolade affectueuse, dont il découvrit lui-même avec surprise qu'elle était parfaitement sincère. Pour un peu, il se fût senti ému.

– Allons voir les autres.

Il ne lâcha pas son jeune frère, qui allait lui servir d'introduction. Il se sentait heureux et calme, sûr de lui comme jamais...

... et littéralement transporté par l'idée fabuleuse – même pour lui qui en avait tant eu d'extravagantes – par l'idée fabuleuse qu'il venait de concevoir...

Les Raufaste étaient là, du Bardu au très jeune Gaffouil. Et se trouvaient également là les pièces rapportées au clan, qui n'étaient donc ni Rouch ni Raufaste. Joël connaissait déjà Laurent Perdigou, qui avait épousé Tinou Raufaste avant son propre départ. Se souvenait aussi de l'autre Perdigou, Vincent. Au contraire, il ignorait tout de Pierre Caoussinat, dont il apprit qu'il était son beau-frère pour avoir épousé Romaine, et pas davantage Luc Faure, mari d'Elvire Raufaste. Il les voyait pour la première fois, les jaugea d'un regard : « Ils ne me donneront pas trop de mal, s'ils m'en donnent. Ils suivront François et Jérémie qui eux-mêmes se rallieront à l'avis du Boussut... »

Car pas de doute, chez les Raufaste et peut-être même aussi chez les Rouch, c'était Boussut qu'il faudrait gagner avant tous. Boussut était à l'évidence la tête pensante, malgré ses airs d'estropié. Joël demanda :

– A qui sont la charrette et le cheval, dehors ?

Tous les yeux se portèrent sur Boussut, qui sourit sans mot dire. « Je l'aurais juré », pensa Joël.

Il prit place à la longue table de bois de Poutensan, autour de laquelle tous étaient assis. La faute à ne pas commettre était d'offrir à boire. Cela les brusquerait, risquerait même de les braquer : l'enfant prodigue de retour, fortune faite, et dispensant partie de ses richesses. Surtout pas. En s'asseyant, par contre, il grimaça comme sous l'effet d'une douleur insupportable (que seule la légendaire dureté au mal des mountagnols permettait de supporter) et porta d'un air distrait une main à sa poitrine. Ça ne manqua pas : Jouan tomba dans le panneau :

– Tu es blessé ?

Ils le contemplaient tous avec une curiosité un peu distante, méfiante, qu'ils s'efforçaient de cacher :

– Les Indiens, dit sobrement Joël.

L'effet fut celui qu'il espérait. Jusqu'à Jérémie qui le fixa, sorti de son impassibilité. Sans plus rien ajouter, Joël souleva son tricot de marin et montra la triple cicatrice, encore élargie par le chirurgien de la rue des Ursulines, à La Nouvelle-Orléans.

– Des flèches ?

– Des lances.

Et bien que s'étant promis de ne pas aller trop vite, de résister à sa propre imagination, il ne put s'empêcher d'ajouter :

– Le pire n'est pas les trous qu'ils m'ont faits, ces sauvages. Mais l'une des lances a cassé et la pointe m'en est restée à l'intérieur.

Il montra l'endroit où se trouvait la balle reçue sur le Mississippi : « Ici. Heureusement qu'elle ne peut pas pourrir, puisqu'elle est en or... »

La seconde suivante, il craignait d'être allé trop loin, trop vite. Mais non. A la seule exception du Boussut qui paraissait pourtant perplexe, il lut dans leurs yeux à tous les rêves qu'il venait de faire naître.

– Parce que les Indiens ont des lances en or ?

– Seulement les pointes. Ils n'ont pas de fer, il faut bien qu'ils se débrouillent. Et l'or ne vaut pour eux pas plus que le fer pour nous.

Oui, le rêve naissait. Il le sentait, quasi palpable. Et lui qui se croyait blasé, à avoir raconté tant d'histoires, retrouva à cette minute l'enivrant bonheur de les dominer, par la seule magie de sa parole. On se mit à lui poser des questions, et il y répondit avec juste ce qu'il fallait de modestie apparente et de naturel, ne manquant pas une occasion (« ces gredins croyaient m'avoir tué, mais ils ignoraient qu'on ne tue pas si aisément un Rouch, ou quelqu'un du village d'en haut... »); une occasion de leur rappeler qu'il était des leurs.

Il expliqua qu'à dix-huit ans, quand il était parti, il était fou, un jeune fou, enfiévré par ses lectures. Mais il revenait différent. Si ça n'avait tenu qu'à lui, d'ailleurs, il serait revenu bien plus tôt.

Et bien entendu, vint à ce moment-là la question qu'il attendait. Et naturellement posée par Boussut, comme prévu :

– Et tu es revenu pourquoi, au juste ?

Ne réponds pas tout de suite, Joël... Baisse la tête – tu portes un chagrin caché sur ton visage... Puis relève-la lentement. Et souris. Tu souris un peu timidement – PAS TROP QUAND MÊME –, tu les regardes un à un, et ton sourire doit les gagner. S'ils te sourient en retour, si deux ou trois d'entre eux au moins te rendent ton sourire, alors c'est que tu les tiendras. Ferrés comme des saumons.

Il dit enfin, la voix basse, rauque :

– Quand nous serons entre nous. Au village. Ce ne sont pas des choses dont on peut parler sur la place publique. Parce que j'ai à vous parler d'une chose extraordinaire, que le village seul doit connaître...

Il rabaissa la tête et contempla les paumes de ses mains, celles-ci superbement tremblantes, avec l'air de quelqu'un qui craint d'en avoir déjà trop dit. Mais il avait vu leurs visages et ça suffisait bien. François Raufaste bien sûr n'avait pas bronché; il n'y avait pas à s'en étonner, celui-là était incurable, il sera impassible à l'heure de sa mort.

... Pas davantage Jérémie, avec son air un peu

triste et doux (« mais j'ai noté le mouvement de ses mains : il est pris, autant qu'il peut l'être »).

Quant aux autres, c'était le succès total, un triomphe qui passait toutes ses espérances, et dont il pouvait être légitimement fier. Denis-Gaffouil n'arrivait même plus à refermer la bouche; Zacharie et Jouan haletaient de curiosité comme des chiens qui viennent de lever une trace; Daniel et Amos, et Luc Faur, rêvaient, pensifs; pour les deux Perdigou, ils badaient et l'on aurait pu lire les deux lettres du mot « or » inscrites dans leurs prunelles sombres.

... Si bien qu'en fin de compte, le seul échec véritable, pour l'heure, était Boussut, dont les petits yeux de renard ne quittaient pas Joël.

Mais le monde ne s'est pas fait en un jour, il n'y a même pas une heure que je suis avec eux. Il n'y a de plaisir que dans la difficulté et quand il n'y a pas de solution, c'est qu'il n'y a pas de problème. *Court poso, loung cami,* Joël – petite pause, long chemin. Tu en as assez fait pour aujourd'hui.

Il soutint le regard du Boussut.

– Et autre chose, dit-il : j'ai appris à Toulouse une nouvelle...

Il laissa la phrase en suspens. Secoua la tête.

– Non. Nous en parlerons chez nous, entre nous.

Au-delà des péripéties, ce fut à cet instant qu'il prit avec lui-même un pari encore plus fou que celui passé avec Labadie, à Bordeaux, à la terrasse du café *Montesquieu.* A Bordeaux, il s'était donné un bon mois, pour les convaincre tous.

Tous jusqu'au dernier.

Il s'accorda une semaine.

17

Jeanne-Marie était emplie de rage. Et elle avait à cela tant de raisons qu'elle finissait par s'y perdre, ne sachant plus ce qu'elle haïssait le plus, de Joël, de cette route caillouteuse qu'elle suivait depuis des heures, de ce groupe d'hommes qui marchaient comme des sauvages et la faisaient s'époumoner, de ce pays tout entier qui ressemblait trop à Bethmale, d'elle-même enfin.

Mais elle pensait tout de même que Joël venait en tête de liste.

Cela avait commencé la veille quand, s'impatientant de rester à attendre sur le foirail, elle s'était enfin décidée à le rejoindre. Elle l'avait trouvé attablé, pas seulement avec ses quatre frères, mais aussi avec d'autres hommes. Joël l'avait dévisagée avec indifférence. Mais avait quand même dit : « Tu peux t'asseoir. » On l'avait dévisagée avec curiosité et quatre paires d'yeux verts, notamment, l'avaient déshabillée avec une invraisemblable impudence. Quelqu'un avait demandé à Joël : « Ta femme ? » Il avait répondu : « Et puis quoi encore ? »

Pas simplement : « Non. »

ET PUIS QUOI ENCORE.

Le fils de puto.

De toute la soirée qui avait suivi, elle n'avait pu l'approcher. L'avait par contre entendu parler, et parler, et parler. Avait compris qu'il faisait tout pour les aguicher, les agrainer, en leur contant mille merveilles qu'il aurait vues dans ses voyages. Et ils gobaient tout, accoisés, bouches bées. Elle-même... Elle-même, par moments, en dépit de sa défiance naturelle, en était arrivée à s'abandonner à la voix de Joël, à sa douceur, cette façon qu'il avait parfois de chuchoter, à ses silences, ces rêves qu'il faisait naître en vous, qui vous tourneboulaient et vous mettaient plein d'idées bizarres en tête. C'était évident qu'il cherchait à les entraîner vers quelque chose. Mais quoi? Il n'en disait rien. « Nous attendrons d'être au village pour en parler. » Le diable.

Et un diable qui s'était fait ermite. Il ne s'était pas plus préoccupé d'elle, dans le foin où tous avaient dormi, que si elle avait été en bois. Alors qu'elle-même, justement, aurait eu plutôt des envies... Elle avait fini par s'endormir, déjà furieuse au plus haut point et à son réveil, avait découvert qu'ils étaient tout bonnement en train de partir sans elle. Elle avait dévalé l'échelle, s'était plantée devant Joël :

– Pourquoi tu ne m'as pas éveillée?

– Tu n'es pas obligée de me suivre.

Je serais un homme, je lui aurais déjà cassé les os. Mais malheureusement, le matin même, elle avait essayé de « lui flanquer un coup de pied dans le ventre, là où ça fait mal aux hommes ». Elle avait manqué son coup – il avait esquivé en riant – et pis que cela, elle s'était retrouvée les quatre fers en l'air. Dans l'hilarité de ces abrutis de Rouch et de Raufaste.

Elle reporta son regard sur eux : ils cheminaient tout en parlant entre eux, à une allure vertigineuse, quarante mètres devant elle, et ne se souciaient pas plus d'elle que si elle eût été un chien. Certes, ils lui avaient offert de prendre place sur la charrette mais elle avait refusé avec rage. Parce qu'ils avaient ri et aussi parce qu'elle voulait leur prouver que, pour ce qui était de marcher, elle valait tout autant qu'un homme.

A présent, elle tirait la langue – j'ai vraiment tout du chien. Mais elle fût plutôt tombée raide morte que de s'avouer vaincue. Elle le suivrait jusqu'en Afrique s'il le fallait.

Il y en eut tout de même un pour ralentir le pas et se laisser glisser à sa hauteur. C'était celui qui avait une bosse et des yeux de renard.

– Tu es lasse ?

– Non.

– Tu aurais dû monter sur ma charrette, à côté de ta malle.

Elle secoua la tête avec énergie. « Je ne suis pas une malle. » Ils marchèrent un long moment côte à côte en silence. Puis il dit, souriant :

– Je m'appelle Lucien Raufaste, j'ai marié une des filles de chez Rouch. Mais on m'appelle Boussut – l'éclat de gaieté dans ses yeux fendus se fit plus vif – à cause que mon père s'appelle aussi Lucien et pour ne pas me confondre avec lui. Et toi ?

– Fougaril Jeanne-Marie.

Depuis Toulouse, elle avait remis son costume de Bethmalaise. Il ne lui demanda donc pas d'où elle était. Remarqua simplement :

– Ce n'est pas loin de chez nous, Bethmale.

A ce moment-là, pour la deuxième fois de sa vie, Jeanne-Marie faillit se mettre à pleurer (la première fois, c'était dans le lit avec Joël, quand elle avait raconté son histoire). A pleurer peut-être à cause de cette gentillesse que quelqu'un, même un bossu, lui témoignait enfin. Ou peut-être à cause de Bethmale. Ou pour une autre raison : « Tu n'es pas obligée de me suivre »...

– Comment tu l'as connu, Joël? Ça fait longtemps que vous êtes ensemble?

Sa méfiance fut aussitôt en éveil. C'était donc pour cela qu'il avait voulu marcher avec elle : il voulait la faire parler. Pour qui la prenait-il? Elle répondit à la question par une autre question :

– Tu le lui as demandé, à lui?

Il éclata de rire. Curieux comme il avait une voix mélodieuse, flûtée, lui qui était si laid.

– Tu n'es pas bête, il paraît...

Nouveau silence. Le Salat coulait sur leur gauche, ils en longeaient la rive depuis le départ de Saint-Girons. A un moment derrière eux, sur les cailloux sonores de la route, un bruit monta, puissant et clair, dans un monstrueux roulement sourd et des claquements secs de fouet. Très peu de temps après, la diligence surgit, les dépassa, au trot rapide de ses six chevaux, son postillon juché à une hauteur vertigineuse. Jeanne-Marie et Boussut avaient dû se ranger pour laisser le passage et devant eux, le groupe fit de même. La voiture hérissée de malles et de ballots arrimés à son toit, diminua de dimension puis disparut d'un coup, avalée par la montagne, alors que la route semblait pourtant continuer tout droit.

– Nous arrivons au tunnel de Kercabanac, expliqua Boussut. La route à gauche va à Massat mais nous, nous prendrons à main droite. Il parut guetter un quelconque commentaire de la jeune fille, mais en fin de compte poursuivit :

– Après, ce sera Seix. On trouvera alors, toujours à gauche, la route d'Oust, d'Ercé et d'Aulus. Mais nous irons toujours à droite.

Ils entrèrent dans le tunnel taillé dans le roc. Sa voix flûtée se fit sonore :

– On arrive chez nous.

Les yeux de Jeanne-Marie étaient emplis de larmes. *Tu n'es pas obligée de me suivre.* Le pire étant qu'il avait raison. Elle ne savait même au juste pourquoi elle faisait ce qu'elle était en train de faire. Savait simplement qu'elle avait de la honte, et un grand dégoût d'elle-même, à suivre ainsi un homme qui ne voulait pas d'elle, et dont elle-même ne voulait pas vraiment.

Savait néanmoins qu'elle continuerait de le suivre, pour cela qu'il était son seul espoir d'aller ailleurs, pour autre chose que retourner s'enterrer vivante à Bethmale, ou aller faire la puto dans les rues de Toulouse.

Ils furent à Seix vers onze heures. Leur groupe du départ de Saint-Girons s'était beaucoup amenuisé. S'en étaient d'abord détachés ceux de la vallée de l'Arnac, autrement dit les Massatois. Ensuite les gens du Garbet, dont un qui était d'Angladure et menait deux oursons qu'il était allé chercher à Marseille. Plus d'autres qui étaient de Rogalle ou Sentenac.

Au point qu'ils ne restèrent plus que vingt-cinq ou trente à repartir de Seix. Mais l'effectif se réduisit encore au pont de la Taule, quand ceux d'Ustou obliquèrent. Il n'y eut plus ensemble que quelques-uns de Couflens même, et trois ou quatre qui allaient jusqu'à Salau.

Plus naturellement ceux du village. La route s'achevait, en somme. Les colporteurs d'hiver étaient rentrés chez eux. Et n'en repartiraient qu'à la fin du printemps, cette fois pour l'Espagne.

Joël n'en pouvait plus.

A la fatigue de cette marche si familière à ses frères et aux autres, mais dont il était lui-même déshabitué, s'ajoutait la lassitude d'avoir tant parlé tout du long. Sans oublier la balle itinérante dans sa chair et dont il avait souffert mille morts pendant chaque minute de la nuit, à cause de sa position dans le foin.

Et ce n'était pas fini, bien que l'on eût à présent passé le Salat et Coufflens. Car il fallait encore compter trois heures d'une montée dure et sans répit.

De toute façon, il eût joué la comédie : il était dans ses plans d'arriver avec toutes les apparences de l'épuisement, grand oiseau blessé regagnant son nid après bien des tempêtes. Apitoyer faisait partie de la mise en scène qu'il avait si soigneusement préparée, surtout à l'intention d'Elie, ne fût-ce que pour éviter une trempe. Et qu'Elie fût absent ne changeait que peu de chose, après tout.

Mais il n'eut pas à forcer son talent. Il était réellement à bout et dès les premières pentes, Daniel et François, le voyant livide, l'encadrèrent et le soutinrent. Il refusa pourtant d'être porté, à plus forte raison de monter sur la charrette que d'ailleurs on avait du mal à hisser, le cheval suffisant à peine.

– J'irai jusqu'au bout sur mes jambes, j'y tiens. Je ne viens pas des Amériques pour arriver comme une accouchée.

Héroïque.

Mais il eut assez de sang-froid pour observer l'effet produit sur Boussut. L'effet était bon, pas de doute. « Allons, je finirai bien par l'allécher, celui-là comme les autres... »

A mesure qu'on monta, le boulbi se fit plus fort, l'air plus froid, pinçant. Il y avait de la neige sur le Vallier mais aussi sur le Fonta et les Aymesses. Voire dans le creux des estives de part et d'autre du lit de l'Artigou. Jouan hurla un hilhet à s'en déchirer la gorge. Des cris répondirent. La montagne des Rouch et des Raufaste s'anima. Le village hissa ses toits par-dessus la dernière crête.

Et ce fut droit au centre de l'une des taches blanches de neige, au détour ultime du sentier, que Joël découvrit la noire silhouette d'Anastasie.

Elle savait qu'ils arrivaient depuis déjà une heure. L'avait compris à la seconde où le petit Jouannissou, premier des enfants d'Elvire Raufaste et Luc Faur, s'était soudain mis à gesticuler, entre deux rafales de neige. De là où il était, c'est-à-dire à la pointe de la crête du Courtal, où on l'avait aposté à garder une partie des moutons. Le cri strident du gamin – sa gorge n'était pas encore tout à fait formée au hilhet – avait déchiré l'air froid.

Ce cri fut comme une alerte qui figea le village. On sortit des maisons et des bordes, même l'incessante noria des sacs de fumier s'interrompit et l'immobilité subite toucha jusqu'au Gris et Gudane, lesquels associaient leurs forces pour redescendre le bois de feu subsistant de l'essartage d'octobre dernier. Tout en refaisant pour la millionième fois le compte de tous ces Prussiens, Russes et autres Autrichiens qu'ils étaient sûrs et certains d'avoir trucidés.

Mais Anastasie remit très vite de l'ordre dans cette paresse collective. Elle foudroya successivement du regard Léopoldine et Pérette, qui en étaient déjà à tenter de s'attifer tant bien que mal, malgré leurs mains pleines de boue; puis naturellement les deux jumelles, Romaine et Alida, encore parties à pépier; et enfin Tinou et Ursule. Qu'elle n'eût pas, en théorie, juridiction sur plusieurs d'entre elles, puisqu'elles étaient des Raufaste et non des Rouch, ne troublait pas outre mesure Anastasie. En l'absence des hommes, il fallait bien quelqu'un pour commander et ce n'était pas son égale en âge et en position, Etiennette Raufaste, qui pouvait remplir ce rôle. Si on l'avait laissée faire, celle-là, on se serait levé à des cinq ou six heures du matin, autant dire à la mi-journée.

Mais l'émotion la gagnait, elle aussi, sans doute même plus que quiconque. Durant quelques secondes, elle lutta contre une envie sauvage d'aller rejoindre le petit Jouannissou sur la crête, d'où elle pourrait apercevoir elle aussi la troupe des hommes qui montaient. Elle était sûre, même à distance, de reconnaître *sa* silhouette entre toutes. Sans erreur possible. Même s'il avait changé, s'il était transformé, blessé, infirme, et il avait probablement changé, après sept ans.

Elle reprit sa bêche et se pencha. Les autres l'imitèrent. Il n'y eut que Romaine pour dire :

– Et si Elie était avec eux?

La main d'Anastasie sur le manche de l'outil trembla à peine.

– On verra bien, dit-elle.

Une heure plus tard, elle était dans la pièce unique au rez-de-chaussée de la maison, à préparer un immense chaudron de farinette où, parce que c'était une sorte de jour de fête, elle avait ajouté du lard, coupé en tranches fines, pour ne pas gaspiller. La petite Zie entra en courant, son visage de poupée contracté par l'émotion, haletante :

– Il y a un homme de plus, un très grand. Il semble blessé.

Anastasie ferma les yeux : « Il est blessé, mais il me revient, il nous revient quand même. »

Le Gris entra à son tour, lui tourna le dos, alla fourrager dans le feu qui n'en avait pas besoin :

– Ce n'est pas Elie, dit-il de sa grosse voix. C'est Joël.

18

La pluie glacée qui était tombée toute la nuit et tombait encore à son arrivée chez Pilar, cette pluie s'était d'abord transformée en une neige fine. Puis les flocons s'étaient épaissis, le boulbi se mettant à souffler avec acharnement. Après quatre heures, Eloi décida de faire demi-tour.

Tenter de franchir le port d'Aula dans ces conditions, à presque deux mille trois cents mètres d'altitude, n'aurait pas été raisonnable, surtout à cause du muchacho. Et il connaissait trop la montagne pour ignorer jusqu'où il pouvait aller.

– Tout comme avec Anastasie.

Esteban et lui trouvèrent refuge dans une ferme isolée d'Alos, à l'entrée du ravin de Gireres. Ils y passèrent la nuit, entre deux vaches. Puis un jour entier et une nuit encore. Ne purent repartir qu'au début de l'après-midi du surlendemain...

... ce même jour où Jeanne-Marie quitta Saint-Girons, marchant quarante mètres derrière la troupe des colporteurs, ruminant sa rage.

Un dixième de lieue, soit quatre cents mètres de dénivelée en soixante minutes, tel avait toujours été le rythme d'Eloi en montagne, ni trop rapide ni trop lent. Mais les deux mètres de neige qu'il trouva à Aula le ralentirent, au point qu'une fois encore il faillit rebrousser chemin, et regagner le versant espagnol, moins exposé au vent du nord. Seul, il eût tenté le passage. Mais il ne l'était pas, seul, et son amour pour le muchacho était tel qu'il y perdait son orgueil de mountagnol prêt à tout affronter. Il envisagea même d'aller carrément emprunter le port de Salau, quitte à courir un peu pour échapper aux gendarmes, si par hasard il y en avait.

En définitive, ce fut le muchacho lui-même toujours sur ses talons, imperturbable, qui emporta la décision. Esteban secoua la tête :

– On peut continuer.

Il avait quelque chose d'Elie, non pas dans les yeux – les siens étaient noirs comme une claire nuit d'hiver, avec d'étranges reflets d'escarboucle – mais dans la ligne forte des mâchoires, un silence dense, une sûreté tranquille et distante.

De son poing fermé, Eloi lui toucha la pointe de la mâchoire, façon de dire son affection.

Il leur fallut cinq heures très dures pour passer. Et la nuit était tombée quand ils parvinrent à la petite cabane au bord de l'étang de Prat-Matau dont l'eau était gelée.

A peu de chose près, quelques minutes, ce fut le moment, en cette nuit du 3 au 4 avril 1856, où Joël, à la fin du repas qui avait duré bien plus longtemps que de coutume, obtint un silence frémissant par la seule façon dont il fixa Anastasie.

Ce repas, l'usage voulait que le village le prît en commun, à chaque grand retour de colportage. On n'avait pas de vigne et si l'on voulait du vin, il fallait donc en acheter; autant dire qu'on n'en buvait pas souvent. Mais cinq ans plus tôt le Bardu avait trouvé une solution qui ne coûtait guère : un propriétaire de Saint-Lizier, qui avait quelques moutons à paître dans leur montagne, avait voulu les leur confier; en échange de cette surveillance, le Bardu avait obtenu huit dames-jeannes de vin par an, chacune de vingt litres, à percevoir quatre fois l'an : deux à Noël, une autre à Pâques et la dernière à la Saint-Luc, donc en octobre.

On ouvrit l'une des bonbonnes clissées, on en vida à peu près la moitié du contenu, par des lampées précautionneuses, buvant à galet depuis les gourdes de cuir. Comble d'extravagance, on dévora ensuite, à soixante-quatorze, un jambon entier, malgré les réticences d'Anastasie qui, entre autres responsabilités, avait celle de veiller sur les réserves.

Aucune des quatorze maisons n'aurait été assez grande pour les contenir tous. Le seul abri possible à une réunion de masse était la grande bourdaous, la borde ou grange, construite vers 1785 par les Rouch (à l'époque où Rouch et Raufaste n'étaient pas encore réconciliés) et construite immense, à seule fin d'emmerder les Raufaste en leur montrant qu'on voyait plus grand qu'eux. C'était un bâtiment de grosse pierre, en partie excavé dans la pente d'une serre, au toit fait de lauzes bien plates qu'une lavanche[1] avait en une nuit couvert de terre, au point que du gispet y poussait par endroits. Au lendemain des Accords d'Eylau, on l'avait transformé en salle commune; on avait creusé dans son sol, au centre, une sorte de foyer dans quoi on mettait à flamber quelques bûches et autour duquel on s'asssemblait, les anciens se tenant les plus proches du feu, sur des bancs et les autres membres du clan, en fonction de leur âge, s'établissant ensuite à des places convenues, de

1. Avalanche.

sorte que les plus jeunes enfants se trouvaient presque dans l'ombre, puisqu'il n'y avait d'autre lumière que celle des flammes.

Joël, durant tout le repas, avait parlé mais bien moins qu'on ne s'y était attendu. Il était resté sur la réserve, volontairement, sachant que son moment viendrait et que cette impatience qu'il sentait monter peu à peu servait ses plans. Tandis que l'un après l'autre, chacun s'exprimant à son tour selon l'ancienneté, les colporteurs rendaient compte de leur tournée. D'ordinaire, c'était un grand moment que ces récits. Pendant les quelques heures qu'ils duraient, le village des femmes et des enfants, et des vieillards, s'ouvrait en quelque sorte au monde extérieur, en recevait les échos, pour mieux ensuite se refermer sur lui-même.

Par son retour, même après huit ans d'absence, Joël avait mieux que prévu retrouvé sa place dans la communauté. Normalement il aurait dû prendre la parole immédiatement après François Raufaste, lui-même succédant au Bardu. Mais son tour venu, il secoua la tête d'un air solennel et – il fit de son mieux et y réussit fort bien – douloureux :

– Non. Ce que j'ai à dire est grave. J'ai deux nouvelles à vous apprendre et je préférerais parler en dernier.

Il continua d'éviter le regard d'Anastasie. Par tactique mais aussi pour une autre raison : un bref, très bref instant, le remords lui était venu, à la pensée de ce qu'il allait lui faire. Cela ne dura guère. Elle lui avait toujours préféré Elie, toujours. Si loin qu'il fît remonter ses souvenirs. Quand je suis arrivé devant elle, voici trois ou quatre heures, je l'ai lu dans ses yeux : elle était déçue de me voir, c'était Elie dont elle espérait le retour, pas moi. Et j'aurais de la pitié? D'ailleurs, c'est la meilleure solution.

Luc Faur prit la parole, puis Laurent Perdigou, Jérémie, Vincent Perdigou, Pierre Caoussinat, Daniel, Boussut, Amos. Vint le tour de Zaccharie et celui du petit dernier, Gaffouil.

Vint le silence.

Que Joël prolongea.

C'est maintenant que tout va se jouer, Joël.

Il releva la tête et se décida enfin à soutenir le regard de sa mère. Et ce fut sans la quitter des yeux une seule seconde qu'il attira à lui le sac de marin. Il en sortit la pépite et la posa devant lui et même, allongeant le bras, devant Gudane et le Gris, sur l'une des pierres cernant le foyer creusé dans le sol. L'or se colora dans la lueur des flammes rouges.

– Voilà, dit Joël. Il y a sept jours, j'ai débarqué à Bordeaux, venant des Amériques. Je pourrais vous tenir toute la nuit et toute une semaine rien qu'à vous raconter ce que j'ai fait là-bas et ce qui m'y est arrivé. En arrivant à Bordeaux, j'avais de la joie...

Il marqua un temps. Pour la première fois depuis quasiment deux jours, il se souvint de l'existence de la Bethmalaise, qui se trouvait quelque part dans la pénombre, étrangère, au milieu des enfants. Mais il se rasséréna très vite : elle se taira. Et d'ailleurs, elle ne sait pas grand-chose...

– Je suis allé dans un pays appelé le Brésil. Je ne vous parlerai pas de l'or qu'on y trouve, ou des diamants que n'importe qui peut y ramasser. Nous sommes des Rouch et des Raufaste et nous savons bien qu'il n'y a qu'une seule vraie richesse : la terre. Et nous savons la travailler. La travailler dur. Et justement...

Nouveau temps d'arrêt. Il reprit :

– Justement. Imaginez un pays où l'on pourrait marcher pendant un an entier sans en atteindre les limites. Il y a combien de temps que nous marchons en France, ou en Espagne, tous tant que nous sommes ici, à travailler comme des bêtes pour les autres? Nous marchons dans le froid et sous la pluie, sans fin et pendant ce temps, nos femmes attendent, vieillissent, restent seules à tout faire, nos enfants grandissent sans nous – il fixait toujours la seule Anastasie – et nous deviennent étrangers. Alors, imaginez un pays immense... qui tout uniment est la Beauce avec son blé, la Bourgogne ou le Médoc avec leurs vignes, ou la Normandie avec ses prairies vertes et grasses, la Provence avec son soleil, et des montagnes plus grandes que les Alpes et les Pyrénées mises ensemble. Et ce pays existe, je l'ai vu. Et il est vide ou peu s'en faut, il n'attend que les hommes et les femmes qui voudront bien accaparer des terres qui ne sont à personne. Il y en a déjà qui y ont pensé et pas n'importe qui : des gens de chez nous, de l'Ariège. Je les ai rencontrés, je leur ai parlé. Ils étaient de Betchat, à côté de Saint-Lizier. Toute une famille de onze personnes. Les Rouze. A Betchat, ils crevaient de faim et de misère, presque autant que nous sur notre montagne. Quand je les ai vus, ils avaient une terre à eux, en propre, de deux cent cinquante hectares. Une terre aussi grasse que celle de Pau ou du Vaucluse, aussi riche. Ils ne s'occupaient même pas de l'or que roulait leur rivière. Ils étaient devenus des rois. Vous pouvez vérifier chaque mot que je dis, vous allez à Betchat, vous demandez où sont les Rouze. On vous dira : au Brésil. Vous verrez les yeux des autres de Betchat, ils en crèvent de jalousie, d'envie. Mais ce ne sont pas des mountagnols, ils n'osent pas partir, ils ont peur de marcher vers l'inconnu, ils n'ont pas de tripes, ils préfèrent rester dans leur purin, leur misère, ils n'osent pas tenter de devenir des rois. Allez à Betchat, demandez après les Rouze. Le curé y a reçu une lettre, il vous la montrera...

Il but un peu de vin. Il en tremblait, dans son exaltation qui était parfaitement sincère...

– Alors moi, quand j'étais au Brésil, à parler en gascon avec les Rouze, je leur ai demandé comment ils avaient fait pour devenir si riches, en si peu de temps. Et c'était très simple. Ils avaient marché, cette fois sans laisser derrière eux les femmes et les enfants, marché plus loin qu'aucun colporteur de l'Ariège n'est jamais allé. Ils sont entrés dans ce pays qui est le plus beau du monde, et c'est le gouvernement du Brésil qui leur a donné leur terre, parce que l'empereur du Brésil, qui vaut bien plus que notre Moustachu, a désespérément besoin d'hommes et de femmes durs au mal, pour peupler son empire immense. Pas vraiment donné, un Ariégeois ne voudrait pas qu'on lui soit charitable, il a de l'orgueil. Il paie. Pour rester libre. Et pour ces deux cent cinquante hectares, les Rouze paient au gouvernement du Brésil huit cent soixante francs par an, pendant cinq ans et après ils seront propriétaires, pour toujours...

Oh! ce silence, pensa Joël extasié. Ce silence! Je les tiens dans le creux de ma main, tout comme je tiendrais le monde. Non mais, regarde-les, Joël, ils sont tous accoisés, muets, suspendus à tes lèvres! Ils rêvent.

– Je leur ai demandé : et si un jour, demain ou dans un an, une famille Raufaste ou une famille Rouch souhaitait de faire comme vous, devenir riche elle aussi, avoir des terres plus que n'en aura jamais un Laurent Pujol de Saint-Girons? Ils ont ri, vous m'entendez? Ils ont éclaté de rire. Ils m'ont montré ce pays immense : il y a de la place pour cent millions d'Ariégeois. Je ne me suis pas contenté de leur réponse. Je suis allé parler aux hommes du gouvernement du Brésil. Je vous l'ai dit : là-bas, ils ont un empereur. Celui-là a un pays qui est plus grand que l'Europe jusqu'au fin fond de la Russie, mais il n'a pas d'hommes et de femmes pour le peupler. Il a le pays le plus riche de la terre, avec des montagnes et des rivières, mais personne pour s'en occuper. Les gens du gouvernement m'ont dit : venez avec votre famille, autant que vous voudrez. On vous paiera le voyage, on vous recevra à votre arrivée, on vous installera sur trente hectares par famille, et plus si vous voulez davantage. Trente hectares, cela fait soixante-dix arpents, ou près de trois cents verges. Par famille. Une famille, c'est le père, la mère et les enfants. Ici, dans notre village, nous sommes quinze familles pour le moins. Comptez vous-mêmes : ça fait pas loin de quatre cent cinquante hectares d'une terre qui jamais n'a été travaillée, qui est neuve comme au premier jour du monde. Et l'on pourrait acheter plus, bien plus, des centaines et des centaines, des milliers d'autres hectares, pourquoi croyez-vous que j'ai ramené cette pépite ? Avec elle, en plus de ce à quoi on nous donnera droit, nous pourrons avoir un morceau du Brésil grand comme d'ici à Bayonne. Dont nous serons les seuls maîtres, où aucun garde ne s'avisera de seulement poser le pied.

Il ferma les yeux, renversant la tête en arrière, avec l'air de quelqu'un que le bonheur à venir manque d'étouffer. Le plus étonnant étant qu'il était sincère. Il croyait presque être vraiment allé au Brésil, il était sûr d'en décrire exactement les richesses, convaincu d'avoir raison et de prophétiser à bon escient. A nouveau, il se laissait enfiévrer par sa propre imagination et d'ailleurs, eût sûrement été moins efficace s'il ne s'était d'abord persuadé lui-même.

Il se reprit pourtant, et changea subtilement jusqu'au rythme de sa voix :

– Je me suis dit à ce moment-là : « Joël, méfie-toi de toi-même. Tu as toujours été un peu fou, tu étais un faiseur de rêves à dix-huit ans, il t'en reste peut-être quelque chose... Non... Non, la seule chose raisonnable à faire est de rentrer au pays, d'en parler à tout le village au soir à la veillée, entre nous Rouch et Raufaste, et de prendre leurs conseils. Tu diras les choses franchement, sans rien cacher. Tu parleras au Gris et à Gudane, à François Raufaste et à tes frères... »

Un silence.

« Tu parleras surtout à Elie. Parce que tu sais bien qu'Elie a toujours eu la tête cent fois plus froide que la tienne. Et si Elie le premier est d'accord, alors on pourra partir... »

Il fixait plus que jamais une Anastasie plus que jamais impassible.

– Voilà pourquoi j'avais tant de joie quand j'ai débarqué à Bordeaux. Seulement, voilà...

Silence.

– Je suis passé par Toulouse, pour rentrer au pays. Et c'est à Toulouse que je les ai rencontrés...

Silence.

– Des soldats. Et pas n'importe quels soldats...

Sa voix se brisa. Il parvint même à faire monter des larmes dans ses yeux.

– Ceux-là arrivaient de Crimée. Ils y étaient encore voici trois mois. Ils étaient les derniers à rentrer, puisque la guerre du Moustachu y est gagnée. On a parlé, eux et moi. Il y en avait un qui était de Salies, un qui s'appelait Rouan. Il m'a demandé mon nom. J'ai dit : Rouch. Il m'a dit : « J'ai connu un Rouch, en Crimée, un mountagnol comme toi... »

Silence. A vous crever les oreilles...

– J'ai demandé à cet homme de Salies : « Il ne s'appelait pas Elie ? » Il ne savait pas. Peut-être, a-t-il dit, il ne se rappelait pas. Il m'a décrit ce Rouch qu'il avait vu : pas bavard de trop, grand presque autant que moi, fort comme trois hommes, et des yeux verts comme les miens. Il n'y avait plus de doute, il me parlait d'Elie...

Joël pleurait vraiment, bouleversé par sa propre comédie, accroché tel un noyé aux yeux d'Anastasie :

– J'ai demandé : « Et où est mon frère ? Il rentre quand ? Il est déjà rentré ? » Il m'a répondu : « Il ne rentrera plus. Il est mort. Devant Sébastopol, le ventre ouvert, en silence comme un animal. »

19

DANS cette même nuit du 3 au 4 avril 1856, alors qu'Eloi le père et son fils adultérin Esteban dorment dans la cabane de Prat-Matau, serrés l'un contre l'autre et pelant de froid, à moins de trois heures de marche du village, la frégate à vapeur *Asmodée* vient tout juste de laisser le cap Corse dans son tribord arrière. A son bord, Elie Rouch s'en revient en France. Le lendemain, il sera à Toulon. En pleine santé, c'est le moins qu'on puisse dire. Il ne se ressent plus du tout de ce coup de baïonnette qu'un Russe abruti, et visiblement animé d'intentions hostiles, lui a donné dans le bras gauche.

A Toulon, paraît-il, lui et tous les autres héros de la Crimée vont être accueillis en grande pompe, sur le quai d'honneur de l'Horloge et par le vice-amiral Dubourdieu, préfet maritime, soi-même. On a déjà recommandé à tous les héros d'arborer leurs médailles, lui le Rouch en particulier, qui en a une pleine batterie, qui en plus est sergent, et grand et d'une foutument belle prestance au point qu'on le fera marcher en tête.

A dire franc, pour ce qui est de grande pompe et des médailles, au moins autant que ses galons de sergent, Elie Rouch s'en fout à l'extrême.

Il n'a qu'une idée en tête et fait comme il est, autant dire qu'elle y est solidement ancrée. On ne le convaincrait pas d'en changer, même à coups de hache.

Sitôt à terre, sitôt débarrassé de cette grotesque culotte de zouave, en bref enfin rendu à la vie civile, il se mettra sur la route, au triple pas de charge. En compagnie d'Iraçabal, Blaise-Pascal de son nom de baptême, lequel puisqu'il est basque et natif de Guéthary, suivra en partie pour rentrer chez lui le même chemin que le Rouch.

Les deux hommes ont décidé, tout en prenant distraitement quelques redoutes moscovites, qu'ils iront ensemble au moins jusqu'à Pamiers ou Foix, voire jusqu'à Saint-Girons, où ils feront route chacun pour soi.

Ensuite de quoi, le Rouch rentrera dans son village. Avec la définitive intention d'en plus jamais bouger, jusqu'à ce que mort s'ensuive. Dût le Moustachu venir le supplier à genoux de lui donner un autre coup de main dans ses guerres imbéciles.

II

... J'ai des idées, pour mon village..

1

CELUI-LÀ s'appelait Ségalas. Il était curé de Coufflens depuis à peu près trente-neuf ans et dans le pays, on commençait à se faire à sa tête, quoiqu'il fût étranger (il était né à trente kilomètres de là, aux environs de Castelnau-Durban).

Même s'il détenait le record de l'Ariège, s'agissant de dire la messe dans les délais les plus prompts, le curé Ségalas n'en avait pas moins sur la religion des idées fermes. Il avait la plus grande confiance dans la mauvaise foi de ses ouailles. Ainsi les soupçonnait-il de ne pas trop respecter l'angélus. D'abord parce que, si fort qu'il le sonnât, et sa cloche n'était quand même pas le bourdon de Notre-Dame, il n'était pas très sûr d'escalader toutes les estives.

Mais surtout il suspectait certains de faire la sourde oreille, les Rouch et les Raufaste notamment, qui étaient indubitablement les pires.

A force de s'interroger, suspicieux, il avait fini par imaginer une solution retorse. Son problème jusque-là avait tenu à ce qu'il ne pouvait être, en même temps, suspendu à sa cloche et tapi sur les soulanes, à surveiller ses paroissiens, pour le cas où ils ne prendraient pas le garde-à-vous requis, à l'instant de l'angélus. Dépourvu de bedeau, il était livré à lui-même. Quant à trouver un volontaire, il n'y fallait pas penser : on travaillait dur dans le haut Salat et l'on avait mieux à faire qu'aller tirer les cloches, surtout *gratis pro Deo*. Energiquement sommée de suggérer une issue, la statue de saint Lizier avait tout de même fini par proposer une réponse. Satisfaisante. Ce n'avait pas traîné : au lieu de distribuer des *Je Vous Salue Marie* à ses pénitentes, le curé Ségalas leur avait ordonné des tours de garde. Si bien qu'à l'instant où ça sonnait (fort mal d'ailleurs) l'angélus, il avait pu se trouver embusqué à surveiller les Rouch et les Raufaste, dans leur fichue montagne du bout du monde. La première prise sur le fait avait été Anastasie.

... Ségalas avait fait semblant de ne rien voir. Plutôt que d'affronter Anastasie, il eût mieux aimé se colleter avec un ours. Finalement, il avait préféré assener la foudre sur Gudane et le Gris, à qui il avait infligé, onze *Confiteor*. (De toute façon, ils ne savaient pas compter plus loin que onze.)

Autre domaine où il exerçait sa suspicion : celui de la morale. Il était convaincu, non sans raison, que la quasi-totalité des jeunes couples lui demandant à être mariés, avaient consommé par avance. Aussi les obligeait-il à n'entrer dans l'église qu'à genoux, du parvis à l'autel, en leur bottant constamment le cul.

Mais en ce début d'avril 1856, le curé Ségalas avait trois problèmes.

Dans l'ordre hiérarchique : l'évêque de Pamiers, puis son âge propre et ses perspectives d'avenir, et enfin ce sentiment qu'il éprouvait parfois, quand il était seul (ce qui lui arrivait chaque soir, quand chacun rentrait chez soi, s'y enfermait et le laissait solitaire dans son église glacée), ce sentiment de n'avoir pas tout à fait vécu la vie qu'il s'était rêvée.

Pour l'évêque, l'affaire n'était pas de la veille, elle remontait à huit ou dix ans au moins. Le monseigneur avait un jour condescendu à remonter le Salat jusque dans ces régions perdues. Il avait trouvé l'église sale, mal tenue, une vraie porcherie. Ségalas, qui avait passé le plus clair de la journée à coltiner des sacs de fumier pour aider la famille Sarradet où trois venaient de mourir de la typhoïde, Ségalas s'était un peu impatienté. Il était allé chercher un balai et une serpillière et les avait confiés à son supérieur. Depuis, les rapports des deux hommes étaient tendus. Ce n'était pas pour troubler Ségalas. Quand on n'était pas sage durant la messe ou les vêpres, il tonnait : « Continuez à faire les guignols et je vous lis l'épître de l'évêque ! » L'effroyable menace glaçait les plus effervescents. Et même un jour, quand il avait reçu l'une de ces épîtres, accompagnée d'un commandement lui faisant obligation de la lire en chaire, il avait proclamé sarcastique : « Il y a l'évêque qui nous écrit. Il a du temps à perdre. Bref, voilà ce qu'il nous dit... » Sur quoi il avait ânonné, à une vitesse prodigieuse : « Bla-bla – bla-bla-bla-bla-bla-bla, – bla-bla-bla-bla-bla-bla-bla. Un point à la ligne. Bla-bla-bla-bla-bla. Encore à la ligne. Bla-bla. Signé : l'Evêque. »

Mais tout se tenait.

Et tout n'était pas, chez le curé de Couflens, de la même veine farfelue. Tout jeune, il avait rêvé de voyager, avait même longtemps sollicité d'être missionnaire, n'importe où, pourvu que ce fût loin. Quitte à terminer ses jours dans une marmite. Quand on avait fini par l'envoyer dans ces montagnes couserannaises, il avait tout d'abord éprouvé une déception profonde. Et puis l'amour était venu, ces gens étaient de la même trempe que lui, durs et même impitoyables, tenus de l'être, incroyablement acharnés à survivre. Il les avait aimés et n'imaginait même plus d'en être séparé.

Tout se tenait. L'évêque venait de lui régler son compte. La lettre disait notamment : *... à soixante-dix ans, après toutes ces années, il est temps pour vous...* Bref, on allait lui expédier un remplaçant, qui allait arriver dans quelques jours, une espèce de morpion même pas capable de vous escalader une montagne en plein hiver, dans le boulbi.

Et lui devrait aller dans une maison de retraite loin dans le nord, dans le Gers.

Il en avait pleuré, seul dans sa cure où il crevait de faim depuis trente-neuf ans.

Et pourtant.

Soixante-quatorze du village. Plus le muchacho adultérin, soixante-quinze.

Le curé Ségalas allait être le soixante-seizième à partir pour le Brésil.

2

– Rouch Elie, dit Elie Rouch. C'est moi.

Ses yeux verts, graves, profonds, mais tout à fait insondables – il tenait ça d'Anastasie – descendirent lentement du plafond et se posèrent sur le capitaine des zouaves. Qui demanda :

– Vous savez que vous avez la possibilité de vous ré-engager ?

– Ha ! ha ! dit simplement Elie avec le plus grand calme.

Le capitaine des zouaves le considéra perplexe :

– Et ça veut dire quoi « HA ! HA ! » ?

– Ça dépend, dit Elie. Je suis encore dans l'armée ?

– Plus depuis deux minutes.

– Alors, ça veut dire merde, dit Elie. Il ramassa son bissac et sortit dans le soleil. Dehors, Ira l'attendait, fumant la pipe. « Tu viens ? » Il fit dix mètres avant de constater que le Basque n'avait pas bougé. Il s'immobilisa, leva le nez et contempla le ciel bleu de Toulon, avec ses montagnes blanches. Si l'on pouvait appeler ces machins des montagnes. Il déclara à la cantonade :

– Je te préviens Blaise-Pascal, et je ne le répéterai pas trente-six fois : si tu as l'intention de traîner en route, je pars seul.

Il compta un, deux, trois, et se remit en marche.

– Je voudrais quand même bien tirer un coup, dit le Basque à son côté.

Ils marchaient sur un quai. On y embarquait dans une grosse chaloupe de jeunes détenus, dont certains n'avaient pas dix ans, à destination de l'île du Levant, où le comte de Pourtalès dans sa miséricorde avait créé six ans plus tôt un centre de rééducation. Un des enfants sourit à Elie qui lui rendit son sourire.

– Pif, paf, comme les lapins, dit le Basque. Ça nous prendra quoi ? Cinq minutes ? On n'est quand même pas à cinq minutes près.

Plus loin, ils passèrent devant l'entrée du bagne. Il y avait là un bazar, soit en l'espèce une grande salle, voûtée, éclairée par une verrière. Elie y entra.

– Je vois, ricana le Basque. Ce sont les sous qui te font souci. Tu n'es pas ariégeois pour rien.

Elie s'arrêta devant une ravissante statuette de la Vierge, sculptée dans l'os. Le prix était indiqué : quarante francs.

– Trente, proposa Elie au contrôleur du bagne.

– Rien à faire.

– Trente-deux.

– Rien à foutre.

– Trente-quatre.

Elie montra les pièces dans sa paume.

– D'accord, dit l'autre, ahuri de voir un simple roulier payer un prix aussi exorbitant pour une statuette. Mais il encaissa l'argent, fit inscrire sur un registre, par le forçat-caissier, le montant de l'achat, face au nom du forçat-fabricant. Elie demanda au forçat-caissier :

– Et tu en as pris pour combien?
– Vingt ans.
– Vol?
– Bigamie.
– Ça les valait?
– Je me le demande encore. La nuit, surtout.

Elie ressortit, toujours suivi du Basque. Ils remontèrent vers la place d'Armes. Tout en marchant, il rangea méticuleusement dans son bissac la statuette. Il remit le bissac à son épaule. Trente mètres plus loin, il stoppa si brusquement que le Basque emporté par l'élan, le dépassa, avant de s'arrêter à son tour.

– Cinq minutes, dit Elie. Pas plus.

Ils entrèrent dans la rue du Canon. De dos, Blaise-Pascal ressemblait à une bouteille, il avait un gros long cou et ses épaules étaient tombantes. Mais il pesait un bon dixième de tonne. Et il l'avait souvent fait : il pliait le genou, plaçait son mollet à l'horizontale et n'importe qui pouvait s'asseoir sur son talon et y rester tant que ça lui plaisait. La principale raison qui l'avait fait se lier avec le Rouch, outre qu'ils étaient tous deux des Pyrénées, était qu'aucun d'eux n'avait jamais réussi à assommer l'autre. La seule fois où ils avaient fait le bras de fer, cela leur avait pris neuf heures d'horloge et sans une attaque russe, on les aurait sans doute rapatriés dans cette position.

Ils visitèrent quatre ou cinq bordels avant d'en trouver un où les filles fussent à leur convenance. Comme ils avaient du retard pour ce qui concernait l'étreinte câline, ils prirent six filles pour eux deux. Cela se passa très bien dans les débuts et puis des matelots arrivèrent prétendant que ça n'était pas juste. D'abord, il n'y avait que six filles en tout dans le bordel. « C'est bien pour ça qu'on en a pas pris davantage », répliqua Blaise-Pascal.

Ils se battirent un peu avec les matelots qui, après un certain temps, se couchèrent sournoisement par terre.

Ils s'en allèrent. La nuit venait.

– Et on marcherait sans y voir ?

– M'en fous, dit Elie.

Heureusement, il y avait du clair de lune dans les gorges d'Ollioules.

3

– COMMENT t'appelles-tu ?

Jeanne-Marie se retourna et se trouva face à Anastasie.

– Depuis combien de temps connais-tu Joël ?

Il n'était pas question de répondre à une question par une autre question, comme elle l'avait fait avec Boussut, sur la route entre Saint-Girons et Seix. Elle dit la vérité, toute, jusques et y compris l'affaire des soldats venus à leur secours, dans le cabaret de Toulouse.

– C'étaient quoi, ces soldats ?

Elle les décrivit. Silence. Les yeux d'Anastasie regardaient dans le vide, sans rien exprimer. Pas plus qu'ils n'avaient exprimé quelque chose à l'instant, à la seconde où Joël avait annoncé la mort d'Elie. A cette seconde-là puis durant les secondes, les minutes suivantes. Rien. Anastasie n'avait pas bronché, impassible. Seulement ce regard dans le vide. D'abord, Jeanne-Marie s'était ébahie : ça n'a pas l'air de lui faire grand-chose. Et puis d'un coup, elle s'était sentie bouleversée, déchirée; ayant compris qu'Anastasie était en train de vivre une douleur atroce, inhumaine, et mourait presque sous ses yeux. Mais simplement ne montrait rien.

Jeanne-Marie avait des doutes sur le récit fait par Joël, à propos des zouaves revenant de Crimée et y ayant rencontré l'aïnach des Rouch, qui serait mort là-bas. Tel qu'elle commençait de connaître Joël, ça se pourrait fort bien qu'il ait raconté des mensonges, celui-là, il en est capable, de quoi d'ailleurs n'est-il pas capable. Elle l'avait vu à l'œuvre, durant ces quatre ou cinq jours qu'elle le connaissait.

... D'un autre côté, c'était tout de même énorme qu'il ait pu mentir à ce point, à sa propre mère, dire qu'Elie était mort sans que cela fût vrai. Plus qu'énorme, monstrueux; mentir comme cela aurait été de l'assassinat, ç'aurait été plus pitoyable de la tuer d'un coup de couteau.

A aucun moment de leur rencontre à Toulouse, puis de leur voyage en diligence de Toulouse à Saint-Girons, jamais Joël ne lui avait parlé d'Elie. Pas une fois, il n'avait prononcé son nom. Si ça n'avait pas été cet homme qui... *O Diù Biban!* Elle se souvint soudain de cette scène où le nom d'Elie était pour la première fois venu à son oreille, quand Joël avait été interpellé à Saint-Girons par un homme, avait parlé avec cet homme, était devenu livide, avait répété : « Je ne savais pas. » Ce serait donc à ce moment-là que Joël aurait appris la mort de son frère? Dans ce cas, il aurait bel et bien menti en affirmant que c'étaient des soldats à Toulouse qu'il avait connu la nouvelle...

– Tu n'as pas une mère, à Bethmale? De la famille?

– La mère est morte.

– Tu as bien un père.

Jeanne-Marie rougit violemment, sous son teint bistre de bohémienne. Le terrible regard d'Anastasie pesait sur elle, brûlant. Les yeux d'Anastasie valaient un couteau de boucher, ils vous transperçaient le visage et la poitrine.

– Il te violait, c'est ça? demanda Anastasie.

Silence.

Il arriva alors à Jeanne-Marie quelque chose que jamais elle n'avait éprouvé, depuis toujours, depuis qu'elle avait ouvert les yeux : elle eut envie d'aller vers quelqu'un, d'aller sur la poitrine de cette femme qui lui parlait, et d'y pleurer tout son soûl, elle qui n'avait jamais vraiment pleuré.

Le plus surprenant étant qu'Anastasie parut deviner ce qui se passait en elle. Anastasie allongea une main et caressa la joue de Jeanne-Marie, de la pointe du doigt :

– Tu peux rester, dit-elle. Avec ou sans Joël.

Dès le réveil du village, alors que bien sûr le jour n'était pas encore levé, Joël avait recherché l'occasion de se trouver seul avec Boussut. Il finit par trouver une circonstance favorable – peut-être malignement ménagée par Boussut lui-même d'ailleurs – quand le Raufaste au dos déformé s'éloigna pour aller voir où étaient les moutons du pacage d'Arcousan.

Ils allèrent ensemble, un long moment, pas trop bien éveillés l'un l'autre, et grelottant, bien que le boulbi parût enfin décidé à s'apaiser.

– Ça se pourrait bien qu'il y a de l'autan pour bientôt, remarqua finalement Boussut, après au moins une heure de marche.

– *Auta sus gelado, n'e cap de durado*[1], dit Joël en souriant.

1. Autan sur la gelée, n'a pas de durée.

– *Tan bau begt tems, coumo hiens*[1], répliqua Boussut.

– Et pattin couffin, dit Joël. Sans parler du reste.

Ils se sourirent. Joël s'était creusé la tête, pour trouver une entrée en matière. Oh! certes, avec son imagination, il en avait trouvé, et même trois ou quatre. Mais aucune pour le satisfaire pleinement. Le Boussut n'était pas de ceux à qui l'on en faisait aisément accroire. Or ce fut Boussut lui-même qui attaqua, tandis qu'ils piétinaient dans la gadoue de l'Artigue (un autre ruisseau que l'Artigou), le bois d'Arcousan face à eux et le Japtoï déjà derrière.

– Quand j'ai marié ta sœur Léopoldine, dit Boussut de sa voix flûtée, je savais qu'elle me ferait cocu. Jamais je n'ai eu de doute, j'étais tranquille.

– Elle ne doit pas te faire si cocu que ça.

– Chaque fois qu'elle le peut, mais c'est vrai que les occasions lui manquent, la pauvre femme. Heureusement qu'elle descend à Coufflens ou même à Seix de temps en temps. Elle a fait déjà quatre enfants, ça me ferait plaisir qu'il y en ait un de moi, dans le tas.

« Je vois bien où il veut en venir », pensa Joël. Il avait décidément eu raison de s'en préoccuper en premier, ce Boussut-là avait la comprenette fulgurante. Boussut encore :

– Il y a quelque chose qu'on connaît bien, nous autres Raufaste, et c'est les Rouch. Tu ressembles à Léopoldine, ou bien plutôt c'est elle qui te ressemble, puisque tu es plus vieux qu'elle. Toi, tu tiens d'Eloi ton père, comme Amos, Alida et

1. Le beau temps vient tout autant que le fumier.

Romaine et bien sûr Léopoldine. Et Manon, plus ou moins.

L'autre lignée étant d'évidence celle d'Anastasie, avec Elie en tête de file, puis Jérémie, Daniel. Et peut-être aussi Zaccharie, bien que Zaccharie, comme Manon, fût en quelque sorte à cheval sur les deux lignages. Boussut s'interrompit pour économiser son souffle, tandis qu'ils grimpaient une serre escarpée; sitôt en haut, son visage de singe se plissa dans les mille grimaces de son sourire :

– Joël, j'ai pas envie que tu me fasses cocu comme Léopoldine.

– Je savais bien que tu allais me dire ça.

Ils éclatèrent de rire, yeux dans les yeux, cette fois conscients de ce qu'une complicité était en train de naître, entre eux. Ils s'assirent sur un rocher. La montée les avait échauffés.

– Je t'écoute, dit Boussut.

Joël se mit à parler chiffres. Parla de Labadie le Bordelais. Dit la vérité nue.

... A un détail près toutefois (il y a des limites à la franchise) : il affirma de nouveau être allé au Brésil. Il ne jura pas qu'il connaissait personnellement chaque Brésilien, mais ce fut tout comme. Simplement, il précisa qu'après avoir tourné en Amérique du Nord avec ses oursatès, quand ceux-ci l'avaient abandonné, il était parti pour Rio, était resté sept à huit mois là-bas et ensuite était rentré à Bordeaux en repassant par New York.

C'était se tenir au plus près de la vérité vérifiable.

Silence.

Boussut cueillit un précoce brin de réglisse et se mit à le mâchonner.

– *Et que nous desc det so coubert, ne se nou gagnou ne se nou pert* (celui qui ne sort pas de sous son toit, ni rien ne gagne ni rien ne perd), j ai déjà pensé à partir, Joël. Souvent. Encore cet hiver, l'idée m'est venue de m'en aller en Algérie, je veux dire pour y rester. J'y suis allé à l'été de 54, quarante jours. Ce n'est pas comme ici où on se gèle les couillons, ils ont du soleil là-bas, presque d'un bout de l'année à l'autre.

– Au Brésil aussi. Sauf qu'au Brésil, ils ont de l'eau, ce qu'ils n'ont pas en Algérie. Je suis aussi allé en Algérie.

Boussut hocha la tête. Il sourit, mais cette fois son sourire s'adressait à lui-même :

– Quand je suis couché avec Léopoldine, dans le noir, et que je cherche à le lui mettre, elle dit qu'elle ne sait jamais si je suis de dos ou de face, avec ma bosse. Ça ne me fait pas toujours rire. J'ai acheté une charrette et je voulais faire comme les Faur d'Ustou qui ont maintenant deux diligences, et gagnent des mille et des cents. Mais ils l'ont fait avant moi, je viens trop tard.

Un temps.

– Ne me mens pas, Joël, s'il te plaît. Si tu connais si bien le Brésil, tu sais sûrement si on peut y mettre des diligences...

– Il n'y a rien qui leur manque plus, affirma Joël. Réfléchis, ou prends une carte : le pays est immense, je ne mens pas. Et puis, il n'y a pas que des diligences... Il y a le chemin de fer, et les bateaux sur les fleuves...

Mais il se sentait curieusement mal à son aise. Ce qu'il devinait d'amour désespéré dans la façon dont le Boussut parlait de Léopoldine le gênait, plus encore que l'assimilation faite entre sa sœur et lui, non sans raison. Pour un peu, il se serait abandonné à l'une de ces dépressions qui le prenaient de temps à autre, entre deux enfièvrements. Une chose l'en sauva, pourtant, qui était l'absolue sincérité de sa dernière affirmation. Evidemment, il n'avait pas la moindre idée de la façon dont on pouvait vivre, et s'enrichir, au Brésil. C'était Labadie qui lui avait parlé des Ariégeois de Betchat, partis l'année précédente pour l'Amérique du Sud; ce fait-là au moins était authentique. Mais il ne croyait pas qu'il y eût tant de différences entre les deux Amériques, celle du Nord et celle du Sud. Il connaissait un peu celle du Nord; il savait qu'on pouvait y faire fortune, dans les transports tout comme en d'autres domaines, il en avait vu quantité d'exemples. Alors, pourquoi pas au Brésil? Boussut voulait faire fortune, juste pour séduire Léopoldine et l'attacher à lui? Joël l'en estimait capable, plus que n'importe quel homme qu'il avait rencontré.

Plus que moi-même.

– Tu pourrais faire fortune n'importe où, dit-il. Mais au Brésil plus qu'ailleurs, Lucien. Parce que c'est neuf et parce que c'est grand.

Et il était sincère, profondément. Les yeux de renard le scrutèrent et voilà que le rêve en envahissait les prunelles, comme une brume. Joël se dressa, la vieille douleur lui fouaillant la poitrine :

– Allons-y. Savoir où sont passés ces putains de moutons?

Ils repartirent. Le jour s'étant levé, la neige fondait très vite, de petits rus naissaient en gargouillant; et la prévision du Boussut se révélait exacte : le boulbi le cédait à l'autan d'Espagne, des morceaux de ciel bleu se découpaient au sud par-dessus les crêtes. Le Vallier surgit d'entre les nuages, étincelant comme la vérité.

– Je te soutiendrai, dit Boussut. C'est dit.

4

AU conseil de révision de Saint-Girons, en 1849, en février, quand on avait mis Elie Rouch tout nu pour lui considérer la quiquette, les dents comme à un cheval, et diverses autres parties de son corps, on avait été fortement surpris. C'était un ours que ce conscrit. La moyenne de taille, pour tout l'Ariège, était d'un mètre cinquante-deux. Ce n'était bien sûr pas très grand, mais les départements avoisinants ne faisaient guère mieux, à l'exception peut-être de Perpignan et de Narbonne, où l'on rencontrait des géants d'un mètre soixante et des poussières. Le médecin-major, qui était de Grenoble, n'avait pas eu à s'en étonner : chez lui, en Dauphiné comme en Savoie, il avait obtenu sous la toise des résultats à peu près identiques. Et itou dans le Centre, chez les natifs d'Auvergne, ou en Bretagne. N'importe où. Même à Paris, quoique ça y grouillât plus qu'ailleurs de scrofuleux.

Au vrai, le mètre soixante-dix dégageait la vue, dans une foule. Et s'il vous arrivait de dépasser un mètre quatre-vingts, on se retournait sur vous, en vous interrogeant sur les conditions climatiques, à une telle altitude.

– Tu fais un mètre soixante-quinze, avait appris

à Elie le médecin-major. Et tu ne serais pas le plus grand de ta famille?

– Mon frère Joël est plus grand que moi. De ça.

Il avait montré quatre doigts, couchés à l'horizontale.

Mais au demeurant, ce n'était pas tant sa taille qui impressionnait. Il fallait voir son poitrail et, Dieu de Dieu, ses épaules!

– Je parie que tu serais capable de passer à travers la porte sans l'ouvrir d'abord.

Elie avait secoué la tête, bien qu'apparemment tenté par la proposition : non.

– Vous seriez capable de me la faire payer.

Et il savait lire et écrire, en plus. Contrairement à ces quarante-deux pour cent des conscrits totalement analphabètes, et même ces dix-huit pour cent tout juste capables d'épeler leur nom et de le signer, mais à qui la lecture d'une gazette eût donné la fièvre quarte.

– Je ne savais pas qu'on allait à l'école, dans tes montagnes.

– Je n'y suis pas allé. J'ai appris d'Anastasie.

A la façon dont le garçon aux si larges épaules avait prononcé ce dernier prénom, le médicastre avait imaginé une fiancée, tant l'amour et la fierté transparaissaient dans le ton. Mais il n'avait pas poussé plus loin son enquête. Avait simplement pensé qu'avec des qualités pareilles, et de tels yeux, sous l'Empereur, le Vrai, un tel gaillard fût devenu un autre Bernadotte ou un Murat. A condition qu'il en eût l'ambition, ce qui ne semblait pas, mais pas du tout, le cas :

– Tout ce que je veux, c'est faire mon temps et rentrer chez moi. Rien d'autre.

Et ce regard calme et profond pour répéter, avec

la tranquille assurance d'une irrésistible force en marche :

– Rien d'autre.

– Je crois profondément en une chose, dit Elie Rouch à l'intention d'Iraçabal, tandis qu'ils approchaient d'un village appelé Cuges, à peut-être cinq ou six heures encore de Marseille.

Le Basque se taisait. Ce n'était pas si souvent que le Rouch se décidait à parler, surtout, de ce qu'il avait dans la tête ou dans le cœur. Dans ces moments-là, il fallait surtout se taire. A la limite, faire celui qui écoute mais n'entend pas. Blaise-Pascal Iraçabal n'était pas vraiment de la montagne; lui, c'était plutôt vers la mer qu'il avait toujours tourné ses regards, sa mère était de Guéthary où quand on n'est pas pêcheur, c'est forcément qu'on est marin. Mais par son père et environ deux cents cousins, qui vivaient plutôt en altitude, il connaissait les montagnards, qui aiment à parler seuls, puisqu'ils le sont si souvent.

– Je crois, dit Elie de sa voix tranquille, je crois que le bonheur est dans les petites vallées. Petites. On doit s'y connaître tous. Passé un certain nombre, à vivre ensemble, on se partage, deux, trois, dix clans se forment, les choses ne vont plus.

Quoique l'on fût à peine en début d'avril, mais le soleil était chaud, la forêt de pins de part et d'autre des cailloux blancs de la route était odorante. Le parfum arrivait par bouffées, cela sentait déjà la résine.

– Sous ce certain nombre, Blaise-Pascal, on forme un clan unique, on est entre soi. On peut se taper dessus, de temps à autre, on n'en est pas moins unis contre le monde du dehors. Je t'ai déjà parlé de mon village?

A peine un million de fois, guère plus, pensa le Basque. Mais il tint obstinément fermée sa grande gueule.

– Je t'en ai parlé, dit Elie, serein. Ne fais donc pas le saltimbanque, s'il te plaît. Je t'en ai parlé pendant sept ans. Tu peux toujours marcher derrière ou devant si je t'empêche de dormir...

Le Basque bâilla d'un air absent. Faire celui qui écoute mais n'entend pas. Il n'avait pas du tout envie de se battre avec le Rouch. Ça ne les mènerait nulle part, comme toujours et en plus il faisait trop chaud.

– Je suis parti voici sept ans et maintenant je rentre. Et ce sera dans mon village, comme si j'en étais parti la veille, au jour de mon retour. Peut-être que le Gris sera mort, ou Gudane, ou d'autres. Mais ça changera quoi? Des enfants seront nés et l'on restera dans le nombre qu'il faut, ni trop grand, ni trop faible.

Elie changea son bissac d'épaule et, ce faisant, s'assura que la statuette d'os achetée au bazar du bagne était intacte.

– Une petite vallée, Blaise-Pascal. Il y en a qui partent pour les villes, où ils seront cent mille et plus à s'entasser. Et même des millions. Ils sont fous, ça n'a pas de sens. Ils perdent tout pour quatre sous de plus.

La route, après un large tournant sur la gauche, puis un pont de pierre, descendait à présent droit vers le village.

– Et si on dormait un peu? proposa le Basque. Sans compter que j'ai faim.

Dans le village, il y avait une fontaine sur une petite place. L'eau en était glacée à faire mal aux dents. Elie se redressa, s'essuya la bouche et regarda autour de lui :

– Je suis passé ici il y a huit ans, avec le François. Je veux dire : pour la dernière fois. Au vrai, on est passés ici souvent. Il désigna une venelle en pente, à main droite : La maison était là, avec deux femmes dedans, deux veuves. On y avait le gîte et le manger.

Dans la ruelle, il frappa à la porte et celle-ci finit par s'ouvrir. Il entra. Le Basque s'assit à même le sol, dos au mur, son havresac entre ses jambes; ils avaient marché toute la nuit depuis Toulon. Après deux ou trois minutes, il s'entendit appeler : « Je croyais que tu avais faim », lui dit Elie. Pénétrant à son tour dans la maison, le Basque y découvrit deux petites vieilles femmes dont la plus jeune avait au moins cent cinquante ans. Elles étaient un peu plus hautes que leur table, les deux hommes à côté d'elles avaient l'air de monstres. De la soupe, que la domestique faisait réchauffer, et du pain blanc, et du lard, dirent-elles. Et du vin, tant qu'ils voulurent en boire. Et les deux vieilles agitaient leurs mains couvertes de mitaines de dentelle noire avec des airs de vouloir effacer le temps : elles auraient su qu'ils allaient passer, elles auraient fait cuire du gigot, et du civet de marcassin, ça leur faisait honte d'avoir si peu de chose à offrir. Le Basque mangeait, mangeait, mangeait et contemplait le Rouch, fasciné et abasourdi : il ne le reconnaissait plus, à tant sourire, et d'une douceur invraisemblable, irréelle, même sa voix n'était plus la même, elle caressait et comment y croire quand on savait sur combien d'hommes il avait cogné, pour un mot de trop ou un simple regard de travers...

Non, ils ne pouvaient pas rester, expliquait avec

une merveilleuse gentillesse Elie Rouch, ils avaient trop de route à faire. Pas cette fois. Mais il reviendrait l'année suivante, c'était juré, et il leur apporterait d'autre dentelle. Il sourit et, les soulevant l'une après l'autre, les embrassa par trois fois sur les joues : mais bien sûr qu'elles seraient encore de ce monde, l'année prochaine! Il ne manquerait plus que ça!

– Il faut voir la vie qu'on mène, dans mon village, reprit le Rouch, une heure au moins après, alors qu'ils marchaient à nouveau par le travers d'un paysage de collines couvertes de grands pins, sur une route encaissée, empoussiérée et sinueuse. On part l'hiver, Blaise-Pascal, en octobre ou au début de novembre. Avec le Bardu, on est allés plusieurs fois en Belgique, et même en Allemagne. C'est loin, évidemment, mais quand on marche bien, on met trente-cinq jours, guère plus. On rentre en mars. On a nos habitudes : on se retrouve tous le premier jour d'avril, à trois heures, sur le foirail face au café de Poutensan...

Après d'ultimes lacets, la route s'élargit soudain sur la plaine d'Aubagne. Un élégant tilbury les dépassa, mené par un médecin, à en juger par sa sacoche. Un train de mules à cacolets les précédait et ils gagnaient sur lui.

– Mais le meilleur temps, dit Elie, c'est le départ pour les moissons d'Espagne ou mieux encore, quand on va faire les vendanges en Languedoc. Dans l'Aude, ils nous donnent sept repas par jour, sept Blaise-Pascal, dont deux avec de la viande et deux avec des légumes. Et le vin à discrétion. Et pas du pain de sarrasin, du pain de froment...

Sur la droite, la Sainte-Baume, qui était presque une vraie montagne. Iraçabal commençait à avoir sommeil, ils n'avaient pas dormi depuis trente-deux heures. Mais il voyait bien que ce n'était guère le moment d'aborder le sujet. D'ailleurs...

– Il est temps que je rentre, disait le Rouch. Il m'est venu des idées, à propos de mon village. Des idées sur ce qu'il faut y faire. Des changements.

... D'ailleurs, on arrivait à Marseille.

5

Le Montbuou sur sa droite, Eloi passa le col de Pause puis s'arrêta, assis sur ses talons.

Il avait le village en vue directe, sous lui.

Par coïncidence, c'était l'heure où Elie et le Basque débouchaient sur la plaine d'Aubagne. Eloi n'en savait évidemment rien. Tout comme il ignorait que son autre fils, Joël, se trouvait à discuter du Brésil non loin de lui, sur sa gauche, à vol d'oiseau à même pas deux kilomètres. Il n'aurait pas fallu grand-chose pour qu'Eloi pût apercevoir Joël, ou le contraire; cela s'était joué sur une demi-heure. Maintenant, c'était trop tard, les pentes du Lacrabère et les serres du Japtoï étaient entre eux.

Depuis qu'il avait quitté la cabane de Prat-Matau, Eloi s'était refusé à marcher vite. A deux reprises, Esteban l'avait distancé, avait stoppé, attendant, sans doute croyant son père fatigué. Il n'en était évidemment rien : Eloi hésitait, tout simplement, à l'heure d'affronter Anastasie...

... Et Elie, si celui-ci était déjà rentré.

Il tourna la tête et jeta un coup d'œil sur le muchacho :

– Nous y sommes.

C'était parler pour ne rien dire. Le muchacho

d'ailleurs ne s'y trompa pas, qui demeura impassible.

– Quatorze maisons, dit Eloi. On n'en a donc pas construit d'autres, depuis deux ans.

Réflexion qui n'exigeait pas davantage de commentaire.

– *Vamos*, dit Eloi.

Il s'engagea dans la descente.

A la suite d'une très lointaine alliance, dont on avait perdu le souvenir, Rouch et Raufaste s'étaient retrouvés à partager une montagne. Cela remontait avant le Moyen Age, et c'était une situation particulière que cette détention de droits de propriétés par des manants, alors que les seigneurs possédaient en Ariège, plus encore que dans le reste des Pyrénées, la quasi-totalité des terres. Les Rouch prétendaient que c'était à l'un de leurs ancêtres qu'on devait ce miracle, les Raufaste soutenant la thèse exactement inverse. Première et bonne raison de se taper sur la figure.

Leur « montagne » était une zone d'à peu près cent hectares, s'allongeant de part et d'autre du lit de l'Artigou, ruisseau qui se déverse dans l'Angouls, lequel coule lui-même dans le Salat. Pour l'altitude : de huit cents mètres dans la partie la plus basse, jusqu'à quinze cent et quelques mètres au col de Pause. Un territoire informe. Par endroits, il s'élargissait tout au plus à un jet de pierre, mais il poussait des tentacules sinueux jusqu'à la serre de Durban, aux bois de Bibet et du Japtoï, voire en vue du lit de l'Artigue, autre ruisseau plus au nord. Informe mais n'importe quel Raufaste ou Rouch était capable d'en déterminer les frontières au mètre près. On y avait la totalité de l'*azemprin*, c'est-à-dire des droits d'usage, ceux du bois comme celui de faire « paître bétail tant gros que petit ». Et l'on y appliquait strictement, au besoin avec sauvagerie, la *pignore*, qui garantissait la jouissance exclusive et entraînait à l'égard de tout étranger, non seulement la possibilité d'une amende, mais celle aussi de « saisir et d'égorger sur place toute bête non autorisée à se trouver sur le domaine pastoral. »

Deux siècles plus tôt, vers 1640, il n'y avait en haut que des cabanes. On habitait alors Coufflens. Les cabanes étaient en fait des sortes de huttes, ainsi construites : d'abord un pignon de pierres sèches; puis un pal (poutre maîtresse) appuyé à ce pignon, et complété de branches, formant charpente; sur quoi on étalait les *girbos*, des mottes de terre, pour faire toit. On n'entrait qu'à quatre pattes, et l'on ne pouvait s'y tenir debout. Pour tout ameublement, un foyer, le *laré*, et des bat-flanc recouverts de feuillages, les *tenis*. A l'entour, un enclos encerclé d'épineux, le *courtaous*, dans quoi on enfermait les bêtes la nuit.

Dans le principe, on ne montait aux cabanes qu'au printemps. L'usage voulait que la montée s'effectuât le 12 juin, au lendemain de la Sainte-Barbe. L'équipe montante s'appelait la *collo*, commandée par un *majoural* ou chef de cabane, qui était soit un Rouch, soit un Raufaste, en alternance une année sur deux. Le majoural étant entre autres choses responsable de la fabrication du fromage. Avec lui, deux ou trois laitiers, plus des gamins, les *souillarts*. Avant toute chose, on renforçait le courtaous, on craignait à juste titre les fauves : ours, loups et loups-cerviers (lynx), contre lesquels on n'avait pour se défendre que des couteaux, des bâtons ferrés et des frondes...

... Et naturellement les chiens de parre, ceux-là énormes, pouvant peser jusqu'à cent vingt livres, en propriété commune et qui, grâce à leur collier garni de grandes pointes de fer, étaient capables d'affronter un loup et de l'égorger. Quitte à se dédommager de leurs efforts en dégustant un mouton du troupeau confié à leur garde (on ne les nourrissait pas, à eux de se débrouiller). Les chiens des Rouch et des Raufaste étaient à l'image de leurs maîtres, on n'aurait pas osé les approcher avec une lunette de marine.

...

Mais c'était la théorie que cette montée en juin aux cabanes, tout comme l'alternance entre Raufaste et Rouch pour savoir qui serait majoural. Une théorie qui avait volé en éclats avec la haine grandissant entre les deux familles contraintes de vivre ensemble.

Cela s'était passé sous Louis le Treizième. Quoique s'il y eut une chose qui passionnât moins les Rouch et les Raufaste que de savoir qui régnait à Paris, il eût été intéressant de la connaître...

Mais le fait était là : une année, quelqu'un était monté, non plus le 12 juin mais le 11 au matin. Il avait pris possession de la plus grande des huttes et y avait allumé son feu, en signe de sa victoire. L'année suivante, une patrouille de la famille adverse avait occupé la place quatre jours avant la Sainte-Barbe. Après quoi, d'année en année, on était monté toujours plus tôt, quitte à creuser un puits dans trois mètres de neige pour retrouver les pierres noircies du laré. Tant et si bien qu'il s'était trouvé un moment où, pour être aux cabanes plus tôt, on n'en était pas redescendu à l'automne.

Cela avait mis fin à la course.

C'était vers 1650.

On n'avait pas tardé à faire aussi venir les femmes, somme toute presque aussi utiles que les chiens. Pendant pas mal de temps, on s'était entassé dans les huttes douze mois par an, en les agrandissant un peu. Mais tout de même la place avait fini par manquer. C'était alors qu'on avait construit les deux premières maisons, exactement identiques, face à face, à deux mètres l'une de l'autre, de sorte qu'on pouvait se défier farouchement du regard, quand on s'y claquemurait le soir venu, ou quand on en ressortait le matin.

On continuait certes de se haïr avec délectation mais il n'en restait pas moins que ces deux premières maisons marquaient une étape décisive : le village venait de naître.

Eloi approchait. Ce n'était plus maintenant l'affaire que d'une vingtaine de minutes. De loin, avec son regard d'aigle, il avait reconnu des silhouettes, et savait à présent que les hommes étaient rentrés de colportage. Il se tourna une nouvelle fois vers Esteban. D'où venait cet extraordinaire amour qu'il avait pour le muchacho? Sa ressemblance avec Elie? Ou sa qualité de fruit d'un adultère? Les deux sans doute, mais plus sûrement la première raison. Eloi avait fait dix-neuf enfants à Anastasie. Mais peut-être parce qu'Elie était l'aïnach, aucun des dix-huit autres ne lui avait donné autant de joie que le premier. Eloi se souvenait de moments de grâce, avec Elie, de leurs premiers compagnonnages en solitude à deux, quand Elie avait trois, cinq ou huit ans. Ah! macarel, le bonheur qu'ils avaient eu ensemble, quand il s'agissait de lui enseigner la montagne!

Et cette joie d'un homme à son premier fils, en qui il se reconnaît et déjà se survit à lui-même, ce même bonheur déjà connu avec Elie, Eloi l'avait soudain retrouvé, à vingt ans d'intervalle, au jour où Pilar lui avait pour la première fois confié

Esteban, qui ne marchait alors qu'à peine. Il se demandait aujourd'hui pourquoi, tandis qu'il avançait comme un condamné à mort vers l'inéluctable affrontement avec Anastasie. C'était peut-être un regain de sa jeunesse, ou bien le dernier feu de cette jeunesse. Il avait cinquante-trois ans et s'il se sentait encore capable de franchir n'importe quelle montagne, il savait bien qu'il touchait à la décrépitude. Le muchacho était son dernier soleil. Il caressa la tête d'Esteban, qui avait ôté sa grande baratine à la catalane et était tête nue.

– *No te preocupes...* Si l'Anastasie te refuse, nous repartirons ensemble...

Les deux maisons initiales du village étaient plus que jamais debout, si douze autres leur avaient été adjointes.

Il s'agissait de maisons rectangulaires, aux toits de lauzes à quatre pans, à un étage. A l'arrivée d'Anastasie, en 26, le rez-de-chaussée servait encore d'étable et l'on n'en avait pas nettoyé le sol depuis la mort du cardinal de Richelieu – les deux événements étant sans rapport l'un avec l'autre. Anastasie n'avait pas tardé à imposer ses vues, c'était lui céder ou la voir repartir tête sur queue à Saint-Girons. Elle avait dit à Eloi : « Je ne veux plus une seule bête dans la maison. En dehors de toi et de ton père, bien entendu. Mais les autres, dehors ! » On lui avait proposé l'immense bourdaous récemment construite (juste avant les Accords d'Eylau) : « Pas question. Celle-là, on va en faire une maison de réunion. Il est temps qu'on cesse de vivre ici comme des sauvages. Il faut une grange-fenil, il faut une porcherie, il faut des étables. Au travail. » Elle avait au reste donné l'exemple, avec ses mains qui étaient alors si fines et si blanches.

Et le plus féroce des boulbis aurait fait moins de ravages que la ci-devant pensionnaire des bonnes sœurs de Toulouse.

Et un grenier, un.

« Tu veux dire qu'il nous faut enlever le toit et le remettre ensuite? – C'est exactement ce que je veux dire. – Mais s'il pleut pendant qu'on n'aura pas de toit? – On ira habiter chez Etiennette Raufaste, en face, tout comme elle viendra habiter chez nous quand vous lui enlèverez son toit, à elle. »

« Chez Etiennette. » Le mot était révélateur. Le temps était décidément passé où quand on parlait des Rouch et des Raufaste, c'étaient des hommes seuls qu'il s'agissait. Avec Anastasie, l'élément féminin avait pris le pouvoir; même la pâlotte Etiennette s'en était trouvée toute ragaillardie. Elle aussi voulait un grenier, après tout. Cela tournait à la révolution et les ex-volontaires de l'An Deux, Gudane et le Gris, avaient tenu de grinçants conciliabules, très vite interrompus par une Anastasie qui ne supportait point qu'on restât à rien faire. Du coup, ils avaient retrouvé un galop depuis longtemps perdu. A tous, sous la terrible férule anastasienne, on avait donc bâti des greniers, placé une cheminée – le *fumaraou* –, dressé les pignons en torchis et colombage. « Et un premier balcon sous le pignon. On y fera sécher les fruits. » Quels fruits? Ils ne se savaient pas posséder des arbres fruitiers. « Les fruits des arbres qu'on va planter. »

Et quatre fenêtres, quatre.

Après le grenier, on s'était préoccupé du premier étage. On avait percé des fenêtres dans les murs, disposé des cloisons dans ce qui n'était qu'une pièce unique où l'on dormait à vingt. Outre cela, il avait fallu construire un escalier, un vrai, au lieu et place de l'ancienne échelle.

Et un évier avec sa vidange. Et un four pour le pain de sarrasin. Et un plancher. Et des volets aux fenêtres. Et des vitres pour ces mêmes fenêtres. Et...

Et un balcon, un. « Mais ça va en faire deux! » Tout juste : un autre balcon, doublant celui sous le pignon. Mais plus large, hein! pour qu'on pût s'y tenir par les bonnes soirées d'été, à filer, tricoter ou coudre.

Sans compter les porcheries, les granges, les étables. Dieu merci, pour ces bâtiments-là, elle s'était contentée de toits de chaume.

Mais pas pour les autres maisons...

D'autres maisons?

– Evidemment, d'autres maisons! Ecoute-moi, Eloi, je ne te le répéterai pas trente-six fois : je veux bien te faire quinze ou vingt enfants, et l'Etiennette est partie pour en faire autant au Bardu, mais les enfants, ça prend de la place, ça ne se pend pas au plafond comme des saucisses. Sans compter que ça se marie, et que ça fait d'autres enfants, qui en font d'autres, que le Seigneur leur prête vie. Il faudra bien qu'ils habitent quelque part, tous ces enfants...

Et une rue, une!

Une *quoi?*

Là, elle avait failli passer les bornes, Eloi en était parti tout un grand mois dans la montagne, sous le sempiternel prétexte de gendarmes prétendument lancés à sa poursuite.

Mais elle l'avait eue, sa rue, pavée de bonne pierre, entre les deux maisons d'origine et celles en construction, conclue à une extrémité par la grande bourdaous-maison de réunion-école (Anastasie rêvait déjà de mairie et, bien sûr, d'une église) et à son autre extrémité...

– Un lavoir. Avec un toit. Pas seulement pour y laver le linge, mais pour vous laver, vous. Tous. Ote ta culotte, Eloi. Tu vois bien ? Elle tient debout toute seule.

Nouveau départ boudeur d'Eloi vers la montagne. Mais à son retour, cinq mois après, il s'était lavé – c'était son seul moyen d'avoir accès au ventre d'Anastasie et il aimait Anastasie plus que toutes les Pilars du monde.

Comme s'étaient lavés et avaient pris l'habitude de le faire, tous les enfants d'Anastasie et d'Eloi, et donc par contagion les Raufaste.

Neuf années d'un travail fou, à épuiser un forçat, pour lequel Anastasie avait toujours donné le branle, dernière à s'endormir, première levée. Certes, elle avait été aidée par les circonstances : on n'allait pas en colportage, on ne voyageait pas encore en ce temps-là, cela viendrait plus tard, vers 1840, à cause d'une misère insoutenable. Neuf années plus les suivantes, passées en un labeur de toutes les heures, à mettre dix-neuf enfants au monde, à enseigner à lire et à écrire, à tenir la maison, à remplacer Eloi en tout, à sarcler et bêcher et essarter et charrier les pierres, à irriguer l'été, à transporter la fumure, fendre du bois, enterrer les morts, accoucher les jeunes mères, à veiller sur tout et tous, reins brisés, jambes de plomb, ivre de fatigue d'un bout de l'année à l'autre, sans deux heures de répit, gagnant son lit chaque soir à la limite de la mort...

...

Et c'était ce village-là que Joël voulait lui faire abandonner, auquel il fallait tourner le dos et partir, comme cela, portes et volets clos, du jour au lendemain. Ce village qui était plus à elle qu'à n'importe qui d'autre, elle qui l'avait choisi et créé, alors qu'elle eût pu être bourgeoise à Saint-Girons.

Où cinq de ses enfants étaient déjà morts, mis en terre de ses mains...

Elie, mon Dieu, Elie...

– Anastasie...

Déjà, c'était étrange qu'elle ne l'eût pas entendu entrer, elle qui d'ordinaire avait l'oreille si fine...

Elle lui tournait le dos, appuyée des deux mains au rebord en pierre de l'évier, tête un peu courbée. Et il redécouvrit avec une acuité sans égale la ligne gracieuse de sa nuque, sous la coiffe d'une toile qu'il n'avait jamais vue qu'impeccablement blanche.

– Anastasie, je suis rentré.

Il avait tant appréhendé ce moment, mais autre chose le tenait soudain, qui était une surprise immense et écrasante : il était fou, il fallait être fou pour abandonner une femme pareille. Il l'avait badée à la première minute où il l'avait vue et n'avait jamais cessé de la considérer comme un don de Dieu. Qu'était une Pilar à côté d'elle? Il était toujours parti dans la montagne à contrecœur, plein de honte, quelque chose l'y poussait, irrésistible, plus fort que l'amour qu'il avait pour elle, un besoin d'errer, et Joël était comme lui...

– Je ne suis pas rentré seul, dit-il.

Redressée, des secondes immobile, elle se retourna enfin, lentement, et ses yeux impénétrables se portèrent sur le visage du muchacho, à demi engagé sur le seuil, lui-même le visage inexpressif et tenant à deux mains la grande baratine.

Elle demanda d'une voix calme :

– Il est à toi, n'est-ce pas?

Il ne put qu'acquiescer, la gorge nouée. Elle comprenait tout, comme d'habitude. Mais il était vrai qu'il y avait cette ressemblance, hors les yeux et encore, entre le muchacho et...

Se produisit alors l'invraisemblable. Sur l'instant, Eloi en demeura paralysé, ne sachant que faire ou dire. L'événement le dépassait, et passait selon les normes humaines : Anastasie *pleurait*.

Elle pleurait, *Diù qu'en damné!*

Il la reçut dans ses bras. Elle était un tout petit peu plus grande que lui, depuis toujours, mais il aurait pu la casser en morceaux, avec la force qu'il avait, surtout à vingt-trois ans et elle dix-sept, à leur mariage trente ans plus tôt. Bien sûr qu'il l'aurait pu, mais de là à le faire, il se serait plutôt tranché les deux bras et la tête. Elle l'avait toujours émerveillé, il lui avait fallu tout un an de mariage pour oser seulement la soulever à bout de bras, façon de rire. Et après trente ans, imaginer, imaginer seulement qu'elle pût se mettre en pâmoison comme une femme ordinaire, était tout bonnement impossible. C'était comme de voir céder un roc, un roc en pleine pierre, à quoi on s'est accroché mille fois pour autant d'escalades et qui d'un coup vous lâche dans les doigts, vous jette dans le vide. Il fut envahi par une rage démente, une haine, à l'encontre de tous et de toutes, du monde entier et de lui-même, qui faisaient pleurer Anastasie.

– Elie est mort, dit-elle. Mort.

6

L'APRÈS-MIDI du même jour, qui était donc le 5 avril, Joël, Boussut, François, Jérémie, descendirent à Coufflens et de là à Seix, par la charrette. Deux Rouch et deux Raufaste, les proportions étaient respectées dans la délégation.

– Il s'appelle comment ? demanda Joël.

– Salabert.

– Connais pas.

Boussut hocha la tête. De temps à autre, il faisait claquer sa langue, pour encourager son cheval :

– Ça ne m'étonne pas. Il y a à peu près huit ans qu'il est apparu pour la première fois. Je crois qu'il est de Saint-Gaudens, peut-être même de Toulouse, enfin, d'ailleurs. Il est même monté une fois jusqu'au village, à cheval, cet été où je m'étais cassé la cheville et où je n'ai pas pu partir en Espagne. Il n'y avait que Gudane, le Gris et moi. Il nous a parlé et le Gris est allé chercher une hache pour lui couper la tête, ça ne s'est pas trop bien passé...

Boussut produisit un petit rire flûté.

– Mais moi, je l'ai revu. Ça n'engage à rien d'écouter les gens qui vous proposent quelque chose, on peut toujours dire non. Mais après avoir écouté. Tu n'es pas de mon avis ?

– Si, dit Joël.

Ils eurent en même temps le même coup d'œil vers Jérémie et François, comme d'habitude enfermés dans leur mutisme.

– Je l'ai revu, et pas qu'une fois. Je voulais qu'on s'associe, lui et moi, dans mon affaire de diligences. Mais les Faur sont venus avant. Et d'ailleurs, il s'en foutait, des diligences...

Joël d'heure en heure était plus étonné par le Boussut. A force d'être lui-même hors du village, et de voyager dans le vaste monde, il s'était presque sans s'en rendre compte forgé une certaine idée des Rouch et des Raufaste, pris dans leur totalité. A Bordeaux, parlant à Labadie, il les avait décrits comme des montagnards incultes, bornés, tout juste bons à s'accrocher à leur montagne et n'ayant d'autre ressource, pour n'y pas mourir tout à fait de faim, que d'aller parcourir à pied la moitié de l'Europe, à vendre de la pacotille. Mais à l'évidence, Boussut était d'une autre trempe. Et il n'a que vingt ans, ou vingt et un, c'est un garçon d'avenir, pas de doute. Qui plus est, c'est le meilleur allié que je pouvais trouver...

Ils arrivèrent au pont de la Taule. A partir de là, la route devenait presque carrossable. Ils montèrent sur la charrette, entre les hautes ridelles à encorbellement. Seix n'était plus qu'à cinq kilomètres.

Salabert, expliqua Boussut, était un homme de ressources. Il avait été l'agent d'affaires d'une de ces compagnies qui, deux ans plus tôt, avaient tenté de remettre en service les anciennes mines de cuivre et de plomb argentifère de Seix, Aulus et Ustou. Sa compagnie avait fini par se ruiner, comme tant d'autres avant elle, du marquis de Villepinte au comte d'Ercé en passant par la comtesse de Polignac. Salabert, lui, s'en était tiré, et plutôt bien; c'était un homme à faire argent de tout. Pendant un temps, il avait parcouru le pays pour vendre des engrais de fabrique et du guano, affirmant que c'était mieux que le fumier traditionnel (ce qui avait fait ricaner les mountagnols). Durant la même période, il s'était occupé du ramassage des chiffons destinés aux papeteries, celle de Plagnol à Saint-Girons, celles du groupe Bergès et de la dynastie Foch; occupé aussi de charbon de bois, et donc de coupes forestières et d'affouage, à l'intention des maîtres de forges établis sur le Salat. Puis il s'était fait l'apôtre des prairies artificielles, avait même réussi à convaincre le médecin de Coufflens de faire creuser un canal de dix kilomètres pour irriguer une prairie de dix hectares. Il avait encore été l'émissaire du grand propriétaire Caujolle et en son nom avait racheté pas mal de terres. Un temps, on l'avait vu fournisseur en porcelets de Cazères et du Fousseret, en Haute-Garonne, dont il approvisionnait les cabanes du haut Salat (le Bardu lui en avait acheté trois). Depuis 1853, date à laquelle la Société d'agriculture de l'Ariège avait été réorganisée, il en était l'homme à tout faire, intermédiaire cauteleux mais idéal entre les grands propriétaires de la plaine (jusqu'à Toulouse), animateurs exclusifs de la Société, et les mountagnols...

Bref, on ne pouvait trouver mieux. C'était à lui, mieux qu'à n'importe qui, qu'il fallait vendre le village.

Salabert les attendait à Seix, assis chez Biros à boire du vin, devant la porte son cacolet attelé d'un mulet, qui l'avait amené de Saint-Girons.

Ce fut surtout Boussut qui parla.

7

– Des changements dans mon village, dit Elie. Dans la façon de vivre. C'est vrai que pour les hommes, en quelque sorte, c'est la bonne vie. On ne s'ennuie pas, sur les routes. Mais les femmes... Et ces enfants qu'on ne voit pas grandir... Il faut changer, Blaise-Pascal, et en venir à vivre avec son temps.

Lui et le Basque étaient entrés dans Marseille depuis presque une heure. Ils avaient en vue le rocher de Notre-Dame-de-la-Garde, un rocher pointu et nu, sans un seul arbre où, à côté du vieux fort construit sous François Ier, leurs yeux aigus de montagnards découvraient des croix de fer, qui devaient commémorer quelque chose ou quelqu'un.

– Blaise-Pascal, tu te souviens de ce sergent de Balaklava, celui à qui on a coupé les deux jambes? On avait longtemps parlé, tous les deux, avant qu'il meure. Il était de Bizanos, c'est près de Pau, en Béarn. Il aurait pu se racheter, quand il est tombé au sort, il avait les moyens de se payer un remplaçant pour deux mille francs; sinon lui, du moins son père. Mais le père n'a pas voulu sortir les deux mille francs. Et il est parti. La dernière fois que je l'ai vu, quand on l'emportait avec ses deux jambes en bouillie, il m'a souri et il m'a dit : « Je vais crever, mais ce qui me console, c'est que ça va faire caguer mon père qui n'a pas voulu payer les deux mille francs... »

Le Basque marchait dans Marseille avec étonnement. C'était vraiment une foutue grande ville, plus grande que Bayonne, ce qui n'était pas peu dire. Et puis surtout, il y avait la mer; qui n'était bien sûr pas l'Atlantique avec son grand large, mais qui vous donnait tout de même des idées de partir. Si le Rouch lui en laissait le temps, il descendrait au port, voir les bateaux...

– Le sergent de Balaklava avait des idées plein la tête, rapport à sa ferme. Des idées neuves et qui ne plaisaient pas à son père. Les vieux, ça résiste au changement, c'est dans tous les pays de même. Mais moi dans mon village, je n'aurai pas de vieux à convaincre : le Gris m'a toujours laissé faire et le père n'est jamais là. Et puis il y a Anastasie : elle comprendra tout et se mettra de mon côté. Quant aux autres, ils auront intérêt à fermer leur gueule, je ne le leur répéterai pas trente-six fois.

En arrivant à Marseille, les deux hommes s'étaient tout droit rendus à la *Majouro,* qui était paraît-il la cathédrale. Et par exception, le Rouch avait consenti à expliquer pourquoi il tenait à s'engager dans le fin fond de la ville, au lieu de simplement la traverser. Il cherchait un dénommé Souquet, un Ariégeois, avec qui il avait affaire. « La dernière fois que je l'ai vu, il habitait par là, dans ces maisons. » Et de désigner l'invraisemblable enchevêtrement de ruelles, allant *grosso modo* de la montée des Accoules à la terrasse de la Majouro. On aurait pu y cacher un plein régiment de zouaves. « C'est un ami à toi? » avait demandé le Basque, histoire de paraître s'intéresser. « Pas un ami. On a travaillé ensemble et il a de l'argent à moi. C'était il y a presque huit ans. – Il est peut-être mort ? » Sourire paisible du Rouch : « Pour lui, il vaudrait mieux pas. Je n'aime pas trop qu'on me manque. » Dans l'enchevêtrement, Elie était allé tout droit à une maison. On lui apprit que le Souquet n'y habitait plus. Rue Sainte, c'était là qu'on pouvait le trouver, le bonhomme, associé à un certain Gilardino. On longeait le quai Napoléon, on arrivait au canal, la rue Sainte était derrière. Le Souquet avait fait fortune et s'était établi dans le quartier neuf.

– Pour labourer, par exemple, dit Elie. Nous autres dans mon village, on se sert d'araires en bois. Mais maintenant, il existe des charrues en fer, ça fait plus d'usage, on trace mieux et plus profond, du premier coup, ça ne se casse pas sur les pierres. Ce ne sont pas les forges qui manquent, dans ma montagne. J'y ferai faire une charrue, et même deux. Je suis décidé. Autrement dit, c'est fait.

Ils laissèrent sur leur gauche la *Cannebière*, avec ses platanes de soixante-dix pieds. Le Basque avait quant à lui les yeux sur les bateaux, dont les mâts faisaient comme une forêt, en contrepoint des courtines blanches des forts. Maintenant que je ne suis plus soldat, je vais pouvoir partir, nom de Dieu, je suis libre...

– Dans mon village, on fait le mouton, et un peu la brebis. Je n'ai rien contre, remarque bien. Il en faut. Mais il ne faut pas que ça, il faut des vaches. On en aura au moins vingt. Le sergent de Balaklava savait tout, sur les vaches, il aurait pu en parler des semaines. Par chez nous, dans la vallée, on a des Carolaises, elles te donnent du lait quand ça leur chante. Il faut les croiser avec des Gasconnes, c'est le mieux. Les Bazadais, les Salers, les Limousins, ça ne vaut guère, du moins pour nous.

Même les Garonnaises, il faut s'en défier. Lui – je parle du sergent de Balaklava, tu me suis bien, Blaise-Pascal? tu n'en as pas trop l'air – lui pensait que la Garonnaise de l'Agenais ne nous conviendrait pas non plus. De belles bêtes, ça oui, mais trop exigeantes. Et puis elles prendraient le vertige, sur nos montagnes, ça leur ferait tourner le lait...

Ils arrivèrent dans le bas de la rue Sainte, devant une jolie porte à deux battants, cirée et tout, décorée de serrures ouvragées et de deux mignons marteaux de laiton bien astiqués. Elie tira sur l'un des marteaux, qui lui resta dans la main. Il donna alors deux ou trois petits coups de poing dans le battant, à le fendre en quatre, de l'air de quelqu'un qui pense à autre chose.

– Mais attention, dit-il, il ne s'agit pas d'abandonner les moutons pour autant. Qu'est-ce que nous avons? De la Castillonnaise. C'est petit et ça va partout. Mais ils ont mieux à Tarascon[1] et c'est cela qu'il faut faire : croiser la brebis blanche avec le bélier à tête rousse. On aura des bêtes plus grosses, qu'on vendra mieux à Cazères ou à Seix, pour la boucherie...

La porte s'ouvrit sur une espèce de clerc, large comme un bilboquet, affolé par le vacarme, arborant une plume d'oie fichée sur son oreille droite :

– Je veux voir Souquet, dit Elie. Dis-lui que c'est le Rouch qui s'en revient de guerre. Sans parler de la laine, Blaise-Pascal. Et autre chose : il faut vendre les moutons plus tôt, ne pas attendre des quatre ou cinq ans. Bien sûr, ça flatte d'avoir des bêtes grosses comme un cheval, avec des houppes et des cloches, mais ça ne rapporte pas. Non, il

1. Sur-Ariège.

faut vendre les *ternès*[1], voire des *doublès*[2], alors qu'ils ont encore les dents pleines de réglisse et vous mettent l'eau à la bouche, rien que de les voir...

– M. Souquet est très occupé et vous fait dire de repasser demain, annonça le clerc.

Elie sourit et tapota la tête du garçon. Il l'écarta avec douceur et entra dans un hall où étaient trois ou quatre portefaix travaillant pour Souquet et attendant ses ordres.

– ... Et évidemment aussi de l'agneau de lait, Blaise-Pascal. Je connais des bouchers de Perpignan et de Toulouse qui ne demanderont qu'à m'en acheter, surtout au moment des fêtes, à la Noël. Je passerai contrat avec eux...

Le clerc hurla l'alerte. Les portefaix se dressèrent.

– Tu as besoin de moi? demanda le Basque.

– Pour quoi faire? répondit Elie.

Deux des portefaix voulurent le prendre chacun par un bras et le mettre dehors. Il leur cogna la tête avec gentillesse.

– Mais le plus intéressant de tout ce que m'a dit le sergent de Balaklava, c'est l'histoire des fruitières... Ne bouge pas, Blaise-Pascal, je ne fais qu'entrer et sortir. Il faut absolument que je te parle...

Il assomma un troisième portefaix.

– ... que je te parle des fruitières. L'avenir est là, pas de doute.

Le dernier portefaix prit la fuite. Elie Rouch entra dans le bureau de Souquet. Dehors, le Basque s'assit sur l'une des deux marches qui, du trottoir, permettaient d'accéder à la porte cirée.

1. De trois ans d'âge.
2. Deux ans d'âge.

Car il y avait des trottoirs à Marseille, la chose était extraordinaire aux yeux d'Iraçabal qui jamais n'en avait vu, des trottoirs. On lui avait bien affirmé qu'il s'en trouvait à Biarritz mais il ne s'était jamais aventuré dans les beaux quartiers où ils devaient être, les deux seules fois où il était arrivé en vue du Rocher de la Vierge.

Et à Marseille, ce n'étaient pas seulement les trottoirs et la multitude de rues et de maisons qui l'effaraient. Il fallait encore voir cette presse, ces millions de gens courant en tous sens.

Il baissa les yeux et fut plus surpris encore : la rue Sainte était en pente, comme d'ailleurs toutes les rues de Marseille, et en bordure du trottoir, on avait eu l'idée extravagante de faire sans fin couler de l'eau.

Ces Marseillais étaient fous.

Elie dit à Souquet :

– Ça me fait bien du plaisir de te revoir mais je ne voudrais pas te déranger de trop. Tu me dois huit cents francs depuis sept ans, neuf mois et quatorze jours. Il faut bien sûr compter les intérêts. Du onze pour cent, c'est raisonnable. Ne te fatigue pas à faire le compte, je l'ai fait : mille trois cent quatre-vingt-neuf francs, trois sous et quatre centimes. Dépêche-toi de me payer, il faut que je rentre à mon village.

– Je ne te dois rien du tout, répliqua Souquet. Nous avions fait affaire ensemble, c'est vrai, mais l'affaire a manqué.

– C'est amusant ce que tu me dis là, dit Elie Rouch avec le plus grand calme.

Il regarda autour de lui. On voyait bien que le Souquet avait fait fortune. A l'époque où Elie l'avait connu, il agissait comme entremetteur pour le compte des propriétaires d'Algérie à la recherche de main-d'œuvre temporaire. Et il faisait aussi du négoce, tout en montant en parallèle une agence de portefaix.

– Voici ce que nous allons faire, dit Elie. Je vais te casser ton bureau sur ta tête, je ne te le répéterai pas trente-six fois. Et ensuite, si je ne t'ai pas complètement tué, on ira chez le juge ensemble.

En ressortant avec l'argent qu'il rangea dans son bissac, à côté de la statuette en os :

– Comme je te le disais, Blaise-Pascal, l'avenir est dans les fruitières. Tu sais ce que c'est? C'est une coopérative pour le beurre. Oui, le beurre, un jour viendra où tout le monde mangera du beurre. Donc, il faut en faire. Ce n'est pas si difficile, il faudra à peu près trois mille francs, j'ai tout calculé. On crée une beurrerie. Dans mon village, pour les débuts, on utilisera la grande bourdaous qui sert de salle commune et d'école. Pour commencer. Ensuite, on installera autre chose à Couflens, ou à Seix, à mesure qu'on étendra le ramassage du lait. On passera dans toutes les fermes, toutes, on leur comptera le juste prix, il faudra être honnête. Sauf que nous autres de mon village, Rouch et Raufaste, on gagnera un peu plus. Forcément, puisqu'on aura eu l'idée et que nous aurons acheté les machines. C'est juste. Ce qu'on fera du beurre? J'y ai pensé. On le vendra aux pâtissiers de tout le Midi. Ils en ont besoin pour leurs gâteaux. Jusqu'ici, ils achetaient un peu de beurre du Couserans, mais pour l'essentiel, ils s'approvisionnaient dans le Nord. Ils achèteront notre beurre, désormais, parce qu'il sera bon, parce qu'il sera moins cher, puisqu'il viendra de moins loin, parce qu'ils l'auront plus vite et donc plus frais. On créera un service de transport spécial, un double R sur les voitures et on passera des contrats. Et de même pour le fromage.

Le Basque réussit à s'arracher à la fascination que Marseille exerçait sur lui. Il considéra son compagnon. Il avait pour le Rouch une amitié sans faille, pour toujours. Se serait fait tuer pour lui. Sept ans de service côte à côte. Et pas seulement cela : il y avait chez le Rouch comme une lumière, qui vous attirait comme une phalène. Le Rouch était un homme dur, capable d'une invraisemblable violence, avec sa façon de sourire avec douceur, et d'autant plus souriant serein qu'il était plus en rage. Depuis qu'ils avaient quitté Toulon, le Rouch parlait, parlait sans cesse, comme pour lui-même. Après s'être tu si longtemps, c'était un changement qui avait tout du miracle. Le Basque aurait pu s'en moquer. L'idée ne lui en venait même pas. D'abord par prudence. Bien qu'ils fussent de force égale, il avait quand même peur du Rouch, de son sourire. Mais surtout, il le respectait, comme jamais personne. Si le Rouch s'était si subitement mis à parler, il ne parlait après tout que de son village, qu'il aimait au-delà de tout; son village où après sept années de claustration et en quelque sorte de maturation de ses idées, on le laissait enfin libre de se rendre. Alors, il éclatait, bien sûr, il sortait tout ce qu'il avait porté en lui si longtemps, il éclatait à sa façon, calme et tranquille, puissante.

Puissante ô combien. Le médecin-major de Saint-Girons l'avait déjà pensé, Iraçabal pensait de même : une force en marche, que rien ni personne ne pourrait arrêter.

Elie sourit à Marseille, qu'ils quittaient, somme toute sans s'y être un instant reposés.

– Je vais te le changer, ce village, Blaise-Pascal. Tout en le gardant le même. Il n'y a du bonheur que dans les petites vallées, mais ce n'est quand même pas une raison pour y crever de faim.

Quant à dormir, on dormirait en route, où l'on trouverait bien du pain. On n'allait pas gaspiller d'argent pour ces choses.

8

– FATIGUÉE ?

Elle haussa les épaules.

– Tu as beaucoup travaillé.

– Qui ne travaille pas ? A Bethmale, je ne restais pas à rien faire.

Il la considéra de ses yeux verts, mais très vite son regard parut se vider. Il m'a de nouveau oubliée...

Elle l'avait vu à l'œuvre, ces dernières heures, allant de l'un à l'autre, tantôt prenant en tête-à-tête tel ou tel, tantôt s'attaquant à un groupe. Il ne négligeait pas les femmes. Elle l'avait entendu parler à Alida et à Romaine de « nuits embaumées sous les palmiers ». N'importe quoi. Et de domestiques, qu'on pourrait avoir là-bas. Et de maisons de rêve, toutes blanches, avec des colonnades, des esclaves, oui des esclaves qu'on n'avait pas à payer...

– Comment t'entends-tu avec Anastasie ?

Etrange qu'il appelât sa mère par son prénom ! Elle haussa de nouveau les épaules. A Bethmale, elle avait accoutumé de travailler dur, mais ce n'était rien à côté de ce qu'on... de ce que Anastasie exigeait de chaque femme du village, d'elle Anastasie la première.

– Tout se passe bien, dit Joël. Nous allons bientôt partir. Ils sont à peu près tous d'accord.

Et alors elle s'entendit dire :

– Je n'aime pas ce que tu es en train de leur faire...

Elle triturait et écrasait avec un pilon de bois les moisissures avec lesquelles on fabriquait le *hourmadgé routch*, sorte de crème rougeâtre, à l'odeur surpuissante, qui brûlait presque la langue mais qui, étalé sur du pain, pouvait constituer un repas.

Il la regarda faire en silence, un long moment, puis demanda :

– Elle t'a posé des questions?

Ainsi, c'était là où il voulait en venir : s'assurer qu'elle n'avait rien dit à Anastasie qui pût être de nature à contrarier ses projets...

Qu'il aille au diable!

– Tu es fâchée après moi, Jeanne-Marie?

Sa voix était d'une douceur câline. Quelques jours plus tôt, elle se serait peut-être laissé séduire. Plus à présent. On était le 6 avril, vers les huit heures du soir, dans un appentis attenant à la maison de François Raufaste, où Jeanne-Marie s'était vu offrir un lit.

– Tu es fâchée après moi, je le vois bien. Pourquoi? Parce que je ne me suis pas occupé de toi ces derniers jours? J'avais beaucoup à faire.

– Et tu as fait beaucoup, dit-elle sèchement.

Elle-même ne savait pas pourquoi elle se sentait à ce point en colère, et un peu triste. Qu'est-ce que ça pouvait bien lui faire, après tout, s'il entraînait tous ces gens à l'autre bout du monde? Ce n'est pas mon village, j'y suis depuis deux jours et, à part Anastasie, personne ne m'a dit un seul mot. S'ils sont tous assez idiots pour se laisser convaincre, c'est leur affaire, pas la mienne.

Joël s'approcha d'elle et lui toucha la hanche.

– Laisse-moi, dit-elle.

Mais il la prit aux épaules et la força à lui faire face :

– Ecoute-moi, Jeanne-Marie. Nous allons partir bientôt, les choses vont vite. Hier à Seix, nous avons trouvé un acheteur pour le village. Il montera demain et demain, tout sera accompli. Il n'y a plus longtemps à attendre, tu le vois bien...

Il lui souriait, séduisant comme le diable.

– Tu veux partir, toi aussi. Tu me l'as dit. Tu ne me l'as pas dit? Et d'ailleurs, tu n'as pas le choix. Ou alors tu t'en retournes à Bethmale...

Sa main monta au long de la gorge, descendit dans l'échancrure de la chemise de Jeanne-Marie.

– Bientôt, nous serons sur la mer. Tu n'es jamais montée sur un bateau? C'est quelque chose d'extraordinaire. On ne fait rien, on reste immobile et le monde bouge autour de vous. Tu arriveras au Brésil...

La main enveloppa un sein. Qui, pour sa honte, se dressa et se durcit.

– C'est un monde nouveau, Jeanne-Marie, il t'attend. Un monde où ce qu'on a été ne compte plus. On renaît, on recommence, c'est un pays pour toi...

L'autre main de Joël lui encercla la nuque et la fit se courber en arrière, reculer très doucement, s'allonger sur des sacs empilés. Et c'était à peine si elle avait conscience de sa propre docilité ou alors l'acceptant parce que réduite par l'invraisemblable douceur de Joël, cette façon qu'il avait de ne la brusquer d'aucune manière. Il l'embrassa une première fois et cela aussi, elle l'avait appris de lui : pas le simple contact de leurs lèvres, mais une union des bouches grandes ouvertes, langues brûlantes emmêlées.

– Qui sait ? Nous ne resterons peut-être pas avec le village, toi et moi...

Il lui dénudait le ventre. Elle ferma les yeux.

– Nous ne resterons sûrement pas avec eux, Jeanne-Marie. Ils se débrouilleront sans nous. Moi, j'en aurai fini.

Il l'embrassa sur le ventre et elle frissonna, gémit.

– Il existe un pays encore plus merveilleux que le Brésil, Jeanne-Marie... qui s'appelle la Californie...

Il la caressait de sa langue chaude.

Elle roula tout d'un coup sur elle-même et se trouva debout avant même d'avoir pensé qu'elle allait bouger. Sortit d'un même élan hors de l'appentis. Un instant adossée à la porte qu'elle referma sur elle, elle l'entendit qui riait, à l'intérieur. Il n'avait pas fait le moindre geste pour la retenir.

Il s'est simplement joué de moi...

Avec décision et presque de la rage, elle s'arracha au battant de la porte, partit à grandes enjambées. La nuit était glacée mais claire, on voyait les étoiles.

Il y avait de la lumière dans toutes les maisons, émise par les *candelous,* branchettes de sapin trempées dans de la résine. Toutes les maisons, sauf une.

Dont elle savait qu'elle était celle, vide, d'Elie Rouch.

Qui était mort à en croire Joël.

Et tous au village croyaient Joël.

Sans aucune intention précise, elle marcha vers cette maison, que la lune éclairait presque comme en plein jour, qui était tout au bout de la rue unique, un peu à l'écart des autres. Derrière tandis qu'elle avançait, elle capta le bruit de la porte de l'appentis qu'on ouvrait. Elle courut sur les trois derniers mètres et prestement, se glissa à l'abri d'un des angles du petit bâtiment, à l'instant même où Joël apparaissait.

– Jeanne-Marie ?

Il riait toujours, cela se sentait à la seule tonalité de sa voix.

– Tu es la première qui m'ait jamais refusé. On devrait te donner une médaille...

Mais après un instant, il renonça, devant son silence et ne l'apercevant pas. Il s'éloigna. Entra pour finir dans une autre des maisons, dont le rectangle de lumière apparut puis s'effaça.

La maison d'Elie Rouch ne comportait que trois fenêtres, une au rez-de-chaussée, deux à l'étage, également fermées, et solidement, par des volets de bois. Elle en fit le tour, se trouva devant la porte et vit que quelqu'un, sans doute Anastasie, avait accroché deux branches de gispet disposées en croix et tenues par une pièce de voile noir. Elle allongea la main pour actionner le loquet mais le geste lui parut sacrilège. Au lieu d'entrer, elle s'assit sur le seuil de pierre, qui était neuf, s'y rencogna, regroupée, genoux sous le menton et encerclés par ses bras. Déjà saisie par le froid. Elle ne portait que sa chemise, avec sa jupe et son jupon. Dans sa fuite précipitée de l'appentis, elle avait perdu son petit châle, la *punto* frangée de jais.

Elle se laissa envahir par un chagrin inexprimable.

9

QUAND, s'en revenant de Seix sur sa charrette, avec son frère François et deux des Rouch (dont le fameux Joël invisible depuis huit ans), quand Boussut lui avait appris la nouvelle, Ségalas n'en avait d'abord pas cru ses oreilles :

– Vous vendez tout? Mais pour aller où?

– Au Brésil, répondit en souriant Joël Rouch.

Celui-là, le curé Ségalas le connaissait, depuis l'enfance, comme les autres mais mieux que les autres. Si ce n'avait tenu qu'à lui, il en aurait fait un prêtre et même, au sujet du cadet des Rouch, il avait caressé les rêves les plus fous : Joël avait toutes les qualités – et surtout tous les défauts, y compris une hypocrisie miraculeuse, une mauvaise foi admirable, un aplomb de notaire – pour devenir évêque.

Vous apprenant à lire et à écrire en deux temps, trois mouvements; capable de faire dire n'importe quoi aux saints Apôtres; capable également de mentir mieux que deux Monseigneurs (un vrai miracle), imperturbable, et un charme depuis l'enfance à damner une sainte, le Bon Dieu sans confession à chaque messe. Dans ses moments d'exaltation (il avait l'exaltation facile), Ségalas avait imaginé le garçon comme une mine placée sous le siège épiscopal de Pamiers. Joël serait sûrement devenu cardinal, intelligent et rusé et sans scrupule comme il l'était, à tout le moins archevêque de Toulouse et de cette situation suprême, télécommandé par lui Ségalas depuis sa cure, il eût exterminé l'ennemi palmiérois à coups de bulles (non, les bulles, c'étaient les papes). Joël s'était malheureusement cabré, avait fugué, refusant la soutane, la mitre, voire la pourpre cardinalice. Malgré cette déception terrible, Ségalas lui avait gardé de la tendresse. Il avait toujours préféré Joël à son aïnach, qui tenait trop d'Anastasie.

– C'est une idée à toi, Joël, ce Brésil ?

Sourire

– Une idée à nous.

Le curé n'avait pas été dupe de ce « nous ». Si Joël réapparaissait après huit ans, ce n'était pas pour rien. « Viens que je te confesse, mécréant. » Entre Joël et lui, la confession était un jeu qu'ils pratiquaient depuis le plus jeune âge du garçon. Et qui consistait pour le cadet des Rouch à inventer les pires turpitudes qu'il aurait prétendument commises. A huit ans, il s'était accusé, à l'ombre du confessionnal, d'avoir pratiqué l'acte de chair avec la totalité des femelles du canton et avait agrémenté ses aveux des plus réjouissantes précisions sur l'anatomie de chacune. D'abord la langue pendante d'excitation, aux premiers mots, Ségalas avait vite compris : le gamin affabulait, pour s'amuser un brin. Bon, il n'était pas contre, lui-même, et les confessions ultérieures ne l'avaient pas déçu. S'il n'en avait jamais cru un traître mot, il avait quand même passé de joyeux moments, tant l'imagination de son pénitent était fertile.

Plantant Boussut, Jérémie et François à l'entrée du pont, le curé et Joël avaient gagné la petite église :

– Une confession comme autrefois, monsieur le Curé ?
– Ça attendra. Pourquoi le Brésil ?
– Pourquoi pas le Brésil ?
– Tu y es allé ?
– J'y suis resté huit mois.
– Tu es un foutu menteur. Douze *Je vous salue Marie.*
– Les prix montent.
Silence. Les yeux verts de Joël dans la pénombre glacée de la nef minuscule : le sourire s'y était effacé, le rêve venu à la place.
– Tu y es vraiment allé, Joël ?
– Non. Non, mais j'en ai eu envie, quand j'étais à La Nouvelle-Orléans. Il y avait dans le port un bateau pour Rio de Janeiro. J'ai eu envie d'y partir.
Et c'était alors que Ségalas avait dit :
– Moi aussi.
Cela au terme d'un second silence où tout avait défilé, à une effarante vitesse : ses propres rêves de toujours, d'aller chez les sauvages; sa situation présente, qui lui faisait obligation, dans même pas trois semaines, d'aller mourir dans le Gers, au milieu de vieillards cacochymes... Et le fol désir d'un ultime bras d'honneur à l'Homme de Pamiers. Puisqu'on ne voulait plus de lui nulle part... Ce « moi aussi » lui avait échappé, mais il ne le regretta guère. Lui et Joël ne s'en dirent pas plus.
Pour la mort d'Elie, Ségalas n'avait pas eu le moindre petit soupçon. Il y avait pas mal de naïveté dans la brutale roublardise de Ségalas : il croyait Joël capable des plus extravagants mensonges, mais tout de même pas à ce point. Un mensonge pareil eût été un péché. Et il aimait Joël tout comme un père son fils.

D'ailleurs, la disparition de l'aïnach libérait la route, celle de Joël mais aussi la sienne...

– Et ta mère est d'accord?

– Une question d'heures. Elle ne tiendra plus longtemps.

Le surlendemain 7 avril, au matin, Ségalas vit déboucher Salabert, monté sur son cheval. Le hasard n'eut rien à faire dans la rencontre : cela faisait des heures que le curé surveillait la route. Non qu'il éprouvât de la sympathie pour l'intermédiaire : il avait dû plusieurs fois s'interposer lui-même entre Salabert et certains de ses paroissiens, le premier mettant à profit l'analphabétisme des seconds pour élargir ses bénéfices d'une transaction. Certes, dans le cas des Rouch et des Raufaste, un tel risque n'existait pas : là-haut dans la montagne, il y avait Anastasie et, à un degré pour l'instant moindre (mais le garçon promettait) Boussut, l'un et l'autre capables de tenir tête à douze marchands de chevaux.

Mais accompagner Salabert lui fournissait le meilleur des prétextes.

... Même s'il n'en était pas encore à s'avouer à lui-même qu'il ne s'agissait que d'un prétexte. Et que la raison vraie de sa montée au village était de voir si Anastasie, le dernier barrage, allait céder.

– Bonjour, Ségalas.

Jamais elle ne lui avait dit « Monsieur le Curé », ou même simplement « Curé ». Depuis le premier jour où il l'avait vue, il y avait trente ans de cela.

Il se souvenait de ce premier jour et de cette épousée arrivant au bras d'Eloi : elle n'était pas vraiment jolie, elle était un peu plus grande que son mari et que lui-même. Pas vraiment jolie mais un coup d'œil suffisait : elle n'était pas ordinaire. Une espèce de grâce fière dans les épaules et la nuque, des cheveux superbes, une présence; une façon aussi de vous fixer, de vous transpercer de son regard, qu'elle amenait très lentement sur vous, si l'un de vos mots lui avait déplu ou simplement l'avait surprise. Et cette incroyable détermination ! En peu de temps, elle avait révolutionné le village dans lequel, si ces deux vieux fous du Gros et de Gudane n'avaient déjà scellé la réconciliation, elle s'en serait sûrement chargée. C'était autour d'elle, véritablement, que le Clan s'était formé, et Ségalas avait très nettement perçu le moment où, de son propre gré, elle avait en quelque sorte transmis ses pouvoirs à Elie, en qui elle avait tout investi.

Il dit :

– J'ai appris, pour ton fils.

Le fameux regard l'effleura à peine :

– N'en parlons pas.

Et les choses allèrent vite, bien plus vite en fait que Ségalas ne s'y était attendu. Accueilli par Boussut mais aussi par le Bardu et Eloi, Salabert était entré directement dans la grande bourdaous. Tout le village avait suivi, s'assemblant. Lui Ségalas n'avait d'abord pas vu Anastasie. Il la trouva chez elle, affairée devant son fourneau, crut durant quelques secondes qu'elle allait rester là, étrangère à la discussion et refusant d'y prendre part. Mais c'était mal la connaître. Elle se lava les mains, mit sa punto sur ses épaules, croisa le regard du curé :

– Mais oui, dit-elle, je vais y aller.

Et la vérité est que ce fut elle, quasiment seule,

quatorze et presque quinze heures durant, qui mena les négociations.

Celles-ci s'engagèrent après le repas de midi, fait de seul *millas* (de la farine de maïs cuite au lait dans un chaudron préalablement graissé). Et les heures passant, à l'heure du souper, on mangea des *taillucs* (pommes de terre bouillies) mêlées à de l'*asinat,* c'est-à-dire la soupe aux choux, avec un assaisonnement de saindoux; pas de vin, simplement de l'eau et du petit-lait un peu aigre.

On ne parla pas en francs mais en pistoles – une pistole valant dix francs – et en demi-pistoles, qu'on nommait des dourous. Et la plupart des Rouch et des Raufaste ayant du mal à assimiler le système métrique, on préféra utiliser la livre castillonnaise de trois cent quatre-vingt-seize grammes. Cela pour le sarrasin, le méteil (dont le village avait peu), les pommes de terre, le lin, le chanvre, le maïs et la paille. Et bien sûr, tout le fromage qui était prêt.

Les prix finalement obtenus allèrent de deux pistoles pour le sarrasin – à l'hectolitre – à un dourou et demi pour la paille.

Pour les quatre vaches du village : dix-neuf pistoles l'une. Anastasie avait demandé vingt-cinq, Salabert offrant dix.

On en vint aux moutons.

– Il me faudra les compter, dit Salabert.

Son regard fit le tour des villages. Il aurait donné pas mal pour n'avoir pas affaire à cette maudite femme. Normalement, il aurait dû traiter avec Eloi et le Bardu, eux-mêmes flanqués du Gris et de Gudane. Le Bardu était matois mais bien moins qu'il ne le croyait lui-même; quant à Eloi Rouch, c'était un rêveur, capable de s'acharner sur un détail au point de vous mettre sa main sur le nez, mais à part cela susceptible de tout lâcher d'un coup, par gloriole ou par indifférence réelle à l'égard de l'argent. Tandis que cette femme...

– Il y en a six cent cinquante-quatre, dit François Raufaste, parlant bien sûr des moutons.

– Il me faudra les compter. Je ne peux quand même pas acheter sans compter.

– Plus cinq béliers, vingt-trois brebis et neuf chèvres, ajouta Boussut.

– Non, dit Anastasie d'une voix très ferme. Elle secoua la tête et répéta : Non. Depuis déjà trois heures, elle n'avait pratiquement pas bougé, assise sur un banc, se tenant très droite, le visage impassible sous sa coiffe et les mains doucement croisées sur l'abdomen. N'écrivant jamais rien, ne lisant rien. A n'en pas douter, elle avait tout le village dans la tête, jusqu'au dernier chaudron, la plus petite dourno (cruche de terre cuite), le moindre pot de confit.

– C'est le compte, bougonna le Bardu avec un peu d'humeur. On l'a fait et refait toute la journée d'hier.

– Non. Il faut enlever toute la part d'Elie, que nous ne vendons pas. Dix-sept moutons, un bélier, deux brebis, une chèvre sont à Elie. On ne les vendra pas.

Elle regardait droit devant elle, dans le silence. Ségalas la fixait, comme d'ailleurs tous les autres, mais lui, c'était de la pitié qu'il ressentait. Le Bardu demanda enfin :

– Eloi ?

– On fait comme elle dit, décida Eloi. La part d'Elie, on n'y touche pas.

Suivirent quatre heures d'une énumération inouïe. Il devint clair que la fatigue commençait à avoir prise sur quelques-uns : le Bardu dodelinait de la tête et parfois se levait et marchait pour se tenir en éveil; le Gris et Gudane s'étaient carrément endormis; le regard clair d'Eloi s'élargissait de plus en plus – mais pour lui il n'était pas question d'assoupissement, il s'écartait par la pensée, loin de ce marchandage; François et Jérémie ne pipaient pas plus qu'à l'ordinaire. Il n'était pas jusqu'à Salabert, pourtant habitué aux négociations interminables, qui ne commençât à éprouver de la lassitude. Mais il avait été convenu avec Joël Rouch et Boussut Raufaste que la vente se ferait sans interruption, quitte à durer deux jours pleins...

– Les maisons maintenant, dit Anastasie.

... Anastasie, elle, était inchangée, droite sur sa chaise, la voix précise, regard pesant toujours le même poids. A cinq reprises déjà, Salabert avait offert un arrangement global, à forfait : il réglerait telle ou telle somme et l'on s'en tiendrait là. Elle n'avait même pas répondu et avait poursuivi sa litanie :

... les maisons, les meubles, les outils qu'on n'emportait pas, les bordes, les appentis, les enclos de pierres sèches (les *bargueros déras oueillos*), le lavoir qui a un toit, la rue pavée, le petit pont de bois édifié sur l'Artigou. Et les neuf cabanes d'altitude – avec leur pauvre mobilier, dont elle avait le compte très exact – depuis celle de Prat-Matau jusqu'à celles du bois des Aubières et d'Arcousan. Et les abreuvoirs. Et les blocs de sel.

Et les chiens, qui tous portaient le collier à loups, l'*escouraous* en fer hérissé de pointes acérées.

– Les chiens, grogna Salabert, je n'en ai rien à foutre. Qui voudrait de vos chiens? On les connaît, vos chiens, ils épouvantent. Ils me mangeraient mes acheteurs.

On convint donc que le marché exclurait tous les chiens, qui étaient au nombre de onze.

Ne resta plus alors à négocier que la montagne elle-même.

La montagne.

A ce moment-là, il était dans les minuit. On venait de manger encore, le dernier repas remontant à plus de six heures. Cette fois, on avait eu du pain noir de sarrasin, et donc de la *fougado,* avec quoi on s'était parcimonieusement coupé du *tripous,* autant dire du saucisson. Ségalas aurait dû normalement partir de façon à être à temps pour sa première messe à Coufflens – il en avait pour trois heures de marche, surtout avec la nuit. Mais il fut incapable de bouger. Ce ne serait pas la première fois qu'il manquerait sa messe, ça lui était souvent arrivé quand il était dans la montagne, au chevet d'un mourant ou d'une mourante ne se décidant pas à quitter ce monde. Et ce à quoi il assistait, cette vente, cet encan d'un village entier, tout à la fois le chagrinait, l'horrifiait et le fascinait.

La montagne. Même Gudane et le Gris rouvrirent les yeux. Et Ségalas eut un frisson. C'était étrange : jusqu'à ce point de la vente extraordinaire, il avait eu une impression d'irréalité. Mais la montagne... Brusquement, il se sentit glacé : que les Rouch et les Raufaste en vinssent à vendre leur montagne signifiait l'irrémédiable. Il vivait un drame et n'en doutait plus; auprès duquel même la mort d'Elie paraissait une péripétie ordinaire.

Deux cents ans qu'ils vivaient là-haut, à l'année, à demeure, et il fallait parler en Dieu seul savait combien de siècles, peut-être dix ou quinze, ou plus, pour exprimer la durée du temps de leur occupation.

... Sans parler de ce que serait désormais la vallée, vidée de la tribu semi-sauvage perchée sur ses soulanes et ses serres abruptes, sans parler de cela, Ségalas distinguait une autre conséquence : ces mountagnols avaient toujours parlé de leur montagne à la façon dont un seigneur parle de son fief. Dans les débuts de ses trente-neuf années de présence, il lui était arrivé de sourire de cet orgueil. Alors, il les appelait des gabachs, utilisant le mot en usage dans la plaine pour désigner ces fous qui vivaient en haut, et se prenaient pour des princes parce qu'ils avaient à eux trois cailloux pelés posés l'un sur l'autre. A force et surtout maintenant qu'il était presque naturalisé mountagnol, il en était venu à comprendre. Et voir un mountagnol, soixante-quinze mountagnols vendre leur montagne passait son entendement. C'était la fin du monde.

Pourtant, ils la vendaient.

Et même ils la vendirent. Deux heures après le lever du jour du 8 avril, la vente fut conclue. On topa, claquant paume contre paume, Salabert passant d'un homme à l'autre avec solennité. (Anastasie depuis déjà quelques minutes, s'était levée et était partie, laissant les hommes seuls, ce qui avait détendu l'atmosphère.)

On se mit d'accord pour redescendre avec lui chez le notaire, qui enregistrerait l'acte. Iraient Eloi et le Bardu, plus François et Joël, au nom de tous. Partie de l'argent serait versée à Seix même, sur-le-champ, et le solde à Saint-Girons quatre jours plus tard, quand Salabert recevrait l'accord définitif de ses acheteurs de Toulouse.

Tout irait vite, comme convenu.

La somme totale étant de trente-neuf mille huit cent soixante et onze francs.

10

SÉGALAS hésita, puis entra carrément dans le pourtaous, la grande pièce unique au bas de la maison. Elle était devant le four à pain, n'ayant évidemment pas dormi et enchaînant une nouvelle journée de travail. L'aidant à préparer le pain, à pétrir la pâte, il y avait à côté d'elle une grande fille hâlée comme une caraque, assez belle malgré son air un peu sauvage, qui portait la coiffe et le gilet rouge de Bethmale.

– Je ne la connais pas, celle-là, dit le curé, pour engager la conversation.

– C'est Joël qui nous l'a amenée. Il y en a qui doivent attendre la messe, à Coufflens.

– Ils attendront. Ségalas dévisagea la grande bringue (elle aussi, presque autant qu'Anastasie, avait des yeux à percer les portes) :

– Je ne savais pas que Joël était revenu marié.

– Il ne l'est pas, dit brièvement Anastasie.

– Mais il va se marier avec elle?

– Non, dit la Bethmalaise sur un ton sans réplique.

Anastasie se retourna enfin :

– Ne te mets pas d'idées en tête, Ségalas. Elle dort chez le François Raufaste et Joël chez moi. Tu me prends pour qui? Tu voulais me parler?

Il acquiesça.

– Jeanne-Marie, laisse-nous. Il y a du linge à laver sur le banc du lavoir, ordonna Anastasie.

La Bethmalaise s'en alla. Un silence. Dix minutes plus tôt, Salabert était reparti et avec lui, les quatre délégués du village.

– Vous partez quand? demanda enfin Ségalas.

– Après-demain, ou le jour d'après.

Il secoua la tête, vraiment stupéfait : pourquoi cette ahurissante précipitation?

– Ils sont tous d'accord, dit Anastasie.

Et rien dans le ton de sa voix n'indiquait si elle était chagrin, amère ou tout uniment hors d'elle-même.

– Tous. Joël a parlé et ils ont été convaincus, il n'y en a pas eu un pour parler contre.

Un temps.

– Même pas moi.

Tenant devant elle, doigts enfarinés, ses mains écartées, elle fixait le vide.

– Puisqu'ils sont tous d'accord, sans un pour dire non, pourquoi attendre? Tant qu'à mourir, autant mourir vite...

Ségalas se sentit éperdu, glacé. Pour un peu, il serait allé à cette femme et l'aurait prise dans ses bras, à faire de son mieux pour consoler ce désespoir si tranquille. Il ne le fit pas, mais ce ne fut pas qu'il fût curé qui le retint : en vérité, il était assuré qu'Anastasie l'aurait repoussé.

D'ailleurs, c'était lui, à présent, qu'elle fixait de son œil aigu :

– Et toi tu n'es pas simplement venu pour me demander le jour et l'heure, il y a autre chose.

– Oui.

Un temps. Il dut lutter pour seulement soutenir son regard et il la vit, la vit littéralement comprendre :

– Tu n'es qu'un vieux fou, Ségalas.

Il ouvrit bien la bouche pour dire quelque chose. Mais dire quoi? Il se tut.

– Ce n'est pas si difficile à comprendre, reprit Anastasie. Pour Joël, depuis qu'il est enfant, tu as toujours eu de la faiblesse. Et voilà que Joël revient après huit ans d'absence, sans doute il te parle, comme aux autres, et comme les autres, tu te mets à rêver, malgré que tu sois curé, et vieux. Aussi fou que tous réunis, en fin de compte. Ton évêque n'a pas si tort, il a vu clair en toi. Il arrive quand, celui que tu appelles le morpion, et qui doit te prendre ta place de curé?

Il baissa la tête : demain ou après-demain. La voix d'Anastasie se fit sarcastique :

– Comme ça tombe bien! comme ça s'arrange...

Un temps.

– De sorte que tu vas venir avec nous, c'est ça? C'est bien ça, Ségalas?

Il ne put qu'acquiescer, misérablement. Un silence, et elle encore :

– Nous faisons notre pain nous-mêmes, nous construisons nos maisons, nous creusons nos sabots, nous filons et nous tissons notre bure, pour nous vêtir. Nous sommes forgerons, charpentiers, laboureurs, bergers, tailleurs de pierre et quantité d'autres choses. Et presque tous nous savons lire. Qu'est-ce qu'il pouvait bien nous manquer? Un curé? Voici qu'il nous en vient un. De quoi est-ce que je pourrais me plaindre?

Des larmes montèrent aux yeux de Ségalas :

– Anastasie...

– Tais-toi. Personne n'a parlé contre Joël, même pas moi...

Elle tira à elle une chaise et pour la première fois en trente années, du jour où elle avait passé le seuil de cette maison, elle s'assit, elle laissa tomber ses mains et s'assit :

– Je suis fatiguée, Ségalas. D'abord, ils sont allés en Espagne pour faire les moissons; ils rapportaient de l'argent, bien sûr, mais aussi autre chose, qui était comme un poison. Le goût à partir. Ensuite, c'est à l'automne qu'ils se sont mis à descendre de même. L'hiver, ils se sont engagés à faire du colportage. Pour l'argent encore, pour survivre il fallait bien, on serait tous morts autrement. Seulement, à courir de plus en plus les routes, on finit par se dire : pourquoi rentrer à la montagne? Et moi, qu'est-ce que j'avais à leur offrir? Pas moi toute seule, je veux dire les femmes qui restent, et qui attendent interminablement leur retour, chaque année plus vieilles. En Languedoc, ils trouvaient du vin et sept repas par jour, et des filles qui ne puent pas le fumier. C'est même étonnant qu'ils soient rentrés. Bon, ils sont rentrés, d'accord, mais ça pouvait se lire dans leurs yeux : ils étaient prêts à partir pour de bon. Même s'ils ne le savaient pas encore eux-mêmes. Et là-dessus, voilà Joël qui vient. Il a bien parlé, l'autre soir, c'est ce qu'il sait faire de mieux, celui-là. Ça se vendrait, les rêves, qu'il en ferait aisément fortune. Il croit que c'est parce qu'il leur a parlé qu'ils ont tous dit oui. Il n'a pas tort et pourtant, il se trompe, dans le même temps. Le chemin était déjà fait à moitié...

Elle tourna ses yeux vers Ségalas :

– Je suis fatiguée. Elie serait rentré, ça aurait pu changer des choses. Je ne sais pas. Ça les aurait retardés, sûrement. On aurait continué à s'accrocher à nos soulanes de quatre sous, et à y crever l'un après l'autre. Ou bien peut-être Elie nous aurait fait un meilleur sort. Il le pouvait, lui et personne d'autre. Lui mort, il n'y a plus d'espoir et tout ce que j'ai en moi, c'est la fatigue de trente ans.

Elle regardait toujours Ségalas mais sans le voir vraiment.

– Je suis morte, Ségalas.

Elle se tut.

Après un moment, elle se releva et se remit à son ouvrage devant le four :

– Il nous faudra du pain pour le voyage.

11

Ils finirent tout de même par dormir, mais au-delà de Marseille, aux Martigues. Ils y passèrent une soirée et une nuit. Se logèrent chez un cordonnier dont le frère était pêcheur; et ce dernier étant parti en mer avec son fils aîné, Elie Rouch et Iraçabal purent dormir dans de vrais lits, ce qui ne leur était pas arrivé depuis des lunes. A bord de l'*Asmodée* les ramenant de Kamiesh, ils avaient eu droit à des hamacs, avant cela au sol durci de la Crimée.

Le cordonnier leur hôte avait de l'aisance, il commandait à trois ouvriers et autant d'apprentis. La Crimée l'intéressa énormément :

– Vous vous êtes battus, vraiment battus?

– Du matin au soir tous les jours, dimanches et jours de fête, répondit le Basque. Le rêve.

– Et vous avez tué beaucoup de Russes?

Le Basque se serait volontiers laissé aller au récit de ses campagnes, mais un regard d'Elie le rafraîchit. Et même l'agaça un peu. Si le Rouch, pour une raison qui ne tenait qu'à lui, se foutait à l'extrême d'être un héros enseveli sous les médailles, lui Blaise-Pascal aimait à susciter l'admiration des foules. Et autre chose : il ne voyait pas pourquoi on devrait parcourir la France ventre à terre, entre Toulon et les Pyrénées. On n'était pas à un jour, ni même à une semaine près. Bien sûr, il serait heureux de revoir son pays basque, mais ça n'était pas si urgent. D'autant qu'à voyager avec le mountagnol de l'Ariège, il trouvait son profit : on ne payait nulle part le gîte et le manger : « A croire que tu connais la France entière. – Je voyageais neuf à dix mois par an. – Alors, profitons-en, disons bonjour à tout le monde, pour dire que tu es rentré. – Non. Et je... – Je sais : tu ne me le répéteras pas trente-six fois. Rouch, par moments... »

Le Basque n'alla pas plus loin que ce « par moments » qui exprimait son agacement. Mais il se vengea sur le vin, libéralement servi. Et accepta une invitation à aller au cabaret, par un compagnon cordonnier. On lui fit goûter un breuvage au goût d'anis, qui coulait comme du vin de messe. Il se mit à raconter sa guerre, l'enjolivant à mesure des chopines qu'il lampait. Il informa bientôt l'assistance de ce que le Rouch et lui avaient exterminé à eux seuls toute une division russe. On émit un doute. Il cogna. A partir de là, ils furent plusieurs à se mêler à la conversation. Il finit par se rendre aux arguments de l'opposition, qui était dix ou onze et assistée de gendarmes particulièrement moustachus.

– Je n'avais pas remarqué que c'étaient des gendarmes. Je croyais que c'étaient des douaniers.

Il cracha. Ou essaya : il avait la gorge sèche. Jeta un coup d'œil au Rouch, par en dessous. Visage de bois. Il est fâché après moi.

– Et moi, les douaniers, ça me fait voir rouge. Qu'est-ce que j'y peux? Je suis basque.

Dix ou douze kilomètres plus loin :

– Et je t'ai fait perdre combien de temps, pendant que tu disais aux gendarmes de me relâcher ?

– Dix heures, répondit Elie de son habituelle voix très tranquille. Mais les angles aigus de sa mâchoire et de ses pommettes avaient leurs aspérités des mauvais jours.

Ils n'avaient pu repartir des Martigues que vers trois heures de l'après-midi, après qu'Elie eut enfin réussi à arracher le Basque à la maréchaussée. Ensuite, on avait d'évidence tenté de rattraper le temps perdu. Au pas de charge. En quatre heures, on avait à peu près couvert six lieues. Et chaque fois qu'il s'arrêtait à une fontaine pour humecter l'amadou qu'il avait dans la gorge, le Basque courait pour revenir à hauteur de son compagnon, qui ne l'attendait pas. Il crevait de faim, à jeun depuis vingt-quatre heures mais par orgueil et repentir, il avait déterminé de crever en silence. Et ce n'était qu'après quatre heures de cavalcade qu'il avait dit : « Je n'avais pas remarqué que c'étaient des gendarmes... »

La nuit n'interrompit pas leur marche. Ils traversèrent Arles huit heures après avoir quitté les canaux martégaux. Ils avaient couvert cinquante kilomètres d'un trait. Mais le Rouch ne ralentit pas pour autant le pas. Il avait apparemment son idée en tête.

Ce fut Figariès, sur une berge du Petit-Rhône, dans le sud de Saint-Gilles. Au prix d'une quinzaine de kilomètres supplémentaires au cours desquels ils furent deux fois interpellés par des gendarmes à qui ils durent montrer leur livret. A Figariès était une maison de passeur. On venait de s'y lever, à quatre heures du matin, et l'on fit à Elie un accueil chaleureux. Sept ans qu'on ne l'avait pas vu ! Et le François Raufaste, pas plus que Jérémie, n'étaient pas passés depuis au moins quatre ans : on oubliait donc les amis, en Ariège ?

Une omelette et cinq heures de sommeil : ils reprirent la route. L'étape suivante fut quasiment normale : cinquante kilomètres. Elle les conduisit à un village entre Lunel et Montpellier, appelé Baillargues. Six grandes heures de sommeil et de la soupe aux lentilles, on s'en alla même avec du pain pour deux jours. Le Basque, quoique la jambe lourde, surtout la gauche, atteinte en Crimée, le Basque ne s'étonnait plus : le Rouch avait des amis partout, qui l'aimaient et le recevaient avec une joie réelle.

Ayant quitté Toulon dans la soirée du 4 avril, ils passèrent à Montpellier le 8, vers huit heures trente du matin. Prirent la route de Béziers. Soixante-douze kilomètres à venir, plus les quinze qu'ils venaient d'abattre en quittant Baillargues, c'était trop pour une seule étape, *dixit* le Basque. D'ailleurs, une telle trotte les aurait conduits à Béziers même, et le Rouch n'aimait pas dormir dans les villes.

– Tu veux dire, Rouch, que pour une fois, tu me donnes raison ?

– Voilà.

En vérité, Elie voulait être à Narbonne le 10 au matin. Il avait prévu de couvrir en six jours les trois cent vingt kilomètres entre Toulon et Narbonne, sans avoir de sa vie jamais consulté la moindre carte.

– On va donc s'arrêter ?

– On s'arrête. Une nuit.

On les avait fait pas mal marcher, dans l'armée du Moustachu, mais il n'y avait pas d'officier valant un colporteur de l'Ariège. Le Bardu Raufaste ou Eloi, qui leur avaient appris à marcher, à tous tant qu'ils étaient dans le village – et eux-mêmes avaient appris du Gris et de Gudane excursionnant jusqu'à Moscou en passant par l'Egypte –, le Bardu et Eloi n'avaient jamais reculé devant vingt-cinq ou trente lieues d'une traite. Au vrai, ils s'étaient souvent lancé des défis.

Le parcours qu'Elie venait de faire, en traînant le Basque à sa suite, ne lui semblait donc pas exceptionnel.

Il pensait même que sitôt en vue les tours de Carcassonne, il accélérerait l'allure, quitte à laisser le Basque sur place.

L'air du pays.

Et ces dix heures perdues aux Martigues qui allaient jouer un si grand rôle, il les avait maintenant presque oubliées.

12

A PROPOS des chiens, Salabert avait été très ferme : il voulait bien s'occuper de tout, il avait même déjà trouvé un majoural et des bergers pour prendre la suite du Clan. Mais ces hommes viendraient avec leurs propres chiens. « Vos chiens à vous ne leur obéiraient pas et vous le savez. Encore heureux s'ils ne mangent pas tout le monde. Non, faites que vos monstres ne soient plus là, le 10 au matin, sinon ce sera le massacre et c'est à vous que ça coûtera... »

Les chiens du village étaient habitués à courir où bon leur semblait, sauf à perdre les moutons de vue. Les plus grands d'entre eux atteignaient un mètre de haut et pesaient aisément leurs soixante kilos, voire plus. Ils étaient depuis toujours au village. Leur passer un licol aurait été extravagant : ils auraient traîné deux hommes. Et la vue du plus petit étranger les mettait en rage; même les Pièces Rapportées, qui donc n'étaient ni Rouch ni Raufaste de sang, avaient quelque mal à se faire accepter : un Luc Faur, marié à Elvire Raufaste depuis huit ans ou presque, demeurait encore à distance. Pourtant, aucun Rouch ou Raufaste, de n'importe quel âge ou n'importe quel sexe, savait n'avoir rien à craindre : l'immunité était totale, qui tenait soit à des mots clefs prononcés de bonne manière, soit à une odeur *sui generis* que seuls les chiens captaient, soit à une absence de peur.

On ne pouvait emmener les chiens (et quel capitaine de bateau en aurait voulu?), on ne pouvait les laisser. Il n'y avait qu'une solution, une seule. A laquelle ils avaient tous forcément pensé de la première heure, mais qu'aucun n'eut le courage d'énoncer.

Ils eurent honte d'eux-mêmes, et ça leur coûta.

Anastasie vit Eloi au moment où il décrochait le fusil.

– Les chiens, dit-il.

– C'est tout ce que vous avez trouvé?

Il n'avait rien à répondre et elle le savait aussi bien que lui. Il prit cinq ou six cartouches et les glissa dans sa ceinture. Il allait sortir...

– Pas Vira, dit-elle avec une surprenante timidité.

Vira (Qui Tourne) était le nom de la chienne d'Elie.

– Si ce n'est pas moi, quelqu'un d'autre le fera. C'est à moi de le faire. Parce qu'elle est à mon fils.

Dehors, le Bardu attendait, mousqueton à la saignée du coude. Pour la tuerie qui allait suivre, on s'était réparti les tâches. On avait constitué quatre équipes, autant que de troupeaux et donc de groupes de chiens. François et Jérémie iraient à la *bacado* (pacage) de Durban, qu'on partageait avec ceux de Faup; Luc Faur et Daniel se chargeraient des chiens à poste dans la coume de Bibet; les deux Perdigou iraient au col de Pause; Eloi et le Bardu exécuteraient ceux des Aubières.

Les deux hommes montèrent longtemps sans échanger un mot. Le ciel se couvrait à nouveau, des nuages couraient vers Pallars et l'Espagne, comme d'habitude l'autan n'avait pas duré, *autan sus gelado, n'e cap de durado...* Après une heure et plus, le hilhet strident leur fit lever la tête. Ils reconnurent Matia (Matthias) Faur, qui avait treize ans, fils de Luc. Le garçon les hélait joyeusement. Ils le rejoignirent vingt minutes plus tard. Le Bardu demanda à son petit-fils :

– Qui est avec toi ?

– Manon et Eugène.

– Et les bêtes ?

– Dans la coume là-bas, de l'autre côté du mail.

Une coume était une combe ou vallon, un mail était un rocher de bonne taille.

– Et les chiens ?

Le gamin considéra son grand-père avec un peu de surprise. Où pouvaient être les chiens sinon aux abords du troupeau, à l'affût ? Le Bardu ordonna :

– Va chercher Manon et Eugène.

Le trio de bergers – monté la veille en début d'après-midi et ayant passé la nuit dans la cabane des Aubières – réapparut une dizaine de minutes plus tard, le temps s'obscurcissant de plus en plus. Manon était la sixième fille d'Eloi et d'Anastasie, et Eugène l'aîné des enfants de Romaine. Ils notèrent les fusils et Manon demanda :

– Qu'est-ce qui se passe ?

– Rien. Descendez. Eloi désigna une petite prade, une courte prairie pentue, cent mètres plus bas : Allez attendre là-bas et n'en bougez pas. Manon allait sur ses dix-huit ans. C'était, et de loin, la plus jolie des filles Rouch : la minceur gracieuse et quasi souveraine d'Anastasie, ses lourds cheveux noirs et les yeux verts d'Eloi. Elle comprit aussitôt que quelque chose se passait, qui était grave. Elle interrogea tout de même son père :

– Mais on part toujours pour l'Amérique ?

– Oui. Descends.

Ils débouchèrent sur le bord de la coume. Les chiens surgirent dans la seconde suivante, gueule rouge et blanc au ras du sol, prêts à l'attaque, jusque-là tapis, dans le cliquettement de leurs colliers monstrueux. Un cri du Bardu les stoppa. Le Bardu glissa une cartouche dans la bouche de son mousqueton.

– On commence par Rey, c'est le plus vicieux et le plus couillon.

Celui qu'il aimait le moins, aussi.

– Ils ne doivent pas souffrir, dit Eloi. On l'a convenu : on les tue sans les faire souffrir. Il déglutit : Tu tires ou je tire ?

– Tiens-le.

Eloi crocha d'une main la queue, de l'autre, l'épaisse fourrure au-dessus des épaules. Le coup de feu éclata aussitôt. L'animal s'abattit comme une masse.

– Ça me fait vraiment peine, dit le Bardu. La chienne, maintenant.

L'écho lointain d'un premier coup de feu leur parvint, à plusieurs kilomètres de là. Immédiatement après, deux autres détonations, puis d'autres. Il se passa alors quelque chose d'étrange : Vera se coucha, museau sur le sol entre ses pattes, fixant de ses yeux marron, quasi humains, les deux hommes avançant sur elle. Dans le même temps, l'énorme chien gris se mit à reculer, retroussant ses babines rouge sang sur des crocs de dix centimètres, et faisant entendre un grondement sourd, surpuissant, qui n'était pas loin de la menace. Le Bardu prit peur. Il se hâta de recharger son arme.

– Attention au Martrou : il a compris!

– Elle aussi, dit Eloi, les larmes aux yeux. Et il s'en voulait : pleurer pour un chien, ça n'avait pas de sens! Il fit les cinq ou six pas qui le séparaient de Vira et dans un seul mouvement, à même pas un mètre, pressa la détente. Ne voulut pas voir le résultat. Très vite, il enfila une autre cartouche et tira à nouveau, cette fois le canon dans la gueule.

– ELOI!

Le Bardu hurla et fit feu en même temps. Mais il manqua sa cible, gêné par la présence d'Eloi dans sa ligne de tir. Le chien gigantesque disparut en un éclair derrière un entablement.

– Il n'ira pas loin, dit le Bardu. Il ne s'éloignera pas du troupeau, et ça le perdra. Mais j'ai bien cru qu'il allait te sauter à la gorge, pute borgne!

Et encore d'autres détonations, en roulement. La tuerie se développait sur toute la montagne. La tristesse descendit sur Eloi comme un brouillard : « C'est parce qu'ils avaient confiance en nous que nous avons pu les tuer. » Le Bardu considérait les crêtes et disait d'un air sombre :

– Il est là, quelque part à nous guetter. Le mieux est de monter toi à gauche, moi à droite...

– Il est mort, dit soudain Eloi.

Les regards des deux hommes se croisèrent.

– Je l'ai manqué, tu le sais bien.

– Il est mort. On a tiré deux fois chacun, le Martrou (Toussaint) est mort tout comme les autres.

Ils continuaient à se fixer en silence. Le Bardu enfin hocha la tête : « Tu as raison : il est mort. »

Avec la pelle et la pioche qu'ils avaient emportées, ils se mirent à creuser. Trois tombes, la plus grande emplie seulement de grosses pierres. Ils accumulèrent d'autres de ces pierres sur les tombes. De cela aussi, ils étaient tous convenus : c'était une chose de tuer les chiens, c'en était une autre que de les laisser pour être mangés par les loups. On leur devait ça.

Ensuite, ils rappelèrent Manon et les deux gamins. Avec leur aide, ils firent sortir les quelque cent vingt ou cent trente bêtes qui étaient dans la coume. Ils poussèrent les oueillos vers le bas, vers le village tandis que, mi-pluie mi-neige, cela se remettait à tomber. Un temps de Toussaint.

13

DANS l'après-midi du 10, un jeudi, arrivèrent les bergers envoyés par Salabert. Ils étaient neuf, dont deux ou trois garçons de huit à dix ans. A la tête de ce *pariau,* comme majoural, un homme appelé Fourque, qu'on nommait Chinchel, et qui était un neveu de Maria Fourque, mère d'Etiennette Raufaste. Au premier coup d'œil, Chinchel vit que toutes les oueillos avaient été parquées dans les enclos d'hiver. Vit aussi qu'il n'y avait plus un seul chien. Mais il ne fit aucune question, il se douta bien de ce qui était arrivé et que ça leur avait coûté. Il dit, parlant des oueillos :

– Si elles sont toutes là, je vais les compter. Salabert m'a dit d'écrire le chiffre sur un papier.

Et ils remettraient ce papier à l'agent de Salabert à Saint-Girons, lequel verserait le reliquat des sommes convenues.

Ils trouvèrent six cent cinquante-quatre moutons, cinq béliers, vingt-trois brebis, neuf chèvres. « Comme on l'a dit à Salabert. » Chinchel acquiesça : on savait bien que les Rouch et les Raufaste n'étaient pas gens à vous faire des mensonges. Il écrivit assez péniblement le chiffre sur le papier, signa plus laborieusement encore, plia et remit la note au Boussut. Il avait apporté avec eux trois six porrons de vin que Salabert l'avait chargé de leur remettre. Le cadeau ne fit qu'assombrir l'humeur générale : si Salabert leur faisait des cadeaux, c'était qu'il avait réalisé une bonne affaire, et sur leur dos. Dans le jour qui déclinait, ils s'écartèrent, sous divers prétextes, pour un dernier regard à cette montagne qui n'était plus à eux.

Chinchel Fourque demanda aussi :

– Et ces bêtes que vous n'avez pas voulu vendre, qu'est-ce que j'en fais ?

Il parlait du troupeau d'Elie. Eloi chercha sans pouvoir le rencontrer le regard d'Anastasie. Il haussa les épaules, écrasé :

– Tu les gardes, en attendant.

En attendant quoi, il l'ignorait. Mais que répondre d'autre ?

Il se mit à boire du vin, plus que de raison, sans réussir à être ivre.

– Je ne partirai pas avec vous, dit Jeanne-Marie à Anastasie.

Il devait être dans les onze heures du soir, presque minuit, et les deux femmes étaient seules à être encore debout, à finir de laver et de ranger sur la charrette de Boussut le peu de chose qu'on emportait. Le reste du village dormait depuis longtemps. On était à six heures du départ puisqu'il avait été décidé qu'on prendrait la descente sur Coufflens à quatre heures, soit un lever à deux heures trente.

Anastasie ne répondit pas tout de suite. Elle titubait de fatigue, des cernes bleus sous les yeux. Elle dit enfin :

– Et tu vas rester où ?

– Ici.

– On t'en chassera. Les nouveaux propriétaires viendront sitôt que le temps sera beau.

– Je sais.

Haussa les épaules : « J'irai peut-être en Espagne. » Mais elle n'y croyait pas elle-même.

A la place d'Anastasie, dont elle voyait bien qu'elle ne tenait plus debout, elle souleva le grand chaudron ayant servi à cuire la dernière soupe et le porta dehors pour l'arrimer sur la charrette, celle-ci monstrueusement surchargée.

– Et le trépied?

– Il est vendu, dit Anastasie. Joël le sait, que tu ne viens pas?

– Il n'a pas besoin de moi. Ni moi de lui.

Elles balayèrent scrupuleusement le sol de terre battue. L'exigence était d'Anastasie et s'était étendue à tout le village : on laisserait celui-ci en ordre, tout rangé. Elle était passée dans chaque maison, chaque grange, le moindre appentis pour y faire exactement le tri de ce qu'on emportait et de ce qui avait été vendu. Elle seule, dans sa tête, pouvait en établir la liste et nul ne se serait permis d'outrepasser ses consignes.

Enfin, elles s'immobilisèrent, face à face. C'était fini. Jeanne-Marie baissait la tête. Elle devinait confusément qu'elle aurait voulu dire davantage à cette femme, qu'elle ne connaissait pas six jours plus tôt, et vers laquelle elle se sentait néanmoins portée, bien plus qu'elle ne l'avait jamais été vers sa propre mère, ou quiconque, de toute sa vie. De fait, il s'en fallut de peu, à cet instant, qu'elles n'aillent dans les bras l'une de l'autre, pour s'accoler en silence. Mais on ne faisait pas trop de ces choses, entre mountagnols.

– Adieu, dit Anastasie. Et que Dieu te garde, petite.

14

Joël n'avait pratiquement pas dormi. Il avait longtemps entendu les deux femmes, Anastasie et la Bethmalaise s'affairer au rez-de-chaussée, tard dans la nuit. Puis sa mère était montée et lui-même avait alors essayé de trouver le sommeil, en vain. Depuis qu'il lui avait annoncé la mort d'Elie, il n'avait pas échangé un mot, ni un regard avec elle. Ils s'étaient évités l'un l'autre. Et Joël s'étonnait d'en être à ce point affecté. Curieux, en vérité. Je donnerais dans le remords, à présent ?

D'ailleurs, il continuait à penser que son mensonge à propos d'Elie avait été décisif, et donc indispensable. Sans lui, sans la certitude qu'elle n'avait plus à attendre l'aïnach, Anastasie ne serait jamais partie.

Et puis, après tout, dès lors qu'Elie n'était pas mort (pour autant qu'il le sût), Elie pouvait d'ailleurs l'être, vraiment tué en Crimée) il n'y avait pas grand mal à avoir menti. Tôt ou tard, Anastasie apprendrait que son aïnach était vivant et tout rentrerait dans l'ordre.

Sauf qu'entre-temps, je les aurais amenés au Brésil...

Vers deux heures et demie, à peine assoupi lui-même, il entendit Anastasie qui se relevait déjà.

D'un bond, il se glissa hors de son propre lit, sortit de la maison. Le froid était vif, il ne pleuvait plus, la nuit était obscure. Même si quelques lumières commençaient de s'allumer çà et là : le village s'éveillait et s'apprêtait à son grand départ.

Les trois charrettes que Boussut avait fait monter en plus de la sienne étaient assemblées devant la grande bourdaous. Même dans l'ombre, elles semblaient diablement exiguës. Dérisoires, si l'on songeait que tout un village devait s'en contenter et n'emporter rien de plus que ce qu'elles pouvaient contenir.

Il leur tourna le dos, marcha vers l'autre extrémité de la rue. Devant lui, le lavoir et à droite, en retrait, la maison d'Elie.

Il fit sauter le taquet de bois qui tenait la porte fermée, entra, referma la porte derrière lui. Mit la main dans l'ombre sur une lampe et l'alluma de son briquet. C'était la première fois qu'il entrait : la maison n'existait pas en 48, à son départ. Tout était à l'intérieur d'une méticuleuse propreté, Anastasie était passée par là, et s'y installer pour y vivre n'aurait pris que le temps d'enflammer un caleïl, comme il venait de le faire.

Il s'assit à la table, tandis que de l'autre côté de la porte commençaient à se renforcer les bruits faits par le village désormais en pleine activité. Il demeura longuement immobile. La colère venait, par vagues successives, une colère comme il n'en avait plus connu depuis huit ans, depuis cette fois où Elie l'avait frappé, parce qu'il ne voulait pas les accompagner en Espagne.

Il se leva. A force de fouiller, il finit par mettre la main sur un petit sac de charbon de bois, soigneusement rangé dans une niche sous le four à pain qui n'avait jamais servi.

Il choisit son mur, celui de gauche en entrant;

les pierres rousses en étaient particulièrement bien ajustées.

Il forma chaque lettre avec soin, repassant sur les jambages géants aussi souvent que nécessaire. Il écrivit en lettres capitales : J'AI GAGNÉ ET JE T'EMMERDE – JOËL.

Il posa ce qui restait du morceau de charbon au beau milieu de la table et en ressortant, après avoir soufflé la lampe, il remit en place le taquet de bois condamnant l'ouverture.

La balle dans sa poitrine lui faisait vraiment très mal.

Ségalas s'était bien douté qu'ils partiraient tôt. Lui-même était prêt. La veille, par l'effet d'une concomitance où il avait presque discerné un miracle où à tout le moins l'accord de Dieu, il avait vu simultanément arriver le pariau de bergers conduit par Chinchel Fourque, et son propre remplaçant, un garçon aux joues rouges, lourd et doux, morpion comme on ne pouvait pas l'être. « Vous voulez dire que vous allez partir ? – Pour le Brésil, oui. » Oh, cette jouissance de dire : « le Brésil » ! « Mais Monseigneur a dit... – Ton monseigneur n'aura qu'à m'excommunier », avait répondu Ségalas avec une sardonique gaieté. Il avait sa conscience pour lui. Après tout, il faisait son office de curé, en accompagnant ainsi partie de sa paroisse émigrant au diable vauvert. Sans compter qu'au Brésil, avec un peu de chance, ce serait bien le diable s'il ne trouvait pas quelques sauvages à évangéliser.

Aux alentours de cinq heures trente, plus tard qu'il ne s'y attendait, mais descendre les charrettes avait dû être ardu, il entendit les premiers bruits.

Pas de voix, d'abord, mais les grincements des carrioles martyrisées par les cailloux de la piste.

Vinrent ensuite des jurons – *ré ourdel de macarel de milliard de millo sort de canaillo d'ifert de Diù!* et aussi : *mal foc del Cel te tué esclops de toutt!* proférés par des hommes se battant pour éviter aux voitures surchargées de trop courir dans la pente et de plonger dans le vide.

Longtemps, il ne vit rien, la nuit pluvieuse était trop noire. « On n'y voit pas plus clair que dans le trou du cul du diable », pensa Ségalas. Avant de se reprendre, honteux : ce n'était vraiment pas un langage de curé.

Fiévreux, il passa en bandoulière sa besace qui contenait, outre le crucifix que lui avait donné sa mère, en 1799, son missel et la totalité de ses biens terrestres, soit un caleçon de laine, un autre de toile pour l'été, trois mouchoirs à carreaux et une écharpe rouge et vert. Plus évidemment ses économies personnelles, accumulées en quarante-huit ans à être curé : quatorze francs et deux sous.

Et il avait aussi sa vieille cape de bure, qui datait de 1820.

Une heure ou presque coula encore et un mauvais jour, maussade, commençait à vaguement pointer par-delà les crêtes des Courach et de Peyre Mensongère quand ils surgirent.

Fantomatiques.

Ségalas qui trépignait d'impatience fébrile, s'était avancé jusqu'au milieu du pont sur le Salat. Il dut reculer, à la fois pour leur laisser le passage et aussi parce que le spectacle le saisit. Un par un, tout le village en marche lui apparut, émergeant du couvert noir des arbres. En tête marchait Joël, un air de rêve prophétique dans les yeux mais le visage étrangement fermé, et qui passa à côté de Ségalas sans paraître le voir. Le convoi défila et prit sa substance, assemblages de figures défaites, froissées, blanches mais toutes impassibles dans leur solennité. Tous allaient à pied, jusqu'à Caleïl Rouch avec ses soixante-quatorze ans, le Gris qui en portait quatre-vingt-deux, Maria Fourque qui était aveugle. Et d'ailleurs les hétéroclites entassements sur les charrettes étaient tels que nul n'aurait pu y prendre place.

Soixante-quinze, compta machinalement Ségalas. Plus Joël. Et soixante-dix-sept avec lui. Il fallut dix bonnes minutes pour que tous fussent passés. Le curé cherchait des yeux Anastasie, la découvrit enfin, quasiment en queue, avançant toute droite, tête haute et yeux ternes, ne semblant même pas se rendre compte que l'Eloi lui tenait la main. Derrière elle, il n'y avait plus que François Raufaste, Jérémie et Daniel Rouch, chacun des trois hommes, comme beaucoup d'autres du convoi, portant un enfant en bas âge sur les épaules ou sur les bras, en supplément de leurs grosses marmottes de colporteurs, lesquelles étaient pleines jusqu'à la gueule et fortement sanglées.

Sans un mot, mais tremblant d'orgueil, Ségalas se joignit à eux.

III

… Pour savoir lequel d'entre eux deux serait prophète en son pays…

1

UN bruit léger et indistinct éveilla Iraçabal. Qui plus était, un brin de paille lui chatouillait la narine droite. Il se retourna vers l'entrée de la grange et ouvrit les yeux. Il découvrit Elie Rouch en train de polir quelque chose.

Qu'est-ce qu'il fabrique?

Le jour était levé, le Basque fit de même. S'approchant d'Elie, il reconnut la statuette en os. Sa seule excuse fut qu'il dormait encore plus ou moins, en tout cas n'avait pas tout à fait ses esprits. Il demanda :

– Et c'est pour qui, ce trésor à trente-quatre francs?

Etant sous-entendu que trente-quatre francs était une somme énorme, pour n'importe qui sauf peut-être un député, *a fortiori* pour un Ariégeois qui en était à faire cinquante kilomètres à pied si cela devait lui épargner quatre sous; énorme pour un cadeau et d'ailleurs destiné à qui, ce cadeau? A une fiancée certes, mais une fiancée à trente-quatre francs, cela devait valoir le voyage.

Dans les secondes qui suivirent le dernier mot sorti de sa bouche, il comprit. Il croisa l'œil du Rouch et ce fut assez. Il demanda :

– Ici?

Elie haussa les épaules en signe de ce qu'il se foutait de l'endroit.

– Et tout de suite ? C'est que je n'ai rien mangé, moi...

Elie lui tendit un gros cruchon de petit-lait. Le Basque en but près d'un demi-litre, rota avec satisfaction. Il soupira :

– Ah ! ça va mieux. Je suis prêt ! Quand tu voudras mais...

Baoum ! Il se retrouva trois mètres plus loin. Assis par terre, il secoua la tête :

– Ce que je voulais dire, c'est : attends que j'enlève ma chemise. Je n'en ai qu'une.

Il imita Elie qui était torse nu. Ensuite dressa, d'abord l'index, puis le majeur :

– Entendons-nous bien : on se tape aujourd'hui sur la gueule pour deux raisons. Un : à cause d'une question que je n'aurais pas dû poser. Deux : à cause de ces dix heures de retard que je t'ai fait prendre. Malgré que je continue à croire qu'on n'a pas de raison de courir comme ça. Mais on règle tout, tant qu'on y est. D'accord ?

Elie Rouch sourit :

– D'accord.

Le Basque dressa enfin son annulaire, retenant le petit doigt avec le pouce :

– Et trois...

Baoum ! Cette fois, ce fut le Rouch qui alla par terre, cueilli à l'estomac d'un formidable coup de poing qui aurait fracassé n'importe qui d'autre.

– Et trois : on ne se tape pas sur la figure, acheva le Basque.

C'était un parti qu'ils avaient pris depuis longtemps, depuis les premières de leurs bagarres à peu près hebdomadaires, il y avait de cela sept ans. Avec la force qu'ils avaient l'un et l'autre, à se cogner sur le nez ils auraient fini par se défigurer, et n'y tenaient pas. On était donc convenu d'éviter le visage, de façon que leurs mères eussent un jour une chance de les reconnaître.

Elie profita de ce qu'il était par terre pour se saisir du cruchon de petit-lait et boire une grande goulée. Il marqua son accord à la clause troisième, d'un simple mouvement de tête.

Pendant les dix minutes suivantes, ils se tapèrent dessus en silence, hors des ahans de bûcherons, sans qu'aucun des deux pût réellement prendre l'avantage sur l'autre. Si le Basque était plus lourd de trente à quarante livres, le Rouch était plus vif, plus souple, d'une force plus sèche. La chose à ne pas faire avec Iraçabal était de le laisser vous coincer entre ses bras, il vous aurait écrasé comme une noix. Elie parvint à l'éviter, comme toujours, et ils finirent tous deux allongés, lui à plat ventre, le Basque sur le dos pas loin de lui, chacun haletant comme un soufflet de forge, contemplant les mêmes étoiles bleues dans l'air empoussiéré de la grange.

– On arrête?

– Oui, ça commence à bien faire, répondit le Basque. Faut jamais abuser.

Ils rampèrent jusqu'au cruchon et se le passèrent et se le repassèrent jusqu'à finir le petit-lait. Ils se dressèrent en s'aidant mutuellement, les côtes douloureuses et la poitrine rougie par les coups. Ensuite, ils allèrent se laver à la fontaine hors de la grange, dans la cour, chassant à coups de pied la douzaine de cochons qui y baguenaudait. Ils se mirent tout nus, bien que le fond de l'air fût plutôt frais. La ferme où ils se trouvaient était déserte, tout le monde était parti aux champs pendant qu'ils dormaient, déserte à l'exception d'une vieille qui filait dans le soleil, assise sur un banc à l'entrée de la maison. Et qui les considéra tout nus d'un œil visiblement satisfait.

– J'aurais soixante-quinze ans de moins, je serais toute fébrile, fit-elle remarquer avec son rocailleux accent du Languedoc, tout en balançant le peson de son fuseau.

Elie lui sourit et dans ses yeux verts passa pas mal de la séduction d'un Joël (mais la comparaison n'aurait sans doute pas enchanté l'aïnach des Rouch).

– Si vous me faites des coquetteries, je vais céder, dit-il.

La vieille avait au moins quatre-vingt-dix ans, elle était sèche comme un haricot, poilue comme un Bulgare et sa dernière dent était partie sous le Premier Consul. Mais elle rit, ravie :

– Tu es bien toujours le même, Rouch. On vous a mis du pain et du jambon sur la table. Tu nous reviens l'année prochaine?

– Promis.

Ils se rhabillèrent, prirent le pain, le jambon et la route, sur un dernier *addiciats* à la vieille. Ils étaient arrivés à cette ferme de Montredon-des-Corbières vers les deux heures du matin. Narbonne était derrière eux et ils allaient à présent vers Carcassonne. Dans quelques dizaines d'heures, Elie serait à son village. Déjà, il croyait sentir le vent d'Espagne. La joie qui l'envahit fut telle qu'il en vint à confier au Basque, à l'énorme surprise de celui-ci :

– Je n'ai pas de promise, grâce à Dieu. Le cadeau, c'est pour Anastasie.

Ils marchèrent quelque temps avec un rémouleur, qui se rendait à Lézignan. Mais l'homme n'allait pas assez vite pour eux et bientôt, ils le laissèrent.

– Et dans trois ou quatre jours, on se sépare, dit brusquement le Basque.

Elie fixait le Canigou sur sa gauche lointaine. Mais c'était à Anastasie qu'il pensait.

– Tu as entendu ce que j'ai dit, Rouch?

– J'ai entendu.

L'amour qu'Elie Rouch portait à sa mère était fait de silence partagé. Ils pouvaient rester des jours sans se parler, pour autre chose que les détails ordinaires. Un regard suffisait à tout dire, et donc on ne le disait pas. Qu'il eût passé sept ans loin d'elle sans lui écrire, sauf une fois dans les débuts, n'était pas pour surprendre. Au vrai, Anastasie se serait inquiétée, à recevoir des lettres de l'aïnach; elle les aurait relues cent fois, pour tenter d'y découvrir entre les lignes ce qui avait bien pu en motiver l'envoi. Et puis Elie, s'il savait parfaitement lire et écrire, s'en passait assez bien; le seul livre dont il avait mené la lecture à son terme était *Théâtre d'agriculture et Ménage des champs*, d'Olivier de Serres, écrit pourtant dans un français pas trop clair.

– Je ne crois pas que je vais rester au pays, dit Iraçabal. Je crois que je vais partir sur la mer, peut-être aux Amériques.

Il guetta la réaction du Rouch. Rien.

– Une idée comme ça, poursuivit-il en désespoir de cause, et improvisant. Je ne serai pas le premier de chez moi à partir, remarque bien. J'en connais deux qui l'ont fait. Eux, c'était à cause de l'armée. Plutôt que d'être soldat, ils ont préféré s'en aller en

Amérique, celle où on parle espagnol, pas l'autre. Ils y sont sûrement, maintenant...

– Grand bien leur fasse, dit Elie, paisible.

Les Pyrénées montant à son horizon lui remettaient toutes sortes d'idées en tête. En fait, il était en train de changer de peau, comme un serpent. Les sept dernières années s'effaçaient, il refermait la parenthèse. Il augmenta encore un peu l'allure, son pas avait l'élasticité d'autrefois, avec plus de puissance que dans le passé. Entre les Martigues et le Petit-Rhône, il avait ressenti un grand coup de fatigue, mais maintenant ça allait et même...

– Je prendrai le bateau à Bayonne, disait le Basque. J'embrasse deux fois ma mère et j'embarque.

... Et même il commença d'envisager une marche forcée, qui pouvait lui faire gagner presque un jour. Somme toute, il ne lui restait plus guère... Il fit le calcul dans sa tête, il n'avait pas l'habitude de compter en kilomètres, même pas en lieues. Mais en heures et jours de marche.

Il finit toutefois par arriver à un chiffre satisfaisant : entre le village et lui, il devait y avoir environ cinquante-cinq lieues, deux cent vingt kilomètres.

Cela pouvait se faire en trois jours. Même pas.

En ne dormant pas trop, évidemment.

– Oui, ça peut se faire, dit-il à haute voix.

Au soleil, il était une heure après midi, le vendredi 11. « Nous serons à Carcassonne dans cinq heures. » Soit vers les six heures du soir. Nouveaux calculs : en repartant de Carcassonne dans la nuit... Il se sourit à lui-même : ça le mettrait à table chez lui le dimanche, à midi. Il s'imagina surgissant sur le seuil, la famille attablée et lui s'asseyant à sa place, comme si de rien n'était, comme s'il entrait à l'instant de Coufflens, et Anastasie face au crémail, se retournant et le voyant, ajoutant sans un mot une assiette de plus, sans un mot. Simplement un regard, à la rigueur : « Tu es donc revenu. – Comme tu vois... »

Le père ne serait sans doute pas là, à l'ordinaire.

– Qu'est-ce qui peut se faire ? demanda le Basque.

Cela pouvait se faire et il allait le faire. A condition de sauter une étape, d'être à Saint-Girons dans la nuit du samedi au dimanche. Et de traverser Seix à l'aube. Ou même avant.

– Qu'est-ce qui peut se faire ? répéta le Basque.

Elie lui sourit :

– Je vais marcher plus vite, Blaise-Pascal. Tu me suis ou tu ne me suis pas. Je veux être à Pamiers pour demain à midi, ou guère plus tard. Et là, nous nous quitterons.

Le plus étonnant de l'histoire n'étant pas qu'Elie Rouch exécuta presque à l'heure près son programme. Mais bien que ce fut sa hâte même de retrouver son village qui lui fit grandement courir le risque de manquer celui-ci.

...

Outre qu'à compter de là, le Rouch allait sans le savoir encore se jeter dans la randonnée la plus folle, et la poursuite la plus haletante.

2

Boussut remonta la colonne et se porta à la hauteur de Joël :

– On marche diablement vite.

Joël ne répondit pas tout de suite. Toutefois il se retourna et sans cesser d'avancer, tout comme il l'avait fait à Bordeaux dans la rue du Chapeau-Rouge, il considéra le convoi qui s'allongeait derrière lui. Marcher trop vite? S'il l'avait pu, il les aurait fait courir!

La peur avait surgi en lui juste avant de déboucher au pont sur le Salat, à Coufflens, où le curé Ségalas les attendait, ce vieux fou. Une peur véritable. D'autant plus insupportable qu'il en connaissait les causes, et surtout les limites. Il s'agissait d'Elie, bien entendu. Voir apparaître d'un coup celui qu'il avait annoncé mort aurait été désagréable – le mot est faible, Joël –, aurait été déjà désagréable dans les heures et les jours qui avaient suivi son propre retour au village. Le voir apparaître maintenant, alors qu'il venait d'arracher le village à sa montagne et l'avait jeté sur la route, serait tout à fait pénible. Or, depuis qu'on avait quitté Coufflens, à chaque minute et chaque seconde, Joël s'était attendu à voir Elie paraître.

A chaque tournant, au haut de chaque montée, derrière le moindre rocher, quelle hantise...

... Puisqu'on était sur le chemin qu'il allait nécessairement suivre, en rentrant au pays. S'il rentrait. Boussut dit encore :

– Ce sont surtout les vieilles qui ont du mal à suivre.

– Je sais.

– Tu as bien dit qu'il y aura des charrettes pour elles à Seix ?

– Pas DES ; une charrette. Et je n'ai rien dit : tu as entendu Salabert comme moi nous la promettre.

Joël continuait de marcher à reculons, et continuait d'examiner les visages. Quelques-uns d'entre eux étaient tournés vers lui, certains même lui souriaient. Et me voilà tel Moïse conduisant le Peuple Elu à la Terre Promise. A ceci près que je n'aurai pas à faire s'écarter la mer Rouge, autrement dit l'Atlantique : nous le traverserons sur un bateau de Labadie. Si nous arrivons au port, bien entendu, tout le problème est là.

Il rendit leur sourire à ceux qui lui souriaient, leva une main pour un salut collectif, et revint enfin dans le sens de la marche. « A ceci près aussi que Moïse n'avait pas de frère aîné ambitionnant de lui casser la gueule. »

Mais la peur qu'il éprouvait n'était pas physique, ce n'étaient pas les coups de poing d'Elie qui l'inquiétaient vraiment. C'était pis : l'irruption d'Elie en ce moment même, et dans les heures à suivre, signifierait forcément son échec à lui, Joël. Il n'en doutait pas, lui qui n'avait jamais douté de son pouvoir de persuasion sur les autres : non seulement Elie lui fracasserait les os mais en outre il ferait pivoter le village, tête sur queue, pour le ramener en sens contraire.

En somme, c'était un affrontement direct entre lui et lui, pour savoir lequel d'entre eux serait prophète en son pays...

– Je n'ai pas bien compris tes projets, disait Boussut. D'accord, il y aura, il devrait y avoir une cinquième charrette à Seix. Elle nous fera aller plus vite. Mais pourquoi sommes-nous tant pressés? Et d'ailleurs, je ne me rappelle pas que tu m'aies dit si nous allons prendre le bateau à Bayonne ou à Bordeaux?

Joël pensa avec de la gaieté : « Rien d'étonnant à ce que tu ne t'en souviennes pas, mon petit Boussut : je suis, sur ce point-là, comme sur d'autres, resté miraculeusement dans le vague. Et pour cause... » Il répondit à haute voix :

– Je te l'ai dit, à toi surtout, et je m'étonne que ça ne t'ait pas frappé : nous prendrons le bateau à Bayonne. A Seix, avec la charrette en plus, il y aura une lettre de Labadie pour me le confirmer. Et si nous sommes contraints de marcher si vite, c'est parce que le bateau ne nous attendra pas cent ans...

Il sourit au Boussut :

– Or, nous ne pouvons pas nous permettre de le manquer, tu comprends? Tu imagines tout notre village assis sur les quais de Bayonne, à y attendre le bateau suivant? Cela pourrait durer des semaines. Il n'y a pas de bateau si souvent, pour le Brésil...

– Je comprends, acquiesça Boussut.

Mais visiblement, il n'était pas tout à fait convaincu. « Il faudra que je me méfie de lui, décidément », pensa encore Joël. Et une fois de plus, il se demanda s'il n'eût pas mieux fait de mettre le Boussut dans le secret, dès le début, en lui révélant le plan assez extravagant qu'il avait conçu, pour parer un éventuel retour d'Elie.

« Extravagant est bien le mot, je suis complètement fou. »

Son regard demeurant sur la route, le prochain tournant, avec la hantise d'y voir surgir l'aïnach aux larges épaules...

Dans ce plan que Joël avait si minutieusement préparé, il y avait d'évidence une faiblesse : ce trajet qu'il faisait couvrir au village jusqu'à Saint-Girons – en fait quelques kilomètres après Saint-Girons. Mais il avait eu beau chercher, il n'avait pas trouvé de solution meilleure. Un risque à prendre. Passer par l'Espagne eût été de la folie, et d'ailleurs le port de Salau était encore enneigé. Non, il fallait tirer ces quelque cinquante kilomètres si périlleux, le danger ensuite serait bien moindre, pour ne pas dire inexistant.

Grâce à son plan.

Et en somme, cette menace permanente d'une apparition d'Elie ajoutait du piment à l'affaire. Jamais, je n'ai joué une partie pareille! Déjà, traîner derrière soi soixante-seize Ariégeois sur douze ou treize mille kilomètres représentait une assez jolie expérience. Mais le faire en plus avec une pareille épée de Damoclès sur la tête...

Il éclata de rire. Si la peur persistait, sa bonne humeur lui revenait pourtant. Je suis Joël le Faiseur de Rêves et je vais gagner. Je gagne, Elie, et je t'emmerde. Et mon seul regret est de ne pouvoir être là quand tu grimperas sur ta foutue montagne, haletant – langue pendante d'avoir couru depuis la Crimée, pour découvrir que quelqu'un – moi entre tous les hommes – t'a pris ton village.

Oh! la tête d'Elie à ce moment-là! Macarel, cela eût valu le coup d'œil!

Et Boussut demanda encore

– Il part quand, ce bateau de Bayonne?

Joël allongea un bras et le passa autour des épaules du petit bossu. C'est qu'il m'inspirerait presque de l'affection, ce loustic !

Il répondit n'importe quoi :

– Le 30 avril, à l'aube.

Puis aussitôt, parce qu'il craignait d'avoir indiqué une date trop lointaine, qui risquait d'inciter le village à flânocher en route, il ajouta, toujours improvisant :

– Mais il faudra y être avant. Il y a des formalités d'embarquement.

A Seix, la cinquième charrette était là, comme prévu, devant chez Biros. Elle avait même deux chevaux, ce coquin de Salabert avait bien fait les choses.

Quant à la lettre, elle attendait aussi. Biros lui-même la remit à Joël. Qui la lut. (Sans surprise : il en avait dicté lui-même jusqu'aux virgules). La lut et la passa au Boussut, à Eloi, au Bardu, à François, à Jérémie. La lettre était courte et vague, ce qu'il fallait. Elle disait en gros que le bateau à prendre serait dans le port de Bayonne à compter du 20, et pourrait embarquer tout le village, lequel devrait gagner le port basque dans les meilleurs délais.

– Vous voyez bien que nous n'avons pas de temps à perdre, fit remarquer Joël aux autres.

Si bien qu'on décida de repartir au plus tôt. Du village à Seix, on n'avait guère marché vite, quoi que prétendît Boussut : à peine du trois kilomètres à l'heure. Mais à présent qu'on pouvait embarquer sur une charrette les moins valides, depuis Maria Fourque l'aveugle jusqu'aux enfants les plus jeunes, on comptait bien monter l'allure.

– Il nous faut être à Saint-Lizier pour la nuit, annonça alors Joël.

On le dévisagea avec surprise : parce qu'on allait dormir à Saint-Lizier? Et pourquoi pas Saint-Girons, où l'on avait ses habitudes, notamment la grange Pujol qui était l'habituel point de ralliement des colporteurs du village?

– A Saint-Lizier, un ami de Salabert nous prêtera ses granges et nous tiendra prêt un souper chaud...

Un repas chaud? et gratuit qui plus était? On convint que la perspective alléchait.

A Seix, on fit une halte d'une heure, sous l'œil stupéfait de toute la population locale. Ainsi ils partaient pour le Brésil? Le Brésil! L'ébahissement était général et complet – à Seix, on ne savait pas trop où était le Brésil mais sûrement que c'était au diable. Et ça vous a pris comme ça? Vous avez quitté vos maisons et votre montagne du jour au lendemain, on ferme la porte et l'on s'en va, pour ne plus jamais revenir et courir à l'autre bout du monde? Décidément, vous autres Raufaste et Rouch, vous êtes bien les plus fous de tout le Couserans!

Et les Rouch et les Raufaste, surtout les jeunes mais jusqu'au Gris et à Gudane, riaient de cette surprise ahurie qu'ils suscitaient, dans laquelle ils discernaient non sans raison de l'admiration et de l'envie. Au vrai, ils commençaient à tirer de l'orgueil de cette situation extraordinaire où ils étaient : eh! oui, nous autres d'en haut, on est ainsi... et si vous connaissiez comme nous le Brésil...

La présence de Ségalas interloquait aussi. Un curé qui émigre, voilà qui vous laisse pantois. Mais il expliquait qu'en fin de compte, il avait collé sa démission au Monseigneur de Pamiers, vu que c'était son devoir de suivre ses paroissiens où qu'ils allassent. Pour un peu, il aurait récité sa lettre au Monseigneur – il l'avait tellement rêvée, cette lettre, qu'elle en était presque devenue vraie.

Témoin sarcastique de cette exaltation, Joël n'intervint pas. Surtout pas. La dernière chose à faire. Il comprit que le village était en train d'entrer de plain-pied dans le rêve qu'il lui avait donné. Viendrait inévitablement un moment où ils découvriraient la vraie réalité des choses mais, avec un peu de chance et pas mal de savoir-faire, il les aurait alors embarqués tous sur ce foutu bateau et *ite missa est,* la messe serait dite.

Il consulta discrètement la montre d'or agrémentée de rubis, qu'il portait sous sa chemise tenue par un lacet de cuir, qu'il avait gagnée aux cartes sur le Mississippi et qui lui avait valu trois balles presque en plein cœur : dans douze ou quatorze heures au plus, il serait temps de mettre en œuvre la deuxième et pour tout dire géniale partie de son plan.

... Mais en attendant, durant ces douze ou quatorze heures, l'épée de Damoclès... *Alors le prophète Elie se leva comme un feu, sa parole brûlait comme une torche...* Epée ou torche, il faudrait s'entendre, Joël...

Il fit un signe au Boussut.

On repartit.

A un moment, il avait croisé le regard d'Anastasie.

Pur hasard. Il aurait préféré l'éviter.

Elle seule, au milieu de l'enthousiasme général, demeurait immobile et muette. Brutalement privée de sa maison, de son village, sur quoi elle avait régné, elle semblait déjà déracinée, alors qu'on partait à peine.

Et sous l'impassibilité coutumière, Joël avait deviné un énorme désespoir, et une souffrance. Du coup, le bizarre sentiment de remords qu'il avait déjà éprouvé, lui était revenu.

Il avait le premier baissé les yeux. Et détourné la tête.

A Saint-Girons, l'accueil fut le même qu'à Seix. On avait fait bonne route, plus d'une lieue dans l'heure, du fait de l'adjonction d'une cinquième charrette, et l'on avait été au plus gêné par les ornières creusées au fil des jours par diligences et fardiers acheminant le bois de forge.

L'accueil fut le même et l'ébahissement aussi considérable, à ces différences près qu'on y connaissait moins de monde et qu'au milieu de six mille habitants, soixante-dix-sept personnes passèrent moins remarquées. Et puis les Saint-Gironnais avaient l'habitude de voir passer les colporteurs, et les colles de moissonneurs et moissonneuses. Mais on fit quand même des questions, beaucoup. Trois cents personnes au moins apprirent où l'on allait – au Brésil – et par quel port l'on embarquerait – Bayonne.

Cette information-là tenait à cœur à Joël. Il ne voyait pas d'inconvénient à ce que tout le Castillonnais fût informé de leur destination. Tout au contraire : cela était dans son plan. Tôt ou tard, l'Elie surviendrait et poserait des questions...

D'ailleurs, la chance le favorisa : on croisa la route de ce même Auguste Rivel qui, quelques jours plus tôt, avait appris aux colporteurs du village que la guerre était finie en Crimée. Rivel revenait de la papeterie Bergès où il avait fini sa journée. Sa stupeur en découvrant sur la route un village entier de cousins à lui confina à l'écrasement pur et simple. « Vous êtes tous complètement fous! » Ce fut tout ce qu'il trouva à dire (outre qu'il pensa *in petto* que ces mountagnols sauvages ne seraient finalement pas plus mal au milieu des crocodiles du Brésil – il avait lu un récit de voyage au Brésil, dans *La Revue des Deux-Mondes*, dans ce même et fameux numéro où étaient publiés des poèmes d'un dégoûtant pornographe du nom de Charles Baudelaire).

Toujours *in petto*, il ricana : « Pauvres crocodiles, ils ne savent pas ce qui les attend! » Il s'enquit :

– Et vous y allez comment, au Brésil?

– En bateau, pas à pied, répondirent joyeusement Zaccharie, Daniel, Jouan Raufaste et autres. Un vrai bateau, un *sté-am-chip*, qui va à la vapeur mon brave. Pourquoi, tu veux venir avec nous?

– Au Brésil, il y a des crocodiles et des serpents de trente-neuf mètres, dit Rivel, avec l'espoir de leur rabattre le caquet.

Mais le village était encore dans sa phase d'exaltation et d'enthousiasme. Loin de leur faire souci, ces trente-neuf mètres de serpent leur donnèrent le fou rire.

Auquel même Joël participa (tout en montrant comme par hasard à Rivel la lettre de Labadie qui parlait de Bayonne).

Joël se tranquillisait, lui-même au bord de l'exaltation : on avait passé Saint-Girons, on arrivait à Saint-Lizier, la nuit tombait... et Elie n'avait toujours pas surgi. Ses chances de l'emporter sur l'aïnach augmentaient de minute en minute. Il savait diablement reconnaître la chance quand elle passait devant lui : cette rencontre avec Rivel était une bénédiction. Dans le canton, il n'y avait pas langue plus agile et plus pointue que celle de l'Auguste. Sitôt qu'Elie réapparaîtrait, Rivel se ferait une joie de lui communiquer la nouvelle : « J'ai vu ton village. Ils s'en vont à Bayonne prendre le bateau pour le Brésil, j'ai vu la lettre de l'armateur, et c'est le Joël qui les mène, ils sont fous. »

Au besoin, Rivel n'attendrait même pas que l'aïnach vînt le trouver, il irait de son plein gré tout lui dire, voluptueusement, en malfaisant qu'il avait toujours été.

Et si après cela, Elie ne se précipitait pas à Bayonne, écumant de rage, ce serait à désespérer de tout. Mais non, je suis tranquille... Il voyait déjà Elie galoper ventre à terre à travers Comminges, Béarn et Pays basque, droit sur l'estuaire de l'Adour...

A condition toutefois d'exécuter les prochaines modalités de mon plan.

Et le moment en était venu.

En effet, sitôt après avoir atteint Saint-Lizier – sans grand succès populaire, les volets s'en étaient fermés pour la nuit et l'on passa presque inaperçu – on prit quartiers dans les granges désignées par Salabert, de connivence avec Joël. Un repas de soupe et de charcutaille fut servi, sans bourse délier ni la moindre pécune. Suivant les consignes données par Joël toujours, à l'avance, on servit beaucoup de vin, pour fêter les débuts du voyage.

Joël les guetta, les vit bien gais, les vit s'endormir tous. Il s'éclipsa discrètement, après avoir fait semblant de se coucher, lui aussi. Il était fatigué, cette marche qu'on avait faite l'avait autant épuisé que les vieilles et les enfants; de surcroît, il n'avait pas guère dormi les nuits précédentes; et enfin sa balle itinérante ne le lâchait pas.

Mais il repartit néanmoins pour Saint-Girons. Sachant qu'il allait jouer, dans les trois heures à venir, une carte décisive.

3

JEANNE-MARIE sentait sur ses épaules l'énorme poids du silence, dans le village abandonné. Aussi longtemps qu'il avait fait jour, les choses étaient encore allées. Mais avec la nuit venue, ce silence de cimetière l'avait frappée, et comme enveloppée.

Elle avait vu partir le Village. D'abord sans se montrer, de crainte d'être vue de Joël. Mais quand avaient décru le tintamarre des charrettes cliquetantes, et le hourvari des voix, elle s'était décidée à sortir. A ce moment-là, le convoi était déjà à trois cents mètres en contrebas, presque invisible dans la nuit. Elle n'avait distingué que des ombres confuses, un serpent monstrueux mais, un court instant, la lune ayant percé le couvert des nuages, elle avait pu observer l'ensemble. De Joël allant en tête à François et Jérémie concluant la marche. Après même pas une minute, le temps de tenir son souffle, la nuit s'était refermée sur ces fantômes, même si Jeanne-Marie avait longuement capté le bruit de leur descente.

Alors elle avait ressenti un déchirant sentiment d'abandon, et d'extrême solitude. Pourquoi n'était-elle pas partie avec eux ? Que faisait-elle dans ce village mort ? A attendre quoi ? Elle savait bien qu'elle n'irait pas en Espagne, les Espagnols ne devaient pas manquer de putos, ils avaient les leurs, à eux, parlant bien leur langue. Elle y serait une puto surnuméraire, en quelque sorte.

Le jour levé, au matin du vendredi 11, elle avait aperçu des fumées sur les crêtes, s'en était un moment inquiétée, avant de se rappeler les bergers montés la veille, pour prendre le relais des Rouch et des Raufaste à la garde des troupeaux et à la fabrication du fromage. Elle se souvint même du nom du chef du pariau : Chinchel Fourque. Petit, pataud, puant; il n'avait rien pour émerveiller. Et les hommes avec lui étaient du pareil au même.

Elle s'étonna elle-même de la dureté de son jugement. Voilà qu'elle devenait difficile, ceux-là étaient comme tous les hommes qu'elle avait croisés dans la montagne, à Bethmale ou ailleurs. Ce devait être à fréquenter les Rouch, Anastasie en tête, qu'elle avait pris des idées pareilles. Comme de se laver, par exemple, et tous les jours. *Tous les jours?* Elle avait dévisagé Anastasie avec consternation. Et Anastasie de la fixer et de répondre de sa voix si tranquille (mais pas accommodante, ça non) : « C'est à prendre ou à laisser, petite. Dans mon village, on se lave. Et tout. Tu entends : TOUT. » Il n'était pas très difficile de deviner où Joël avait pris son goût bizarre pour... comment avait-il appelé ça? Ah! oui, des *baignoires*. Où l'on se mettait tout nu, pauvre de nous, quelle honte!

Mais ça n'était finalement pas si désagréable. A condition d'aimer se mettre le derrière dans l'eau glacée, sur les quatre heures du matin, quand ça gèle dehors. On s'y habituait. Et après on se sentait mieux (on sentait surtout moins fort).

Jusqu'à ces jours derniers, Jeanne-Marie avait cru que c'étaient seulement les putos qui faisaient des choses comme ça, se mettre toutes nues et se toucher partout. Mais si l'Anastasie le faisait, alors là... ça changeait tout.

Elle avait un peu été triste, en pensant à Anastasie. Plus que Joël et tout le village réuni, c'était Anastasie qu'elle regrettait. Se quitter juste maintenant...

... alors que pour la première fois de sa vie, elle venait enfin de trouver quelqu'un qui l'aimait un peu...

Elle avait choisi d'habiter, pour le temps que cela durerait, dans la maison de François et Marie Raufaste. Dans ce qui avait été leur maison. Et déjà ne l'était plus, après seulement quelques heures d'absence. Elle y resta toute la journée durant, sauf ces quelques instants où elle alla se laver au lavoir, des pieds à la tête, comme Anastasie le lui avait prescrit, s'y mettant nue. Non sans avoir au préalable scruté les quatre coins de l'horizon. C'est qu'ils avaient les yeux foutument perçants, ces bergers!

Sitôt rhabillée, même pas sèche, grelottante dans la buée du petit matin, elle était revenue se tapir dans la maison, s'y était enfermée, mettant barre à la porte. Anastasie lui avait laissé à manger : du pain, un peu de lard, des lentilles à cuire, un demi-cambajou (jambon), deux ou trois fromages; et de l'eau et même une grande dourno de petit-lait. De quoi tenir deux semaines. Pour les vêtements, elle était fabuleusement riche : deux jupes, deux chemises, un jupon, son corsage bethmalais, un tablier, deux paires de bas en laine, plus un grand châle et un autre plus petit, plus la cape de bure à capuche; aux pieds des sabots laissés par Marie, puis les siens propres à la poulaine et des chaussures d'homme, cadeau de Zaccharie (qu'il était beau, celui-là!), assorties de *boutins*, de guêtres en drap de bure et à lacets de cuir. Autres richesses : ses ciseaux, sa trousse à coudre avec un dé de corne, du fil blanc et noir et trois aiguilles, un peigne, des épingles à cheveux, un chapelet à grains de jais, un petit couteau à manche et son argent bien entendu – elle avait oublié le chiffre indiqué par Joël mais c'était une vraie fortune[1]. Comble de bonheur, elle avait retrouvé sous l'escalier, oublié par François, un vieux et grand couteau à ours, avec une lame de vingt-cinq centimètres, qu'elle s'était approprié, non sans avoir longtemps hésité, craignant de commettre un vol.

Je suis riche.

Dans le bonheur de cette constatation, elle alluma du feu dans la cheminée. La maison avait beau être quasiment vide, elle y était chez elle, après tout (en attendant qu'on me flanque dehors, mais ça prendra peut-être du temps).

Les heures passant, elle en vint à penser que le village pouvait lui appartenir aussi, tant qu'elle y était. Peut-être que les nouveaux acheteurs allaient mourir? Et s'ils mouraient, ils ne monteraient pas pour la foutre dehors, forcément. Si ça se trouve, on me foutra la paix pendant cinquante ans.

Elle prit place sur l'unique banc qui restait dans la pourtaous et s'y carra, allongeant les jambes vers le feu, ses grands pieds chaussés des brodequins de Zaccharie posés sur les chenets, à la façon des hommes.

Les hommes.

Elle les avait assez vus, ceux-là! Quelle mauvaise engeance, Diù Biban!

Toujours à la façon des hommes, avec une extraordinaire et grisante sensation de liberté et de

1. Elle a 744 francs.

maîtrise de son destin, elle écarta les jambes, pour les mieux chauffer à la flamme. Elle s'était coupé du pain et un énorme morceau de jambon, grand au moins comme la moitié de la main (mais coupé fin, tout de même, il ne fallait pas dilapider.) Elle s'en goinfra, en paix, merveilleusement heureuse, chez elle, dans sa maison, devant son feu à elle toute seule.

Et ce fut bien sûr à cet instant que survinrent les deux autres salopiots.

D'abord de la colère contre elle-même : elle n'aurait jamais dû allumer du feu, ç'avait été comme de hurler sa présence. Jeanne-Marie, je te tuerais tant tu es bête !

Mais elle réagit très vite, n'étant pas femme à s'abandonner. Elle se jeta dans l'escalier conduisant à l'étage. Au moment même où ils se mettaient à tambouriner contre la porte, elle gagna la petite fenêtre du devant de la maison, et donnant sur la rue.

– On sait que tu es là, la fille. Ouvre-nous !

Elle décrocheta sans bruit le volet de bois et se pencha. Les reconnut aussitôt, ne fût-ce qu'à leurs houlettes enturbannées, saliers à la ceinture, scapulaire de cuir brodé : deux hommes de Chinchel Fourque. C'était clair, ils avaient aperçu la fumée et, à l'insu de tous (ou peut-être qu'ils vont venir les uns après les autres, ces fils de putes, chacun son tour comme à confesse !) et l'insu des autres, envisageaient de la trousser. La fumée l'avait trahie ou alors c'était...

Elle ferma les yeux, écarlate.

– On sait que tu es là. On t'a vue quand tu étais toute nue, ce matin. Allez, ouvre. On ne te fera pas de mal...

Et voilà. Ça t'apprendra à te laver. Tu ne l'as pas volé, espèce de cruche.

Mais immédiatement revint la colère. Et avec elle, la rage...

– Ne nous oblige pas à casser la porte. On entrera, tôt ou tard...

Une rage qui la faisait trembler. Alors, tout recommençait? Comme à Bethmale, comme à Toulouse? Des larmes coulaient de ses yeux mais la fureur folle où elle se retrouvait en était la seule cause.

Ils se mirent en effet à frapper sur la porte. Elle dégringola l'escalier et se saisit du couteau à ours. Secoua aussitôt la tête : Non. J'ai déjà failli en tuer un, à Toulouse. Et puis si je les tue, en admettant que je réussisse, les autres viendront.

D'accord.

D'accord.

En une seconde, elle prit sa décision. Et pendant qu'ils continuaient de taper sur la porte, elle amassa en un clin d'œil tous ses trésors, ajouta le pain, le jambon, les fromages, les brodequins. « Pour l'eau, j'en trouverai partout, avec cette neige. » Noua tout dans sa cape. Et c'était le plus surprenant : qu'en dépit de sa rage démente, elle conservât néanmoins la tête froide.

L'escalier de nouveau. Elle monta jusqu'au grenier. On s'en était servi de fenil, avant qu'Anastasie décrétât que les maisons sont faites pour les gens. Il y avait une ouverture à l'ancien fenil, et une espèce d'échelle vermoulue. Elle ouvrit, passa et descendit l'échelle. Jeta son balluchon dans le vide, s'y lança elle-même. Sitôt au contact du sol, elle cueillit son paquet et se mit à courir, pieds nus malgré le froid, mais évitant tout bruit. Le dernier son qu'elle capta fut le cri de triomphe des deux bergers accédant enfin à l'intérieur de la maison.

Elle était déjà loin et s'éloigna encore. Sans la moindre idée de l'endroit où elle allait trouver refuge. Mais y pensant, calme et lucide, quoique en fureur : il devait bien y avoir quelque part une cabane vide, où on lui ficherait la paix.

Après cinq bonnes minutes, assurée qu'on ne la poursuivait pas, elle prit le temps de se rechausser. Plus déterminée que jamais. Elle regarda vers le village, quelques masses plus sombres dans le noir de la nuit. Les voix des bergers ne lui arrivaient plus.

Elle se remit en route, montant droit devant elle, toujours sans savoir. Mais allant en fait droit vers le col de Pause. Elle l'ignorait. Ne connaissait rien en dehors de Bethmale.

Et le prochain qui m'approche désormais, je te lui mets mon couteau à ours dans le ventre !

4

Ils étaient à Pamiers, à regarder couler l'Ariège. Juste au moment où ils débouchaient en vue de la rivière, une horloge d'église avait sonné onze heures. Du matin, le samedi 12 avril 1856. La pluie qui les avait accompagnés s'était arrêtée. Un ciel presque bleu.

– Et on se quitte comme ça?

Elie sourit :

– Ça ne me fait pas chanter, moi non plus.

Le Basque cracha dans l'eau.

– Je t'aurais bien fait encore un bout de conduite mais on a marché comme des fous depuis... Il s'interrompit puis répéta : Je ne sais même pas où on est.

– Pamiers.

– Et Carcassonne? On ne devait pas passer par Carcassonne?

– On y est passés. On y a dormi.

Un temps.

– Comme des fous, dit le Basque. Et on est près de chez toi?

Elie amena son regard sur l'eau :

– Ça, dit-il, c'est l'Ariège.

– Alors, on est chez toi?

– Non. Elie sourit à nouveau, son regard sur les

montagnes à gauche : Non, ce n'est pas encore chez moi. Mais j'approche. Et je crois qu'il vaut mieux que tu... qu'on se quitte ici. Tu te rappelles où aller pour du repos?

– J'ai seulement jamais entendu parler de ce Panier.

– Pamiers. Pas « panier ». Je te l'ai expliqué mais tu devais dormir debout, tout en marchant : regarde, suis la rivière par là. Compte mille pas. Tu vois une maison avec un pigeonnier. Normalement, il y aura des chiens qui vont gueuler en t'entendant venir. L'un des chiens s'appelle Mamelouk. S'il n'est pas mort depuis. Tu dis à Mamelouk de fermer sa gueule et tu entres. L'homme s'appelle Gabachou. Dis-lui que tu viens de la part du Rouch, il te donnera à manger et un endroit pour dormir.

Elie Rouch ferma les yeux puis les rouvrit, un vague sourire sur les lèvres :

– On s'arrête toujours là, quand on vient de Carcassonne. Ce sont de braves gens. Dis-leur que leurs enfants sont beaux, ça leur fera plaisir.

Un temps.

– Et toi, tu vas continuer?

Le Rouch acquiesça : « Il est comme déjà parti », pensa le Basque avec chagrin. Il dit :

– Et on se reverra plus, hein?

– Viens dans ma montagne, un de ces jours. Je te mènerai chasser le loup.

– Je viendrai.

Comment y croire? Ils se donnèrent l'accolade. Le Basque vit son compagnon de sept ans de service passer le pont sur la rivière. De loin, on l'aurait cru petit, tant ses épaules étaient larges.

D'abord le Rouch s'en fut d'un pas tranquille, puis il l'allongea peu à peu, jusqu'à une allure incroyable. « Autrement dit, il m'a traîné, depuis

Toulon. Même sans ma blessure à la jambe, je n'aurais pas pu le suivre, à un train pareil. » Il cria :

– Rouch !

Elie se retourna :

– Embrasse Anastasie pour moi, cria Blaise-Pascal.

Il vit les dents blanches étinceler, au moment de sourire. Le Rouch fit un signe de la main puis s'en alla. Après un instant, le Basque entreprit de suivre la rivière.

Gaba... quoi ? Quel nom avait-il dit ?

Il n'était pas trop gai.

A Carcassonne, lors de l'étape qu'il avait faite avec le Basque dans la maison abandonnée de la vieille ville ceinturée de ses murailles, Elie Rouch avait repéré les signes d'un récent passage des colporteurs du Clan. Il était allé droit au mur sur lequel on était convenu de marquer, à chaque fois, la date du passage et les noms de ceux qui s'arrêtaient. Ce qu'il avait lu lui avait donné une chaleur dans la poitrine. Les marques sur la pierre étaient nettes et, pour lui, lisibles et claires : elles indiquaient un passage au 29 mars dernier. Et quant aux noms (chacun représenté par une initiale, soulignée d'un trait quand on était deux à avoir le même prénom), ils révélaient la présence de François, Jérémie, Laurent (un Perdigou sans doute), L souligné pour un autre[1] qui devait être plus jeune que Laurent, J souligné pour Jouannissou Raufaste, et le B de quelqu'un, probablement Boussut. « Ils étaient là voici même pas deux semaines. A treize jours près, non : quatorze, j'aurais pu être

1. Il s'agit de Luc Faur, qu'Elie ne connaît pas.

avec eux. » L'immense parenthèse de sept ans se referma alors, à cet instant : il revint parmi les siens. Et son impatience à retrouver son village grandit jusqu'à devenir fébrile. Se séparer du Basque l'avait peiné, il en avait encore un peu de tristesse. Mais le temps était venu...

Il ne lui restait même pas vingt-cinq lieues à couvrir. Cent kilomètres. Depuis Carcassonne, il en avait fait soixante-dix, jusqu'à Pamiers. Autrement dit, cela représentait cent soixante-dix kilomètres d'une traite, avec des montées. J'aurais dû dormir deux ou trois heures chez Gabachou, avec le Basque...

Mais ça n'aurait pas rendu plus facile la séparation d'avec Blaise-Pascal.

Et puis son impatience à revoir Anastasie et tous les autres était décidément trop grande.

Il prit la direction de Foix mais, après un peu plus d'une heure, la quitta, prenant à main droite une route fortement caillouteuse, pentue, où il n'était passé qu'une fois, dix ans plus tôt au moins, et qui, coupant tout droit au travers du Plantaurel, le mènerait à la route de Saint-Girons sans traverser Foix.

Il passa par Ferriès et Rieux-de-Pelleport, s'engagea vers Loubens en laissant sur sa gauche le petit pic de Montmioul. Il faisait presque beau. A Loubens, on lui offrit du lait qu'on venait de traire. « Reste au moins souper avec nous. » Il refusa avec le sourire, sans même vouloir s'asseoir.

Il dépassa Sauguet et au pas de Portel trouva un homme en train de flanquer des coups de pic rageurs dans le rocher de la montagne.

– Addiciats.

Pas de réponse.

Il y avait une source tout près. Elie décida d'une courte halte, ici plutôt qu'à Loubens où il aurait été obligé, par courtoisie, de s'attarder à parler. Il mangea du pain et du fromage en regardant le bonhomme qui flanquait des coups de pic rageurs dans la montagne, avec une tête à vouloir lui régler son compte.

Après cinq ou six minutes, l'homme s'interrompit et considéra le Rouch d'un air furieux :

– On se connaît ?

– Non, dit Elie la bouche pleine.

– Alors, pourquoi tu me regardes ?

– Parce que tu es là.

Ils étaient à trente mètres l'un de l'autre, chacun sur un côté du chemin. Elie mangeait avec une lenteur paisible, coupant de la pointe de son couteau (pouce bien à plat sur la lame) un petit cube de fromage, posant le fromage sur la grosse tranche de pain, coupant ensuite un morceau de la tranche et avalant le tout, avec une parfaite régularité. Apparemment convaincu par l'explication qu'Elie venait de lui fournir, le bonhomme se remit à cogner. Le trou qu'il avait ébauché eût été suffisant pour passer la tête, mais rien de plus.

– Tu creuses un tunnel ? demanda Elie.

– C'est ma montagne et j'en fais ce que j'en veux. Et je t'emmerde, répondit l'autre.

« Ça y est », pensa Elie ravi, « je suis rentré chez moi. »

Il acheva son pain, essuya la lame du couteau, referma celui-ci, replaça pain et couteau dans le bissac, n'oubliant pas de vérifier une fois de plus la statuette d'os. Intacte. Il se dressa, s'étira. Ses jambes étaient tout de même un peu lourdes. Il s'enquit :

– La source est à toi ?

– Tout comme la montagne.

– Je peux y boire ?

– Ouais.

Elie but et repartit. Je vais quand même dormir un peu.

Au passage devant le bonhomme au pic, il dit :

– Adieu et bonne journée.

– Va crever, répondit l'autre. Et bonne route.

Il trouva la route de Saint-Girons près d'un village appelé Cadarcet. Il connaissait l'endroit, pour y être souvent passé. La première fois seize ans plus tôt, pour ce qui avait été son premier voyage de colporteur, en compagnie du Bardu et de François. Il avait alors douze ans et le François treize. A l'époque, à Cadarcet, il y avait un ridicule chien jaune avec des yeux tout rouges...

Les chiens.

C'était vrai qu'eux aussi il allait les retrouver. Il fouilla sa mémoire : Vira devait avoir dans les dix ans, maintenant. Jeune, elle se lançait dans de fulgurantes courses circulaires, d'où son nom. Elle était intelligente : il suffisait de voir ses yeux. Et presque trop attachée aux hommes, à lui surtout; le Bardu avait même parlé de l'abattre avant qu'elle porte : on ne demandait pas aux chiens d'être câlins, mais d'affronter les ours et les loups. Dès lors, plus ils étaient sauvages et mieux cela valait, croyait-on. Elie s'était interposé, s'agissant de Vira : il ne croyait pas trop à ces raisonnements.

Elle a certainement porté, depuis mon départ...

Il était encore à une heure de marche de La Bastide-de-Sérou. Ensuite, cinq heures jusqu'à Saint-Girons. Il commençait à ressentir une grosse fatigue. Mais ce qui en fin de compte le persuada le mieux de marquer une pause, fut l'idée qu'à poursuivre ainsi, il finirait par arriver au village vers les trois ou quatre heures du matin. Ce qui n'avait pas de sens et ne convenait pas à ses plans. Mieux valait survenir plus tard, sinon au moment du repas, du moins quand Anastasie serait seule devant son feu, à préparer le repas du dimanche.

Il décida d'une halte de deux heures. Après tout, il avait déjà bien plus de cent kilomètres dans les jambes.

S'écartant de la route, sur les pentes du Pouech, il trouva un orry, abri de pierres rendues étanches par des mottes de terre. Il s'allongea à l'intérieur, face à la petite ouverture conique par laquelle il avait en vue directe, de l'autre côté de la route, le massif de l'Arize, depuis le rocher de Batail jusqu'au cap de Campets. Juste derrière, Masset et Ercé. Et au-delà, pour l'heure invisible en raison des nuages bas sur la montagne, la chaîne bleue qui va du mont Rouch au pic d'Estats, dont il aurait pu nommer chaque cime.

En fait, il dormit quatre heures pleines et s'éveilla furieux contre lui-même et sa propre paresse. Au point qu'il mangea (il acheva le pain et le fromage) tout en marchant. Il dépassa La Bastide vers sept heures et demie du soir. De sorte que les rues de Saint-Girons étaient désertes quand il les traversa, aux alentours de minuit. Il ne croisa au vrai personne et ne s'en soucia guère. Il faisait beau, la nuit était claire et toute sa fatigue s'était envolée. Son pas était rapide et alerte.

A deux heures trente du matin, Seix était comme mort. Seuls des chiens aboyèrent sur son passage. C'était à peine s'il devinait le Salat sur sa droite, mais il en reconnaissait l'odeur.

A Coufflens, deux heures plus tard, il faillit aller tirer le curé Ségalas du lit mais y renonça en souriant. Son idée était faite depuis longtemps, depuis avant son embarquement pour la France à bord de l'*Asmodée*, dans la baie de Kamiesh : le premier être vivant à qui il annoncerait son retour serait Anastasie et nul autre. Et quand il avait déterminé quelque chose, il s'y tenait.

Le jour du dimanche 13 avril se levait quand il laissa sur sa droite les quelques maisons de Faup. Et le ciel s'éclaircissait, il allait faire une journée superbe.

Elie grimpait, porté par un bonheur qui lui donnait envie de hurler. Ce qu'il avait à présent sous les yeux était sa montagne. Et bientôt son village. Il croyait déjà en percevoir les rumeurs. J'y serai vers sept heures. C'est bien. Anastasie sera seule. J'ai bien marché, malgré que j'aie trop dormi. Cent soixante-dix kilomètres en trente-neuf heures, ça me fera jalouser même du Bardu, qui croit toujours que personne ne le vaut. Et ce soir, pour prouver que je suis pas mort, je ferai danser la castagne à Anastasie.

Si heureux qu'il en aurait pleuré.

5

UNE heure pour regagner Saint-Girons, une autre pour revenir : Joël avait pas mal traîné la jambe. En plus, l'émissaire de Salabert qu'il avait secrètement rencontré avait tenu à lui faire boire du vin, lui qui n'en buvait jamais. Bref, au total, trois heures d'efforts supplémentaires, dont il se serait bien passé.

Mais il avait la lettre, dictée à l'homme pour le cas où quelqu'un se serait mêlé de reconnaître son écriture. Après quoi, ils avaient soigneusement froissé l'enveloppe, pour qu'elle eût bien l'air d'avoir voyagé par diligence. Joël ensuite s'était fait longuement expliquer la route à suivre, notant les noms de chaque bourg et lieu-dit par où il faudrait passer. L'homme avait haussé les sourcils : « Il ne me serait jamais venu à l'idée de faire suivre un chemin pareil à un convoi. – Justement », avait répliqué Joël en souriant.

...

Il entra dans la grange Matissous à la sortie est de Saint-Lizier. Naturellement, tous dormaient. Il eut quelque peine à repérer le Boussut, et à le tirer du sommeil :

– Viens, c'est important.

Ils sortirent. Joël alluma un candelous de résine pris dans un coffre sur l'une des charrettes

– Lis.

Un temps. Il guetta la plus infime réaction. Mais rien. Le bossu se contenta de plisser un peu plus ses yeux semi-bridés. Joël dit :

– Je ne sais pas quoi faire. Bien sûr, ça change tous nos plans... Mais d'un autre côté...

Les yeux de renard se reportèrent sur la lettre, examinèrent l'enveloppe. Le cœur de Joël bondit : « Cet animal est futé et méfiant comme le diable ! Encore une fois, j'aurais dû tout lui dire. Mais maintenant c'est trop tard. Il ne me croirait plus. »

Boussut ouvrit enfin la bouche :

– Et on embarquerait à Bordeaux au lieu de Bayonne, c'est ça ?

– C'est ce que je comprends, moi aussi.

Silence.

– Comment est-ce que tu as eu cette lettre ?

– On vient de l'apporter. Un agent de Salabert à cheval.

– Je n'ai rien entendu.

– Avec le mal que j'ai eu à te réveiller, ça ne m'étonne pas. Ce sera tout ce vin que nous aurons bu ce soir au souper.

– Tu n'as rien bu, toi.

Joël forma un faible et pitoyable sourire :

– Tu sais bien que je ne peux pas boire, avec ma blessure...

Boussut relut la lettre pour la quatrième fois.

– C'est où, Gardouch ? Jamais je n'en ai entendu parler.

– Il y a cinq minutes, moi non plus. Mais l'agent de Salabert connaissait. Il m'a fait la route...

Il montra la feuille où étaient inscrites les étapes de l'itinéraire.

– Et cet homme, l'agent de Salabert, croit qu'on peut être là-bas en trois jours?

– Il paraît.

« Joël, moins tu en diras, mieux ça vaut. Ferme ta gueule! »

– Avec les femmes, les enfants et les charrettes?

– D'après lui, oui. A condition de ne pas traîner. Et de partir tôt demain matin. Il faudra éveiller tout le monde à trois heures, partir à quatre. Au plus tard.

– Ils sont fatigués, dit Boussut. Ils ont chanté toute la journée mais ils sont fatigués. Ils n'ont pas notre habitude de marcher.

– Trois jours et ils pourront se reposer. Et Labadie dit que c'est vraiment un bon bateau, tu peux le lire comme moi. Ça nous ferait arriver au Brésil avant la mousson.

Joël – et il le savait mieux que personne – disait n'importe quoi. Mais ce mot « mousson » lui plaisait. Il l'avait entendu dans la bouche d'un homme rencontré à Amsterdam, et qui revenait de l'Inde. Boussut ne sait sûrement pas ce qu'est la mousson – moi non plus, d'ailleurs, ce doit être quelque grand vent des tropiques. Mais mousson faisait savant, et sérieux.

Joël abattit son dernier atout :

– Boussut, réfléchis, ce serait mieux que si on partait de Bayonne. Le bateau de Bayonne part dix jours après, au moins, après celui de Bordeaux. Et il met deux semaines de plus pour traverser l'Atlantique. Compte : un mois, ou peu s'en faut. On sera au Brésil un mois plus tôt, avant la mousson, et un mois, ça peut avoir de l'importance. Regarde-toi : tu voulais créer un service de diligence au long du Salat. Mais tu ne l'as pas fait. Et pourquoi? Parce que les Faur d'Ustou y ont pensé avant toi... Boussut, tant qu'à émigrer, autant le faire vite. Et moi, je suis de l'avis d'aller à Gardouch.

... Et tu as gagné, Joël. Il va dire oui à Gardouch. Tu as gagné. Tu feras lever le village bien avant le chant des coqs, tu le feras partir dans la nuit et il n'y aura personne à Saint-Lizier pour dire à Elie où son foutu village a bien pu passer. On dira à l'aïnach : « Ton village ? Il était là, hier au soir, ou avant-hier soir, ou le samedi 12 au soir, ici même dans les granges Matissous et puis, quand on a ouvert l'œil, plus rien, disparu... Et non on ne sait pas où ils sont allés. Mais ils avaient dit qu'ils s'embarquaient à Bayonne... »

– Va pour Gardouch, dit le Boussut. Tu as raison : il faut tenter le coup.

Ce ne fut pas facile de les tirer tous de leur foin sur le coup de trois heures. Tous les hommes durent s'y mettre, eux qui avaient l'habitude de ces levers à la brune, en pleine nuit pour reprendre la route. Mais ce n'était pas le cas de toutes les femmes, pourtant accoutumées de travailler comme des bêtes, moins encore le cas des enfants. Pourtant, la terrible discipline muette du village où de tout temps, simplement pour survivre, on n'avait jamais dû regarder à la peine, cette discipline finit par les mettre en branle.

En fin de compte, les plus aisés à sortir du sommeil furent Gudane et le Gris, les deux ancêtres. L'aventure les enchantait positivement. Ça leur rappelait, dirent-ils, le camp de Boulogne où on leur avait botté le cul afin qu'ils courussent ventre à terre à travers toutes les Allemagnes pour mettre la patrouille à Mack, devant Ulm. Gudane insista même pour donner quelques coups de trompette et Joël dut bondir pour l'empêcher.

On partit à trois heures quarante du matin, le dimanche 13 avril. A Saint-Lizier, nul ne les vit s'en aller.

... Et donc prendre une direction ouest-nord-ouest, qui n'était pas précisément celle de Bayonne...

... et pas davantage, d'ailleurs, celle de Bordeaux.

6

On notera :

– Le samedi 12 avril 1856, quand il s'apprête à traverser nuitamment Saint-Girons, venant de La Bastide-de-Sérou et, au-delà de La Bastide, de Pamiers, Carcassonne, Narbonne, Béziers, Montpellier, Arles, Les Martigues, Marseille, Toulon et, sur l'*Asmodée,* de la baie de Kamiesh en Crimée, Elie Rouch se trouve vers minuit à exactement QUATORZE CENTS MÈTRES de son village. A vol d'oiseau. Mais bien entendu, il l'ignore.

– Ce même samedi 12 avril, à une heure près, Joël Rouch son frère vient de convaincre Boussut, et à travers lui tout le village, de quitter à la fois la route de Bayonne et celle de Bordeaux. En d'autres termes il croit qu'il s'est placé hors d'atteinte de l'aïnach.

...

Il n'a pas tort. Il vient de mettre en œuvre la deuxième partie de son plan extravagant, et avec succès. C'est-à-dire qu'il a désormais toutes les chances d'amener le village où il l'a décidé, et de l'embarquer sur le bateau de Labadie.

Il ne pense pas qu'Elie se lancera à sa poursuite sur treize mille kilomètres.

Et là, il se trompe fichtrement.

IV

... Il avait décidé de courir après son village...

1

Il monta directement, coupant au travers des soulanes successives et ne croisant que de temps à autre l'espèce de piste. Il remarqua bien les traces de charrettes mais il pensa que le petit Lucien, le fils du Bardu, celui qu'on surnommait Boussut, avait sans doute fini par acheter cette carriole dont il avait toujours rêvé. Il semblait même qu'il en eût acheté plusieurs. Peut-être François, Jérémie ou d'autres l'avaient-ils imité ?

Il repéra également les fongées d'un ours récemment passé par là, caractéristiques, qu'un œil exercé comme le sien ne pouvait évidemment confondre avec des grattées de sanglier : il reconnut les gros coups de patte griffue donnés par l'animal dans la terre, à la recherche des bulbes. « Celui-là était ici hier. » C'était tout de même étonnant qu'il se fût ainsi approché du village, et des enclos d'oueillos. Qu'est-ce que les chiens pouvaient bien foutre ?

Peu d'arbres. On en avait tant et tant cravaté et abattu, au cours des deux cents dernières années, qu'il n'en restait guère. Çà et là quelques bosquets de frênes, et des noisetiers, un hêtre ou deux, voire un bouleau. Et des framboisiers en abondance, Anastasie recommandait toujours de n'y pas toucher : on n'avait pas tant de fruits, au village, et elle aimait à faire des confitures. Plus loin des genévriers, qui commençaient à se déployer, après s'être mis en boule pour mieux résister au froid. Signe de ce qu'il allait faire bon. Vous pouvez toujours compter sur un genévrier pour vous dire si vous allez ou non vous geler les oreilles.

Elie obliqua et s'engagea dans le lit schisteux de l'Artigou avec ses concrétions blanches, sans trop craindre de se mouiller les pieds. Sur sa gauche, les pentes douces du cap de Quer, face à lui le Montbuou comme un premier gradin, suivi par d'autres : le tuc de Fourmiguet et enfin le Vallier, à presque deux mille neuf cents mètres. Le jour était parfaitement levé, il était fort et clair, d'une luminosité étincelante. Partout, de la neige. Gelées de mars, neige en avril, ils avaient dû avoir grand froid, au village, ces derniers temps. Mais ce n'était pas nouveau : de tous les moments de l'année, le Carême de Mars était assurément le pire, en montagne. L'hiver mourant y livrait son dernier combat.

...

Une première jasse – replat – où le ruisseau coulait en semant des mares herbues. Puis une autre un peu plus haut.

Il commença de voir un toit.

... Et s'étonna de ne pas y découvrir de fumée.

Il grimpa encore et d'autres toits, des murs, des fenêtres aux embrasures closes de volets vinrent à hauteur de son visage. Pas de fumée, toujours aucune odeur de feu. Ils auraient tout éteint, faute de bois de chauffe?

Mais il se sentait étrange, une espèce de grand froid lui venait sur les épaules.

Il gravit sa dernière pente. A vingt mètres de lui, le lavoir. Et sous ses yeux dans son ensemble, indubitable, le village mort. Dans un silence hallucinant.

L'heure qui suivit, il manqua de devenir fou. Il avait marché sur les pierres sonores de la rue à Anastasie, cogné à chaque battant de porte, chaque volet. Hurlé leurs noms. Des idées de délire lui étaient montées en tête : peut-être y avait-il eu une épidémie, à laquelle ils auraient tous succombé? Il était même allé jusqu'à penser aux trabucaïres, ces bandits détrousseurs de pataches et assassins de fermes isolées, dont on avait guillotiné quelques-uns à Prades et à Céret, dix ans plus tôt.

Mais égorger tout un village? Cette hypothèse n'avait pas plus tenu que la première.

Il découvrit tout de même une porte ouverte, en réalité fracassée; et entré dans la maison de François et de Marie sa sœur, la trouva vide de tout meuble, à l'exception d'un banc déglingué ou d'un coffre en train de pourrir. On avait pourtant très récemment fait du feu dans la cheminée, les cendres étaient encore tièdes et il y avait par terre un petit morceau de pain fait au plus deux jours plus tôt.

Il courut jusqu'à la maison d'Anastasie, en fit sauter le loquet d'un coup de poing, poussa le battant, s'attendant presque, dans son affolement, à découvrir des cadavres. Mais non, rien. Tout y était d'une méticuleuse propreté, si tout était à peu près vide. Quasiment aucun meuble, pas plus dans la pourtaous du bas que dans les chambres d'en haut, où seuls se trouvaient encore les bat-flanc, dénudés de leurs paillasses.

Ensuite, d'une maison à l'autre. Et partout le même et affolant désert, le même ordre...

Ils sont partis.

Le mot seul l'écrasa. Il ressortit dans le jour à la lumière constamment plus éclatante. Il haletait, luttant férocement pour reprendre le contrôle de lui-même. Ça ne pouvait pas être, ça ne se pouvait tout simplement pas!

Restait à voir la grande bourdaous qui terminait la rue. Mais la façon dont il balança ses poings contre le battant double démontra qu'un début de changement s'opérait en lui. Le formidable écrasement de tout à l'heure cédait, s'estompait : Elie ressortait du brouillard, et ses pensées s'organisaient. La grande bourdaous, évidemment, ne contenait âme qui vive. Les bancs dont on usait pour les grands assemblements du clan, et pour ses fêtes, étaient là, alignés autour du foyer creusé; on n'avait pas pu les emporter, ils avaient trop de longueur et de poids.

Il ressortit encore. Une chose surtout le stupéfiait, incompréhensible à rendre fou : qu'Anastasie en partant ne lui eût laissé aucun message. Elle savait pourtant bien qu'il allait rentrer.

Il faut qu'elle soit morte...

Il courut jusqu'au petit cimetière.

Compta les croix.

Il y en avait dix-neuf nouvelles, qui n'y étaient pas à son départ en mars 49. Rouch et Raufaste, Raufaste et Rouch. Il apprit ainsi, lisant les noms gravés, que la femme du Gris, mère d'Eloi, sa grand-mère, était morte. Mortes aussi ses sœurs Noémie et Céleste, mort son frère Jouanissou; morts des enfants en bas âge dont huit étaient ses neveux; morts Honoré et Eugène Raufaste, fils du Bardu et d'Etiennette, et Anne, leur sœur; morts également d'autres enfants de la quatrième génération, dont trois de Marie et François...

Mais le nom d'Anastasie n'était sur aucune croix.

La date qui revenait le plus souvent était celle de 1854. Sur dix-neuf décès, quatorze s'étaient produits cette année-là. Sans doute qu'ils avaient eu une épidémie de quelque chose, le froid seul ou la faim n'en aurait pas tant tué. Peut-être la typhoïde, comme en 48, ou une autre maladie[1]...

Mais Anastasie avait survécu. Elle est vivante.

Elle est vivante et elle est partie sans rien me laisser derrière elle. Il commença à trembler, la fureur le prenait par soubresauts, en vagues, meurtrière, lui raidissant muscle après muscle. Une longue minute, il ne put même pas bouger, tant la crispation de tout son corps était grande. Puis, d'un coup, il s'ébranla, alla jusqu'au lavoir, qui était d'un seul bloc de pierre creusée et faisait bien ses deux cents kilos, sans compter qu'il était plein à ras bord de l'eau courante de l'Artigou. Il s'abattit dessus, le crocha, cherchant presque à incruster ses doigts. S'arc-bouta et dans un fantastique éclatement de toute sa puissance, un ahan sauvage et rauque, il le bougea, l'arracha à son socle, le culbuta.

Cela le calma presque.

Il doit y avoir une explication? Réfléchis, Elie. Il y a une maison que tu n'as pas encore vue. La tienne. Ensuite, tu feras toutes les cabanes, toutes. Putain de Dieu, c'est impossible qu'ils aient pu emmener toutes les bêtes! Ils n'ont pas pu emmener les chiens! Les descendre seulement dans la vallée, ça aurait provoqué une hécatombe.

Sa maison était à dix mètres de lui. Il faillit en pulvériser la porte d'un coup de poing. Mais sa rage était passée, du moins la rage s'exprimant en une violence immédiate. A la place, autre chose. Pire; ce n'était sûrement pas gagner au change :

1. Le choléra.

cet autre chose était une lave brûlante, coulant avec douceur, déjà une obsession, qui pourrait aussi bien mettre cinquante ans à se glacer. Mais capable de le porter jusqu'en enfer. Le Rouch était du genre à entretenir cuisante une rancune, et mieux encore une haine, jusqu'à l'heure de sa mort. Pas mountagnol pour rien, et même davantage mountagnol que ce n'était possible. Sous les dehors de la tranquillité.

A preuve la délicatesse avec laquelle il ôta le taquet de la porte. Il constata qu'ici au moins on avait laissé ses siens meubles. Vit le feu prêt à être allumé, le chaudron qui n'attendait que la soupe. Bref, elle a tout préparé pour mon retour, pendant sept ans elle est venue une fois au moins par semaine, à pourchasser le plus petit grain de poussière. Sur quoi, elle a avec les autres mis tous ses biens sur des charrettes et s'en est allée sans me laisser un mot.

Puis il découvrit le morceau de charbon de bois en évidence sur la table, il lut le message écrit sur le mur de gauche en entrant.

JOËL.

Joël bien entendu. Qui d'autre?

Elie sourit et hocha la tête. Il se sentait maintenant tout à fait calme. Sauf qu'il n'arrivait pas à effacer cet étrange sourire de ses lèvres – un sourire qui aurait épouvanté n'importe qui se trouvant à l'entour. Il s'adressa à l'inscription : « Je ne suis pas trop content de toi, mon frère. Ça ne me ferait pas de peine de te retrouver, pour t'apprendre à jouer les Moïse. » Car il était sûr, d'ores et déjà, que c'était de cela qu'il s'agissait : il les a emmenés émigrer aux Amériques. Ça a toujours été son idée, de partir.

D'accord, Joël, je comprends. Je comprends très

bien. On va s'en occuper, tu peux être tranquille. On va s'en occuper.

En ressortant, il referma la porte tout comme il l'avait ouverte : avec douceur. Il fit quatre ou cinq pas dans le soleil, toujours incapable de cesser de sourire.

Le hilhet éclata sur ces entrefaites; un hilhet bien modulé, émis par un adulte. Et qui n'était pas un simple appel. Les modulations exprimaient un message, qu'Elie décoda presque sans y penser. Les notes suraiguës disaient : « Ai retrouvé les bêtes. »

Il releva les yeux en direction des crêtes. Cela provenait des abords de Pause. Il se mit en marche. Je savais bien qu'ils n'avaient pas pu emmener les bêtes. Surtout les chiens.

2

DES granges Matissous de Saint-Lizier jusqu'à Montjoie-en-Couserans, puis à Audinac, ils eurent à peu près bonne route. Les difficultés commencèrent après, passé Belloc. A partir de là, on n'eut plus qu'un sentier muletier, quand il y avait seulement un sentier. Il fallut constamment pousser, soutenir et presque porter tour à tour chacune des cinq charrettes. Longer les fermes de Noailles, Sournis et de la serre de Saint-Jean-Dulcet fut un vrai calvaire. Qui ne cessa qu'en vue du lit de la Bize, où l'on retrouva un chemin presque carrossable, celui qui de Lescure va sur le Mas-d'Azil.

– Il ne faudrait pas recommencer trop souvent, dit même François Raufaste lequel, avec son tempérament de bœuf, s'était plus qu'à son tour mille fois arc-bouté.

Mais le plus dur était derrière, dans le principe, même si les onze kilomètres et demi, même pas trois lieues, avaient pris quatre heures bien sonnées. Et puis le soleil était haut et clair, Zaccharie se mit à chanter, d'autres reprirent son refrain. En somme, cet effort au réveil, avant l'aube, eut pour effet de dégourdir le village.

On laissa sur la droite le château de Pindeau, que l'agent de Salabert avait signalé à Joël comme un repère. Il était alors pas loin de huit heures du matin et c'était le moment exact où Elie Ruch, laissant le village abandonné, entreprenait de monter vers le col de Pause. Pour Joël, la possibilité que l'aïnach eût atteint le village et donc tout découvert, cette possibilité existait. Mais il n'y croyait pas vraiment. Sans cartes, il se faisait néanmoins une idée assez juste de la situation du convoi : nous longeons dans son nord la route de Foix à Saint-Girons. Si cela se trouve, Elie est en train d'y marcher, ne sachant rien. Et dans ce cas, nous sommes au plus à deux kilomètres l'un de l'autre.

L'idée l'amusa beaucoup.

La première halte de la journée eut lieu aux abords des deux fermes de Sales, où Joël paya pour un franc quatre-vingts de lait frais, au terme d'une négociation qui prit bien dix minutes et fut conduite par Boussut, l'homme d'affaires du village.

Joël pour lui alla s'asseoir puis s'allongea. Il ferma les yeux, s'abandonnant à son immense fatigue. Avec cette affaire de lettre (fausse) de Labadie, il n'avait même pas dormi trois heures, dans les granges Matissous et d'avoir porté un enfant, comme il venait de le faire trois ou quatre heures durant, n'avait pas précisément fait du bien à sa balle baladeuse. Il se demanda ce qui arriverait au village s'il mourait en cours de route, avant Bordeaux et l'embarquement (après, ça n'aurait plus d'importance).

Je crois qu'ils continueraient sans moi, au point où ils en sont.

Mais quand même, ça m'emmerderait de remporter, sur l'Elie, une victoire à titre posthume...

...

Après une heure, on s'apprêta pour repartir. Selon les distances annoncées par l'agent de Salabert à Saint-Girons, qui avait prévu leur itinéraire par Lafont, Clermont, le Saret, le Mas-d'Azil et Sarabat, il restait à parcourir encore ce jour-là vingt-six kilomètres. Soit entre sept et neuf heures de marche, selon la route, son état et ses pentes, selon l'endurance du village...

Et après cela mon bon Joël, dans les quarante heures suivantes, cinquante-cinq autres kilomètres pour être en temps voulu à Gardouch. Où il fallait être mardi soir, quinzième jour d'avril.

Il se leva, difficilement. Sourit à Zaccharie, qui était le plus jeune de ses frères. Et qui prenait étonnamment de la stature. La largeur et la puissance de poitrail d'Elie avec à peine un ou deux centimètres de moins que lui, Joël. Mais il n'a que seize ans, il montera encore. Ce sera le plus grand des Rouch, celui-là.

L'idée de sa mort le hantait, quoi qu'il en eût.

... Après tout souviens-t'en Joël : Moïse ne parvint jamais à la Terre Promise. Il mourut sur le mont Nebo, les yeux sur le lointain pays de Canaan, où il avait rêvé de conduire son peuple...

3

LE chien surgit alors qu'Elie n'était plus qu'à trois ou quatre cents mètres de la cabane. Elie le reconnut aussitôt, sans l'avoir jamais vu : la ressemblance avec Vira était trop nette, sauf que celui-là devait peser quarante livres ou vingt-cinq kilos de plus que la chienne. Mais la robe avait cette même étrange couleur de cendre, si caractéristique; et le même poitrail, la même façon de vous fixer droit dans les yeux, ce que ne font presque jamais les chiens. Elie siffla puis émit l'ordre bref par lequel, au village, on se faisait obéir.

Rien. L'animal ne broncha pas.

Elie siffla et cria une deuxième fois. Il sentit le chien hésiter, mais sans bouger pour autant. Et c'était bizarre. La première chose qu'on apprenait aux chiens du village était de réagir sur-le-champ aux ordres, la sécurité du troupeau en dépendait. Or ce chien-là devait avoir deux ou trois ans, il aurait donc dû être parfaitement entraîné. De plus, il était assurément un fils de Vira, autant dire qu'il ne devait pas manquer d'intelligence.

– Qu'est-ce qui t'arrive?

Le chien était installé sur la crête, là où culminait exactement le col de Pause. A deux cents mètres de la cabane, qu'il devait avoir en vue directe, sous lui. Il avait l'air d'être là depuis des heures. Je parierais qu'il m'a regardé monter...

– Et le troupeau, où est-il?

Je ne sais même pas quel nom on a pu lui donner... Elie avança de dix ou vingt mètres et le chien s'aplatit soudain, babines retroussées mais sans grogner. De plus en plus bizarre. Elie cria l'alerte habituelle :

– *Mata et loup!*

Le chien se dressa d'un bond, aussitôt prêt au combat, poils hérissés autant que son collier de fer, yeux étincelant de rage. Elie sourit : « Au moins ça tu comprends... » Il s'approcha encore. L'animal, qui avait regardé en tous sens à la recherche du loup imaginaire, se rabaissa aussitôt, gueule à ras le sol. Il recula. Lentement, calquant sa retraite sur l'avance d'Elie. Rien dans son attitude n'évoquait la peur, il évitait le contact et c'était tout.

– Comme tu voudras, dit Elie. Il obliqua et poursuivit vers la cabane. Se retourna après quelques dizaines de mètres : le chien le suivait, à distance. Elie déboucha en haut du col. La cabane se trouvait en contrebas, sur une jasse, enfermée au cœur d'une double enceinte de barqueros (enclos) de pierres sèches. La porte en était fermée, elle semblait vide. « D'ailleurs, le hilhet ne venait pas d'elle, mais de quelque part à droite... »

Depuis qu'il avait franchi Pause, il avait sous les yeux, au premier plan, le ravin où coulait le ruisseau du Bibet. Mais la vue droit devant était faite par les pentes du Lacrabère et du tuc de Fourmiguet où il eût repéré une mouche. Il y avait un échappement sur la gauche, un sentier en partait vers les Aymesses et l'étang d'Areau, afin de rejoindre le port d'Aula et donc l'Espagne. Elie hésita : le ravin était désert, mais le couvert y était assez dense pour qu'on pût se cacher.

Se cacher pourquoi ?

Il ramena son regard sur la cabane. Bon, celle-là d'abord et les autres ensuite. Il capta derrière lui un court grondement du chien mais celui-ci s'était couché, museau sur les pattes, dans une attitude rappelant étrangement Vira.

La porte résista. Or Elie n'était pas d'humeur à supporter qu'on lui résiste. Il donna un grand coup de poing dans le battant, qui fut pulvérisé. La seconde suivante, il vit la femme se jeter sur lui. Il put s'écarter. Pas assez. La longue et large lame lui entra dans le côté droit. Et le cloua au chambranle de la porte fracassée.

Et la femme hurlait :

– Je t'avais prévenu !

Elle recula, la coiffe en bataille, ses yeux noirs élargis, ses seins libres battant sous la chemise. Et puis, à mesure qu'elle le dévisageait, elle parut se décontenancer, perdre de son emportement. Elle monta une main à sa bouche, de l'air de quelqu'un qui réalise qu'il s'est trompé. Elle secoua la tête et dit soudain :

– Tu es Elie Rouch !

Elie abaissa les yeux sur la lame du couteau : elle ne lui avait entaillé que la chair, pas les muscles. La fille dit encore :

– Et tu n'es pas mort !

– Ce n'est pas de ta faute, répondit Elie. Tu as fait de ton mieux.

Il tâta précautionneusement le manche. Mieux valait, pour ôter la lame, tirer bien droit, de façon à ne pas élargir encore la plaie. Il demanda à la fille :

– Tu m'aides ou tu m'achèves?

– Ce n'est pas à toi que j'en avais.

– Alors aide-moi. On tire bien droit, s'il te plaît.

Après une hésitation, elle s'approcha. Ils unirent leurs mains. Elie ouvrit un peu la bouche quand la lame ressortit mais à part cela ne broncha pas. Elle s'écarta :

– Ce n'est pas à toi que j'en avais, dit-elle pour la seconde fois.

– Pose ce couteau.

Elle considéra l'arme ensanglantée qu'elle tenait encore en main et, d'un geste vif, écœuré, l'expédia au travers de la cabane. Il demanda, la déshabillant du regard avec un œil de Rouch.

– Qui es-tu et qu'est-ce que tu fais ici?

Dans le temps qu'elle parlait, il remonta et écarta sa veste de gros drap, son gilet noir, sa chemise : la plaie ne saignait pas trop et c'était une simple blessure en séton, qui n'avait touché que la peau. Mais il écoutait aussi, visage impassible, la fille racontant Joël, Toulouse, leur arrivée, Joël et elle, au village, Joël annonçant sa mort à lui Elie, Joël entraînant tout le village sur les routes, vers le Brésil...

L'œil d'Elie Rouch, tête un peu baissée :

– Il a dit à Anastasie que j'étais mort?

– Il le lui a dit.

Silence. Il s'assit sur l'un des deux tenis de branchages de part et d'autre de l'âtre grossier, semblant avoir oublié jusqu'à sa blessure. Après un moment, il hocha la tête et dit très doucement :

– Continue.

Mal à l'aise, elle se remit à parler. Dit tout de la vente du village, maisons, troupeaux et montagne, conta la scène interminable de la vente, conduite par Anastasie; cita Salabert et Chinchel Fourque.

Mal à son aise, en vérité. Elle n'était pas dupe du calme extraordinaire qu'il manifestait. Elle devinait ce qu'il y avait dessous, une colère monstrueuse, démente, mais glacée. Pour un peu, elle se serait aussi sentie coupable.

Silence encore. Interminable. Il finit par baisser la tête. Demanda :

– Tu voudrais m'aider?

Elle ne put qu'acquiescer, broyée par un chagrin incroyable, rien qu'à le voir, si fort et si malheureux. Et il avait en plus un grand air d'épuisement sur le visage. Il ordonna :

– Va chercher Chinchel Fourque et dis-lui de venir me voir. Ici. Il est sûrement du côté d'Arcousan. Descends dans le ravin du Bibet. Dès que tu le pourras, à main gauche, prends par la hêtraie. Tu vas trouver un autre ruisseau, l'Artigue. Remonte-le en appelant Chinchel.

– Il y a ces deux bergers qui me veulent, dit-elle à voix basse, submergée de honte.

Il secoua la tête comme à un détail sans importance :

– Dis-leur qu'Elie Rouch est revenu, et que s'ils te touchent, c'est à moi qu'ils auront affaire. Va.

Elle hésita quelques secondes, au plus. Mais cette voix qui lui donnait des ordres avait les intonations, l'assurance, la formidable et tranquille autorité de celle d'Anastasie. Elle prit sa cape et sortit. Dehors, marchant, de seconde en seconde, elle fut envahie par une inexplicable mais intense et farouche jubilation, qui lui allégea le pas : ces bergers qui la traquaient avaient maintenant quelqu'un à qui parler...

... Et pas seulement eux. O Diù Biban! je ne voudrais pas être à la place du Joël!

Ensuite, il s'écoula environ quatre heures. Puis un grondement d'alerte monta, émis par la gorge du grand chien gris. Il éveilla Elie, qui entendit la voix distante de Chinchel Fourque :

– Elie, tu es là?

– Entre.

– Moi je veux bien. C'est le chien qui veut pas.

Elie s'arracha au tenis, se mit debout. Depuis le seuil, il apaisa l'animal énorme.

– Ils l'ont appelé comment, celui-là?

– Le chien?

– Qui d'autre?

– Martrou, je crois. Macarel, c'est un monstre. Ça ne peut être que Martrou. Je l'ai jamais tant vu de près.

Chinchel Fourque avait une tête en moins qu'Elie. A cinq mètres à son entour, les yeux fermés, on l'identifiait à son odeur : il puait plus fort que cent bêtes. Mais c'était un berger hors de pair, cela se savait jusqu'à Aulus et Seintein. Tout comme on connaissait sa phobie des puces. Son idée était que les puces lui venaient des moutons, la nuit, sournoisement, pendant son sommeil. Aussi édifiait-il dans chacune des cabanes où il dormait un invraisemblable échafaudage de passerelles compliquées, certaines en ponts-levis, par quoi il finissait par gagner son bat-flanc, ce dernier juché à des hauteurs vertigineuses, à toucher le toit. Il s'était trois ou quatre fois cassé la gueule, mais ça ne l'avait pas découragé.

Il avait apporté une décoction d'alcool et de millepertuis, qu'il déversa sur la blessure d'Elie, écartant les lèvres de la plaie pour y mieux faire pénétrer l'alcool à quatre-vingt-dix. Et ne fut satisfait que lorsque le liquide ressortit par le dos.

– Où sont les autres chiens? demanda Elie.

Chinchel rapporta la tuerie.

– C'était ça ou alors vos foutus chiens nous auraient mangé les nôtres. Déjà que le Martrou nous en a tué deux en même pas deux jours. On a un fusil, remarque, on a cherché à l'abattre. Mais il est rusé comme un notaire. Je suis content que tu sois là pour le tenir.

Et de raconter comment Martrou ne cessait de rôder autour des troupeaux anciennement Rouch et Raufaste, en égorgeant chaque nuit l'un de ces chiens étrangers qui lui avaient volé son poste. Pire que six loups, à lui seul. Chinchel dévisagea Elie qui lui paraissait un géant.

– Joël disait que tu étais mort.

– La preuve.

– J'ai des bêtes à toi, dit alors Chinchel. Tes bêtes que ta mère n'a pas voulu vendre.

Il lâcha l'information avec de la gravité, et presque de la jouissance. Lui et ses hommes s'étaient déjà entretenus à n'en plus finir de cette vente inouïe d'un village entier, comme devaient le faire pas mal de ceux du haut Salat : un événement pareil allait alimenter les veillées pendant des lunes.

... Mais *yo imbasio!* il semblait bien que l'histoire ne fût pas finie! Le retour du Rouch changeait tout. En l'apprenant de la bouche de la Bethmalaise, Chinchel avait aussitôt compris ce que ce retour signifiait : à coup sûr des rebondissements palpitants. Et lui Chinchel était sur le devant de la scène. Rien qu'avec ce qu'il était en train de vivre, il pourrait manger gratis tout un hiver, invité çà et là pour raconter. Il guetta donc le visage d'Elie Rouch à cet instant où il lui rapportait cette dernière nouvelle. Il fut déçu. Et raconta plus tard : « Voilà un homme qui rentre après sept ans, qui apprend qu'il n'a plûs de village, plus de famille, plus rien, et surtout plus de montagne. Et moi je lui apprends qu'il lui reste quand même son troupeau. Il pourrait en être content. Or, il ne bouge pas, il ne dit rien. Ça se voit : il a déjà le Joël dans la tête, le Joël et rien d'autre. En vrai, la seule... »

En fait la seule réaction d'Elie Rouch fut de demander :

– Ils ont toujours un cheval, à Angouls ?

« Et c'est alors que j'ai compris », raconta plus tard Chinchel Fourque, « il avait décidé de courir après son village... »

4

Il y avait alors à Seix un certain docteur Bordès-Pagès qui ne s'occupait pas que de médecine. Il était ou allait être un homme politique, maire et sénateur. A ce titre, et par une passion naturelle pour ce qu'il nommait le progrès, il était l'un des initiateurs et apôtres du grand projet touchant la vallée du haut Salat : une liaison entre Toulouse et l'Aragon. Autrement dit relier Saint-Girons à Lérida, en premier lieu par une route, puis dans un second temps, par cette merveille des merveilles : le chemin de fer. A cette fin, il conviendrait de creuser un tunnel sous le port de Salau. Bordès-Pagès s'enthousiasmait à cette perspective, qui pourrait faire du haut Salat, et de tout le Couserans autre chose qu'un cul-de-sac oublié des hommes.

Le dimanche 13 avril 1856, comme il le faisait d'ailleurs souvent, il avait chez lui quelques notables pour leur assener ses convictions et obtenir leur appui.

On vint le prévenir qu'un homme aspirait à le voir, qui s'appelait Rouch. Il se trouva face à un très impressionnant gaillard aux yeux clairs qui, pour un mountagnol, s'exprimait tout à la fois dans un français châtié et d'une voix curieusement douce :

– Je m'appelle Elie Rouch et c'est le notaire Nougarol que je souhaiterais voir. On m'a dit qu'il était chez vous.

Il devait être trois heures, ce dimanche. L'œil du médecin repéra les taches de sang sur le gilet et la chemise :

– Montre-moi ça.

– C'est le notaire que je veux voir. Je suis pressé.

– L'un n'empêche pas l'autre. Déshabille-toi. Et tu parleras à Nougarol pendant que je te soignerai. Sauf si tu ne veux pas que j'entende ce que tu as à lui dire.

Le mountagnol haussa les épaules. Il se mit torse nu, révéla un poitrail ébouriffant tel que Bordès-Pagès n'en avait jamais vu : pas une once de graisse, chaque muscle ciselé, l'attache fine et une largeur d'épaules à donner le vertige.

– C'est un bougre de coup de couteau qu'on t'a donné là.

– Un accident.

Nougarol était le notaire devant qui la vente à Salabert avait été conclue. Au physique, une petite chose noire à pisser froid un jour de canicule. Pour lui, tout était en règle, il ne pouvait être question de revenir sur cette vente.

– Elie, votre père a signé pour vous, grâce à ce papier que vous lui avez laissé avant de partir aux armées. Sa signature vaut la vôtre. Il n'y a plus un pied carré de cette montagne qui vous appartienne. A part ce troupeau et votre maison, que votre mère n'a pas voulu vendre... Maintenant, c'est une affaire entre vous et votre famille...

– Je comprends.

Le calme du mountagnol stupéfia aussi bien le

médecin que le notaire. Ils le virent même sourire et en éprouvèrent simultanément le même malaise.

– Je comprends, répéta Elie Rouch. C'est avec ma famille que je dois m'expliquer.

Bordès-Pagès lui confirma que sa blessure n'était pas trop grave, qu'elle serait guérie en trois ou quatre semaines, à condition que la gangrène ne s'y mît pas. Et bien sûr, il ne fallait rien faire qui pût contrarier la cicatrisation. « Ne te mets pas à abattre des arbres, par exemple... »

En réponse à ce qui se voulait une boutade, pas très adroite au demeurant, il reçut un regard vert qui le laissa interdit :

– Je n'ai plus d'arbres à abattre, dit Elie Rouch de sa voix tranquille. Puisque je n'ai plus rien. Combien je dois vous payer?

– Rien. Tu as assez d'ennuis comme ça.

Sourire : « Non. Je paie toujours ce que je dois. » Il posa deux pièces d'un franc sur une table et s'en alla. Intrigué, Bordès-Pagès sortit derrière lui. A la grille du jardin, en bout d'allée, non pas un mais trois chevaux attendaient, pour un seul cavalier.

– C'est juste ce qu'il te faut, des cavalcades, avec ton trou au flanc. Et tu comptes aller les chercher où?

Pas de réponse évidemment. Le grand gaillard tournait le dos, suivant l'allée de son pas de colporteur.

« S'il le faut jusqu'à Bayonne », se répondit à lui-même le médecin.

Les trois chevaux étaient noirs et de pure race mountagnole, dite de Mérens : petits, la tête forte, la jambe grêle et couverte de poils; ils ne payaient pas de mine et l'on n'en aurait pas donné dix francs. Mais ils avaient de l'agilité, du feu et surtout de l'endurance à n'y pas croire; et il en fallait, à eux à qui l'on demandait de passer les hivers sur les crêtes, en équilibre, en mangeant de temps à autre. Si le Rouch en avait pris trois, dans l'écurie de l'auberge Biros, à Seix (celui emprunté à Angouls ne valait pas tripette), ce n'était pas par fantaisie : il comptait passer de l'un à l'autre, sitôt qu'il les sentirait fatigués de transporter ses quatre-vingt-cinq kilos. De façon à pouvoir galoper sans trêve.

Il ne pensait pas devoir aller jusqu'à Bayonne. Le village n'avait pas tant d'avance, n'étant parti sur la route que depuis trente-six heures. Au pis, il le rattraperait à Salies-du-Salat. Et je te les ferai rentrer à coups de pied au cul, nous retournerons voir Nougarol et nous retrouverons notre montagne.

Quant à Joël...

Il quitta Seix au grand galop du premier de ses trois chevaux noirs, tenant les deux autres par la bride. A l'heure où l'on sortait des vêpres.

Et ç'allait vraiment être quelque chose, que cette poursuite à venir.

5

A la même heure ou peu s'en fallait, il arriva quelque chose de vraiment surprenant dans la tête de Jeanne-Marie. Cela se produisit au moment où Chinchel disait :

– Ils ne te toucheront plus (il parlait de ses deux bergers qui avaient poursuivi la jeune Bethmalaise depuis le village jusqu'à la cabane et s'étaient alertés l'un l'autre, en la découvrant tapie au col de Pause, d'un hilhet triomphal qui avait été capté par Elie Rouch). Pas de danger, tu n'as plus rien à craindre. Tu te promènerais encore toute nue, comme tu l'as fait hier matin où nous... où ils t'ont tous vue, tu le ferais encore qu'ils tourneraient vite la tête et ne penseraient plus à rien qu'à leurs chèvres. (Et d'ailleurs moi aussi, pensa-t-il.) Ils ne sont pas fous : du moment que l'Elie a l'œil sur toi, c'est comme si tu serais devenue invisible. Il faudrait avoir la tête bien malade pour prendre le Rouch de front. Moi qui te parle, quand il avait même pas vingt ans, je l'ai vu enfoncer des gros clous à coups de poing. Un coup par clou. BANG ! Et c'étaient des clous de quatre pouces. Ça ne te donnait pas envie d'y mettre la tête. Son père Eloi a un jour soulevé une vache, pour la Saint-Luc à

Seix. Elie, lui, soulèverait la même vache avec Eloi dessus.

Chinchel Fourque cligna de l'œil, ce qui ne le rendit pas plus appétissant :

– Non, tu restes là, dans cette cabane, autant que tu le voudras. Ou tu descends chez lui, en bas. Ça te regarde. On a dû tuer une bête, ce matin, à cause qu'elle s'était cassé la patte. Ce soir, je t'apporterai de la viande. Et du lait. Il y a autre chose dont tu as besoin ?

– Du bois pour le feu, s'entendit dire Jeanne-Marie. De l'allume, j'en ai. Mais c'est les bûches...

Elle éprouvait un enivrant sentiment d'orgueil et de toute-puissance. Pour la première fois de sa vie, quelqu'un se mettait à son service. Et un homme, en plus...

Chinchel hocha la tête :

– On t'apportera du bois aussi.

– Et du fromage, dit Jeanne-Marie qui commençait à se demander jusqu'où elle pouvait aller.

– Chèvre ou brebis ? demanda Chinchel.

– Les deux.

– D'accord.

Il passa le seuil de la cabane, un œil inquiet en direction du chien Martrou. Jeanne-Marie sentit qu'elle devait le raccompagner un peu, par courtoisie de maîtresse de maison. Dans le ravin en bas, les deux bergers qui avaient tant voulu la trousser avaient réapparu, sortant du couvert où ils s'étaient cachés, sitôt qu'ils avaient vu monter Elie. Elle ricana intérieurement : ah ! ils ne faisaient plus tant les farauds, à présent !

... Mais la petite mécanique – encore inconsciente – qu'elle avait dans la tête, la poussa à demander :

– Il avait une promise, avant de partir soldat ?

Chinchel se mit à rire :

– Il en avait bien trente ou quarante. C'est un Rouch, et c'est tout dire : pour le jupon, meilleur encore que pour le loup. Mais trente ou quarante, tu vois que ça ne compte pas. Et d'ailleurs, pourquoi tu t'inquiéterais ? Il est monté tout droit te rejoindre, à peine il était arrivé. C'est toi qu'il voulait voir et pas une autre.

La curiosité dévorait littéralement Chinchel qui se demandait où, quand, comment l'Elie et la grande Bethmalaise aux allures de caraque avaient bien pu se connaître. Car ils se connaissaient, sur ce point pas de doute : la fille était restée seule à attendre, après le départ du village, de ce même village où elle était arrivée quelques jours à peine avant qu'Elie ne s'en revienne de Crimée. C'était sûr qu'elle savait qu'il allait rentrer, ou du moins qu'elle l'espérait. Quant à Elie, c'était également vrai qu'il n'avait rien eu de plus pressé que de monter jusqu'à Pause pour la retrouver. Probablement qu'ils y avaient rendez-vous, tous les deux. D'ailleurs, Elie avait bien dit aux bergers de ne surtout pas la toucher. Sauf à risquer d'avoir affaire à lui. C'était une preuve, ça. Et puis, elle était belle, cette fille. Plus on la regardait, et plus on le voyait...

Il s'en alla. Pour Jeanne-Marie, elle réussit un moment à demeurer imperturbable, et digne Mais sitôt revenue dans sa cabane, elle s'abandonna à la joie qui l'étouffait presque. Elle éclatait d'orgueil. C'était à n'y pas croire, ce respect dont on l'entourait soudain, toute sa vision du monde, et de sa place à elle dans ce monde, en était bouleversée.

... Et tout cela parce que ces pétras de bergers la croyaient avec Elie...

Ce fut le premier stade de sa réflexion.

Le second ne tarda guère. Elle s'était mise à nettoyer la cabane. Par pur réflexe : rester inactive la faisait se sentir coupable. Avec des branches, elle se confectionna un balai et commença de faire voler la poussière en tous sens.

Il lui fallut du feuillage frais pour renouveler les tenis. Elle sortit, découvrit que le chien était encore là. Si c'était bien un chien : on aurait pu croire qu'ils étaient trois ou quatre l'un sur l'autre.

– Martrou?

C'était son nom, d'après Chinchel. Le chien ne bougea absolument pas, à vingt mètres d'elle. Une statue comme sur la place à Toulouse.

– Viens, Martrou, viens.

Elle aurait aussi bien interpellé un tronc d'arbre.

– Va au diable, espèce de monstre. Tu es bien un chien de Rouch. Et si tu crois que j'ai peur de toi, tu te trompes.

Pour preuve de sa parfaite tranquillité d'esprit, elle fit exprès de passer tout près de lui. Il bougea les yeux mais rien d'autre. Elle se mit en quête d'un taillis de hêtres ou de n'importe quoi qui eût du feuillage. Du sapin, idiote. Elle dut descendre jusqu'au ravin du Bibet, en vue directe des bergers en mal de tendresse. Ce n'était pas pour lui déplaire, dans la mesure où cela lui offrait l'occasion de réaffirmer son invulnérabilité nouvelle. Ah! ah! on a peur du Rouch, hein?

La queue entre les jambes, ces salopiots!

Elle rit, enchantée d'elle-même. Elle poussa même la hardiesse jusqu'à narguer les deux bestiasses accrochés à leur houlette : chantonnant gaiement, prenant son temps pour choisir ses ramées... sans négliger de faire saillir ses seins –

suffisamment gros et bien pointus, que Dieu me bénisse! – à chaque fois qu'elle se hissait sur la pointe des pieds. Je vais te leur faire tirer la langue jusqu'à ce qu'elle traîne par terre!

Elle remonta la serre en balançant du mieux possible ses hanches rondes, aidée en cela par les mouvements de sa lourde jupe. En haut, le chien n'avait toujours pas bougé, s'il l'avait sans doute suivie de l'œil. « Grand bien te fasse. Pour moi, tu peux rester là cent ans. »

Elle se remit au travail.

S'arrêta net.

Avec dans l'oreille la voix d'Anastasie : « Petite, je ne sais pas comment on t'a appris à faire le ménage, à Bethmale. Mais quand je parle de nettoyer, ici, ça veut dire nettoyer partout. Partout. Comme quand on se lave. »

Elle considéra d'un œil lucide le résultat de ses premiers efforts. Ouais. « D'accord, Jeanne-Marie, il ne te reste plus qu'à recommencer. Parce que quand il va rentrer et qu'il verra combien tu es sale, habitué qu'il est par l'Anastasie, il ne te regardera même pas... »

Elle reprit sa tâche avec une énergie décuplée, proprement féroce, ôta jusqu'aux bat-flanc et jusqu'aux pierres du foyer central, noircies par cinq ou six cents ans de feu de bois. Alla en chercher des neuves, toutes propres, en charria bien deux cents kilos en tout. Elle était forte, sous sa minceur de grande bringue. Allant et venant, elle monologua avec le grand chien gris, toujours aussi taciturne. Mais il restait là, et cette présence muette, immobile, somme toute, la rassurait : aucun loup, à deux ou quatre pattes, ne viendrait troubler sa quiétude.

Il lui fallut pas mal de temps pour, enfin, prendre conscience du point où l'avait conduite sa petite mécanique intérieure.

Ce coup-ci, elle ne s'arrêta pas.

Elle se figea.

– Pas de doute.

Elle avait envie, très envie, qu'Elie Rouch la regarde...

Que puto...

Le troisième degré de sa réflexion prit place à la tombée de la nuit, avec la réapparition de Chinchel Fourque. En réalité, elle entendit le majoural hurler :

– Dis à ton chien de ne pas me regarder comme ça!

Elle sortit, ahurie, et découvrit qu'en effet Martrou avait pris position à trois mètres de l'entrée de la cabane. Décidé d'évidence à en interdire l'accès à quiconque. Face à Chinchel, il ne grognait pas, non. Simplement il soulevait négligemment une babine, un coup l'une, un coup l'autre, montrant ses crocs gigantesques. Pas un bruit, juste les crocs. Et l'air de ricaner et de dire : « Essaie un peu, pour voir... »

– Ce n'est pas mon chien, dit Jeanne-Marie.

– Alors, qu'est-ce qu'il fait avec toi? Dis-lui de me laisser passer

Jeanne-Marie alors agit sous l'impulsion du moment, sans réellement avoir conscience de ce qu'elle faisait. Ce fut un geste machinal. Elle marcha vers le chien et le saisit par son collier de fer à pointes. « Reste tranquille, Martrou. C'est un ami. » Elle pesait dans les quarante-huit kilos et le chien passait largement les soixante-dix. Si Martrou l'avait voulu, il l'aurait aisément transportée jusqu'au sommet du Fourmiguet, à moins de se décider à la consommer sur place. Mais il parut se calmer et même se coucha tranquillement sur le flanc, son œil intelligent regardant ailleurs, comme s'il pensait : « Je m'en désintéresse. »

– Entre donc, dit Jeanne-Marie à Chinchel, qu'est-ce que tu attends?

Chinchel avait apporté de la viande, un sac de bûches, deux fromages, un gros morceau de pain, un porron de petit-lait. Il considéra la cabane avec stupéfaction :

– Qu'est-ce que tu as fait à cette cabane?

– Nettoyée. Et moi, quand je nettoie, je nettoie partout.

L'œil du majoural la scruta :

– Parce qu'Elie et toi allez habiter ici?

– Nous n'avons pas encore décidé, répondit Jeanne-Marie avec un aplomb qui, en d'autres circonstances, l'aurait stupéfiée elle-même. D'autant qu'elle ajouta : « Nous verrons quand il aura ramené son village. » Elle désigna l'espèce de table qu'elle avait fabriquée, posant des planches sur des piliers de pierres sèches : « Pose tout là. Mais je n'ai rien pour allumer le feu. »

Il lui laissa son propre briquet. Et savait-elle quand Elie allait revenir avec son village?

Non. Elle fixait Chinchel sans le voir vraiment, déconcertée et même étourdie par sa propre audace, par ce mouvement irrésistible qui se produisait en elle et lui faisait dire de telles choses. Mais le majoural, recevant ce regard et le trouvant farouche, l'interpréta comme un signe de ce qu'elle voulait le voir partir. Il partit. C'était vrai qu'à contempler cette grande fille à la peau brune, il la trouvait de plus en plus belle, en dépit de son air un peu sauvage, ou peut-être à cause de lui. Elle le surprenait à tous égards, ce n'était pas une fille ordinaire. Forcément : puisque le Rouch s'intéressait à elle et l'avait choisie...

De ce choix qu'Elie Rouch aurait fait, Chinchel trouva une nouvelle preuve dans l'attitude du chien Martrou. Martrou montait la garde auprès de la fille et lui obéissait. Un chien de Rouch et de Raufaste, pourtant, ne se laissait pas approcher par n'importe qui, Dieu sait...

... Et dire que je l'ai vue nue...

Restée seule, Jeanne-Marie commença par allumer le feu. L'odeur de la viande grillée lui fit découvrir qu'elle mourait de faim. Elle mangea les yeux écarquillés sur la nuit qui tombait. Elle pensait à Elie Rouch, ne pensait qu'à lui. Et se trouvait maintenant confrontée à ses mensonges. Dont elle n'était pas si responsable : elle n'avait jamais prétendu être la promise d'Elie, c'était Chinchel lui-même qui avait le premier avancé cette idée. Tout au plus s'était-elle gardée de le contredire, puisqu'elle y trouvait tant d'avantages...

Or à présent...

La petite mécanique poursuivit son petit bonhomme de chemin, dans sa tête. Elie allait revenir, avec son village (elle en était certaine), ayant entre-temps cassé le Joël en petits morceaux (ce qui ne me fera pas de peine, il ne l'aura pas volé, ce menteux). Il allait rentrer, il serait là. Elle le vit, presque comme si c'était vrai, là devant elle, avec ce couteau qu'elle lui avait planté dans le ventre, la fixant de ses yeux tout aussi verts et fascinants que ceux de Joël, disant de sa voix si douce : « Tu m'aides ou tu m'achèves?

Il est mieux que le Joël, mille fois mieux. Peut-être il est un peu moins beau, mais ce n'est pas ce qui compte...

Le froid du col de Pause sous la lune entrait dans la cabane sans porte. Avec une prodigalité qui lui donna quelques remords, elle rajouta une bûche au feu, une belle bûche de hêtre, à l'écorce blanche et dorée piquetée de tachules de son.

Il n'a pas de promise.

Et à supposer que tu sois un homme, Jeanne-Marie... A supposer simplement. Tu es un homme et un jour tu vois une fille qui te plaît, dont tu sais tout de suite qu'elle est pour toi, pour toujours, que c'est elle et pas une autre... qu'est-ce que tu fais? Tu lui cours derrière, tu fais le beau, tu essaies de lui plaire, de lui faire dire oui.. Sans honte. Tout le monde trouverait ça normal...

Dès lors, elle ne fut plus très loin de la conclusion de cette réflexion en trois étapes, de cette conclusion à laquelle elle allait se tenir, avec une belle obstination, dans les jours et les semaines à venir. Elle y vint, à cette même conclusion, tandis qu'elle se pelotonnait dans sa cape de bure, sur un tenis remis à neuf et qui fleurait bon la forêt. L Elie était l'homme qu'il lui fallait...

... Et ce ne devait quand même pas être si difficile d'avoir un homme, quand on en voulait vraiment un. Depuis que j'ai douze ans, ils sont tous à me poursuivre, pour me trousser, ils me regardent tous avec des yeux qu'on dirait des loups affamés, ça doit bien vouloir dire quelque chose. Et celui-là que je veux ne voudrait pas de moi? Il est bâti comme les autres...

... Mieux que les autres.

Il te le faut, Jeanne-Marie. C'est dit.

Dehors, le chien s'absenta deux heures. Le temps de galoper sans bruit jusqu'à la serre du Japtoï, de se glisser comme une ombre, de surgir à l'arrière de l'un des chiens attachés au pariau de

Chinchel Fourque. Il le prit à la nuque, serra à broyer et un seul coup de mâchoire suffit.

Alertés par les abois des autres, les bergers se dressèrent, sortirent, l'un d'entre eux avec un fusil. Martrou fila comme la foudre, le cadavre chaud dans sa gueule. Il attendit à distance le retour au calme puis, à la façon des loups, s'en prit à la carcasse et en mangea un morceau ou deux.

Après quoi, il s'en revint reprendre position à la cabane où dormait la fille, dont l'odeur lui plaisait beaucoup. Il s'allongea, tête sur les pattes allongées, une espèce de phosphorescence dans ses yeux jaunes, lui aussi dans l'attente.

6

Le village atteignit le Mas-d'Azil vers deux heures de l'après-midi, ce même dimanche 13 avril. Et les yeux des femmes s'écarquillèrent, à découvrir toute cette richesse. Pour elles, dont la grande majorité ne connaissait rien d'autre que la terre de montagne où elles étaient nées, avaient grandi, s'étaient mariées sans jamais descendre au-delà de Seix (sauf pour quelques-unes qui, jeunes filles, étaient allées pieds nus moissonner à Saint-Gaudens), le spectacle de cette fertilité du sol et de l'accommodement des maisons fut d'ores et déjà comme l'annonce d'un nouveau monde. Une terre presque plate, sans rochers, était déjà une surprise, mais que dire de ces étendues de vignes en hautain, complantées parmi les prés et les champs? et de ces maisons fleuries, de ces vaches en abondance? Elles chuchotaient entre elles, réveillant la vieille jalousie à l'encontre de leurs propres hommes qui, grâce au colportage, avaient pu des années durant connaître ces merveilles.

On n'avait pas marché vite : cinq heures pour couvrir quatorze kilomètres. Mais une charrette avait versé par deux fois et le moyeu d'une autre avait cassé net, heureusement à deux pas de Clermont où était une forge. Joël commençait à s'inquiéter : à une telle allure, ils ne seraient jamais à Pailhès le soir, comme c'était prévu.

– Il y a encore combien? demanda Boussut.

Joël n'eut même pas à consulter ses notes, il les savait par cœur :

– Une lieue et demie jusqu'à Sabarrat, et moins de deux autres jusqu'à Pailhès.

– On pourrait passer la nuit à Sabarrat?

Mais cela n'aurait servi à rien, sinon à allonger l'étape du lendemain. Il avait été trop optimiste quant à la capacité du village à se déplacer. Trente-neuf kilomètres, disons dix lieues, ne lui avaient pas paru insurmontables, pour un parcours d'une journée. Il s'était fondé sur la vitesse relative avec laquelle on était allé du village à Saint-Lizier. Mais c'était compter sans l'état de la route, sans les péripéties, sans surtout la déjà perceptible retombée de l'enthousiasme du village. On commençait à être loin de la fierté joyeuse avec laquelle on avait défilé dans Seix et Saint-Girons. Les jambes se faisaient lourdes et, pis que cela, avec son intuition des foules, Joël lisait sur certains visages les signes avant-coureurs d'un doute, quant au bien-fondé de l'aventure. Elie absent, jeter le village sur la route avait été dérisoirement facile, infiniment plus qu'il ne s'y était attendu. C'était autre chose de l'y garder...

... D'autant que le reste de l'étape se révéla un autre calvaire. Jusqu'à Sabarrat, tout alla à peu près bien, à ceci près qu'il dut consentir une autre halte : deux des plus jeunes enfants, d'abord le dernier-né de Romaine Rouch et Pierre Caoussinat, puis un autre, qui était de la portée Pérette Raufaste-Vincent Perdigou, se mirent à vomir. Une demi-douzaine d'autres s'empressèrent stupidement de les imiter. Il fallut courir la campagne, à la recherche de Dieu savait quelles herbes réclamées par Alida Pujol, dite Moussa, mère d'Anastasie. Près d'une heure de perdue.

Mais le pire vint après Sabarrat, après la traversée de l'Arize quand, longeant le ruisseau de Menay, on repartit à monter vers Pailhès. Dans l'espoir de gagner un peu de distance, Joël choisit de couper droit, malgré l'avis contraire que lui avait donné l'agent de Salabert. On trouva une piste où une mule ne se serait engagée qu'à coups de pied au cul. A plusieurs reprises, on dut entièrement décharger les charrettes et leur faire franchir des crêtes rocheuses en les poussant, les portant même, à vide. Il fallut ainsi près de trois heures pour les sept derniers kilomètres. On arriva à Pailhès à la nuit, dans un mutisme général qui en disait long.

Et Joël prit les devants. Il le devinait : il ne faudrait plus grand-chose pour que le village, de lui-même, décidât soudain de revenir en arrière. Un mouvement se dessinait déjà, dont le Bardu et Daniel Rouch pouvaient à tout moment prendre la tête, même s'ils ne le savaient sans doute pas encore eux-mêmes. Ces deux-là lui parurent les plus dangereux.

– Il y a quelque chose qui m'inquiète, dit Joël aux hommes assemblés. Il s'agit de Gardouch. On n'en est plus très loin, certes, même pas quinze lieues. Mais on n'avance pas très vite. On serait une heure en retard seulement, après-demain soir, qu'on risquerait de tout rater. Et nous perdrions tout l'argent déjà versé, que j'ai versé en notre nom à tous...

Ce « en notre nom à tous » suggérant qu'il leur réclamerait forcément, à tous, l'argent perdu par leur faute. Argument de poids. La discussion qui s'ensuivit dura une demi-heure, dans la lumière dansante des feux allumés à l'orée d'un bois au long de la route de Foix à Toulouse. Discussion à laquelle Joël s'abstint rigoureusement de prendre part, laissant agir Boussut.

Pour finir, on décida d'expédier en estafette deux des hommes du convoi, qui auraient pour mission de précéder le village et de parvenir à Gardouch au plus tard le mardi midi, pour ne pas prendre de risques. Et ils ouvriraient en outre la route, préparant les étapes. Furent choisis dans un premier temps le Bardu et Jérémie, un représentant de chaque famille, également marcheurs forcenés et hommes dont le visage inspirait la confiance.

Dans la soirée cependant, Joël parvint à substituer Daniel à Jérémie. Autant dire qu'il se débarrassa ainsi de ceux qu'il redoutait le plus. Outre qu'ayant ainsi dépêché un détachement précurseur, le village serait bien forcé de le suivre, tiré en avant.

Il s'endormit tranquille.

N'ayant pas la moindre idée de ce qu'il venait de commettre sa première erreur.

A vouloir trop bien faire.

7

Elie fut à Salies-du-Salat vers dix heures du soir, le dimanche 13. Peu de maisons étaient encore allumées. Mais de celle devant laquelle il arrêta ses trois chevaux, au début de l'allée d'Austerlitz un homme sortit au bruit des sabots. Il leva sa lanterne pour identifier le nouveau venu et s'exclama :

– Elie ? Tu es donc rentré de l'armée ?

Il s'appelait Jules Vianès et était l'oncle d'Elie, pour avoir épousé la jeune sœur d'Anastasie. A Salies, il s'occupait de grains et de fourrage, et passait pour être riche. D'ailleurs, il avait six chevaux de selle, un tilbury vert et rouge et une grande maison à deux étages. Il écouta Elie avec de l'ébahissement, qu'est-ce que c'était que cette histoire d'un sien neveu galopant sur les routes en pleine nuit pour trouver son village ?

– Elie, tu es sûr que les Russes ne t'ont pas donné un grand coup sur la tête, à Sébastopol ?

Il ravala aussitôt son sourire en recevant par le travers de la figure un regard à vous glacer les sangs. Vianès pensait que tous les Rouch, pris dans leur totalité ou à titre individuel, étaient complètement fous et sauvages. Presque autant que sa belle-sœur Anastasie qui en avait épousé un. Alors qu'elle aurait pu l'épouser, lui, ou l'un des fils Eychenne... Il s'était quant à lui rabattu sur la cadette des Pujol faute d'avoir pu obtenir l'aînée.

– En tout cas, ils ne sont pas passés par Salies, reprit-il. On les aurait vus. A soixante-dix ou quatre-vingts, comment veux-tu qu'on ne les remarque pas ?

Et d'ailleurs, s'ils étaient encore à Saint-Girons la veille, le samedi, ils n'auraient que difficilement pu se trouver à Salies quelques heures plus tard. Ils n'avaient même pas de chevaux de selle. Et il y avait tout de même six lieues entre les deux villes.

– Ils ont cinq charrettes et six lieues ne sont sûrement pas pour leur faire peur. Ils sont peut-être passés sans qu'on les voie.

Vianès consulta sa grosse montre, qui indiquait dix heures et quelque. Il aurait dû être au lit depuis longtemps, avec toute cette garbure qu'il avait mangée. Mais c'était plus que probable que son grand diable de neveu allait rester planté devant chez lui jusqu'aux matines. Et puis, lui-même, il commençait à éprouver de la curiosité : tout un village courant les routes, en pleine nuit, dans la direction du Brésil, c'était un événement pour le moins extraordinaire.

– Je selle un cheval, dit-il.

D'abord un tour dans tout Salies, partout où il y avait de la lumière. Et de frapper aux portes et de demander : « Mille excuses de survenir à une heure pareille, mais vous n'auriez pas vu passer un village, par hasard ? » Jules Vianès sentait un fou rire nerveux le gagner. Farceur à froid au naturel, il avait toujours soigneusement entretenu sa réputation de joyeux drille, un vrai pendard, qui lui faisait du bien dans son négoce. Cette histoire-là lui vaudrait d'être accueilli dans les fermes avec enthousiasme, et il aurait de meilleurs prix. Sans compter qu'il n'eût pas détesté de revoir Anastasie, surtout assise dans une charrette, en émigrante, aux côtés de son foutu Rouch, alors qu'il s'était si fortement embéguiné d'elle trente ans plus tôt.

Leur exploration de Salies terminée, ils firent un temps de galop d'abord jusqu'au Bout-du-Pont, à l'est, puis jusqu'aux Bourdasses, dans l'ouest.

Rien.

– Elie, rentrons dormir. On n'y voit goutte. On pourrait passer à côté d'eux sans les apercevoir, même s'ils étaient peints en rouge.

Mais ils allèrent aussi à Saint-Copin. Rien.

– Elie, cette fois, on rentre. Demain il fera jour. Et je mettrai mes commis sur l'affaire. Regarde-moi la figure que tu fais, on dirait un cadavre. Tu as besoin de dormir.

Le lendemain matin, levé à cinq heures, Vianès trouva son neveu déjà debout. Ils déjeunèrent ensemble de grosses *pouscajous* – crêpes de blé noir – accompagnées d'eau pour le mountagnol et de vin bu à galet par le négociant. Vianès avait une carte, obtenue d'un officier de ses amis. Ils s'y penchèrent ensemble. Le problème était simple : en quittant Saint-Girons pour aller dans n'importe quelle direction à l'ouest ou au nord-ouest, on devait nécessairement suivre la vallée du Salat et donc traverser Salies.

– Vois toi-même, Elie. Tu m'as bien dit qu'ils devaient s'embarquer à Bayonne? Alors, c'est la route droite. D'un côté et de l'autre, ils auraient trouvé de la montagne, et avec les charrettes... Non, tu as raison : ils auront passé Salies sans être vus. Avec le Joël à leur tête, lui qui a une malignité d'enfer, ils sont capables de tout.

Entre autres transactions commerciales, Vianès avait fourni en fourrage et en chevaux castillonnais l'armée d'abord royale puis, républicaine et maintenant de nouveau impériale. Si bien qu'à fréquenter les états-majors, il avait contracté du goût pour les opérations militaires. Celle-ci en était une. On décida de grandes manœuvres : un premier commis à cheval suivrait la route du Salat, vers Fourc, Boussens et Martres-Tolosane; un deuxième se rendrait à Mane et vérifierait les deux routes qui en partaient, sur la gauche, surtout celle qui, par Figarol, Montespan et Pointis-Isnard, conduit tout droit à Saint-Gaudens; lui, Vianès, se chargerait de l'itinéraire le plus logique : Montsaunis, Saint-Martory et Lestelle – il y avait affaire de toute façon – et pour finir il se rabattrait plein ouest, à suivre la Garonne jusqu'à Estancarbon, où il ferait jonction avec le commis contrôlant le Sud; pour plus de sûreté on employa jusqu'au garçon d'écurie, à qui il fut demandé de pousser une pointe en direction de Betchat et Fabas, carrément dans l'Est.

Cela tournait à la battue, cela se sut et dans Salies que l'aube éveillait, on commença de s'attrouper, certains se portant volontaires pour tenir les accoures et prendre le village au débucher.

– Allez donc tous vous faire foutre, leur répondit en souriant Elie Rouch d'une voix tout à fait tranquille.

Cette levée en masse lui hérissait visiblement le poil, qu'il avait d'ailleurs fort érectile.

Quant à lui, pour compléter la manœuvre, il avait choisi de revenir carrément à Saint-Girons, où il avait relevé la dernière trace.

Et Jules Vianès attendit son départ pour annoncer une prime de cent francs à qui retrouverait le Village Disparu.

A Saint-Girons, c'était jour de marché. Si l'on n'atteignait pas tout à fait la presse enregistrée lors de l'une des neuf foires annuelles, fameuses dans toute la région puisqu'on y venait de Toulouse, cela représentait tout de même pas mal de monde. Dans ce concert de population, l'apparition d'Elie sur son cheval fut vite remarquée (il avait laissé les deux autres Mérens dans l'écurie de l'oncle Jules, à Salies). Il n'eut pas à poser de questions : le souvenir du village défilant avec ses cinq charrettes occupait toutes les mémoires et les conversations; tout le monde l'avait vu passer, ou le prétendait. On lui fit un compte presque exact de la caravane : soixante-quinze personnes, dont un curé. Oui, Ségalas. Que le curé de Coufflens fût aussi de l'équipée ne surprit pas trop le Rouch : il avait sur Ségalas l'opinion de sa mère. Mais il fallait décidément qu'un vent de folie leur eût à tous soufflé dessus.

Il obtint audience de M. Laurent Pujol Soi-Même, son grand-oncle puisque Anastasie était sa nièce. C'était ce même Laurent Pujol sur le bureau Empire de qui Joël avait pissé douze ans plus tôt :

– Elie, autant te dire tout de suite que rien de ce que ton frère peut entreprendre ne saurait m'abasourdir. La chose qui m'étonne, à son propos, c'est qu'on ne l'ait point encore pendu, ou décapité. Mais je continue d'espérer, Dieu me rendra un jour justice. Non, je n'ai pas vu moi-même passer ton village. Mais Rivel, si. Ton cousin. Il leur a même parlé.

Elie repartit pour Saint-Lizier. A la papeterie Bergès où Rivel était donc contremaître, on travaillait de six heures du matin à six heures du soir, à peine douze heures par jour et six jours par semaine. Le progrès social était passé par là, depuis l'ordonnance de septembre 1840, prise avec la révolution de Juillet. Avant cette dernière, on faisait quatre-vingt-quatre heures en six jours et voilà qu'il était même question de réduire encore les horaires, pour les ramener à dix heures de travail quotidien.

– Autant dire qu'on ne fera plus rien, maugréa Rivel, indigné par cette fainéantise générale.

– Je m'en fous complètement, dit Elie. Tu les as vus ou non ?

Oui. Il avait parlé au Boussut, à Daniel, au Bardu, à Jérémie, à tous en fin de compte. Il leur avait tiré les vers du nez, avec sa matoiserie coutumière. Avait appris qu'ils devaient être à Bayonne vers le 25 du mois.

– Et Joël ?

Il n'avait pas trop parlé à Joël, c'était vrai. Bien sûr, on savait Joël malin mais lui Rivel Auguste, qui lisait les gazettes, n'était pas tant couillon non plus. A preuve qu'il avait obtenu de lire la lettre...

Quelle lettre ?

Celle écrite par un dénommé André Labadie, de Bordeaux, dans laquelle Labadie citait le nom du bateau, un steam-ship, la *Louisiane,* qui appareillait de Bayonne le 30 avril au matin.

– Tu as vraiment lu cette lettre ?

Le doute qu'il devina dans la voix d'Elie provoqua chez Rivel cette réaction normale des imbéciles qui s'acharnent d'autant plus à prouver qu'ils sont moins sûrs de ce qu'ils avancent. Il mit tout son orgueil à ensevelir Elie sous les détails, prétendument recueillis auprès d'un Eloi ou d'un Jérémie Rouch, du Bardu ou de François Raufaste. Ne cita pas par hasard ces noms-là : il savait qu'à ceux-là Elie accorderait mieux sa confiance. D'ailleurs, par une inspiration qui démontra qu'il pouvait être par moments traversé de lueurs d'intelligence, il ajouta :

– Le Joël a essayé de m'empêcher de leur parler et surtout de lire la lettre, mais c'était trop tard...

– Et tu sais par où ils doivent passer, pour aller à Bayonne ?

– Je leur ai posé la question. Ils ont ri en secouant la tête : « Nous avons un chemin à nous, qui ne passe pas forcément par Pau... » Tu vas vraiment leur courir après, Elie ?

Elie le fixait, le scrutait. Il pensa même à une complicité entre Joël et cette tête à mornifles. Sans y croire longtemps : il est trop bête. Et il n'oserait pas me mentir de front. Pourtant, quelque chose le gênait, qu'il ne put définir. Il avait chassé le loup, et Joël était autrement intelligent qu'un loup.

En bref, Elie flaira un piège...

Reste que ce fut à ce moment-là qu'il prit sa décision. De toute façon, il lui fallait bien choisir. Il remonta à cheval, repartit pour Salies. Y arriva le premier des cinq hommes lancés dans la battue. Mais les autres rentrèrent, également bredouilles. Tous secouant la tête : rien de rien, le village s'était volatilisé.

– Je te l'ai dit, s'exclama l'oncle Jules. Ton cadet est roué comme le diable. Il s'est sûrement douté que tu le poursuivrais et a encore inventé un tour. Qu'est-ce que tu vas faire ?

– Aller à Bayonne. Y arriver avant eux. Les attendre.

Il prit la route dix minutes plus tard, avec ses trois chevaux de Mérens. A l'octroi de Saint-Gaudens, on lui confirma qu'on n'avait vu aucun village, aucun convoi, aucun groupe (Elie avait même envisagé la possibilité que Joël ait divisé le village en plusieurs détachements, pour être moins remarqué). Il poursuivit, sautant d'un cheval à l'autre, toutes les heures, sans jamais laisser retomber l'allure. La nuit le prit à Lannemezan, qu'il connaissait très peu, n'y étant passé qu'une fois et encore quatorze ans plus tôt. Il trouva un abri pour ses chevaux et lui-même dans une grange abandonnée, quelques kilomètres avant Capvern. Y prit le temps de dormir. Quelque moyen que Joël eût pu inventer, grâce à ses trois chevaux il serait sur l'Adour avant le village. Et n'était donc plus à deux heures près.

Mais la sensation diffuse d'un piège, où il tombait, ne cessait d'être en lui.

8

La nuit du dimanche au lundi, et le repos qu'il avait pu prendre, avaient apaisé Joël. J'ai eu un coup de mauvaise bile et rien de plus. L'idée même qu'il pouvait mourir d'une heure à l'autre lui était devenue lointaine, et insignifiante. Après tout, l'essentiel était fait : mettre le village en route en dépistant complètement Elie. Si, par hasard ou mauvaise chance, Elie était rentré entre-temps de sa guerre contre les Moscovites.

Et rentré vivant.

Mais sois honnête, Joël, tu n'aimerais pas trop que les Moscovites susdits te tuassent ton aïnach. Un Rouch est un Rouch et quitte à ce qu'il me lamine un de ces quatre jours, je préférerais le savoir vivant. Je suis vraiment un bonhomme compliqué à comprendre. J'ai de la jalousie pour Elie, un peu de haine, un peu de peur et néanmoins, je ne le voudrais pas mort. Un peu blessé, à la rigueur...

Joël marchait en tête et derrière lui le village s'allongeait sur près de cent cinquante mètres Il se félicita encore de son idée de la veille, d'expédier le Bardu et Daniel en avant-garde, tout le monde s'en trouvait mieux. La route qu'on suivait, d'ailleurs, était presque bonne. Elle longeait le lit d'une rivière dont Joël ne savait pas le nom[1] et allait tout droit plein nord. Avec ce résultat qu'on avait couvert à plus d'une lieue dans l'heure les neuf kilomètres entre Pailhès et le Fossat.

Au Fossat, on tourna à droite – plein est. La première halte de la journée eut lieu deux ou trois kilomètres plus loin, aux abords d'une ferme, dans un endroit appelé Pourgues. Le Bardu et Daniel y étaient eux-mêmes passés deux heures plus tôt, ils avaient annoncé l'arrivée du convoi et, versant un peu de l'argent que Joël leur avait confié, avaient en outre demandé qu'on apprêtât quelque chose à manger, en l'occurrence deux moutons mis à cuire.

Et ce sentiment de progresser désormais sur un chemin reconnu par des éclaireurs, qui préparaient systématiquement les haltes, ne fit pas peu pour rehausser l'humeur du village. Peu avant midi, en ce lundi 14 avril, on eut en vue le château de Durfort, autre repère signalé par l'agent de Salabert. Et même pas cinq heures plus tard, on déboucha dans la vallée de l'Ariège, à Saverdun. Y passait la grande route de Pamiers à Toulouse, creusée par les malles de poste. Mais le village ne s'y tint pas. Il la coupa et continua d'aller au nord-est, vers Calmont. Et l'on n'était pas plus tôt sorti de ce dernier bourg qu'un gamin de sept ans surgit : il avait été aposté à les attendre par Daniel et le Bardu – qui avaient à présent quatre bonnes heures d'avance. Le marmot fit savoir que des bergeries étaient mises à la disposition du village, que le souper aussi était prévu, il y aurait du feu, du pain frais et de la soupe chaude. « J'aurais dû y penser plus tôt », songea Joël. Il entrait de mieux en mieux dans son rôle de chef de caravane.

1. La Lèze.

Ce soir-là, il fit ses comptes. En trois jours, il avait fait parcourir cent dix kilomètres au village; l'état de celui-ci était plutôt bon; itou pour la disposition d'esprit; le Bardu et Daniel, comme ils l'avaient fait ce lundi, prépareraient pareillement la route du lendemain; ils seraient à Gardouch bien à temps; Elie continuait à demeurer invisible, et les risques de le voir paraître diminuaient d'heure en heure; même lui Joël ne se sentait pas trop mal...

Et Gardouch ne se trouvait plus désormais qu'à cinq lieues, vingt kilomètres; ce qui n'était rien.

Bref, nous n'avons plus guère que douze mille huit cent cinquante kilomètres à couvrir. Environ.

Nous voilà presque arrivés.

– Ils ne sont même pas soixante-quinze! s'exclama gaiement Daniel. Vous n'allez quand même pas tenter de me faire croire que c'est difficile, de préparer la soupe pour soixante-quinze personnes!

Le couple face à lui continuait à les dévisager, lui et le Bardu, d'un air de stupéfaction nuancée de méfiance. Sans les trois dourous – quinze francs – déjà reçus, et que le mari serrait fermement dans sa paume, ils auraient sans doute déjà tourné le dos à ces deux trimardeurs qui venaient d'apparaître, en affirmant qu'un village entier les suivait.

L'auberge se trouvait à Montgeard, pas très loin d'une espèce de château.

– Et il arrivera quand, votre village? demanda l'aubergiste.

Le Bardu s'était déjà livré à une estimation. Daniel et lui, de leur allure de colporteurs, marchaient au moins deux fois plus vite que le village. Et celui-ci avait dû longuement faire halte pour la nuit, dans les bergeries à la sortie de Saverdun. De Saverdun à Montgeard : quatre lieues et demie. Le village mettrait dans les cinq heures.

– Ils seront là une heure avant midi, dit-il.

De leur côté, l'aubergiste et sa femme s'étaient lancés dans des calculs : quinze centimes pour une demi-viande (demi-portion), cinq pour un morceau d'omelette, huit pour le pain...

– Pas de vin, précisa le Bardu. Du petit-lait et de l'eau, moitié-moitié. Et dix pintes[1] de lait frais.

Quinze plus cinq plus huit, plus le petit-lait...

– Disons six sous et demi par personne.

Cinq, dit aussitôt Daniel.

On transigea à cinq et demi. Multiplié par soixante-quatorze...

– Par soixante. Il y a des nouveau-nés et des très vieux. Ça ne mange rien, à cet âge...

... Multiplié par soixante : seize francs et dix sous. Plus trois fois de lait...

– Soixante sous de lait ! Tu as la tête malade. Disons vingt-cinq.

... Plus quarante sous de lait : dix-huit francs cinquante. Et dix-huit sous de fourrage pour les chevaux et les mulets : dix-neuf francs quarante. En ajoutant le montant du repas que le Bardu et Daniel venaient eux-mêmes de prendre : vingt francs et deux sous.

– Vous avez bu deux chopines de vin, avec vos demi-viandes et vos quatre pains.

Dix minutes de discussion supplémentaires et l'on tomba d'accord pour un prix ferme et définitif : deux pistoles, c'est-à-dire vingt francs tout

1. Une pinte vaut deux chopines, soit environ un litre.

ronds. Pour soixante-seize repas. Daniel et le Bardu repartirent.

– A force de dépenser comme ça, à manger dans les auberges et tout, grommela le Bardu, on va finir comme des misérables!

Daniel éclata de rire : *Ca raill!* (Pas d'importance!), puisque c'était Joël qui payait!

L'idée était de Boussut. Ils avaient tous été inquiets, à cette perspective de payer d'avance, comme Daniel et le Bardu venaient de le faire : et si un aubergiste s'avisait de mentir, de prétendre qu'on ne l'avait pas payé? Ou qu'on ne lui avait pas donné son dû, négocié par les estafettes? Un sou est un sou, et il n'y a pas pire voleur qu'un aubergiste, tout le village (qui n'allait jamais dans les auberges ou presque) le savait bien. Boussut donc avait trouvé la solution : il avait préparé des carrés de papier (des feuilles d'une gazette trouvée sur la route); il avait déchiré en deux chacun de ces carrés, en avait remis une moitié à Daniel et gardé l'autre. Daniel devrait à chaque fois inscrire le détail des repas commandés et le prix convenu; et confier le papier à l'aubergiste. A l'arrivée du village, on confronterait les deux moitiés du carré. Si elles concordaient, ce serait la preuve que tout était en règle.

Ainsi à l'auberge de Montgeard, le prix obtenu par le détachement précurseur étant de vingt francs, et quinze ayant été payés par avance, on sut que la somme à acquitter était de cinq francs, sans tricherie possible. Le conseil des hommes avait approuvé à l'unanimité la proposition : le Boussut avait de la tête.

Repartis de Montgeard avant le lever du jour, le Bardu et Daniel Rouch abattirent d'un bon pas la dizaine de kilomètres qui leur restait, au cours de la matinée du mardi 16 avril 1856.

Joël leur avait demandé d'être à Gardouch avant midi. Ils y furent trois heures plus tôt que prévu.

Ne le firent pas exprès, ils avaient tout simplement marché comme d'ordinaire. Mais cette avance fit qu'ils arrivèrent à temps pour croiser la route d'un homme appelé Evariste Cabaup, qui était de Coufflens et justement avait choisi lui aussi de passer par Gardouch, en revenant de Normandie où il avait passé une année et presque six mois, à vendre des lunettes de chez Denis Farge, de Saint-Girons.

Cabaup connaissait les Rouch et les Raufaste, qui connaissaient Cabaup. Les trois hommes se saluèrent et échangèrent quelques mots. Pas trop : Cabaup voulait rentrer chez lui, au terme d'une si longue absence.

Mais cette rencontre, due au seul hasard et qui à une heure près ne se fût pas produite, allait avoir pas mal de conséquences.

9

EXACTEMENT à la même heure où le Bardu et Daniel, dans les premières heures du mardi 15, repartaient de Montgeard, Elie Rouch sur le plateau de Lannemezan se remit en selle.

Sur ses trois chevaux montés à tour de rôle il couvrit en un peu plus de dix heures les cent soixante kilomètres qui le séparaient d'Orthez. Bayonne ne fut plus alors qu'à trois heures Elie décida de passer la soirée et la nuit dans l'ancienne capitale du Béarn. D'ailleurs il connaissait du monde à Orthez, deux hommes. L'un avec qui il s'était lié en 1847 en Bourgogne, où il faisait alors du colportage; l'autre qu'il avait connu en Algérie, dans les premiers temps de son service.

A l'instar de tous les colporteurs de l'Ariège, Elie Rouch avait ainsi en mémoire une ahurissante liste de noms et d'endroits, partout en France, partout du moins où un colporteur s'était rendu. A un garçon qui débutait dans le voyage, et prenait pour la première fois sa marmotte, on ne disait pas : « Tu iras de Saint-Etienne à Lyon » mais : « A la Ricamarie, présente-toi à la ferme Forissier, on t'y donnera le gîte et le manger et ils te demanderont un psaume ou deux en échange, ils y sont culs bénits, ça ne te coûtera rien. Pour Lyon, n'y entre pas : va à Ecully et demande après les Charpieu. A eux, dis que tu es un petit-fils de Gudane Raufaste, ils t'ouvriront leur porte. Méfie-toi de leurs filles, elles sont goulues. » D'année en année, de voyage en voyage, un immense réseau s'était créé. Et lorsque, comme le Bardu, on avait couru les routes pendant plus de trente-cinq ans, on finissait par avoir en tête deux ou trois mille adresses de granges hospitalières et de fermiers bienveillants aux Ariégeois.

Elie ne trouva pas Mounicot Basile (celui rencontré en Bourgogne) dont les parents avaient une mercerie dans la rue de l'Horloge. Il apprit que le Basile était toujours dans le chemin de fer mais plus du côté de Dijon : il travaillait sur une nouvelle « ornière de feu », peut-être dans les Landes, du côté de Morcens ou de Labouheyre, peut-être ailleurs. Cela faisait un an qu'on ne l'avait pas vu. « Mais puisque tu es de ses amis, reste à souper et dormir. » Elie refusa en souriant : trois chevaux dans une mercerie, ça n'entrait pas facilement.

Par contre, il fut accueilli à bras ouverts par Doassans, l'ancien zouave, en compagnie de qui (avec Iraçabal) il avait tenu garnison à Constantine. Doassans faisait maintenant du blé et du maïs dans une ferme de soixante-dix arpents, sur la route de Birou. On arrosa les retrouvailles de quelques bouteilles de jurançon, en chantant soûls comme des grives *La Casquette du Père Bugeaud* et au matin du mercredi, Elie eut quelque mal à se hisser en selle, ne sachant plus s'il avait trois ou six chevaux.

Il arriva à Bayonne. Il lui fallut deux heures encore pour faire le tour des armateurs et autres nolisateurs. Vers midi, sa conviction fut faite : il n'y avait pas, il n'y avait jamais eu, et il n'y aurait pas de bateau à vapeur appelé *Louisiane*, en partance pour le Brésil.

– Je ne te le répéterai pas trente-six fois, Blaise-Pascal, dit-il au Basque, je ne suis pas venu jusqu'ici pour assommer des matelots.

Justement, l'un de ces matelots était en train de le charger, brandissant un banc de chêne. Elie évita le banc, mais pas le marin, qu'il expédia d'un coup de poing. Sa blessure au côté se rouvrit.

– Je le savais, répliqua le Basque. Tu as toujours eu quelque chose contre la marine.

Blaise-Pascal était occupé avec deux autres. Pas occupé longtemps. Il les persuada de dormir un peu.

– N'empêche que je suis content de te revoir.

Elie lui sourit :

– Je croyais que tu devais partir aux Amériques.

– Laisse-moi le temps d'arriver. Je ne suis ici que depuis ce matin...

Et c'était vrai. Aussi invraisemblable que cela parût à Elie, il n'y avait que quatre jours qu'ils s'étaient quittés, à Pamiers.

– Et encore, dit Iraçabal, moi j'ai pris la diligence. J'avais vraiment trop mal à ma jambe...

Ils s'assirent à l'une des tables encore debout et commandèrent du vin. « Rassure-toi, je paierai », annonça le Basque, qui savait le Rouch enclin aux économies. Et puis, soudain, il réalisa :

– Mais qu'est-ce que tu fous ici?

On leur apporta deux huchaus de vin. Les matelots couchés sur le sol se relevèrent et se remirent à boire, leur jetant des regards de rancune. Elie conta toute l'histoire.

Chez le Basque, cela commença par une sorte de

premier soubresaut, qui lui fit trembler ses épaules tombantes. Puis un autre spasme le secoua tout entier. Il donna l'impression d'étouffer, devint tout rouge, serra les dents, les lèvres. Rien n'y fit : le fou rire le prit.

– Continue donc, dit Elie avec douceur. Ne te gêne surtout pas pour moi.

Il toucha sa blessure au côté et sous la table ramena discrètement sa main, l'examina, vit le sang sur ses doigts. Par la fenêtre de l'auberge de Guéthary, il découvrait une petite baie sablonneuse, protégée par des rochers. Des barques rouges et bleues étaient, soit échouées, soit à l'ancre. La mer était à peu près calme, les vagues ne dépassaient pas un mètre. Une heure plus tôt, Elie se trouvait encore sur les quais de Bayonne.

Le Basque s'apaisa, le dévisagea. Il regrettait d'avoir ri, à présent.

– Il t'a vraiment volé ton village ?

– C'est une façon de dire.

Silence. Iraçabal mit son nez dans sa chopine de vin :

– Peut-être que s'ils l'ont suivi, ton Joël, c'est qu'ils le voulaient bien...

Silence. « Ça va mal finir. Ce n'est pas une chose à lui souligner... » Mais le Rouch demeura impassible. Se contenta de répondre :

– Ils ne savent même pas à quoi ça ressemble, le Brésil.

– Toi non plus, répliqua encore hardiment Iraçabal.

Autre silence. Le regard vert remonta lentement. « Ça y est, on va encore se taper sur la gueule. Et cette fois, il sera vraiment en colère... »

Le silence se prolongea pourtant et Elie dit enfin :

– Et je n'ai pas envie de le savoir.

« O Dieu de Dieu, pendant un moment, il a hésité. » Hésité! Le Rouch en train d'hésiter était une chose qu'il n'aurait jamais crue possible. J'ai dû trouver les mots qu'il fallait. Mais...

– Et leur place est là-haut, sur notre montagne, pas chez les sauvages où on n'est plus rien, dit encore Elie Rouch.

... mais l'instant d'hésitation, s'il avait seulement existé, était bel et bien passé. Et sûrement ne reviendrait plus. Iraçabal se pencha par-dessus la table et examina la chemise tachée de sang, côté droit :

– Ce seraient les matelots qui t'auraient fait ça?

– Je l'avais avant.

– Ma mère te soignera. De toute façon, elle m'a préparé la soupe. Si je n'y vais pas, elle me tue. Et il y en aura pour deux. Si tu veux venir...

Vers les quatre heures de l'après-midi, ils repartirent ensemble pour Bayonne, dominant sur leurs chevaux noirs une foule de piétons à bérets rouges et verts, qui ne laissait pas facilement le passage. « Tu ne m'as pas dit pourquoi tu te battais avec ces matelots... » Mais le Basque ne se souvenait plus du motif de la dispute, et donc de la bagarre qui avait suivi; un mot en avait entraîné un autre. D'ailleurs, ces matelots étaient des étrangers, pas de Guéthary mais de Saint-Jean-de-Luz, autant dire des ennemis naturels.

Ils approchèrent de Bayonne, dont ils voyaient à présent les remparts blanchis à la chaux; Elie disant, comme s'il se parlait à lui-même :

– Qu'est-ce qu'ils peuvent être, sans leur montagne? Moins que rien. Des errants, qui n'ont plus de racines. Pendant des années et des années, pendant des siècles, on a voyagé, on est allé en Espagne, en Belgique, partout, des milliers et des millions de lieues. Mais on avait un endroit où rentrer, on y était chez nous, on était de quelque part. Et voilà qu'ils ont vendu leur montagne, qui est aussi la mienne. Ils n'ont plus rien. De l'argent, mais ce n'est rien, l'argent...

Ils passèrent la porte d'Espagne, les sabots des trois chevaux sonnèrent sur les pavés pointus. De part et d'autre dans la rue où ils étaient, des arcades, d'où s'exhalait un parfum de chocolat.

– Je n'ai plus rien, dit Elie. Et ce n'est pas que je leur en veuille d'avoir écouté Joël. En sept ans que je suis resté parti, la vie a dû leur être dure. Elle l'était avant que je parte, peut-être est-elle devenue pire, ça se pourrait. Et ils auront baissé les bras, d'un coup, du jour au lendemain, cela peut se comprendre. Mais moi j'avais des idées, sur la façon de faire que la vie soit moins dure. Il fallait changer. Pas partir. Partir, ce n'est pas résoudre le problème, c'est simplement le porter ailleurs. Et où qu'on aille, on l'a devant soi...

– Alors tu leur cours après, tu les retrouves et tu les ramènes à leur montagne.

– C'est exactement ça que je vais faire, répondit tranquillement Elie. Exactement. Et j'ai raison.

A Bayonne, Iraçabal avait une espèce d'oncle qui travaillait à la capitainerie du port. Qui confirma ce qu'Elie savait déjà : un bateau appelé *Louisiane* et qui irait au Brésil, ça n'existait pas. Elie demanda :

– Et si quelqu'un veut aller au Brésil, dans les jours, dans les semaines qui viennent ?

L'espèce d'oncle secoua la tête : il ne voyait rien avant quatre ou cinq mois. Et encore. Ou alors pour l'Espagne, par l'Espagne. Ou Lisbonne. En supposant que la fantaisie lui vînt d'aller au Brésil en partant de Bayonne, c'était bien là ce qu'il ferait : prendre un bateau pour Bilbao et là, embarquer sur un steamer de la Cunard...

– Une compagnie anglaise. L'*Andia*. Ça appareille de Bilbao le 5 avril.

Venant droit de Londres et, outre Bilbao, avec des escales à Lisbonne, Gorée (Dakar), Pernambouc, Bahia, Rio, Montevideo et Buenos Aires. Un beau navire, vous filant ses huit nœuds comme rien, en fer, pas loin de cent mètres de long, trois mâts, une hélice, trois cheminées, deux mille et quatre cents tonneaux, construit par Caird...

– Le 5 avril, c'est trop tard, dit Elie en souriant. Il remercia, ils sortirent, le Basque et lui, remontèrent en selle. Ils traversèrent l'Adour.

– Pourquoi trop tard? interrogea Iraçabal.

– Parce qu'ils sont descendus de la montagne le 12, avant l'aube. S'ils avaient voulu prendre ce bateau de Bilbao, il leur aurait suffi d'être à Bayonne, disons le 30 de ce mois. Et même à soixante-quinze, avec des vieilles et des enfants qui ne marchent pas vite, ils n'avaient pas besoin de dix-huit jours pour aller de Coufflens à Bayonne.

Elie secoua la tête :

– Non. Joël a eu une autre idée. Il sait que je suis peut-être derrière lui, à les poursuivre. Il s'en doute, il l'a prévu. Il m'a fait courir jusqu'à Bayonne...

Sur l'autre rive de l'Adour, Saint-Esprit. Il était quatre heures et demie de l'après-midi, le mercredi 16 avril.

– ... m'a fait courir jusqu'à Bayonne, mais c'est de Bordeaux qu'il veut les faire partir.

– Et tu vas à Bordeaux.

– Ce ne sera pas la peine. C'est grand, Bordeaux, ils pourraient y embarquer sans que je les voie. Peut-être embarquer aussi d'un autre port sur l'Atlantique. Non, je vais leur couper la route...

Il sourit :

– Ils sont partis de Saint-Girons dimanche 13, au matin, et de chez nous le jour précédent. Ils marchent depuis quatre jours, qu'est-ce qu'ils ont pu faire ? Peut-être quarante lieues mais pas plus. Et encore. Ils ne peuvent même pas être à Agen. A supposer qu'ils aient pris par la route directe, par Pompignan et Castelsarrasin, et ça je ne le crois pas. Joël a sûrement imaginé un chemin...

Il réfléchissait à voix haute, en fait. Ils débouchèrent devant le Bévé, c'est-à-dire le Bâtiment des Voyageurs, qu'on n'appelait pas encore la gare. Le train pour Dax partait à cinq heures. L'employé qui vendait les billets considéra Elie avec une stupéfaction agrémentée d'un peu de morgue

– Trois chevaux ? et puis quoi encore ? Pourquoi pas des vaches et des chameaux d'Afrique ?

– Je paierai ce qu'il faudra, répliqua Elie avec sérénité.

Le Basque le considéra stupéfait. Cette extraordinaire prodigalité, de la part du Rouch, le laissa positivement pantois. Déjà, que l'Ariégeois acceptât de payer pour voyager, pour la première fois de sa vie, passait l'entendement...

– Je ne vais pas faire deux fois la même erreur, les attendre quelque part où ils ne viendraient pas. Non, je vais leur couper la route, reprit Elie. Quelque chemin que le Joël ait inventé, où qu'ils aillent, il faut bien qu'ils passent quelque part. De Dax à Montauban, je croiserai sûrement la route qu'ils ont prise, ou qu'ils vont prendre. Blaise-Pascal, réfléchis : ils vont de Saint-Girons à Bordeaux, en tout cas sur l'Atlantique : en traçant une ligne de Dax à Montauban, je ne peux pas les manquer.

Autre sourire :

– Sauf évidemment si Joël les a emmenés à Cette ou à Marseille, ou bien s'il les fait passer par la Savoie et Amsterdam. Mais je cours ma chance.

Le chef de gare survint. Il portait encore son sabre, malgré la récente ordonnance impériale, et son uniforme valait celui de Mac-Mahon en visite au Moustachu. Le chef de gare commença par dire : « Il n'est absolument pas question que des chevaux... » Elie lui sourit avec une grande affabilité, dit que ce n'était peut-être pas la peine de se laisser aller à des déclarations péremptoires, qui ne feraient de bien à personne, et que d'ailleurs il avait une proposition à faire : il suffisait de débarrasser un wagon de quatrième classe – simple plate-forme sans toit avec balustrade de bois, où l'on se tenait debout – de le débarrasser de la moitié de ses voyageurs déjà installés.

– Et je les jetterai à la mer, c'est ça?

– Vous les mettrez en troisième, répondit suavement Elie. Je paierai la différence. Ils seront certainement très contents. Blaise-Pascal, ça me ferait plaisir que tu viennes aussi.

– Je ne suis sûrement pas assez fou pour monter dans une machine qui fait au moins dix lieues à l'heure, rétorqua le Basque.

– Le règlement ne prévoit rien pour des chevaux voyageurs, dit le chef de gare. Et mon train ne fait pas dix lieues, mais quinze, dans l'heure.

– Un cheval, ça tient au moins la place de six voyageurs, dit l'employé qui vendait les billets.

– Trois places par cheval, dit Elie Rouch. Ce sont de tout petits chevaux, on les voit à peine. Blaise-Pascal, tu viens, oui ou non?

– Cinq places par cheval, dit le chef de gare avec détermination.

– Trois et demie, dit Elie.

– J'ai la tête qui tourne, dit le Basque. Et puis comment je rentrerais auprès de ma mère ?

– Je te paierai aussi le retour, dit Elie. Disons quatre places par cheval et n'en parlons plus.

On transigea à quatre places un tiers, soit, pour les trois chevaux, au total, quatre un tiers multiplié par trois : treize places. Plus deux pour Elie et Iraçabal : quinze. A dix-huit francs l'une : cent quatre-vingt-dix francs. Plus la différence de prix entre dix-huit billets de quatrième en troisième classe : quatre-vingt-un francs. Elie paya.

– Et comment vous allez les faire monter ?

– Les chevaux de l'Ariège, ça monte aux arbres, répondit Elie.

Le train partit presque à l'heure. Ils furent à Dax pour la nuit. Prirent la route. Soupèrent et dormirent dans un endroit perdu appelé Gamarde, chez un vieux fou de colonel du Premier Empire pour qui Elie avait labouré quinze ans plus tôt. Se levèrent à trois heures du matin.

– On commence à partir d'ici, dit le Rouch.

10

IL s'arrêtait dans chaque village, chaque hameau, chaque lieu-dit; chaque ferme, chaque bergerie; de part et d'autre de la route. Il accostait les colporteurs, les rouliers, les postillons des diligences et les voyageurs de celles-ci; et de même les cantonniers, les agents des postes impériales, les militaires et les gendarmes; et naturellement les aubergistes, taverniers et cabaretiers, et les bergers, et tous les hommes, les femmes et les enfants faisant n'importe quoi mais se trouvant en vue.

A tous le même langage : « Je cherche mon village. Vous l'avez peut-être vu ou vous allez peut-être le voir. Ils sont à peu près quatre-vingts, hommes, femmes et enfants. Cinq charrettes. Des Ariégeois. Un moyen sûr de les reconnaître : regardez mes yeux, regardez-les bien. Mes cinq frères ont les mêmes et quatre de mes sœurs, comment s'y tromper... »

On le dévisageait interloqué. Il ajoutait : « J'offre cinq cents francs à qui me retrouvera mon village. » Il montrait l'argent : cinq cents francs. Et quiconque aurait la première nouvelle des Rouch et des Raufaste devrait confier un message d'alerte à un courrier à cheval, à la première diligence pour Toulouse. Adresse à Toulouse : le cabaret du

Massatois, rue Roquelaine, dans le quartier de Matabiau.

Et ainsi pour la première fois dans l'histoire, on mit la tête d'un village à prix.

Saint-Sever, Grenade, Aire-sur-l'Adour, Nogaro, Caupenne, Manciet, Eauze, Mouchan, Larresingle, Condom, Lialorès, Lamontjoie, Laplume, Aubiac, Estillac, Le Passage – il partagea le travail avec le Basque, chacun prenant en charge un côté de la route. En route à trois heures du matin, ils arrivèrent à Agen même à dix heures du soir, ayant parcouru quarante lieues (à Saint-Sever, il avait acheté un quatrième cheval, de façon que le Basque pût lui aussi disposer d'une remonte) et apostrophé peut-être quatre cents personnes chacun. De sorte que, les langues allant bon train, on devait désormais être quinze ou vingt mille à être au courant.

Le Basque n'en pouvait plus. Il avait la langue en bois et la fesse en capilotade. Il n'avait pas accoutumé de monter à cheval et venait de passer en selle dix-huit heures consécutives. Outre cela, sa jambe blessée à l'Alma et au genou, le faisait à nouveau souffrir.

– Tu peux rester à Agen et m'attendre, dit Elie.

– Je continue. A condition de dormir un peu.

A la vérité, il était pris par la fièvre de la chasse. Il ignorait presque complètement sa géographie mais en savait assez (il avait examiné une carte à Dax) pour comprendre ce que le Rouch était en train de faire : barrer d'un trait presque rectiligne tous les accès possibles entre l'Ariège et l'Atlantique; en tissant un réseau de surveillance où même une souris se fût laissé prendre. L'alerte qu'ils avaient tous deux sonnée, assortie d'une prime de cinq cents francs, devait maintenant retentir dans toute la Chalosse, toute la Gascogne, tout l'Armagnac. En attendant l'Agenais où ils arrivaient, et le Quercy où ils seraient le lendemain. Les calculs du Rouch étaient bons, pas de doute. Et le barrage était assez loin de Saint-Girons, à une distance telle qu'il était impossible que le convoi ait pu la couvrir depuis le dimanche matin (on était jeudi 17)..

– Ton foutu frère a pu les embarquer sur des diligences, ou n'importe quoi.

– Il en faudrait cinq ou six au moins. Ça ne se trouve pas si aisément. Il n'y a que l'armée pour en avoir. Nous avons déjà vérifié. Et si Joël avait essayé d'une location, mon oncle de Salies l'aurait appris et me l'aurait déjà fait savoir. Il sait où me trouver.

– Il n'y a pas un train, entre Toulouse et Bordeaux ?

Elie secoua la tête : il y avait bien sûr pensé. Expliqua que la ligne Bordeaux-Toulouse, si elle était en construction, se trouvait encore loin d'être achevée. Pour l'heure, en ce mois d'avril 1856, l'« ornière de fer » venue de Bordeaux n'atteignait que Tonneins, trente kilomètres plus à l'ouest.

Elie réfléchissait, ses yeux clairs perdus dans le vide. Iraçabal pensa : « Cinq cents francs de prime ! Il est devenu fou ! Déjà, embarquer ces chevaux à Bayonne lui a coûté une fortune. Sans parler de leur achat, et il en a encore acquis un autre à Saint-Sever. Lui et le Joël sont en train de régler un sacré compte... Et le jour où ils se retrouveront... »

– Blaise-Pascal, j'ai réfléchi.

Elie sourit :

– Je sais que tu as très mal au cul...

– Je n'en ai plus, dit le Basque avec sobriété.

– ... Mais ça me rendrait service si tu partais demain pour Toulouse, directement...

Pour aller prendre position chez le Massatois,

rue Roquelaine, et y attendre un éventuel message, soit de l'une de ces centaines de personnes apostrophées entre Dax et Agen soit de l'oncle Vianès de Salies, soit de lui-même, Elie.

– Et tu m'attends là-bas.

– Et toi ?

Le Rouch se remit en selle.

– Je vais quand même aller faire un tour à Tonneins. On ne sait jamais. Des fois qu'ils auraient voyagé en montgolfière.

Il n'eut pas à aller jusqu'à Tonneins. L'odeur de créosote toucha ses narines avant qu'il n'entendît le bruit des scies, avant même qu'il ne découvrît les lumières. Il s'approcha, son cheval au pas. Derrière un tournant, à l'intérieur d'un large coude que dessinait la Garonne, il vint en vue du chantier, éclairé presque *a giorno* par des dizaines de lampes à pétrole suspendues à des piquets. Depuis Agen où il avait donc laissé le Basque endormi, il avait couvert pas tout à fait cinq lieues et dépassé Clermont-Dessous. Il connaissait l'endroit, c'était sur la route de Bordeaux où il allait autrefois travailler au port. Mais huit ou dix ans plus tôt, il n'y avait pas ces cent hommes en train de travailler comme des fous, en pleine nuit.

– Mounicot Basile. On m'a dit à Dax que je le trouverais par ici.

Les deux scieurs n'interrompirent même pas leur va-et-vient. Le « renard » (ainsi nommé parce que la sciure lui tombant sur le visage lui faisait en permanence les yeux rouges) se contenta d'un mouvement de menton.

Mounicot était cent pas plus loin, occupé à commander la manœuvre de pose des traverses de chêne imprégné de créosote (qui triplait la durée des traverses). Depuis qu'Elie l'avait connu en Bourgogne, neuf ans plus tôt, le Biarnous (Béarnais) avait forci et s'était laissé pousser la barbe. C'était un gros garçon au teint fleuri et aux yeux bleus. Le Rouch et lui se donnèrent l'accolade.

– Je suis passé chez toi à Orthez. Tes parents vont bien. Tu devrais leur écrire. Je ne pensais pas te trouver à travailler en pleine nuit.

– On est en retard. On ouvre le tronçon Tonneins-Valence-d'Agen dans quarante et quelques jours. Tu cherches du travail? Ce n'est pas ce qui manque.

Il examina les épaules de l'Ariégeois :

– Diù Biban, tu es encore plus fort qu'avant!

Ils durent s'écarter pour laisser le passage à une longrine, gros madrier par quoi on transportait une aiguille d'acier.

– Ce n'est pas du travail que je cherche, mais mon village. Et si tu t'esclaffes, je cogne.

Elie s'expliqua, faisant semblant de ne pas remarquer le début d'hilarité qui gagnait Mounicot. Tandis qu'il parlait, dans l'air pur de la nuit, retentissaient le son clair des fourches à ballast et les ahans rythmés des poseurs de rails, opérant par équipes de six, pour descendre des fardiers et mettre en place des coupons de deux cent soixante kilos l'un.

– Il n'est pas passé par ici, on l'aurait certainement vu. On est jour et nuit au bord de cette route depuis un mois. Rien que moi, je viens d'y passer trente heures.

Ils partagèrent du lard et du vin, et des pommes.

– Ils ont peut-être pris ou vont prendre le train à Tonneins, remarqua Elie.

– Et tu veux que je m'en assure, c'est ça? Ce n'est pas si difficile.

La ligne télégraphique que la Compagnie du Midi avait accepté d'installer à côté de ses rails était déjà en place, et prête à servir. Mounicot accompagna le Rouch jusqu'au P.N., le passage à niveau alors en construction sur la route de Sainte-Marie. Le temps de tirer de son bat-flanc le télégraphier, comme on disait, et la réponse arriva :

– Pas de village en vadrouille. Ils n'ont pas pris le train, ni aujourd'hui, ni les deux derniers jours.

Et il était encore plus impossible que le village ait pu se trouver le lundi à Tonneins.

– Reste avec moi, proposa Mounicot. Je finis à minuit et j'ai du madiran à s'en faire péter la gueule.

Elie préférait rentrer à Agen. Son idée était d'allonger le barrage jusqu'à Montauban, au moins; et il n'avait pas de temps à perdre.

... Et le plus extraordinaire fut ce moment de la poursuite. Car à la seconde où il remonta à cheval, disant adieu à Mounicot, à cette seconde même il se trouva à CENT MÈTRES de son village.

... Que forcément personne n'avait pu voir passer.

Revenu à Agen, il en repartit dès l'aube, n'ayant dormi que quatre heures et laissant le Basque en train de ronfler comme tous les sonneurs de Bayonne. Il prit la route de Moissac, où il arriva vers une heure de l'après-midi; ayant en cours de route tissé le plus dense des réseaux de contrôle. Dans l'après-midi, il gagna Montauban. La nuit n'y étant pas encore tombée, il en profita pour avancer encore un peu plus à l'est, sur la route de Nègrepelisse, quoique convaincu que le village n'avait pu ou ne pourrait pas passer par là.

Et il avait tout à fait raison.

...

A ce moment de sa poursuite, il a établi un barrage de deux cent soixante-dix kilomètres de long, et même plus si l'on tient compte des détours. Il a la certitude que ses Ariégeois ne pourront ou ne pourraient emprunter aucune route, chemin ou piste sans qu'il en soit informé.

Sur ce point-là aussi il a raison. Absolument.

De là à conclure que son village se trouve donc encore à l'est du barrage, il n'y a qu'un pas.

Qu'il franchit fort logiquement.

Fort logiquement mais à tort. Contre toute logique son village se trouve en effet, depuis le jeudi 17 à neuf heures du soir, à l'*ouest* du barrage du Rouch.

Définitivement hors d'atteinte. Du moins dans le principe.

« J'ai le temps, à présent », pensa Elie. A ces convictions qu'il venait de se faire, il en ajouta une autre : par les précautions qu'il avait prises, tôt ou tard, on lui signalerait le convoi. Alors, il foncerait dessus. Soixante-quinze ou seize coups de pied au derrière, ça lui prendrait au plus deux ou trois heures.

Il dormit paisiblement à Montauban, où aussi bien le Basque que l'oncle de Salies savaient pouvoir le trouver en cas d'urgence. On lui offrit vivre et couvert comme d'habitude mais au plus dans son lit, une avenante fermière de vingt-sept ans, veuve, qui avait un gros faible pour les yeux verts de Rouch, dont elle faisait quasiment collection.

Par une association d'idées assez compréhensible, il pensa cette nuit-là à la fille qui l'avait cloué d'un coup de couteau à la porte de la cabane au col de Pause. Joli brin, macarel, il en aurait eu le temps, ça ne lui aurait pas fait peine de lui conter fleurette, et de très près. Mais elle sera peut-être encore là, à mon retour, lorsque j'aurai ramené mes escogriffes.

Il se détendait.

Il accorda un ultime poutou à la fermière, lui cassa un peu de bois, dit merci pour tout et s'en alla, jurant de revenir. On était le matin du samedi 19.

Il zigzagua pas mal, sur la route menant de Montauban à Toulouse, allant du Tarn à la Garonne, de la Garonne au Tarn, de Labastide-Saint-Pierre à Verdun-sur-Garonne, de Pompignan à Grenade et de Cornebattieu à Castelgînest. Son instinct lui disait que le village était passé, ou allait passer par là. Il fit tant et si bien, à interroger tout le monde (sans résultat aucun) qu'il n'entra dans Toulouse qu'en fin d'après-midi.

Et ces heures perdues là comptèrent.

Car s'étant enfin rendu tout droit à la rue Roquelaine, il y arriva pour découvrir le Basque qui dansait littéralement sur place, d'impatience, sur le seuil du cabaret du Massatois.

En compagnie d'un garçon qui se révéla être un courrier expédié par l'oncle Jules.

Et alors seulement il apprit comment Joël l'avait roulé.

11

ZACCHARIE se pencha sur l'eau :

– C'est quoi, le Tarn ou la Garonne ?

– Le canal du Midi, répondit le Bardu.

Une gabarre passa lentement, glissant presque sans bruit, mue par des bateliers poussant sur de longues perches à crochet de fer. Deux heures plus tôt, à la fin de l'après-midi du mardi 14 avril, le village avait rejoint à Gardouch son détachement précurseur, après un repas à l'auberge de Montgeard. On avait déchargé les charrettes. Leur contenu s'empila sur la berge, dans l'herbe de printemps.

– On pourra tout emmener ?

Question posée par Boussut et adressée à Joël.

– Pourquoi pas ?

– Et les charrettes, les chevaux, les mulets ?

– Quelqu'un de Salabert viendra.

– Il y a une charrette à moi.

– Vends-là.

Coup d'œil à l'entour :

– Ici à Gardouch ? Ils ne sont même pas quatorze, je ne ferai jamais affaire.

Joël désigna les toits proches de Villefranche-de-Lauragais. « Je suis sûr que tu trouveras un acheteur, là-bas. » Le Boussut partit, accompagné de Zaccharie et de Gaffouil Raufaste, qui ne pouvaient tenir en place. Le reste du village demeura là à attendre, devant cette eau verte quasi immobile. Un étrange silence descendit peu à peu, au point que Joël s'écarta, alla marcher le long du canal. Selon les accords pris avec Labadie, les cinq gabarres à bord desquelles tous embarqueraient arriveraient vers les cinq, six heures du soir, venant de Sète. A en croire Labadie, ce n'avait pas été simple à organiser : au 27 mars, date du débarquement de Joël à Bordeaux, les bateaux étaient déjà en route, ayant déjà quitté Méditerranée pour Océan. Il avait donc fallu les intercepter, changer leurs ordres. Les gabarres transportaient de la garance d'Avignon, de l'eau-de-vie de Béziers et, surtout, de la laine, destinée aux tisserands de Carcassonne. Cette laine débarquée, il y aurait de la place. Normalement, le passage à Gardouch était prévu pour le matin du 16; les gabarriers avaient dû en être quittes à pousser plus fort, pour être à temps.

Boussut revint peu après cinq heures, les yeux brillants : il avait réussi à revendre sa charrette douze francs de plus qu'il ne l'avait payée, et était content de lui. Au premier coup d'œil, il nota comment Joël se tenait à l'écart du village, et combien ce village même semblait morne, en quelque sorte abattu :

– Ça ne va pas?

– J'ai mal, dit Joël, avec un geste vague en direction de sa poitrine.

Il souffrait réellement, mais pas à ce point. Car la douleur n'expliquait pas tout, et surtout pas qu'il se sentît aussi indifférent, au vrai bizarrement mélancolique, presque en détestation de lui-même.

Pis : il avait ressenti quelques moments plus tôt l'envie soudaine de partir, et de les planter tous là.

– J'avais peur d'être en retard, dit Boussut, et...

Il s'interrompit, contemplant le village étalé sur la berge, avec ses meubles dérisoirement entassés : « On a vraiment l'air d'émigrants, maintenant... » Ses yeux de renard allèrent chercher au loin la ligne des montagnes. Car on voyait loin et clair, par ce beau temps revenu, à gauche le Canigou et le Carlitte, droit devant les monts de l'Ariège, du Montcalm au Vallier, et davantage sur la droite, l'Aneto, voire le Vignemale.

Silence. Il dit doucement :

– C'est la première fois que je comprends qu'on s'en va vraiment.

Ensuite, il se tut si longtemps, comme hypnotisé par la chaîne pyrénéenne, que Joël à son tour pivota, considérant les montagnes et pensant avec une indubitable haine contre lui-même : « Si les gabarres de ce salaud de Labadie ne sont pas là dans l'heure qui vient, nous ne partirons plus... »

Mais elles arrivèrent, hautes sur l'eau du fait de leurs cales presque vides. Zaccharie le premier les vit et cria avec excitation. Après cela, le village sortit de sa torpeur étrange, Joël comme les autres. Il parla aux patrons mariniers, discuta ferme avec eux. Les gabarriers auraient voulu faire halte : les trois derniers jours, pour être à l'heure au rendez-vous, les équipages avaient poussé comme des bêtes sur les perches, et d'ailleurs, la nuit allait venir, il n'y aurait donc plus de chevaux de halage et il faudrait à chaque fois tirer les éclusiers de leur lit. Mais demain...

– Pas question, dirent Joël et Boussut d'une même voix, et même François et Jérémie se joignirent à eux. Tout se passa en vérité comme si l'on était unanimes à vouloir s'éloigner au plus tôt, dans la fièvre; cette espèce de temps mort qu'avait constitué l'attente de Gardouch avait pesé sur tous, au terme d'une avancée de quatre jours. Quant à pousser ou à haler, ou quoi qu'il fallût faire, on était bien assez nombreux pour se passer de l'équipage et des chevaux. Il suffirait d'un seul gabarrier pour veiller à chaque bord à la manœuvre.

On convint aussi de naviguer de nuit. Le canal du Midi rejoignait la Garonne à Toulouse, dans la ville même; c'était l'affaire de trente-cinq kilomètres. Après lesquels le courant du fleuve prendrait le relais. On pourrait rentrer alors les perches, il suffirait de se laisser glisser.

Joël s'était attendu à devoir convaincre et pérorer, s'agissant de traverser Toulouse dans la nuit (condition qu'il jugeait indispensable à son plan; l'idée de soixante-seize Ariégeois juchés sur des péniches et défilant ainsi au milieu d'une ville éveillée n'était surtout pas pour l'enchanter.) Mais il n'eut même pas à intervenir. En quelque sorte, on décida sans lui, tant était grande à présent la hâte du village à se remettre en mouvement.

Pour son compte, épuisé, et de nouveau en proie à la désespérance, il alla s'allonger sur des sacs de garance, réussit même à s'endormir. Et quand il s'éveilla, il se découvrit sur la Garonne, filant droit sur Bordeaux, au matin du mercredi 16 avril.

Soit le jour et l'heure où Elie sur ses trois chevaux quittait Orthez pour Bayonne.

La première halte eut lieu à Cordes-Tolosanes, au soir du 16.

La deuxième, le lendemain 17, à Port-Sainte-Marie, passé Agen. On y fut au crépuscule et l'on passa la nuit à l'amarre, à même pas cent mètres de la ligne de chemin de fer en construction et du passage à niveau où, cette même nuit, Elie Rouch et Basile Mounicot expédièrent un télégramme à Tonneins pour savoir si un village n'y avait pas pris le train.

On dépassa Tonneins dans la matinée du vendredi 18 (Elie Rouch se trouvant alors sur la route entre Agen et Montauban).

Troisième escale, la nuit du 18 au 19, à Langon – Elie dormant alors à Montauban, dans le grand lit douillet de sa fermière.

Et Bordeaux ne fut plus qu'à soixante kilomètres environ. Le village sans nul doute y serait le lendemain, dans la soirée, le samedi 19.

...

... Soit parfaitement à temps pour embarquer sur le vapeur à bord duquel Labadie leur avait retenu des places, le *Hansa*. Qui devait appareiller de Bordeaux pour Lisbonne, Saint-Vincent-du-Cap-Vert, Pernambouc et Rio, le dimanche 20 avril 1856.

A neuf heures du matin.

12

– Evariste Cabaup, dit le courrier de l'oncle Jules Vianès. Il rentrait de...

– M'en fous, dit Elie.

– Il a rencontré votre frère Daniel et le Bardu de chez Raufaste à Gardouch, sur le bord du canal du Midi. Ils lui ont dit...

– Ils embarquent où?

– A Bordeaux.

– Quand?

– Dimanche matin à neuf heures. Le matin.

On était samedi. Calcul rapide : à seize heures du départ.

– Le nom du bateau?

– Quelque chose finissant par un a. Joseph Cabaup ne se souvenait plus.

Elie dit au Massatois :

– Trouve-moi deux chevaux. Des bons.

Il partit vingt minutes plus tard, prenant le galop dès la sortie de Toulouse, en fait sitôt après avoir traversé le canal du Midi, auquel il jeta un regard noir. Le Basque l'avait regardé sauter en selle : « Tu n'y arriveras pas. – Je peux essayer. – Et moi, qu'est-ce que je fais? – Rentre à Bayonne, tu as de l'argent pour ça. » Il n'avait même pas attendu la réponse. Pendant deux heures ou presque, tout alla à peu près bien. Puis le cheval qui le portait donna des signes de fatigue, refusa obstinément le galop. Il passa d'une selle à l'autre. N'alla pas beaucoup plus loin : les deux montures fournies par le Massatois étaient loin de valoir les Mérens, laissés à Toulouse parce que ayant besoin de repos.

Il se trouvait alors tout près de Castelsarrasin, et la nuit venait. Il finit par trouver une écurie où l'on accepta, en échange des deux animaux qu'il abandonnait, et contre quarante francs supplémentaires, de lui donner un alezan qui allait bien. Il traversa Agen vers dix heures, passa Clermont-Dessous, retrouva le chantier des hommes du chemin de fer. On s'y activait mais Mounicot n'y était pas. Au contremaître remplaçant le Biarnous, il expliqua ce qu'il voulait. L'autre haussa les épaules : il n'était pas assez fou pour faire ça.

– Où est Mounicot ?

A dormir dans une chambre d'Agen.

Vingt kilomètres en arrière. Qu'il couvrit dans une rage tranquille, l'alezan tirant de plus en plus la langue. Il tira le Biarnous du lit aux environs d'une heure trente du matin, le dimanche 20.

– Elie, tu es fou !

– A cheval, je n'y arriverai pas. Je ne trouverai pas les relais, en pleine nuit. Et même...

Il ajouta, chaque mot lui coûtant :

– Et je suis fatigué.

– C'est une affaire à être licencié.

Le Rouch ne parut même pas entendre ses immenses épaules barrant toute la porte, ses yeux pâles parcourant la chambre en s'attardant sans vergogne sur le corps nu de la fille couchée contre le Béarnais. Et qui elle-même le considérait avec le plus grand intérêt.

– O pute borgne ! grogna Mounicot. Il se leva,

s'habilla, paya la fille, la flanqua dehors, sortit lui-même. La nuit d'avril sur l'Agenais était agréablement douce, avait des senteurs certaines de printemps.

– Tu es vraiment fatigué, Elie?

– J'ai pas mal couru, ces derniers temps.

Cela faisait exactement quinze jours qu'il était sur les routes. Parti de Toulon le 4 avril dans la soirée. Ayant couvert peut-être neuf cents ou mille kilomètres. Ayant dormi cinq heures pour la meilleure de ses nuits.

Ils se mirent en selle.

– T'entendre parler de fatigue, ça me laisse la bouche béante. Le Rouch fatigué, c'est de l'extravagance.

Elie sourit, hochant la tête.

– Il faut vraiment que j'aie de l'amitié pour toi, putain de Rouch.

Ils prirent le galop. Vers les trois heures, ils survinrent en vue de l'espèce de dépôt provisoire que la Compagnie du Midi avait mis en place, quinze kilomètres au-delà d'Agen, à quarante-cinq de Tonneins, où commençait la ligne alors ouverte aux voyageurs.

– Et si ça se trouve, dit Mounicot, la bouzine ne sera même pas prête. Ils ne devaient partir qu'à cinq heures trente.

Mais il y avait de la lumière dans la grange où était remisée la machine de manœuvre, la *achelpé*[1]. Un chauffeur et un allumeur étaient déjà à l'ouvrage, le premier surveillant le second d'un œil farouche. On en était au stade de la « mise en feu », c'est-à-dire de la préparation de l'allumage du foyer de la locomotive. L'allumeur enfourna des fagots et de la charbonnette – bois de branche

1. H.L.P. : haut-le-pied.

utilisé par les boulangers. Il y ajouta du bois de moule, presque des bûches, et de la paille; prépara dans un seau tout un amas de vieux chiffons d'essuyage, eux-mêmes enduits de cambouis et d'huile, et les mit à tremper dans un fond de pétrole.

– On allume, dit Mounicot. Le départ est avancé d'une heure.

Les deux hommes sur la locomotive le dévisagèrent avec des yeux blancs, incrédules; aussi *crassous* et *craspets* l'un que l'autre, pareillement patinés par le crassin. Evidemment, ils connaissaient Mounicot, chef du chantier de construction de la voie ferrée. Ils savaient qu'il avait pleine autorité sur tout ce qui concernait ce même chantier. Mais de là à l'entendre ordonner un changement d'horaire, à eux qui étaient de la Traction, caste supérieure entre toutes.

– Le Seigneur n'est même pas là, dit le chauffeur avec morgue, apparemment convaincu que l'argument était sans réplique.

Le Seigneur, autrement dit le mécanicien. Le sobriquet n'était nullement ironique, il exprimait un état de fait : si la Traction dans son ensemble se considérait comme l'aristocratie du chemin de fer, le conducteur de la locomotive en occupait l'échelon suprême. Et n'en était pas peu fier. On l'appelait Monsieur, tout autant qu'un ingénieur, et mieux qu'un « chieur d'encre » de l'administration.

– Qu'on aille le tirer du lit, ordonna Mounicot, sans se soucier de l'énormité du sacrilège.

Un grouillot de l'équipe du lampiste partit. Vingt minutes passèrent. Apparut enfin le Seigneur sanglé dans sa soupane – sorte de jaquette – en drap de Lodève et à boutons dorés, coiffé d'un chapeau haut de forme insigne de ses hautes fonctions, en toile cirée noire. Ses moustaches se hérissaient sous l'effet de l'indignation, sinon de sa fureur. Il mit son régulateur, autrement dit sa montre, sous le nez du Biarnous, la prunelle terrible.

– Je sais, dit Mounicot. Mais j'ai un besoin urgent de ces rails que tu ramèneras.

Eh oui, la ligne était prévenue du changement. Jusqu'à Langon, en passant par Tonneins et Marmande. Oui, par les soins du télégraphier. Oui, les rails à rapporter seraient prêts à Langon, dès l'arrivée de la achelpé. Trois wagons, oui. Le plus tôt étant le mieux. Quant à l'ingénieur russe...

Mounicot désigna Elie Rouch :

... Oui, c'était un ingénieur russe, il suffisait de voir ses yeux pour percevoir à quel point il était moscovite, un ingénieur russe effectuant une tournée en France pour admirer les merveilles de la technique française. A qui il fallait faire bonne impression. Et qui ne parlait que le russe, hélas. L'ingénieur russe, donc, voyagerait sur le tender, qu'on ne se souciât pas de lui. Et il les quitterait à Langon.

Mounicot prit Elie à part :

– Tu te rends compte de ce que tu me fais faire ?

– Un Russe ! dit Elie. A moi qui rentre de Crimée !

– Tu seras à Langon avant sept heures, qu'est-ce que tu veux de plus ? Et quand le chemin de fer m'aura foutu à la porte à cause de ce que j'ai fait pour toi, c'est moi qui irai au Brésil. *Addichats.*

– *Addissiats*, dit Elie. Et merci.

– Ah ! tout de même !

Il débarqua à Langon en ayant mangé assez de charbon pour n'avoir plus faim pendant deux jours, ressemblant lui-même à du charbon. Et ayant répondu soixante-quatre fois *Da-da, bistro dourak*[1] aux questions que lui faisait le chauffeur en train de pelleter son quintal de houille (en fait du charbon de bois) par quart d'heure. Chaque fois avec le sourire. Le Seigneur ne condescendit pas à lui adresser le moindre regard, il boudait.

A Langon, le problème se posa dans sa dramatique acuité. Il était six heures et quarante-quatre minutes. Il pouvait courir et se ruer à la recherche d'un cheval à louer, partir au triple galop pour Bordeaux. Mais il se trouvait, du grand port sur la Gironde, à quelque cinquante kilomètres.

Je n'y arriverai pas. Pas à cheval.

Et il ne savait même pas le nom du bateau, savait simplement que ce nom s'achevait par la lettre A, et que le navire allait à Rio de Janeiro, entre autres destinations. Non, la seule solution était le train. Il alla aux renseignements, s'entendit confirmer les dires de Mounicot : un convoi partirait bien à sept heures dix-huit pour Bordeaux. Arrivée prévue à l'embarcadère (la gare) de Saint-Jean à huit heures trente-deux. « Et il sera à l'heure? » L'employé le toisa d'un regard méprisant. Elie prit son billet. Se rendit au « chalet des commodités ». Y fit un peu de toilette, le torse nu. L'eau froide le secoua un peu. Il n'en pouvait plus, au vrai; tenait debout par habitude. Il revint sur l'embarcadère, s'y mêla à la foule des bourgeois endimanchés – car on était bel et bien un dimanche – venus au train comme au spectacle, s'esbaudissant devant les sauts de l'« acrobate », en l'espèce un lampiste qui bondissait de toit en toit, sur les voitures qui allaient partir, au grand risque de se casser la figure, alourdi qu'il était par un énorme tablier de toile verte, à bavette, chargé de

1. Oui. Vite, imbécile.

ses outils, encombré de ses lampes de rechange, chaussé de gros brodequins cloutés parfaits pour la glissade. L'homme vérifiait les lampes des compartiments de première et deuxième classe, qui seuls avaient un toit.

Le train partit à l'heure.

Arriva de même. Du Bévé de Saint-Jean jusqu'aux quais des Chartrons, il y avait trois kilomètres. Elie se jeta dans un fiacre :

– Dix francs de plus et tu arrives avant neuf heures.

Et il se disait : c'est impossible. Aucun bateau ne part à l'heure dite. On annonce neuf heures mais on n'est pas à vingt minutes près, il faut bien le temps de mettre à la voile, ce n'est pas comme un train ou une diligence.

Et l'impossibilité lui paraissait encore plus grande, en fait exorbitante, à mesurer le parcours et le temps de sa propre poursuite. Avoir tant fait pour manquer son village de quelques minutes? Il ne pouvait y croire et maintenait son calme.

Ayant travaillé trois saisons de suite comme portefaix, il connaissait Bordeaux et ses quais. Si rien n'était changé, les bateaux pour les Amériques s'amarraient à la rigueur au quai Louis-XVIII, plus sûrement aux Chartrons. A huit heures cinquante et quelque, il arrêta le fiacre, cinq cents mètres passé les Quinconces, paya douze francs, reprit sa course.

– Je cherche un bateau qui part pour le Brésil et dont le nom finit par un A.

Le douanier haussa les épaules, désigna un trois-mâts battant pavillon britannique :

– Celui-là part pour Lisbonne et les Açores. Si ça se trouve, il poursuivra jusqu'à...

Elie lut le nom sur la poupe : *Scotia.* Il n'hésita pas deux secondes, et courut sur la passerelle. Se heurta à une sorte de quartier-maître à favoris poil-de-carotte, qui vous parlait le français comme un Basque espagnol :

– Un village? Non village. And no Brazil.

Le quartier-maître posa son index sur sa tempe et opéra une rotation. Elie lui sourit :

– J'aurais le temps, mon brave angliche, je te ferais manger tes voiles, et les cordages avec.

Retour sur le quai. Il courut jusqu'aux Chartrons. Courut mais calmement. Il ne pouvait toujours pas croire qu'il risquait d'arriver trop tard. Un nom finissant en A lui tira l'œil : *Argentina.* Cette fois un navire avec des roues à aubes et une cheminée, en complément des voiles. A bord, on lui apprit en espagnol, qu'il parlait lui-même autant que le français, qu'il ne s'y trouvait pas le plus petit Ariégeois.

Nouveau retour sur le quai. Un grouillement dans le plexus, il s'impatientait. Pour la première fois, il jeta un coup d'œil sur la Garonne, machinalement, inconsciemment peut-être, sans vraiment s'attendre à y découvrir la silhouette d'un navire prenant le courant en route vers l'estuaire de la Gironde. Le premier doute. Mais très vite, il ramena son regard sur le quai, sur un maître portefaix dont la physionomie lui disait vaguement quelque chose...

Et l'autre dit en réponse :

– Le *Hansa,* un allemand. Il a appareillé voici huit à neuf minutes.

... Et pas de doute, lui et pas mal d'autres que lui avaient noté les émigrants, en troupe, embarrassés de mille choses, montés à bord dès le matin. Le regard du maître portefaix scruta le visage d'Elie :

– On ne se connaît pas, tous les deux ? Ou alors, c'est la ressemblance. Oui, les yeux. Plusieurs des émigrants que j'ai vus sur le *Hansa* avaient les mêmes yeux.

– Je voudrais une chaloupe, dit Elie d'une voix très tranquille et en vérité lointaine. Ou une marie-salope. Ou une vedette. Ou n'importe quoi qui aille vite.

– On ne le rattrapera pas, dit le commandant de la pilotine.

Elie, assis sur l'avant, adossé à la cabine, ne se retourna même pas. Il regardait défiler le Médoc, sur sa gauche, et ce n'était que par intervalles qu'il portait ses yeux sur la poupe du *Hansa*, droit devant.

– On a l'air de le rattraper, comme ça, et même on le rattrape, mais ça ne suffira pas. Il va doucement, dans l'estuaire, à cause des bancs. Et puis c'est le règlement. Mais sitôt qu'il verra Cordouan, il va prendre de la vitesse...

La pilotine atteignit le bec d'Ambès, une simple prairie séparant la Garonne et la Dordogne. Le *Hansa* n'était au plus qu'à un quart de lieue. Sur sa plage arrière, l'œil d'Elie distinguait des silhouettes. Pour un peu, il eût identifié Anastasie.

– Et vous aurez jeté mille francs en l'air, dit le commandant de la pilotine.

On approcha de Blaye et de sa citadelle. La distance entre Elie et le *Hansa* tombait régulièrement. Ne fut plus que de huit cents mètres.

– Remarquez que je peux me tromper, dit le marin.

A gauche apparurent les quinze ou vingt maisons de Pauillac, à trois étages, tel le cœur d'une ville transporté seul à la campagne.

Six cents mètres.

– On a une chance, dit le marin. Pas grande, mais on en a une.

On dépassa le bateau de Royan, parti de Bordeaux à dix heures.

– Si ça se trouve, dit le marin.

La Gironde s'élargissait : Saintonge à droite, Médoc à gauche. Le Médoc n'était pas tout à fait plat, il ondulait, par de faibles et molles vagues, qui semblaient nues. Mais l'œil d'aigle d'Elie Rouch distinguait les longs alignements de la treille des vignes, occupant le terrain partout où les pins n'étaient plus. Parfois pourtant quelques grands arbres, encerclant un château jaune clair, ou quelque tour solitaire.

Cinq cents mètres.

Mais la distance se stabilisait. Semblait même...

– Foutu, dit le marin. Mille francs pour rien. Mais je vous avais prévenu.

... semblait même en passe d'augmenter. Il se passa encore une heure. La ville de Royan, sa corniche et ses conches montèrent droit devant. La cheminée du *Hansa* émit une fumée plus blanche, ses roues à aubes mordirent un peu plus dur l'eau qui se salait.

– Beau bateau, dit le marin, je ne connais que lui. Coque en bois; dans les dix-neuf cents deux mille tonneaux; quatre-vingt-deux mètres sur treize cinquante; à l'origine américain avant d'être allemand; racheté par les Prussiens; ça vous développe deux mille chevaux comme rien et ça vous file, ça va vous filer ses dix nœuds dans l'heure, d'une seconde à l'autre. Qu'est-ce qu'on pourrait y faire? Rien. C'est bien foutu.

Le *Hansa* vira sur bâbord, amorçant son débouquement de l'estuaire.

– Et voilà. Il a vu Cordouan. Adieu. Il va nous laisser sur place.

La pointe de Grave qui concluait la terre de Médoc et accessoirement, dans le cas présent, le territoire régi par le Moustachu autant dire la France, la pointe de Grave vint à main gauche, et s'approcha.

– Je descends, dit Elie d'une voix nette, mais à part cela parfaitement douce, et sereine.

Pour la première fois depuis plus de six heures qu'ils avaient quitté les Chartrons, il bougea, se dressa.

– Vous allez descendre ici?

– Ici.

– Et le poursuivre à la nage, ricana le pilotin.

Elie le rejoignit sans hâte à l'arrière, le prit des deux mains, au collet, sans violence. Le souleva à trente centimètres et lui sourit, yeux dans les yeux :

– Ne m'impatiente pas, petit marin. Je ne suis pas de trop bonne humeur.

L'embarcation cula au long de l'appontement déglingué, qui était le tout dernier avant le grand large. A quelques mètres, l'Océan. Elie sauta à terre. Il voyait très distinctement le *Hansa,* celui-ci appuyé, accoudé sur le double remous de ses roues à aubes, et qui était déjà à mille ou douze cents mètres.

– Foutez le camp, dit Elie, sans se retourner, au commandant de la pilotine.

Il s'assit, un air de rêve dans ses prunelles vertes, tandis que revenait le silence. Il attendit que le paquebot à pédales eût disparu à l'horizon puis, se levant, s'étirant, il rentra à pied en Ariège, histoire de se détendre un peu les nerfs.

V

... S'ils sont tous
à vouloir me trousser...
il doit bien y avoir une raison...

1

– Tu as bien fait, avait commenté Chinchel Fourque à l'intention de Jeanne-Marie, quand elle lui avait fait part de son intention d'émigrer dans la maison d'Elie. Ça n'avait pas de sens de demeurer dans cette cabane sans porte, à se geler les... enfin à avoir froid. Et la maison lui reste, après tout, même si tout son village est vendu. Et puisque tu es sa promise...

Elle prit ses quartiers. La maison lui plut bien, elle en fit cinquante fois le tour, dehors et dedans. Elle s'y vit tout à fait en maîtresse. Elle développa ses projets et son plan de bataille, tout comme un général : Je vais te Lui faire de la soupe, tous les jours, jour après jour, pour quand Il rentrera, en poussant devant Lui le village, à coups de pied dans le derrière. Il rentrera, trouvera la soupe au feu, prête à être mangée et bonne, trouvera la maison bien propre, et rangée, comme Sa Mère Anastasie L'y a accoutumé. Et Il me trouvera, moi, dans le lit ou pas loin, prête comme la soupe.

Ce serait bien le diable...

Elle avait déniché dans une grange un morceau de vieux miroir, provenant d'allez savoir d'où, et qui n'était guère plus grand que la main. Elle le fixa au mur et tenta de s'y contempler. Examinant en quelque sorte le théâtre des opérations. Au prix de contorsions assez extraordinaires, manquant deux ou trois fois de se casser les reins. Elle se mit nue, s'étudiant en tous sens, de face et de dos et sur les deux profils, dressant un bilan exhaustif. Evidemment, elle avait bien la peau un peu brune et s'il avait le goût des créatures couleur de lait, sûr qu'elle aurait du mal à réaliser l'affaire. Mais dans l'ensemble, elle fut plutôt satisfaite : les rondeurs étaient aux bons endroits, la fesse et le sein bien drus; et l'épiderme doux, il lui suffirait d'y passer la main. Du velours. Et finalement, d'être hâlée partout, ça pouvait plaire. Tiens, ses dents par exemple : elle les avait toutes – ils étaient peu à pouvoir en dire autant – et le teint bruni les faisait paraître plus blanches. Elle se sourit jusqu'aux oreilles : tu es très bien, Jeanne-Marie.

Ce serait bien le diable...

Car enfin, s'ils sont tous à vouloir me trousser, depuis que j'ai douze ans, il doit y avoir une raison. Ils me regardent et ils bavent, ces salopiots. Et il serait le seul, Lui, lui entre tous, à demeurer imperturbable? Pour une fois qu'elle s'en trouvait un à sa convenance? (Et même un peu plus qu'à ta convenance, Jeanne-Marie, c'est largement plus que ça. Il est l'homme dont tu n'as jamais rêvé. Au contraire, moins tu en voyais, des hommes, et mieux tu te portais.)

Mais le Rouch...

Il te le faut, Jeanne-Marie. Celui-là, pas un autre. Et rien que lui, rien que lui, à jamais, jusqu'à ce que tu sois totalement décrépite...

Elle était descendue de Pause dans l'après-midi du mercredi 16 avril. Jour où le Rouch repartait de Bayonne, avec le Basque, pour commencer d'établir son barrage. Jour aussi où le village, sur ses gabarres, ayant passé Toulouse, entreprenait de descendre la Garonne vers Bordeaux.

Elle établit son emploi du temps.

Lever à trois heures, à la façon d'Anastasie.

Un quart d'heure quotidien pour sa toilette, mais à l'intérieur de la maison et donc à l'abri des regards de ces cochons de bergers, dont elle se doutait qu'ils devaient être à l'affût. Ils m'ont vue toute nue une fois, ça suffit, la femme du Rouch, ça ne se montre pas à la foule. Quoique. Ça lui aurait tout de même fait plaisir de les faire baver, assurée qu'elle était d'être intouchable. Elle ricana : dommage.

Elle affecta six heures de son temps à l'entretien de la maison, de la rue (on aurait pu manger sur les pavés après son nettoyage) et du petit carré de jardin qui avait été le territoire personnel d'Anastasie. Sentit clairement qu'elle prenait là une succession. Elle élargit même le lopin, et creusa d'autres rigoles en dérivation du ruisseau principal.

Elle augmenta la provision de bois de cuisine et de chauffe, tailla, trancha, hacha, scia à s'en rompre les bras, qu'elle avait pourtant solides.

De son propre argent, elle fit acheter à Coufflens, par l'un des souillarts de Chinchel, deux ou trois jambons et du lard. Ça mange, un homme, surtout grand et fort comme le Rouch, quelle plante, Diù Biban ! L'image de son corps à elle et de son corps à lui, mêlés, lui revenait à intervalles réguliers, avec une précision toujours plus grande, et diablement gênante. Elle s'en fit rougir. Avoir à ce point l'envie d'un homme, quelle honte! Il te faudra lui bien cacher que tu n'es qu'une puto...

Et chaque matin, elle lui préparait consciencieusement la soupe, pour le cas où il rentrerait. Lui mettait son couvert, son pain (qu'elle exigeait livré tous les deux jours, pour qu'il fût toujours frais), son vin. Il mangera face au feu que je tiens allumé, et je serai derrière lui, attendant...

Elle ferma les yeux, le feu aux joues plus que jamais, par avance.

Mais s'étant fixé quinze heures de travail par jour, il venait forcément un moment où elle n'avait plus rien à faire, en dépit des recherches fiévreuses. D'abord, elle ne fit rien et se contenta de demeurer assise, coupable, guettant un bruit de pas, un appel, une rumeur venue de la vallée et qui eût annoncé le retour du village et donc d'Elie.

Puis elle découvrit que Chinchel savait lire. Oh! pas trop bien, mais enfin il savait. Et compter aussi, ce que pour sa part elle ignorait (les quatr
ans qu'elle avait passés, petite fille, à Bethmale,
aller vendre du lait, elle s'était servie pour énumé-
rer les mesures vendues, de haricots, qu'elle d
sait à mesure dans une vieille bouteille –
par mesure. De même s'agissant de
livrés au boulanger, et du pain re
on utilisait, pour tenir les com
crantés différemment).

– C'est que je ne
Chinchel plus qu'

– Tu en

Grand

des

2

Un autre homme l'accompagnait. Un très gros, avec des épaules tombantes, un cou énorme, et qui devait peser un bon quintal. Mais dans la réalité, celui-là, elle ne le vit qu'à peine. Elle n'avait d'yeux que pour le Rouch, qui avait l'air si fatigué. Le désespoir la submergeait : dire qu'elle l'avait guetté, depuis douze jours, guetté chaque minute, préparé tout pour lui, y compris elle-même et que...

Elle retrouva grâce à Dieu assez de sang-froid pour dire :

– La soupe est prête.

Et ce fut aussi simple que cela. Car les deux mâles s'installèrent, presque comme elle l'avait rêvé cent fois... à ceci près qu'ils étaient deux au lieu d'un et que cela changeait tout.

– Voyons voir cette soupe, dit Elie avec douceur.

Il s'assit, avala deux ou trois cuillerées, ses yeux sur Jeanne-Marie d'abord, puis sur les quinze ou vingt planches arrachées à la plus vieille des granges et sur lesquelles on lisait à l'infini : *Au commencement, Dieu créa le Ciel et la Terre...* tracé d'une main qui, pour les dernières transcriptions, arrivait presque à être adroite.

Le Basque s'assit à son tour, face au Rouch, sur le second tabouret (il n'y en avait que deux). Jeanne-Marie posa devant lui la seconde assiette (il n'y en avait pas d'autre) et la seconde cuiller de bois (la dernière). Le Basque se mit à manger.

– Qu'est-ce que tu en penses ? demanda Elie.

– De la soupe ?

– Quoi d'autre ?

– Elle est bonne, dit le Basque.

Ils parlaient français entre eux.

– Pour une bonne soupe, c'est une bonne soupe, ajouta Iraçabal. C'est même la meilleure que j'aie goûtée depuis la dernière fois que j'en ai mangé une.

– Il y en a encore, dit Jeanne-Marie.

D'un identique mouvement, ils lui tendirent leurs assiettes. Elle servit évidemment le Rouch en premier. Se recula, mains jointes sur l'abdomen, après avoir furtivement, croyait-elle, tenté de s'attifer un peu. Après un moment, toutefois, avec un empressement qu'elle se reprochait sans rien pouvoir y faire, elle alla décrocher son meilleur jambon, et le posa sur la table à droite d'Elie. Y ajouta un fromage, du pain... et le grand couteau à fendre en deux les ours. Ce même couteau avec lequel elle avait cloué le Rouch au chambranle de la cabane au col de Pause.

– Et il n'y a donc rien à boire, dans cette maison ? remarqua très doucement Elie.

Son regard vert considéra la large lame qui lui avait transpercé le flanc, et avec quoi il devait maintenant découper le jambon. Il releva les yeux et fixa Jeanne-Marie. Qui rougit violemment...

... Et qui alla chercher la bouteille de vin – unique – entreposée dans le coffre à provisions – la huche – dont elle avait passé commande au souillart du pariau de Chinchel, avec l'intention secrète de l'offrir au Rouch au moment où... Elle rougit de plus belle : Jeanne-Marie, je te tuerai, comment peux-tu être aussi bête!

Les deux hommes achevèrent leur repas en silence. Dehors, la nuit était tombée. Forcée de demeurer debout en l'absence de tout siège disponible (mais de toute façon elle ne se serait pas assise, puisqu'à sa place, Anastasie ne l'aurait pas fait), elle alla et vint dans la pourtaous. Rajouta une bûche sous le crémail, lava les deux assiettes et les cuillers dans l'évier de pierre, avec de l'eau qu'elle alla chercher dehors dans une dourno en terre cuite de Rimont. Essuya la table avec une méticulosité extrême, le nez sur le bois pour y traquer la moindre miette. Balaya. Raccrocha le jambon et remit le pain dans la huche. Les deux hommes se taisaient toujours. Et s'ils croient que je vais parler la première, qu'ils crèvent!

Le Basque s'étira, bâilla. Il demanda à Elie :

– Tu m'as dit que je dormais où?

– Dans la maison de François Raufaste. La troisième à droite en sortant. Celle dont quelqu'un a cru malin de défoncer la porte.

– Bonne nuit, Rouch.

– Bonne nuit, Blaise-Pascal.

Le Basque sortit. Silence. Un brusque frisson parcourut Jeanne-Marie. Elle se jeta à nouveau sur son balai, se remit à gratter avec une véritable frénésie la terre battue du sol.

Mais elle sentait sur elle, implacables, les yeux verts qui la pourchassaient où qu'elle allât.

Et il finit tout de même par dire, de sa voix tranquille et grave :

– Alors, comme ça, tu serais ma promise?

Il lui prit le balai des mains :

– Continue à balayer et tu finiras par nous creuser une tranchée.

Jeanne-Marie luttait contre elle-même, complètement perdue, ne sachant pas ce qui l'emportait en elle, ou ce qui devait l'emporter : de sa presque irrépressible envie de fuir, de sa volonté farouche de rester, de son besoin de lui. Maintenant que le moment était enfin venu.

– Tu as dit à Chinchel que nous étions fiancés ?

– Il l'a cru de lui-même.

Elle ne se souvenait plus comment cela s'était fait.

– Regarde-moi.

Il la saisit aux épaules, la contraignit à lui faire face. Il la scruta un long moment, puis son regard descendit sur elle, avec une tranquille impudence, ce fut comme s'il la déshabillait et l'examinait, tel un cheval. Il sourit :

– D'accord, la fille. Ça me plaît, à moi aussi.

La pression sur les épaules de Jeanne-Marie s'accrut subitement. Dans la seconde suivante, elle se trouva écrasée sous le poitrail d'ours, enfermée par une force invraisemblable, la tête rejetée en arrière, lèvres offertes contre toute défense. Il l'embrassa et soit qu'elle ne pût lui résister, soit qu'elle ait cédé à son envie, elle ouvrit sa bouche, sentit en elle la langue du Rouch, son haleine, et des doigts au creux de ses reins. Elle se sentit pliée, ployée, soulevée. Une tornade, mais calme, et méthodique. Et d'une certaine façon, douce. Déjà, il lui défaisait la chemise, lui mettait les seins nus. Elle ne touchait plus le sol...

– Puisque nous sommes fiancés, à ce qu'il paraît, dit-il.

Il n'avait besoin que d'une seule main, d'un seul bras pour la porter. De l'autre, il entreprenait de lui ôter sa jupe.

Tout en montant l'escalier.

– Marie-Jeanne? Non, tu t'appelles Jeanne-Marie. La différence est mince. Pour le grand nom, j'ai oublié.

Ils passèrent le seuil de la chambre, où le lit était préparé.

Evidemment! PAR MOI!

Comme un nageur qui se débat pour remonter à la surface, elle tenta de se reprendre, de recouvrer le contrôle d'elle-même. L'affolement la gagnait. Et une colère incompréhensible. Elle s'arc-bouta, poussa pour se dégager de la poitrine du Rouch qui lui semblait une muraille.

– Lâche-moi.

D'un mouvement calme, précis, il fit glisser son jupon, la mit tout à fait nue sauf ses bas. Il la coucha sur le lit et l'y fixa, d'une seule paume posée au travers des seins.

– LÂCHE-MOI!

Cette fois, enfin décidée, elle se débattit avec violence. Mais la main sur la poitrine la maintenait clouée au lit. Il ne réussit pas à lui ôter ses bas. Sourit :

– Et tu ne voudrais plus, maintenant?

Avec une fureur montante, elle lui décocha un coup de pied, « là où ça fait mal aux hommes ». Mais il para et dans le même temps l'écrasa un peu plus contre le mince matelas sous lequel elle sentit le bat-flanc.

– Tu es ma promise, oui ou non? A en croire Chinchel Fourque et toute la vallée, tu l'es.

Il fit glisser un bas, puis l'autre, esquivant nonchalamment les coups de pied. Elle tenta de le mordre au bras. Il l'écrasa un peu plus et elle s'étouffa, poitrine bloquée.

– On ne bouge plus, dit-il très calmement.

Elle frappa à la poitrine (elle aurait aussi bien pu frapper un arbre), puis sur la bouche et eut au moins cette satisfaction de faire couler son sang. Tenta en vain d'atteindre ses yeux :

– Je te tuerai!

– On ne bouge plus.

Elle était nue comme un ver, maintenant. Et se tortilla de même, enragée, pendant au moins trois ou quatre minutes, en silence, sans parvenir une seule seconde à lui échapper. Elle finit par s'immobiliser, à bout de forces, le souffle perdu.

– On ne bouge plus?

Il souriait. Elle acquiesça. Il relâcha sa prise...

... et la rattrapa avant qu'elle eût réussi à se remettre debout, prête à se ruer dans l'escalier, en bas, vers le couteau. Il la souleva d'une main, la brandit littéralement à bout de bras, la ramena – sans douceur – sur le lit. Cette fois sur le ventre, en lui enfonçant le nez dans le matelas.

L'y maintint.

– C'est Joël qui t'a dit de rester à m'attendre?

Elle ne trouva rien à répondre, stupéfaite.

– Tu as été dans le lit avec lui, c'est ça? Pourquoi ne l'as-tu pas suivi?

La toile du matelas l'étouffait à demi. Cela, et la fureur.

– Tu as dormi avec Joël. Il t'a prise. Puis il n'a plus voulu de toi. Et maintenant, ce serait mon tour, un Rouch en vaut un autre. C'est ça, la fille?

Elle voulut parler. Il lui enfonça un peu plus le nez dans le matelas.

– On ne bouge pas.

Un long silence s'écoula.

Il s'assit sur le lit.

– Tu peux te redresser.

Mais ce fut elle, alors, qui se refusa à bouger. Elle pleurait, sans le moindre bruit. Et se répétait sans fin : Mon Dieu, mon Dieu, mon Dieu... Mais cela ne dura guère. L'énergie qu'il y avait en elle reprit le dessus. Sa colère lui sécha ses larmes. Elle tourna un peu la tête, posa sa joue, le visage vers le mur et dit haineusement :

– N'empêche que tu ne l'as pas retrouvé, ton village. Il t'a bien eu, le Joël.

La main qui était posée dans le creux de ses reins se détendit, se retira.

– Mais ce n'est pas fini, dit-il.

Elle mit plusieurs secondes à comprendre ce que cela signifiait : parce qu'il allait encore les suivre?

– Je vais aller les chercher, reprit-il de sa voix tranquille. Jusqu'au Brésil. C'est exactement ce que je vais faire : je vais aller les chercher au Brésil. Et les ramener. Tous.

Il se leva, se mit à marcher dans la chambre. Elle risqua un œil : *jusqu'au Brésil?*

– Tu irais au Brésil? Toi?

Pas de réponse. Il lui tournait le dos, avec ses épaules immenses et ses boucles noires sur sa nuque. D'un coup, comme par une lame de fond, elle fut submergée de tendresse. Pourquoi est-ce que je lui ai refusé? *Moun Diù det Ceou!* pourquoi? Mais immédiatement après, elle se corrigea : il n'a jamais eu l'intention de me prendre, jamais il n'a vraiment voulu de moi. Il n'a que son village en tête. Et le Joël. Elle dit, d'une toute petite voix :

– Et d'abord, ce n'est pas Joël qui m'a dit de

rester. Je suis restée parce que j'ai voulu. Lui, il voulait de moi... Au contraire...

Il se mit à descendre l'escalier. D'un bond, elle fut au bas du lit :

– Et puis moi aussi je veux aller au Brésil !

Les mots avaient passé ses lèvres avant même qu'elle ait eu conscience de les avoir pensés. Mais elle répéta, et cette fois consciente :

– Je te suivrai !

Tout était parfaitement clair pour elle, à présent. Il est en colère, c'est bien normal : il n'a pas retrouvé son village, qui a déjà dû monter sur le bateau, et en plus il croit que Joël et moi... Un fait la frappa : c'était vrai que Joël et elle... Oh ! Jeanne-Marie, pourquoi es-tu si puto ? Ce n'est pas surprenant qu'il ne veuille pas de toi, après que toi et son frère...

Si encore j'étais allée avec un autre frère. J'avais le choix, ils sont cinquante. Mais non, il a fallu que ce soit Joël, entre tous...

... Mais elle n'allait tout de même pas renoncer. Oui, tout était clair. Elle hurla dans l'escalier :

– JE TE SUIVRAI !

Et pour preuve de sa détermination, elle flanqua un coup de pied dans la porte. Dit aussi :

– J'ai de l'argent, de l'argent à moi toute seule. Une fortune. Et j'irai avec toi au Brésil, tu entends, j'irai !

Il se figea. D'abord sans se retourner :

– Sûrement pas, dit-il.

– Je te suivrai.

– Non.

Il remonta l'escalier.

Elle pensa : ça y est, il va me flanquer une trempe. Mais elle ne bougea pas. Décida de mourir sur place. Prit soudain conscience de ce qu'elle était tout à fait nue. Il vint face à elle, s'immobilisa, massif et large comme une porte de grange. Et très brusquement, à plonger par défi dans les yeux verts du Rouch, Jeanne-Marie fut envahie par un merveilleux sentiment de triomphe : ce n'est sûrement pas de me frapper qu'il a envie...

Silence. Il va me prendre. Et tu as envie qu'il te prenne. Il n'y a rien au monde, depuis que tu es née, dont tu n'aies eu plus envie, quitte à mourir après...

Il allongea un bras, une main, à l'évidence hésitant entre la claque et la caresse. Et enfin agit. Ne fit ni l'une ni l'autre. Il écarta doucement Jeanne-Marie et, impassible, avec très exactement l'air de quelqu'un qui ramasse des cèpes, cueillit une à une toutes les pièces de vêtement dont il l'avait défaite : les bas, le jupon, la jupe, la chemise et le gilet de Bethmalaise. Il repartit dans l'escalier. D'en bas :

– C'est ta malle, ça?

Interloquée, et elle-même à mi-chemin dans l'escalier :

– Oui.

Il hocha la tête, enfourna dans la malle le produit de sa cueillette, y ajouta deux châles et la cape accrochés à une patère de bois. Il abaissa le couvercle, mit en place le cadenas, soupesa l'ensemble, qui faisait dans les trente ou trente-cinq livres.

– Je ne vais pas te la voler, bien entendu, dit-il. (Il regarda autour de lui pour vérifier qu'il n'avait rien oublié et fit claquer le cadenas.) Quand on descend à Coufflens, à peu près à une heure d'ici, à droite du chemin au-dessus de Faup, il y a une cabane. La malle y sera. Demain ou après-demain. Chinchel passera te voir. Tu lui diras de te rapporter ta malle. Adieu.

Claquement de la porte, puis du loquet de bois

qu'il mit en place. A ce dernier, il assena un coup de poing, bloquant l'ouverture. Elle cria :

– Mais je suis toute nue !

– Justement, répondit la voix extrêmement sereine du Rouch. Justement. Je pars demain pour le Brésil et j'ai autant besoin de toi sur mes talons que de la fièvre jaune.

3

– ECOUTE-MOI, Rouch, dit le Basque puisant dans son courage, écoute-moi s'il te plaît. Dans vingt minutes, il fera jour.

– Grande nouvelle, répondit paisiblement Elie.

– Et elle est toujours derrière nous.

Blaise-Pascal n'osait pas se retourner, depuis pas mal de temps déjà, depuis en fait le moment où, quittant la maison de François Raufaste, ils étaient remontés en selle. (En accrochant une malle d'osier à la selle du troisième cheval de Mérens.) Mais avant cela, vers les trois heures du matin, dormant pourtant comme un plomb, il avait été éveillé par des coups sourds retentissants dans le silence. S'étant levé pour aller aux nouvelles, il avait à la lueur de son briquet, découvert le Rouch allongé dans un lit voisin du sien, alors qu'il le croyait en train de batifoler avec sa promise, dans l'autre maison. « Rouch, tu entends ? – Dors. – On dirait que quelqu'un est en train d'enfoncer une porte. – Dors. – Mais on pourrait au moins... – Dors. » Le Basque avait fini par se recoucher mais avait en vain essayé de retrouver le sommeil. Pas avec un tel boucan.

– C'est sa malle, après tout, dit le Basque.

Pas de réponse. Les trois chevaux allaient très

lentement au pas, sans hâte. Blaise-Pascal faillit encore se retourner, mais résista de nouveau à la tentation. Il devait être dans les cinq heures du matin, le samedi 26 avril. Environ une heure et demie plus tôt, le Rouch avait donné le signal du lever (les coups sur la porte s'étaient arrêtés un quart d'heure auparavant). Les deux hommes s'étaient apprêtés au départ. Le Basque était sorti le premier pour aller seller son cheval. Et il l'avait vue.

Nue.

Assise devant la porte sur le pavé de la rue unique, à l'évidence pelant de froid. Il avait précipitamment battu en retraite : quoi qu'il y eût entre le Rouch et elle, son bon sens naturel lui avait soufflé sur-le-champ que mieux valait ne pas trop se rincer l'œil, bien qu'il fît sombre. « Rouch, elle est dehors à t'attendre. » Un temps : « Et pas vêtue de trop. – Regarde ailleurs. » Réponse pour le moins ambiguë. Ils avaient pris la route. Le Basque était monté en selle les yeux fermés. Après même pas deux cents mètres, pourtant, se retournant furtif, il l'avait découverte, marchant haute et droite, déterminée. Et assez sacrément fichue pour donner des rêves, pénombre ou pas.

Ensuite, presque une heure de descente vers la vallée. Et au seul son des pierres qu'elle faisait rouler sous ses pieds nus, en trébuchant, il avait bien compris qu'elle les suivait.

L'aube était en train de naître. Et autre chose préoccupait également le Basque : on aurait très bien pu mettre les chevaux au trot, on y voyait assez clair depuis un bon quart d'heure. Mais non. On continuait à aller au pas, tranquilles. Par la seule volonté du Rouch, qui donnait l'allure.

Autrement dit, il l'attend. Ils jouent à quoi, tous

les deux? Une seule chose semblait absolument certaine à Blaise-Pascal : la seule chose à faire est de fermer ma grande gueule. Mais ce fut plus fort que lui :

– Le jour va se lever, Rouch. On va la voir, toute la vallée entière. Et quand nous traverserons Sainte-Gironde...

– Saint-Girons.

– ... Quand nous traverserons Saint-Girons avec elle toute nue marchant le nez dans la queue de nos chevaux...

Arrêt.

Aussi brutal qu'inattendu. Une seconde, le Basque crut que le Rouch et lui allaient devoir encore se taper dessus ou alors – et c'était bien plus extraordinaire – que le Rouch se rendait à ses raisons. Mais Elie mit pied à terre, alla au troisième Mérens, décrocha la malle. Sur la droite de la piste, une cabane en pierres, petite, de quelques pieds carrés. La porte vola en éclats sous l'effet d'un coup de pied négligent. Elie entra, déposa la malle à l'intérieur, ressortit, strictement impassible. Il remonta en selle, sans un regard derrière lui et claqua de la langue pour inciter son cheval à repartir.

Le Basque suivit, torturé par son envie de regarder derrière lui. Il commence à m'énerver, pensa-t-il, s'agissant du Rouch. Et si on doit se battre, je vais te lui en mettre une bonne dose, il ne l'aura pas volée.

Deux cents mètres. Mais la piste sinuait en lacet, pour mieux prendre la pente. Si bien que les deux hommes n'étaient, à vol d'oiseau, à guère plus de cinquante mètres de la cabane quand l'appel leur parvint :

– Rouch! Elie Rouch!

– Retourne-toi et je t'assomme, dit paisiblement Elie. Et il ajouta : Tu n'entends rien.

– ELIE ROUCH !

– Je n'entends rien, quel silence, dit le Basque sarcastique.

– ELIE ROUCH ! ÇA NE CHANGE RIEN ! RIEN DU TOUT !

Iraçabal n'eut même pas à se retourner. Il devina ce qui se passait au seul bruit de la course entreprise par la jeune fille, qui coupait manifestement droit la pente. Et qui suivait toujours, toujours nue, sauf qu'elle devait maintenant porter sa malle sur la tête.

Il arrêta son cheval – lui aussi – se mit à en contempler les oreilles avec obstination.

Il entendit plus qu'il ne vit le Rouch qui, ayant à nouveau mis pied à terre, s'éloignait et remontait.

– Comprends-moi, expliqua le Basque à son cheval, c'est la promise du Rouch, après tout. Toute la vallée est au courant. Ils doivent être pas loin de trois mille bergers, pour le moins, à passer la tête entre les rochers, pour voir nue la fiancée du Rouch. Ils s'esbaudissent. Ou ne vont pas tarder, avec ce jour qui se lève de plus en plus.

– Blaise-Pascal...

La voix du Rouch, déjà à cinq mètres de là, cette voix était calme, mais le Basque avait trop pratiqué son Ariégeois. Il hocha la tête :

– On se bat quand tu veux. Et quant à moi, je vais cogner dur, fais-moi confiance. Mais ce n'est pas moi qui lui ai pris sa malle, à cette fille...

Un temps. Derrière lui, il entendit le Rouch qui repartait.

S'éloignait, escaladait la pente.

Silence. Le jour était tout à fait levé. Des chuchotements. Et un brusque éclat de voix de la fille :

– Ah non ! tu m'as mise toute nue, je reste toute nue !

Un temps. « Sauf si... »

Chuchotements.

Silence. Deux ou trois minutes passèrent. Se rapprocha un double pas. Double.

Elle demanda :

– Et il s'appelle comment, celui-là qui a mangé ma soupe ?

– Blaise-Pascal Iraçabal, répondit le Basque toujours hypnotisé par les oreilles de son cheval.

– Il vient avec nous au Brésil ?

– Il paraît, dit Elie.

Les trois chevaux se remirent en route. Alors seulement le Basque risqua un coup d'œil sur le côté : elle était rhabillée. Ça le ragaillardit. Il dit au Rouch :

– Je n'ai rien vu, rien entendu.

– Très bien, dit Elie.

Il siffla, et le grand chien gris cendré, au poitrail gigantesque, s'engagea derrière eux trois dans la descente.

Salabert les attendait à Saint-Girons, chez Poutensan, sur le champ de Mars. Chinchel Fourque descendu dans la nuit était avec lui.

– Dix-sept moutons, un bélier, trois brebis, une chèvre, dit Salabert à Elie. Tu es d'accord sur le compte ? Mais je te préviens...

– Tu as une raison de me tutoyer ?

Salabert se figea, interdit. Il eut peur.

– Non, c'est l'habitude.

Silence. Elie sourit :

– Je ne t'aime pas trop. Continue.

Salabert aspira à fond et il fallut un moment pour que sa voix retrouvât son timbre normal :

– Je viens d'acheter tout ton village, pour mes clients de Toulouse. Je ne peux tout de même pas...

– Je ne vends rien, dit Elie.

Un silence. Elie précisa :

– Et tu voudras bien dire à tes clients de Toulouse qu'ils ne se fassent pas des idées. Cette montagne que tu leur as vendue est aux Rouch et aux Raufaste. A nul autre. Aussi longtemps que je serai vivant. Ils l'ont payée, je la leur rachèterai, jusqu'à la dernière pierre.

Salabert jeta un regard affolé vers Chinchel, qui demeura impassible (et qui se sentit mountagnol comme jamais, jusqu'à en hurler d'orgueil).

– Alors, tu as voulu me voir pourquoi, si ce n'est pas pour vendre ?

– Pour te dire seulement ça, répondit Elie Rouch. Et aussi parce que je veux que tu me donnes cinq cents francs.

Un temps.

– Cinq cents francs. En échange, je te signe un papier : si dans un an jour pour jour, je ne suis pas ici avec l'argent, ces cinq cents francs, mon troupeau et ma maison seront à toi.

– Ils ne valent pas cinq cents francs.

– Ne m'énerve pas, Salabert.

Silence. Elie Rouch allongea une main sur la table et enserra le poignet du marchand de biens. Serra progressivement. Les jointures blanchirent et dans le même temps, Salabert devint blême.

– Dans un an jour pour jour, je serai là, dit Elie très doucement. Je n'aurai pas seulement ces cinq cents francs mais tout l'argent, les presque quarante mille francs que tu leur as donnés, en échange de notre montagne. Et tu rendras tout.

Salabert essaya de dégager son poignet mais l'étau se resserra et il haleta, déjà en sueur, près de hurler.

– Ce n'est pas si simple, Rouch, finit-il par dire. Il y aura des intérêts à payer.

– Je les paierai. Je paie toujours ce que je dois. Le prix juste.

– Et si mes acheteurs de Toulouse ne voulaient pas revendre ?

Nouveau sourire, terrifiant :

– Alors ce ne sera pas autour de ton poignet que je mettrai ma main. Même si ça doit me conduire au bagne. Dans un an. Jour pour jour.

Quand il débarque à Toulon, revenant de Crimée, vingt et un jours plus tôt, le 4 avril, Elie Rouch a sept cents et quelques francs en poche.

Son pécule, après sept années de service, dont quatre comme sergent.

A cette somme s'ajoutent, le 5 avril, quand il traverse Marseille, les mille trois cent quatre-vingt-neuf francs et des poussières, récupérés auprès du Souquet de la rue Sainte.

Plus de deux mille francs au total, presque deux mille cent. Un assez joli magot quand on sait qu'un employé de commerce de dix ans d'expérience gagne alors soixante francs par mois.

Entre Toulon et son arrivée au village au bord de l'Artigou, au matin du dimanche 13 avril, soit en neuf jours, il n'a pas dépensé un centime (hormis les trente-quatre francs payés pour la statuette d'os). Il a couché chez l'habitant-ami et s'y est fait inviter sans vergogne. Il n'est certes pas homme à jeter l'argent par les fenêtres.

Et puis, à la découverte de son village disparu, s'engage la première partie de la poursuite. Et vient la folie, quoiqu'il n'y paraisse pas sur son visage. Dans la semaine suivante, du 13 au 20, en sept jours, il dilapide pas loin de dix-sept cents francs. Preuve péremptoire de ce que, sous ses dehors tranquilles, il a plus ou moins perdu la tête.

Il se reprend dans l'après-midi du 20, le dimanche, assis tout au bout de la pointe de Grave, tandis qu'il contemple en train de disparaître le *Hansa* emmenant son village. Il rentre à pied du Médoc à Toulouse, en ne dormant que six heures en tout. A Toulouse, il retrouve le Basque et les trois Mérens (revend celui acheté à Saint-Sever). Il regagne sa montagne, cherche et trouve Chinchel Fourque, apprend par lui incidemment qu'il aurait une promise, convient avec lui de la vente à réméré de son troupeau et de sa maison, rencontre Salabert et obtient cinq cents francs de ce dernier.

C'est-à-dire qu'au soir du 25 avril, avec ce qui lui reste de son capital de départ, il est riche de huit cent trente-cinq francs.

...

De son côté Jeanne-Marie détient dans sa fameuse malle l'intégralité des sept cent quarante-quatre francs arrachés par Joël au médecin-député de Toulouse. Moins toutefois sept francs soixante de pain, de vin et de jambon achetés pour le Rouch.

...

Le Basque est le plus riche des trois : il a environ neuf cents francs.

...

Et le prix d'un billet pour le Brésil, de Bayonne à

Rio de Janeiro en passant par Bilbao, Lisbonne, les îles du Cap-Vert, Bahia, est au printemps de 1856, de cent soixante-quinze francs par personne, nourriture en sus.

Le prix le plus bas s'entend. Celui proposé aux émigrants.

4

Le bateau à bord duquel ils allaient traverser l'Atlantique s'appelait l'*Andia*. Il appartenait à la compagnie britannique Cunard. Elie l'avait vu en Crimée où, depuis Liverpool, il avait amené un régiment entier. C'était un navire d'à peine six ans d'âge, d'environ deux mille huit cents tonneaux, coque en bois, roues à aubes de plus de douze mètres, une cheminée, trois mâts; capable de filer onze à douze nœuds.

Elie Rouch, Jeanne-Marie et le Basque, à cheval tous les trois et toujours suivis à distance du chien Martrou, arrivèrent à Bayonne le 1er mai dans la soirée, à dix-huit heures de l'appareillage. Leur premier soin fut de vendre les chevaux. Ils en obtinrent deux cent vingt francs l'un. Iraçabal n'assista pas à la transaction, à laquelle il avait néanmoins aidé, faisant intervenir l'un de ses trois cents cousins de Bayonne. Il partit, aussitôt arrivé, pour Guéthary, afin d'y apprendre à sa mère qu'il s'en allait au Brésil.

Si bien que la Bethmalaise et Elie Rouch se retrouvèrent seuls dans Bayonne.

Y marchèrent côte à côte. Ils savaient où coucher : avant de partir pour Guéthary, le Basque leur avait trouvé une chambre, évidemment chez quelqu'un de sa famille. A un seul lit, il avait cru bien faire. Pourtant, en six jours qu'avait duré leur voyage jusqu'à l'Atlantique, elle et le Rouch n'avaient jamais dormi ensemble, et même ils n'avaient pas échangé trois mots. Pour elle, elle gardait un souvenir, qui l'emplissait d'une fierté invraisemblable : celui du Rouch tenant tête à Salabert, et l'épouvantant par son seul sourire. Pour lui, tandis qu'elle chevauchait à ses côtés, il lui avait à maintes reprises coulé un regard, quand il pensait qu'elle ne le voyait pas (et il se trompait, elle avait très bien vu, chaque fois, et chaque fois avait senti sa gorge se nouer).

– Tu n'as rien à faire au Brésil, dit-il enfin, après trois heures au moins de marche – et ils avaient déjà fait deux ou trois fois le tour des remparts de Bayonne, traversé la Nive par deux ponts différents, parcouru presque toutes les rues.

Silence. Passa plusieurs minutes.

– Je n'ai rien à faire nulle part, répondit-elle.

Et soudain, elle eut envie de pleurer. Encore. Pour la troisième fois de sa vie, cela devenait décidément une habitude. Ils longeaient l'Adour maintenant, suivant la grille dressée par le génie militaire, sur la rive droite de la rivière, vingt ans plus tôt. Le chemin escaladait des mamelons en enfilade, et traversait des bosquets de marronniers et d'ormeaux. Quelques-uns des marronniers étaient en fleur.

– Ce n'est pas vraiment Joël qui t'a dit de rester ?

Elle haussa les épaules, sa vue un peu brouillée. Pourquoi serait-elle restée à l'attendre lui, Elie ?

Elle ne savait même pas qu'il allait rentrer. Et qui le savait? Elle le croyait mort, tout comme le croyait Anastasie. Tout en parlant d'une voix sourde, elle considérait l'Adour, qui allait à la mer. La mer où, le lendemain, elle allait naviguer. L'immensité de ce qu'elle entreprenait l'écrasa soudain, et vint s'ajouter au reste. Elle se mit à pleurer. Vraiment. Balbutiant tout de même :

– Il voulait de moi, Joël. C'est moi qui n'ai plus voulu de lui. C'est vrai. Je ne mens pas.

– Tu es un peu folle, dit Elie Rouch de sa voix douce.

Au cœur de son chagrin, elle éprouva de l'indignation :

– Et toi! s'exclama-t-elle, tu crois que tu es normal, à courir ainsi derrière ton village?

Il sourit. Mais ne cessait de la scruter :

– Tu serais vraiment allée toute nue jusqu'à Coufflens?

Elle acquiesça avec la dernière énergie :

– Ouais. Et même jusqu'à Seix.

Du coup, ses larmes se tarirent. Tout au contraire, une profonde satisfaction l'envahit, au souvenir de ce qu'elle était parvenue à faire faire au Rouch, en pleine montagne, tandis que le Basque attendait dos tourné sur son cheval : le Rouch l'avait rhabillée, entièrement, de la tête aux pieds, lui remettant même ses bas, lui refermant sa chemise. Sans cesser de la dévisager de ses yeux verts. Même qu'il avait l'air tout drôle... Ça lui avait fait de l'effet, pas de doute...

– J'ai faim, dit-elle avec une autorité qui l'abasourdit elle-même.

Ils revinrent vers le centre de la rue de l'Argenterie où avait sa maison le cousin du Basque qui les logeait pour la nuit.

Il dit :

– Ecoute-moi, je vais au Brésil pour en ramener mon village, et je le ramènerai. Je ne resterai pas. Mais toi ? Tu seras seule. Et tu ne parles même pas l'espagnol.

– J'apprendrai.

– Tout comme tu as appris à lire, sur des planches ?

– Moque-toi de moi. C'est facile...

– Chinchel ne sait même pas écrire.

– Mieux que moi. Moi, je ne sais rien.

Ils achetèrent un pain à deux sous et pour trois autres sous de fromage. Quant à l'eau, il y en avait dans la chambre, on n'avait pas à s'en préoccuper. La nuit était venue et ils ne pouvaient plus rien faire d'autre que gagner leur logement. Ce n'était qu'une soupente, simplement meublée d'un lit, d'une table et d'une chaise, plus, sur une tablette de bois fixée au mur, une cuvette supportant un broc. Le broc était vide. Il demanda :

– Tu vas chercher de l'eau ou j'y vais ?

Elle irait, bien sûr. La question même la surprit : où avait-il vu que c'était un travail d'homme ?

A son retour, elle le trouva assis à la table. Quelque part, il avait trouvé du papier, une plume et de l'encre.

– Assieds-toi, dit-il.

Il avait tiré la table pour la placer tout près du lit, et parallèlement à celui-ci. Il désigna le lit : « Ici. » Sourit devant le regard soupçonneux qu'elle lui adressa :

– Comment veux-tu que je t'apprenne à lire si tu n'es pas à côté de moi ?

Elle s'assit. Difficilement. Six jours de cheval lui avaient fait la fesse douloureuse. Elle fixa les lettres sur la feuille blanche. Les caractères manuscrits ne ressemblaient pas à ceux de la Bible que Chinchel lui avait montrée.

– Qu'est-ce qu'il y a d'écrit ?
– Ton nom : Jeanne-Marie.

Ils partagèrent le pain et le fromage, buvant au même rebord du broc, tandis qu'elle écrivait – essayait d'écrire – à l'infini : *Jeanne-Marie Fougaril* et aussi *Elie Rouch* et encore *Brésil.* Il était assis tout près d'elle, très près. Leurs cuisses se touchaient, par moments, et à plusieurs reprises, il enveloppa sa main de la sienne, pour la guider.

– Tu y arrives. Tu es intelligente.

Elle lui sourit, pour la première fois depuis qu'elle l'avait vu surgir à la porte de la cabane de Pause.

... Et brusquement se mit à trembler.

Avec une extraordinaire douceur, il lui prit la plume des mains, la trempa dans l'encrier et, sur une feuille vierge, écrivit : *Je t'aime.*

– Juste pour la pratique, expliqua-t-il, avec une curieuse expression au fond de ses prunelles claires : A toi.

Il lui tendit la plume.

– Je ne sais même pas ce que ça veut dire, ce que tu as écrit.

– Tu le sais très bien. Ecris.

Elle acquiesça pour toute réponse. Commença de former ses lettres... Mais n'alla pas au bout, elle tremblait trop. Et puis une sorte de langueur la prenait.

Et cela se fit très simplement, en silence. Elle se laissa aller en arrière, déposant ses épaules, son dos, sa tête sur la courtepointe. Il demanda :

– Tu as sommeil ?
– Non.

Elle le fixait intensément, affolée pourtant, et lui ne détournait pas davantage son regard. Il finit par se lever, souleva la table et l'écarta. Il revint près d'elle, hocha la tête :

– Je ne m'y attendais pas.

Il se pencha et lui défit ses cheveux. Elle l'aida en soulevant un peu la tête. Il lui prit le visage dans ses deux mains :

– Je ne m'y attendais vraiment pas. C'est venu et c'est là. Il n'y a pas beaucoup à dire. Tu me comprends ?

– Oui.

– Même si tu es à Joël.

– Ce n'est pas vrai.

– Même.

Il la fit s'allonger sur le lit et se coucha à côté d'elle. L'incita doucement de la main : elle obéit et mit sa tête sur son épaule. Il souffla la chandelle.

Ils s'embarquèrent le lendemain, vendredi 2 mai 1856, en compagnie du Basque et du chien. Martrou les avait suivis de loin durant leur promenade, s'était évidemment refusé à entrer dans la maison rue de l'Argenterie. Sans doute croqua-t-il un chien ou deux, dans Bayonne la nuit, mais au matin il les attendait et alla avec eux jusqu'au port, Elie portant la malle.

Le faire monter à bord prit un peu de temps. En raison de l'équipage, qui d'abord refusa. Et puis l'accord des marins obtenu, Elie siffla, cria, appela, sans aucune espèce de résultat. Martrou s'obstina à demeurer sur le quai.

En fin de compte, Jeanne-Marie alla le chercher, lui mit une claque en pleine gueule, le prit par le collier et le traîna à bord. Le Basque hurla de rire.

– Blaise-Pascal ? dit Elie.

– Quand tu voudras.

On les logea tous quatre dans la cale avant. Ils furent malades comme des chiens, sauf le chien.

Ils quittèrent la France douze jours et trois heures après le *Hansa,* parti quant à lui de Bordeaux, et qui transportait le village.

Le *Hansa,* selon les prévisions, devait arriver au Brésil dans les derniers jours de mai, toucher Pernambouc le 26, Bahia le 30 ou le 31.

Et entrer le 5 juin dans la baie de Rio.

VI

... C'est que je suis moi-même
très étrange...

1

Le 5 juin au matin, le jour se leva sur des montagnes vertes, d'un vert tendre mais soutenu. Une couleur singulière, inconnue, qui d'ailleurs, avec la montée de la lumière, se fit plus sombre, changea. Mais pas les montagnes, qui demeurèrent présentes, et parurent même s'avancer à leur rencontre dans la mer, malgré les blanches plages de sable entre elles et l'eau. On passa le cap Frio, puis le Negro : « On est au plus à huit lieues du port », expliqua à peu près à Zaccharie le jeune matelot hambourgeois avec qui il s'était lié d'amitié pendant la traversée, et qui parlait un peu français.

– Tu veux dire Rio?

– Rio de Janeiro, *ya. Sehr schön*, très beau.

Le village tout entier, jusqu'à Anastasie, vint sur le pont, se déploya au long du bastingage, écarquilla les yeux. On longeait de très près la côte des senteurs en arrivaient; il y avait quantité d'îles et d'îlettes, également graniteuses, le plus souvent touffues; l'air qu'on respirait était humide, brouillasseux; d'ailleurs, on ne voyait pas vraiment les sommets des montagnes, tous fichés dans une immense nappe vaporeuse.

Le silence gagna tous les mountagnols.

Ce qu'ils avaient vu jusque-là de la terre brésilienne, à Pernambuco et Salvador de Bahia, les deux escales précédentes, leur avait paru étranger et bizarre. D'abord, il y faisait horriblement chaud, et lourd, le soleil y était de plomb, à vous écraser un homme. Ils ne s'étaient vraiment pas vus vivre dans un pays pareil. « Mais nous allons au sud, c'est-à-dire au nord, qui est le sud ici. Il y fera donc moins chaud. » L'explication était de Joël, de connivence avec Boussut. Yeux ronds de Jouan Raufaste : « Ils mettent le sud à la place du nord, ici ? – Tu as tout compris – Mais pourquoi font-ils une chose comme ça ? Et on les laisse faire ? – A cause de l'Equateur, qu'on a passé. – Je n'ai rien vu. – Evidemment : tu dormais. Sinon, tu aurais vu la ligne, tracée dans la mer depuis l'Afrique, avec de temps en temps des poteaux pour l'indication : ICI ON CHANGE, LE SUD DEVIENT LE NORD ET L'INVERSE... En dix-neuf langues dont le gascon. »

Ce Brésil-là, qu'ils découvraient maintenant dans la lumière de l'aube, leur plaisait davantage, ou les inquiétait moins. Après tout, on voyait des montagnes, et des hautes. Certaines – en fait la serra de Mantiqueira – devaient avoisiner les trois mille mètres. Et il n'y faisait pas si chaud, surtout pour juin.

On approcha. Passé le fort de Santa Cruz, surgit alors de la mer comme un gigantesque amphithéâtre de collines curieusement coniques, souvent solitaires, essaimées, les plus avancées dans la mer se révélant des îles en chapelet, sur la gauche, et les plus lointaines dans le fond et à droite s'épaulant à la chaîne montagneuse qui fermait l'horizon. Quelqu'un en nomma certaines de celles qui étaient proches : Viraçao, Pão de Açucar-Pain de Sucre, Gavea, Doïs Irmaos-Deux frères, Corcovado et Inacio Dias. Tout cela d'une prenante, fascinante beauté, qui émut Zaccharie jusqu'aux larmes. L'énorme battement des roues à aubes dimi-nua d'un coup. Le *Hansa* prit son cap face à une sorte de véritable gorge entre deux masses de granite. S'ouvrit une baie échancrée de lagunes. On glissa sur de l'eau calme. On jeta les ancres. Une heure passa. Des hommes en uniforme vinrent à bord, assez dépenaillés, pas trop propres, rasés de la semaine précédente, mais portant des sabres et des fusils, et pas mal de morgue sur le visage. Ils permirent très vite aux passagers de première et deuxième classe de descendre à terre. Autorisèrent de même les quelque cent cinquante émigrants d'Allemagne, de Suède, de Norvège ou de Finlande, à quitter le navire.

Mais ne se préoccupèrent pas du village. A toutes les questions que leur firent en espagnol un Eloi, un Barbu, un Jérémie ou un Boussut, ils ne prirent même pas la peine de répondre, au mieux haussant les épaules.

Durant toute la traversée, le village était demeuré replié sur lui-même, on n'avait parlé qu'entre soi. Non par un choix délibéré. Boussut et d'autres n'auraient pas demandé mieux que de discutailler un peu. Mais l'équipage était germanique; les passagers de première et deuxième classe, dont sûrement quelques-uns parlaient français ou espagnol, n'avaient que très rarement condescendu à des rapports avec des émigrants voyageant à fond de cale. Et quant aux autres émigrants comme eux, là encore, la barrière de la langue s'était dressée : nul du village ne parlant évidemment suédois, norvégien ou finnois, et même pas allemand, dans le meilleur des cas on s'était souri – bien que ces gens du Nord blonds et pâles fussent en général plus que distants vis-à-vis des petits et noirs mountagnols de l'Ariège.

A force de faire débarquer tout le monde sauf

eux, vint inévitablement un moment où ceux du village se retrouvèrent seuls à bord, à l'exception de l'équipage. Ils commencèrent de s'en inquiéter, et surtout de s'en irriter. En pure perte. Une autre heure s'écoula. Après laquelle enfin, sur le quai, apparurent deux hommes à cheval, chaussés de bottes luisantes et escortés d'esclaves noirs. Ils montèrent à bord, l'un s'appelait Cabral et l'autre Cobb, de la firme Atkinson, Wittaker et Cobb, de Liverpool et Rio. Dirent-ils. Cabral parlait espagnol assez couramment, Cobb un peu (mais il savait le français).

Le village apprit alors trois nouvelles.

La première qu'on ne parlait pas espagnol au Brésil, mais portugais.

La deuxième que dans ce pays surprenant où le nord était le sud et *vice versa*, l'été était l'hiver, et donc que juin équivalait à décembre.

Ces deux informations les firent rire, à tout le moins sourire : étaient-ils ignorants, tout de même !

Mais pas la troisième.

La troisième nouvelle les écrasa.

– Tu étais au courant, dit Boussut. Et ce ne fut pas une question qu'il posait : il affirma.

Il avait presque fouillé le navire de fond en comble, à la recherche de Joël. Pendant la traversée de l'Atlantique le cadet des Rouch, sans véritablement faire bande à part (quoique s'acoquinant avec des négociants anglais dont seul il parlait la langue), n'était quand même pas demeuré en permanence avec le village. Il s'en fallait. On ne s'en était pas vraiment offusqué : on venait à peine de quitter Lisbonne qu'il avait eu une espèce de syncope, très impressionnante; appelé, le second capitaine qui faisait office de médecin du bord, l'avait fait transporter à l'infirmerie. On ne l'avait pas revu de quelques jours, après lesquels il était réapparu, assez faiblard en vérité, mais expliquant que sa vieille blessure (la pointe de lance indienne en or dans sa poitrine) l'empêchait de dormir avec le village, sur un châlit ou dans un hamac, et que le commandant avait été assez bienveillant pour l'autoriser à demeurer sur le pont supérieur, en première classe, dans une cabine qui, par un heureux hasard, se trouvait justement libre. Depuis, on ne l'avait au vrai qu'entr'aperçu, de temps à autre.

– Tu étais au courant, répéta Boussut.

Joël se trouvait dans un salon, maintenant désert à part lui et Boussut, où ne pouvaient accéder que les passagers de première classe et les officiers du navire. Il était assis à une table, des cartes à jouer devant lui. Il posa délicatement son dos contre la banquette et fixa le bossu. Il avait maigri, et beaucoup; son teint semblait plus clair, presque diaphane, on voyait qu'il n'avait guère dû prendre le soleil sur le pont. Mais la conséquence première de ces changements survenus en lui était qu'il semblait plus beau que jamais. Il sourit :

– Je ne sais pas les détails.

– Cabral et Cobb, ce sont leurs noms. Ils nous mettent le marché en main, de deux choses l'une : ou bien nous leur remboursons tout l'argent versé par Labadie à Bordeaux pour notre voyage, plus autre chose qu'ils appellent un dédommagement, et à ce moment-là nous sommes libres de debarquer et d'aller où bon nous semble... ou bien nous ne les payons pas, nous gardons notre argent .. et nous travaillons pour un propriétaire...

Boussut s'interrompit, dans l'attente de ce que Joël allait dire, mais le cadet des Rouch ne parut pas disposé à parler : en fait, il allongea sa main fine et blanche, ramassa les cartes étalées, les assembla, se mit à les battre; les yeux un peu écarquillés regardant le vide et ne souriant plus.

– ... comme des domestiques, dit Boussut. Pendant cinq ans. A cause de ce papier que tu as signé en notre nom à tous, et qui paraît-il nous engage, sauf à aller devant un juge, ce qui prendra trois ans. Cobb n'a pas trouvé le mot français pour expliquer ce que nous serions alors, dans ce dernier cas, nous autres du village. Cabral, si : il l'a dit en espagnol : des *peones*. Pendant cinq ans. Nous serons payés, nous aurons de quoi manger, des maisons pour dormir. Mais ce sera seulement après cinq ans, quand nous lui aurons complètement fait sa terre, à celui qui nous achète, ce sera seulement alors, avec l'argent qu'il nous restera, s'il nous en reste, que nous pourrons acheter de la terre et être chez nous.

Boussut tremblait de rage, ses yeux de renard presque invisibles tant ils étaient étrécis. Il n'avait pu parvenir jusqu'à Joël qu'après mille discussions, et en forçant le barrage des matelots. Qui l'avaient finalement laissé passer, lui seul. En s'opposant à ce que le Bardu, Jérémie et François, qui l'accompagnaient, accèdent quant à eux aux installations de première classe.

– Tout est clair, reprit-il. Ces matelots avaient des ordres : les tiens, ou ceux de ton ami le commandant, qui est si bienveillant. Je pense que tu t'es joué de nous tout du long. A Lisbonne, ou peut-être avant, tu avais un billet de première classe. Déjà. Un seigneur comme toi, ça ne voyage pas avec des mountagnols émigrants. Et les matelots m'ont laissé passer moi seul parce que je ne risque pas de te casser la tête. Je ne suis pas assez fort, et je suis bossu et estropié.

Joël sourit :

– J'avais vraiment très mal, à Lisbonne. Et avant. J'ai eu vraiment une syncope.

Boussut secoua la tête.

– Et vous pouvez payer votre voyage, poursuivit Joël. Vous avez assez d'argent pour ça.

– Nous sommes soixante-seize, en ne te comptant pas. Cabral et Cobb m'ont d'abord demandé sept cents francs par personne. Plus de cinquante-trois mille francs. Nous ne les avons pas, nous en sommes loin. Mais j'ai discuté, qu'est-ce que je pouvais faire d'autre? J'ai obtenu un prix de cinq cent cinquante francs par personne, à cause des enfants. Ce contrat que tu as signé nous étrangle, c'est sûr. Et cinq cent cinquante pour soixante-seize, ça fait trente-trois mille sept cent vingt-cinq francs...

– Vous les avez.

– ... Mais il paraît qu'il faut aussi payer pour les gabarres de Gardouch. Trois mille. C'est un prix de voleur et nous le savons tous. Même Cabral avait de la honte.

– Vous pouvez payer.

– Nous le pouvons. Il nous restera alors à peu près quatre mille francs, en comptant le moindre sou qu'avait chacun de nous dans sa poche. Seulement la terre qu'on peut acheter au Brésil n'est pas ici, à Rio de Janeiro; elle est très loin, soit dans le nord, à des milliers de kilomètres, où il fait très chaud et où nous ne pourrions pas vivre, soit dans l'ouest, un endroit appelé le Matto Grosso, soit dans le sud, dans une région appelée le Parana, près d'une ville nommée Coritiba. D'après Cabral, le sud serait le mieux. Mais il faut y aller. Nous pouvons y aller à pied. C'est à mille kilomètres, à deux cent cinquante lieues, il nous faudra deux ou trois mois et sans doute il y en aura plusieurs du village qui mourront en route. Ou bien on peut prendre un bateau, payer encore. Je sais compter, Joël, je sais compter très bien. Si nous payons encore, en arrivant à cette ville appelée Coritiba, il nous reste juste assez d'argent pour acheter un lot, guère plus. Chaque lot de bonne terre vaut mille quatre cent quatorze francs, c'est le prix, et il fait trente hectares. Et il nous faudra des chevaux ou des bœufs, des bêtes, et du matériel, et de la nourriture en attendant que la terre commence à donner. Et tu crois qu'on peut survivre, même nous mountagnols, sur trente ou quarante hectares de forêt à défricher complètement ?

Joël étalait les cartes pour une patience.

– Voilà où tu nous as conduits, Joël. Nous n'avons pas le choix : il va nous falloir dire oui à Cabral et à Cobb, dire qu'on est d'accord pour faire les domestiques pendant cinq ans. Je ne sais pas si tu nous as menti sur ta blessure. J'espère que non, j'espère que ta blessure te fera beaucoup souffrir, et qu'elle te fera crever, au plus tôt sera le mieux.

On finit par débarquer le village. Mais pas sur la terre ferme du continent. On l'amena dans l' « Ilha das Flores », l'île des Fleurs, qui est dans la baie de Guanabara à Rio. Il y avait là en construction une sorte d'hôtellerie, réservée aux émigrants, où d'ailleurs ils retrouvèrent leurs compagnons de voyage allemands et scandinaves. On les y laissa à peine trois jours, même pas, grâce à l'activité de Cabral et Cobb : le 8 de juin, le village prit place à bord d'un vapeur qui allait au sud, à Porto Alegre, avec escales à Santos qui est le port de São Paulo, et à Paranagua. Paranagua étant la destination prévue par Cabral, qui partit aussi.

Mais ils ne furent que soixante-quatorze à s'embarquer, toujours en décomptant Joël qui, pour le village, n'exista plus.

Boussut Raufaste ne fut pas du voyage. Il l'avait expliqué à Joël, qui peut-être le savait déjà très bien : il était hors de question de rembourser les associés, portugais, brésiliens ou anglais, de Labadie; hors de question de payer la totalité de ce qu'ils réclamaient. Par contre, les rembourser en partie, de façon à libérer de toute dette un ou ceux du village, était possible et financièrement presque raisonnable. Boussut paya donc cinq cent cinquante francs (Cabral l'aida à convaincre Cobb) et fut libre. Il paya même deux fois la somme de façon à libérer quelqu'un d'autre.

Ce quelqu'un d'autre fut Zaccharie Rouch.

Boussut et Zaccharie demeurèrent dans l'île des Fleurs après le départ du village pour le Parana. Ce ne fut que le 10 juin au matin, enfin, en règle avec les commissaires de l'émigration, qu'ils posèrent le pied sur les quais de Rio.

Boussut Raufaste n'avait alors que vingt et un ans. Mais le village tout entier lui savait la tête solide, et bougrement pensante. Aussi s'était-on rallié à la proposition qu'il avait faite : il allait demeurer quelque temps dans la capitale de l'empire du Brésil. Pour tenter d'y voir plus clair en cette affaire, essayer de démêler l'écheveau embrouillé à plaisir par le Joël et Labadie. Pour trouver une échappatoire, n'importe quoi, qui permît au village de n'être pas prisonnier pendant cinq ans. Pour sauver ce qui pouvait l'être encore, peut-être en trouvant de l'argent afin de racheter le contrat. Dans le désarroi, voire l'abattement où l'on était, on estima que le Boussut, mieux que tous les autres, en était capable, au point qu'on lui fît suffisamment confiance pour lui laisser trente mille francs du capital commun.

(En vérité, Boussut, s'il avait aussi cette idée en tête, en avait également une autre, qu'il garda pour lui.)

Il lui fut accordé six mois. Après lesquels, en cas d'échec, il les rejoindrait à Coritiba, ou en quelque endroit qu'ils seraient.

D'abord, Boussut pensa œuvrer seul. Il avait de l'entregent, de l'imagination et de l'audace, et vit bien qu'un François ou un Jérémie, avec leur lourdeur de bœufs, l'eussent entravé dans ses démarches. Mais sa solitude à venir l'effraya un peu. Et puis on avait de tout temps procédé ainsi : un Raufaste et un Rouch, à part de responsabilité égale, en toute occasion.

Et entre tous les Rouch, ce fut Zaccharie qui fut choisi. Sur l'insistance du Boussut lui-même, en l'occurrence étrangement appuyé par Anastasie et donc Eloi. Zaccharie ne portait qu'un peu plus de seize ans d'âge mais pas de doute, d'ores et déjà, il était celui qui ressemblait le plus à Elie.

Elie.

Ah! Dieu de Dieu, si Elie n'était pas mort en Crimée, rien de tout cela ne serait arrivé, de ce naufrage. Ils le voyaient bien. Quelle pitié!

Ce ne fut pas le but poursuivi, de loin. Mais le fait est que cette décision unanime du village, de laisser deux des siens en arrière, eut une conséquence imprévue, qu'on n'eût probablement pas souhaitée : outre qu'elle donna naissance à une fichue péripétie, pour le moins surprenante, elle sauva la vie de Joël le Faiseur de Rêves, ou du moins lui gagna un peu du temps qui lui restait à vivre.

2

IL souffrait le martyre, à en hurler.

Avait passé l'essentiel de son voyage couché, torturé, plantant parfois ses dents dans un bout de bois tendre et, dans les quelques moments où la douleur s'adoucissait un peu, était allé rejoindre le village dans son entrepont, choisissant de parler au Boussut accumulant ses projets pour faire fortune, et surtout à Zaccharie, pour qui il se sentait une étrange tendresse, chaque jour grandissante.

Refusant obstinément tous les analgésiques, dont l'opium, proposés par le second capitaine, il avait senti la balle cheminer dans sa chair, s'approcher jour après jour de la colonne vertébrale. Les crises s'étaient faites plus fréquentes – celle de Lisbonne ayant été la pire, il avait cru mourir –, jusqu'à trois et quatre fois par journée, avec des pointes effrayantes. Je ne pourrai plus tenir très longtemps, je finirai bien par me pendre...

... D'ailleurs, je ne vaux pas mieux.

Car il y avait cela aussi, en plus : son définitif dégoût de lui-même, presque la haine qu'il éprouvait à sa propre encontre.

Il sourit au commandant du *Hansa*, à l'instant de quitter le navire :

– Merci pour tout, pour la cabine...

– Puisqu'elle était libre...
– ... et pour vos soins. Merci.
L'Allemand se mit à rire :
– C'est plutôt à moi de vous remercier, à moi et à tous mes officiers. Vous ne nous auriez pas rendu cet argent que vous nous avez gagné, je me demande comment nous aurions fait, pour approcher les jolies dames brésiliennes. Seigneur, je n'ai jamais vu quelqu'un jouer comme vous, aux dés et aux cartes ou à n'importe quoi ! Vous ne perdez donc jamais ?
– Je le voudrais que je ne le pourrais pas.
– Comment appelez-vous ce jeu, en français ?
Entre eux, ils avaient toujours parlé anglais.
– Le Jeu du Cochon, répondit Joël.
Il acheva de descendre la passerelle et toucha le sol du Brésil.

Le Pão de Açucar, le Pain de Sucre. Dieu sait qu'il en avait vraiment rêvé, à La Nouvelle-Orléans ! Sur ce point, il n'avait pas menti au curé Ségalas. Et le voilà, je ne vois que lui... Bon, ce n'est après tout qu'un gros rocher, quoiqu'un rocher de quatre cents mètres de haut. Je l'ai vu, je peux m'en repartir...

Il se mit à marcher. Hésita à monter dans une calèche. Poursuivit à pied, en dépit de la douleur à chaque pas. Il longea l'*alfandega,* autant dire la douane, qui ressemblait plus à une prison, avec son bâtiment vieux rose aux ouvertures ovales et barrelées, par-dessus le toit duquel s'apercevait la masse sauvage du Corcovado.

Il eut à marcher plus que prévu, n'en pouvait vraiment plus quand il parvint au centre de Rio, au pied du *morro* du Castelo. Poussa jusqu'à l'église, l'*igreja,* N.-S. do Carmo, comme le lui avait prescrit le second capitaine du *Hansa*. Le bijoutier s'appelait Stern. Il examina la pépite :

– English, Français, Deutsch?

– Français. Pourquoi, le poids change selon la nationalité du client?

– Simplement pour savoir dans quelle langue je vais vous rouler.

– Je veux connaître le poids de ma pépite, je ne suis pas ici pour prendre un cours de langues étrangères, dit Joël en souriant.

Cela prit un moment. Mais vraiment très bref. Stern alla à une vitesse diabolique. Il effectua néanmoins ses mesures pour le cas où c'eût été n'importe quoi enrobé d'or. Finit par annoncer, après un délai ridiculement court et jetant ses mots comme de la mitraille :

– Trois cent cinquante-huit onces, cinq octaves et un scrupule. Soit sept kilos, neuf cent vingt-huit grammes cinq cent dix. Je peux vous le calculer en grains, si vous préférez, ce sera plus précis. Mais un *escrupulo*, ça fait déjà un gramme cent quatre-vingt-quinze...

– Merci, non. Et supposons que je veuille vendre?

– ... Et il y a vingt-quatre grains dans un seul petit escrupulo. Calculez vous-même. Me vendre à moi?

– A n'importe qui.

Stern s'enquit :

– En quelle monnaie? Francs, dollars, sterling, florins, escu...

– Dollars.

– Enfantin. A vingt dollars l'once plus seize scrupules à un dollar : sept mille sept cent soixante-seize dollars.

Soit en francs français (Joël commença d'entreprendre des calculs...)

– Cinq francs quatre-vingts pour un dollar, dit Stern. Quarante-cinq mille cent soixante-dix-huit francs français et cinquante-six centimes également français.

Il avait dû mettre une demi-seconde pour effectuer le calcul. Joël sourit :

– Ce n'est pas assez.

Il se parlait à lui-même, d'évidence. Stern ne s'y trompa pas. Se tut et attendit. Joël demanda :

– Quelle est l'unité monétaire du Brésil?

– Le *real.* Mais il y a un inconvénient.

– Qui est?

– Il n'existe pas.

– Amusant, dit Joël. Alors, on joue avec quoi?

– Le *milreis.*

– Qui vaut?

Le bijoutier récita à une allure proprement effarante :

– Trois cent cinquante reis pour un franc français. Un franc français vaut zéro milreis trois cent cinquante. Quarante-cinq mille cent soixante-dix-huit francs français et cinquante-six centimes français font quinze millions huit cent douze mille quatre cent quatre-vingts reis ou bien quinze mille huit cent douze milreis. Je me suis permis d'arrondir un peu, excusez-moi. Vous ne voulez pas vraiment vendre cette pépite, n'est-ce pas? Pas vraiment.

– Pas vraiment.

– Attachement sentimental?

– En quelque sorte. Mais merci quand même.

– Tout à votre service, dit Stern.

Joël sortit. Quarante-cinq mille francs. Ce n'était pas assez. Même avec ce qu'il avait en poche et qu'il tenait de Labadie, pour paiement de ses loyaux services en qualité de vendeur de village ariégeois. Ce n'était pas assez. Il sourit, la vieille lueur de malice au fond de ses prunelles vertes : comme toujours, l'idée dont il avait besoin lui était venue, à la seconde où elle lui était nécessaire. Il rentra dans la bijouterie.

– Changé d'avis? interrogea Stern. Le prix que je vous ai indiqué moins vingt pour cent.

– Je n'ai pas changé d'avis. Attachement sentimental. Mais je voudrais quelques renseignements.

Stern les lui donna. Avec toutes les précisions souhaitables et au-delà. Stern remarqua :

– Malade?

– Fièvres, dit Joël. Prises dans les marais de Louisiane.

– Nous avons pas mal de marais, ici aussi. Soyez prudent.

Joël hocha la tête en souriant. Sortit. Il trouva une voiture à cheval, partit aussitôt.

Quand il n'y a pas de solution, c'est qu'il n'y a pas de problème.

Il alla au nord. Plein nord. En premier lieu, il longea la baie de Guanabara, dont les découvreurs de janvier 1502 avaient d'abord cru qu'il s'agissait d'un fleuve. Puis, comme Stern le lui avait conseillé, il suivit la ligne de chemin de fer, la première et pour l'heure la seule du Brésil, entreprise dix-huit mois plus tôt. Il passa la nuit du 6 au 7 juin 1856 à Petropolis. Une dizaine d'années plus tôt, des immigrants allemands venus de Poméranie s'y étaient installés, non loin de la somptueuse résidence d'été que l'empereur du Brésil se faisait construire. C'était un endroit tout à fait admirable, regorgeant de fleurs inconnues et cascadantes. Joël y expliqua qu'il avait toutes les raisons du monde d'idolâtrer la Poméranie : sa chère défunte femme, morte des fièvres un mois plus tôt, à Pernambuco, alors qu'elle et lui venaient pour s'établir au Brésil, cette femme adorée que Dieu avait rappelée à Lui n'était-elle pas elle-même poméranienne ?

Il émut jusqu'aux larmes ses hôtes d'une nuit, qui le traitèrent comme un fils. Au point qu'il s'attarda. Au vrai, il aspirait à un lit véritable, fût-il recouvert d'une couette teutonne, et il put ainsi reprendre quelques forces, dont il avait le plus urgent besoin. Il ne repartit que le 9 au matin, dans le regret affectueux et l'apitoiement de toute la colonie germanique.

Le 10 en fin de matinée, il trouva le pont de Desengano, jeté sur le rio Paraïba do Sul pour y faire passer le chemin de fer. La *fazenda* – ferme, mais la suite révéla ce terme très au-dessous de la réalité – la fazenda de dom João ne se trouvait plus très loin. Pour en découvrir l'accès, il suffisait d'ailleurs de remonter comme un fleuve les incessants convois de mules bâtées et chargées de sacs de café, conduites par des esclaves noirs dont beaucoup portaient des anneaux de fer aux chevilles, et eux-mêmes exhortés au fouet par des *arreadores* bottés et à cheval.

Joël pénétra sur le domaine vers onze heures trente. Il lui fallut six autres heures de bonne route pour parvenir à la demeure seigneuriale. A cette échelle, chevauchant des théories de collines couvertes à l'infini de caféiers, ce n'était plus un domaine mais un territoire, en quelque sorte indépendant.

A son arrivée, un esclave vint lui tenir ses rênes, un autre lui ouvrit la route, un troisième lui porta à boire, un quatrième en livrée le fit entrer. L'habitation était réellement splendide et lui rappela les plus magnifiques résidences des planteurs de coton sur le Mississippi. Vint assez rapidement ce qui se révéla être un secrétaire particulier, du nom de Ferris, et anglais, et d'à peu près le même âge que Joël, sauf qu'il était blond et rose. Il dit très vite, sitôt qu'il eut compris :

– Dom João chasse sur ses terres et ne sera pas là de deux ou trois jours.

– J'attendrai. Ici. L'endroit me plaît suffisamment, répliqua Joël avec son aplomb ordinaire.

Vêtu, chaussé, coiffé de neuf, il avait grande allure.

– Et dom João ne joue pas avec n'importe qui.

– Précisément, je ne suis pas n'importe qui.

– Pour dom João, jouer est un art.

Sourire :

– Je suis un artiste, à ma façon.

Ils auraient sans doute pu aller ainsi pendant des heures, mais Joël coupa court, expliqua quelle sorte de jeu il venait proposer à Son Excellence dom João de Carbalho da Fonseca y Souza et Dieu Seul Savait Quoi Encore. Dont il avait entendu parler jusqu'à Paris et jusqu'à La Nouvelle-Orléans, où d'ailleurs lui Joël Rouch de l'Artigou, baron de Coufflens, se souvenait parfaitement d'avoir eu l'honneur d'entr'apercevoir l'Excellence.

Et les yeux bleus de l'Anglais s'élargirent

– C'est une proposition vraiment étrange, dit-il.

– C'est que je suis moi-même très étrange, répondit Joël.

3

Le premier soin de Boussut Raufaste fut de porter l'argent dans une banque, à leur débarquement. Il étudia plusieurs banques, avant que de confier sa clientèle. En tout, il déposa trente-deux mille quatre cents francs, trente mille appartenant au village, le reste à lui. Il ne garda que quarante et quelques francs sur lui, répartis en plusieurs poches pour réduire les risques de vol. N'en changea qu'un peu en milreis brésiliens, par une précaution supplémentaire. On ne savait jamais avec ces monnaies étrangères, ça peut vous changer de cours d'un jour à l'autre, expliqua-t-il à Zaccharie, à qui d'ailleurs on n'avait nul besoin d'expliquer tant : il comprenait tout et très vite.

Et encore, avant de procéder à ses opérations de change, Boussut fit-il vingt-cinq ou trente changeurs, pour s'assurer le meilleur cours. Il avait un sens aigu de ces choses, une méfiance innée, la roublardise de trois marchands de chevaux. Et un sou est un sou. Sans parler des centimes.

Ils marchèrent dans Rio de Janeiro. A n'en plus finir. Comptabilisant chaque boutique, chaque négoce, même les plus dépourvus de prestige. Ils passèrent des heures et des heures à patrouiller sur le port, notant quels bateaux en partaient ou sortaient, amenant ou emportant quoi, d'où et pour où, et à quel prix. Des espions n'eussent pas fait mieux.

Du haut du morro de Castelo, ils eurent déjà une vue assez complète de la ville. Mais ne s'en contentèrent pas. Leur acharnement à tout appréhender de ce pays nouveau où ils étaient, leur fit également parcourir les environs. Ils se rendirent (à pied évidemment) à la petite ville de Botafogo, à quatre ou cinq kilomètres dans le sud de Rio, au pied du Pain de Sucre. Ils escaladèrent le morro d'Urca en bons mountagnols et même dépassèrent celui de Babilonia. De l'autre côté, ils découvrirent une côte étroite, dans un décor à véritablement couper le souffle. Suivant une piste coincée entre des marais et des lagunes sur leur droite, et l'Atlantique sud sur leur gauche, ils traversèrent des endroits désertiques qui s'appelaient Copacabana, Ipanema, Leblon. Et San Conrado de l'autre côté du morro des Deux-Frères; et Tijuca avec son pic, par-delà le morro de Gavea. Hormis quelques résidences, appelées *palacetes*, bâties par des fous d'Anglais en quête de solitude, il n'y avait pas grand-monde.

Jouant à être devenus très riches, ils se choisirent des endroits où implanter la maison qu'ils se feraient un jour construire. Boussut opta pour Rio même, à côté de la banque qu'il achèterait, de la maison de commerce qu'il allait établir. Zaccharie pour sa part, qui commençait de beaucoup aimer d'être tout nu au soleil et de tremper ses jambes dans la mer, malgré les grosses vagues, Zaccharie préféra Copacabana. Le nom lui plaisait, et au vrai le faisait rire.

... Car ils allaient devenir très riches, ils en étaient persuadés, telle était la raison première de leur exploration exhaustive : connaître le champ de bataille. Ce n'était qu'une question de temps. Un an ou deux.

... Mettons trois, au plus.

... D'accord, disons cinq ou six.

Ils scrutèrent des cartes du pays à s'en user les yeux, une qui était déjà à l'hôtellerie sur l'île des Fleurs, puis d'autres dans des banques ou divers établissements de commerce. Les dimensions du Brésil les avaient ébahis, tout en les emplissant d'enthousiasme : cinq mille kilomètres de long et autant de large, c'était un pays pour eux, ils y feraient certainement leur place.

– En fin de compte, Joël avait raison, en vint à dire Zaccharie.

– Ne parlons plus de lui, répliqua Boussut le ton pincé.

Le seul point où ils ne furent pas tout à fait d'accord. Pour le reste, une entente totale. Et à cette entente, un fondement ferme, définitif, adopté par eux deux presque sans mot dire : ils ne travailleraient pas la terre, ne se préoccuperaient pas d'y planter quoi que ce fût, d'y élever la moindre bestiole. Non, leur destin était dans le négoce, la chose était certaine.

Ils se virent assez bien devenus les rois du café. Ou du sucre de canne. Ou du rhum. Ou du coton. Ou du diamant.

– ... Ou du tabac, acheva d'énumérer Zaccharie.

Boussut secoua la tête. Non. Il avait toujours son idée de diligences. Certes, il y en avait déjà, des diligences, au Brésil, et à peu près partout, contrairement aux affirmations de ce foutu Joël. Mais il restait de la place et puis, tant pis pour la concurrence, il les abattrait tous. Un jour entier au moins, il rêva d'un service de malles reliant Rio à São Paulo et de là, vers le sud, au Rio de la Plata, à Montevideo et Buenos Aires. Il vit distinctement des centaines, pourquoi pas des milliers d'ailleurs, de voitures, qui seraient rouge et noir et arboreraient le double R des Rouch et des Raufaste, à leur gloire et pour leur fortune.

La vérité oblige à dire que l'idée ne fut pas de lui :

– Ecoute, osa dire Zaccharie, je crois que tu vois vieux, avec tes diligences. L'avenir, c'est le train.

Cette remarque-là, la toute dernière, qui allait changer pas mal de choses, fut du 16 de juin. Il y avait alors six jours à peine qu'ils étaient au Brésil. Et, de ce qui advint par la suite, tout serait incompréhensible si l'on oubliait qu'ils n'avaient que vingt et un ans pour l'un, même pas dix-sept pour l'autre, si l'on négligeait l'extraordinaire exaltation qui les tenait alors, à force de bâtir ensemble des rêves, à partir de celui que Joël leur avait donné.

Car l'ahurissant coup de folie qu'ils allaient ensemble commettre, seulement trois jours plus tard, le 19, s'il eut pour détonateur leur rencontre avec un homme appelé Hubrecht (mais au vrai ils recherchèrent plus ou moins cette rencontre), n'eut pas d'autres explications en effet que leur jeunesse, leur exaltation, leur solitude dans ce pays immense dont ils commençaient à peine de baragouiner la langue, et aussi les responsabilités énormes dont le village les avait somme toute investis. Et auxquelles ils voulurent répondre par un coup d'éclat, capable de susciter l'admiration, l'enthousiasme et la surprise.

Pour l'admiration et l'enthousiasme, la chose est douteuse. Mais pour la surprise, par contre, ils mirent en plein dans le mille. On ne saurait dire moins. Le résultat outrepassa toutes leurs espérances, s'agissant de provoquer la surprise.

4

A nouveau le village était en marche, sur la route. Mais à présent, les hommes seuls allaient à pied. Pour les femmes, les enfants, les vieux, et aussi pour les biens terrestres, avaient été prévues de grosses charrettes à quatre roues, tirées chacune par deux chevaux. Cabral d'ailleurs avait bien souligné que tout le monde pouvait y prendre place, jusqu'aux hommes : « La route est longue, il faudra marcher des jours et des jours. » Les colporteurs avaient presque ricané, malgré leur tristesse : ce Brésilien ne les connaissait décidément pas, il ne savait pas ce que c'était, marcher.

Quelque chose était arrivé, à propos de Cabral : il s'était à l'usage révélé assez plaisant, et bien plus bienveillant qu'on aurait pu le croire, surtout maintenant que l'autre, le Cobb pourri à la figure de carême, n'était plus là. Cabral leur avait appris qu'il était lui-même un Brésilien de fraîche date; il n'avait débarqué que quatre ans plus tôt, venant de Pico, dans l'archipel des Açores, où il était né. et avant de traverser l'Atlantique il avait, révéla-t-il avec fierté, gagné le continent d'Europe, d'abord Lisbonne puis, en Espagne, Séville, où il avait vécu trois ans, à être portefaix au bord du Guadalquivir, face à la Tour de l'Or qui lui avait donné bien des rêves.

Et un rêve, ça peut vous tuer un homme, disait-il pour conclure. Et même tout un pays.

Parti de Rio le 8 juin à l'aube, le vapeur transportant le village avait fait escale le 10 dans le port de Santos, était entré le 11 au soir dans la baie de Paranagua, à vingt-quatre lieues de Coritiba. Les charrettes avaient pris le relais. On était maintenant le 16. D'abord on avait vu un paysage de terres basses et malsaines, qui n'inspirait guère, avec des marécages reliés par de minuscules rivières. Mais l'horizon très vite avait dégagé un haut plateau, au-delà de la serra do Mar, sur lequel on était lentement monté. L'air à respirer était alors devenu bien meilleur, dans un monde de collines basses et boisées, qui n'était pas sans charme et leur parut humain.

On n'avait fait que traverser Coritiba juchée sur sa presqu'île au confluent de trois rivières, dont on n'avait vu que le clocher double. On avait fait route à l'ouest...

... Anastasie décida d'aller aussi à pied.

D'autres femmes l'imitèrent, souriantes, et ce mouvement à lui seul traduisit un changement jusque-là imperceptible : le village sortait de sa passivité, de l'accablement où l'avait jeté la troisième nouvelle reçue à Rio. Après tout, ce pays n'était pas laid, il n'était pas si étrange et même, commencèrent à remarquer certains, le fait de travailler pour un autre, quand on arrive dans une contrée inconnue, vous permet de vous familiariser avec les choses et les gens... Au lieu d'être livré à soi-même...

A peine Anastasie avait-elle posé le pied à terre qu'Eloi, derrière qui marchait comme toujours le muchacho, se porta à sa hauteur, à son côté, sans un mot. Ils cheminèrent ainsi, n'ayant pas assez d'yeux pour le paysage, constamment vallonné, à perte de vue, très souvent planté de grands arbres qu'ils n'avaient jamais vus et que Cabral nommait des araucarias, précisant que les graines pouvaient en être mangées. Mais on était loin de la jungle fétide, gluante, épaisse, qu'ils avaient tous imaginée, et si certains araucarias atteignaient quarante mètres, en somme, ils leur rappelaient plutôt leurs sapins de l'Ariège.

Anastasie se sentait étrange, incertaine. Peut-être à cause de ce pays qui en un sens la décevait tant il lui semblait accueillant. Peut-être aussi en raison de cette inactivité à laquelle elle avait été contrainte, depuis maintenant deux mois qu'ils avaient quitté l'Artigou. Après trente années d'un travail ininterrompu, la sensation était singulière. Et il y avait autre chose...

Dans un bourg où ils avaient fait halte, quarante-huit heures plus tôt, du nom de Campo Largo, une femme parlant en français avait joyeusement interpellé le village. Ainsi donc, ils étaient français, eux aussi? Elle venait de la Saintonge, avec son mari et cinq membres de sa famille; ils étaient au Parana depuis quarante-neuf mois et, ma foi, assez heureux d'y être, très heureux même; ils possédaient à eux tous quatre lots de trente hectares, pensaient en acquérir un autre très bientôt; ils faisaient du blé, de l'avoine, du seigle et de l'orge, qui venaient bien; et du tabac bien sûr; et aussi du *maté*, le thé des jésuites, qu'on leur achetait à Coritiba l'équivalent d'un franc quinze du kilo... Sans parler des coupes d'araucarias vendues au sortir des essartages... Non les hivers n'étaient absolument pas rudes, au pis neuf ou dix degrés sur zéro, et l'été la chaleur était soutenable... Non, il n'y avait pas d'Indiens sauvages...

Et le village s'était attroupé autour de cette femme qui, après avoir parlé, était remontée dans une petite tapissière à deux chevaux, emplie de toutes sortes de choses commandées à Coritiba, et qu'on venait de lui livrer. Du groupe, Anastasie s'était alors détachée, avait rejoint l'autre, et l'avait fixée de son œil de gerfaut :

– Ne me mens pas, s'il te plaît.

Dans la seconde, les deux femmes s'étaient comprises : oui, c'était vrai qu'une femme ici pouvait parfois se sentir seule, à en hurler, vrai que les distances étaient énormes, qu'on ne trouvait presque rien, que les gens y étaient rudes, pas nécessairement amicaux, qu'une femme pour eux n'était guère qu'un ventre, et une domestique; vrai encore qu'il n'y avait point d'église, de boutique, pas la plus petite, qu'on devait tout faire soi-même, que les premières années avaient été dures, la première surtout, Seigneur Jésus! Et cette chaleur de janvier ou février! Et tout ce travail qu'on avait dû fournir, douze heures par jour, jour après jour, chaque jour que le Bon Dieu fait...

– Mais tu as une maison? Des vaches? Des bêtes?

Oui, bien sûr, elle avait tout cela. Oui, un peu plus qu'en Saintonge. Au pays, elle avait seulement rêvé d'avoir une voiture à elle et maintenant elle l'avait. Quant aux bêtes : des vaches, des chevaux, de la volaille et aussi des porcs, achetés aux fermiers allemands d'Assunguy. Pour le vin, c'était aux Italiens d'Antonio-Rebouças qu'il fallait s'adresser. Et l'on avait plus de terre qu'en Saintonge, évidemment. Pour elle, à ses moments perdus... (ces derniers mots avaient fait naître en Anastasie un sourire intérieur : en avait-elle jamais eu, au village des Rouch et des Raufaste, des « moments perdus »? Et quant à travailler douze heures par jour...) pour elle, avait encore dit la femme, elle cousait des robes et des chemises, qu'elle revendait toutes faites. L'an dernier, elle avait ainsi gagné trois cents francs, ou l'équivalent...

Elle avait demandé à Anastasie :

– Et vous, vous venez d'où exactement?

– De l'Ariège. C'est dans les Pyrénées.

– Et vous allez où?

Anastasie ne savait qu'un nom : Marumbi.

– Ce n'est pas très loin d'Antonio-Rebouças. Des Italiens sont là-bas. Ils sont gentils.

Cela s'était passé deux jours plus tôt. Mais...

Elle demanda à Eloi :

– Tu y es allé, en Saintonge?

Il se souvint d'y être passé une fois qu'il allait en Bretagne. Se rappela même une ferme de Gémozac, où le Clan faisait ordinairement halte.

– Comment est-ce?

– Riche, dit Eloi. Très riche. Ils ont beaucoup de bêtes et du beurre. Dix fois plus riches que nous. Ça n'a pas de sens, de partir, quand on vit là-bas.

... Mais après deux jours d'intervalle, le souvenir de cette rencontre commençait à marquer Anastasie. S'ajoutant à ce qu'elle voyait elle-même du pays, ce qu'elle lisait sur les visages autour d'elle, s'ajoutant encore à cette découverte que Cabral n'était pas si méchant homme, et qu'on pouvait peut-être le croire quand il jurait que le domaine où ils allaient tous travailler pour cinq ans, était bienveillamment géré...

Elle vit plus tard que sa mutation s'était amorcée à Campo Largo, ou du moins qu'elle en avait pris conscience en cet endroit.

Elle n'avait pas oublié Elie, et cette première mort qu'elle avait subie, en apprenant que son aïnach ne lui reviendrait plus. Mais la blessure était désormais dans le passé, et à treize mille kilomètres en arrière, à des mondes et en d'autres temps.

... Et c'était en vérité très bête, au point qu'elle s'en faisait honte : ce qui l'avait le plus frappée, dans tout ce qu'avait dit ou fait la femme de Campo Largo, était la tapissière à deux chevaux.

Je pourrais en avoir une, moi aussi.

C'était si bête.

5

Dom João de Carbalho da Fonseca y Souza y Etcetera considéra Joël d'un œil froid. C'était un homme d'environ trente-cinq ans, plutôt beau, portant des poils sur la figure à la façon du Moustachu de France.

– Joueur professionnel?

– Non.

– Ici, on m'appelle Votre Excellence.

– Bah! Laissez-les dire, répondit Joël avec nonchalance.

Silence. « J'en ai peut-être un peu trop fait », pensa Joël. Mais Fonseca demanda :

– Et nous nous serions rencontrés à La Nouvelle-Orléans?

– Moi, je vous y ai vu. Dîner chez Antoine. Nous étions à deux tables voisines.

Il mentait, bien entendu. A son arrivée à Rio, il ignorait jusqu'au nom de son interlocuteur. Mais dès lors que Stern lui avait appris le récent voyage du millionnaire planteur de café en Louisiane, le risque était mince.

– Et une autre fois chez O'Brien, ajouta-t-il. Mais je ne me rappelle plus si c'était avant ou après que vous eûtes acheté cette bague que vous avez au doigt. Rue Royale, je suppose.

Autre renseignement fourni par Stern. Le regard de Fonseca s'écarta.

– Admettons. Ferris m'a parlé de votre... proposition.

Joël se tut avec la dernière énergie. Il choisit un cigare et l'alluma, malgré la douleur supplémentaire que le tabac faisait naître dans ses poumons. Mais je n'en suis plus à une douleur près...

– Ferris m'a également parlé de cette pépite...

Joël posa la pépite sur la table, en même temps que le certificat établi par Stern, qui en garantissait le dessin, le poids et le prix. Il se laissa aller en arrière contre le dossier de son fauteuil, faillit fermer les yeux. Cela faisait deux jours qu'il attendait Fonseca chez lui. Dans cet intervalle, il était peu sorti de la maison, y avait passé au lit l'essentiel de son temps. Pas seul : Ferris l'avait abondamment fourni en demoiselles esclaves. Ç'avait été sa seule activité physique, en dehors d'une unique promenade en voiture où il était allé contempler la mer des caféiers grouillante de milliers d'ouvriers. Ferris lui avait dit que le domaine Fonseca faisait soixante mille hectares...

– Sept mille sept cents dollars américains, dit Fonseca. Ou quinze, presque seize mille milreis.

– Quarante-cinq mille francs français environ. Je sais que vous êtes aussi allé à Paris, mais je ne vous y ai pas vu.

L'œil noir et glacé du Brésilien était à nouveau sur Joël. Fonseca secoua la tête :

– Je vais accepter votre proposition, dit-il enfin. Elle me distraira un peu. Etant bien entendu que vous vous trouvez sur mes terres, où je commande en maître absolu et souverain, où vous n'aurez aucun recours en dehors de ma propre justice. Le cas échéant, aucune police quelle qu'elle soit ne se préoccuperait de votre mort, si celle-ci survenait. Vous le savez?

Joël acquiesça en souriant.

– Il faut que tout soit clair, dit encore Fonseca. En cas de votre mort, on vous enterrera ici. Vous pouvez choisir l'endroit. Nous avons même un chapelain.

– Dieu soit loué, dit Joël moqueur.

– Dernier point : je ne jouerai pas seul. J'ai convié trois de mes amis, qui aiment assez les parties sortant de l'ordinaire. Donc, au lieu de jouer moi-même quatre fois – pourquoi quatre d'ailleurs, je me le demande, mais si vous y tenez... – au lieu de cela, vous jouerez contre quatre adversaires différents. Si vous en êtes d'accord...

– J'en rêvais, dit Joël.

Il écoutait à peine, entendait moins encore. Ce n'était pas tant la douleur dans sa poitrine, qui le laissait presque en paix. Mais il avait plus que jamais dans son passé, plus âcre qu'à Bordeaux avant de retourner voir Labadie, plus âcre que sur la route quand il menait le village aux gabarres de Gardouch, plus âcre même qu'à son débarquement du *Hansa*, le goût de cendres dans la gorge et le dégoût de lui-même.

Et pour le reste, tout le reste, une monumentale indifférence.

Fonseca acheva son discours :

– Mes trois amis sont des voisins. Il leur faudra toutefois le temps de nous rejoindre. Ils seront ici dans trois jours. Nous jouerons donc le 15 au soir.

Et le 15 juin au soir, quand s'acheva le dîner, quand on fut passé dans une très grande pièce au plafond à caissons de bois sombre sur murs blancs où se silhouettaient lugubrement des meubles d'ébène noirs, Joël leur expliqua le tout nouvel avatar du Jeu du Cochon :

– J'aurai donc l'honneur, leur dit-il à tous quatre, de jouer un Cochon contre chacun de vous. Contre chacun de vous, je tirerai huit fois les dés, et vous ferez évidemment de même. A tirer dans l'ordre : un Neuf, un Huit, un Sept et un Six, pour le Corps, le Groin, l'Oreille et la Queue. Plus quatre fois un As pour chacune des Pattes. Je gagnerai à chaque fois. Je ne peux pas perdre. Je le voudrais que je ne le pourrais.

Il sourit, prunelles écarquillées face à la nuit brésilienne dont, malgré le théorique hiver qui approchait, l'air était tiède et embaumé.

– Disons que c'est une sorte de malédiction...

D'une des poches de son gilet de soie, il retira deux petits objets métalliques. Qui se révélèrent être des balles de revolver.

– On me les a tirées presque en plein cœur sur le Mississippi. En vain. Peut-être auront-elles cette fois plus de chance...

Tenant entre pouce et index les deux balles refondues, brillantes, il les fit étinceler dans la lumière. Dans son dos, Ferris sortit de l'ombre, s'avança, prit les deux balles, et les engagea dans le barillet du revolver, sans que Joël tournât la tête. Joël reprit :

– Huit coups de dés multipliés par quatre font trente-deux.

Le barillet comportait six logements. Quatre de ceux-ci restèrent donc vides. Toujours sans que Joël pût le voir, Ferris fit tourner le barillet qui cliqueta. L'Anglais couvrit ensuite l'arme d'un napperon blanc, de façon que la crosse seule fût visible. Il posa l'arme semi-cachée sur la table, à la droite de Joël.

– Trente-deux coups de dés, dit Joël. Je ne peux pas perdre un Cochon, c'est impossible, cela fait quatre ans que je m'y efforce sans le moindre succès. Ou alors, je suis obligé de tricher.

Il sourit.

– Par contre, je peux perdre un ou plusieurs des huit coups de dés de chaque Cochon. Il est tout à fait possible que l'un d'entre vous tire avant moi un Neuf, un Huit, un Sept, un Six ou l'un des quatre As nécessaires. A chaque coup de retard que j'aurais ainsi pris, j'utiliserai cette arme. Avec deux chances sur six de me faire sauter la cervelle. J'essaierai de ne pas salir la nappe.

Il s'entendait parler, comme par un dédoublement de lui-même. Et ne s'intéressait pas trop. Une morne et monumentale indifférence.

Ils se mirent à jouer.

Il gagna.

C'est-à-dire qu'il aligna quatre Cochons consécutifs. « Je vais finir par prendre ces animaux en grippe... » Il acheva chaque fois son Cochon avant son adversaire du moment. En une circonstance, il s'en fallut du dernier As, alors que son opposant et lui se trouvaient encore à égalité à l'avant-dernier coup. Mais le quatrième As sortit pour lui.

Par cinq fois pourtant, ayant pris du retard, il dut appuyer sur sa tempe le canon du revolver, sourire, actionner la détente, entendre le déclic du percuteur frappant à vide, sourire encore, reposer l'arme et la rendre à Ferris qui en faisait à nouveau tourner le barillet et la replaçait prête à servir.

– Je vous avais prévenus : je voudrais perdre que je ne le pourrais pas. Une malédiction me traque.

Il gagna. Emporta donc quatre fois presque seize

mille milreis ou quarante-cinq mille francs français. Dans les minutes suivant la fin de la partie, se produisit un incident qu'il avait, sinon prévu, du moins envisagé : Fonseca prit l'arme, en posa la gueule du canon sur le front de Joël, pressa la détente. Déclic. Fonseca tourna alors le revolver vers un mur, tira avec l'intention manifeste de vider le barillet. Il n'eut qu'à actionner deux fois la détente : les deux logements suivants étaient pleins. Une balle fracassa un miroir, l'autre pulvérisa un vase.

On paya Joël avec des billets à ordre, deux sur la London and Brazilian Bank, un sur la Banco Mauà-Mac Gregor and Co., le dernier sur la Banco Rural e Hypothecario, toutes à Rio.

On lui offrit une partie de cartes ordinaire, voire de prolonger son séjour. Il voulut partir tout de suite. Ne sachant pas combien de temps il lui restait au juste à vivre (il s'accordait entre huit jours et quarante-deux ans), il souhaita d'aller vite, pour faire ce qu'il avait à faire. Il remonta dans sa voiture, claqua de la langue à l'intention de ses deux chevaux et, la nuit n'étant pas encore achevée, deux esclaves à cheval portant des torches l'escortèrent sur le domaine, jusqu'au lever du jour. Peu après l'aube, il passa le pont de chemin de fer sur le rio Paraïbo do Sul.

Fut à Petropolis la nuit suivante, à Rio le surlendemain.

Il y vaqua à ses affaires avec cette prestesse en apparence nonchalante, sarcastique et insolente qui lui était propre, et qui n'était jamais plus sarcastique et insolente que lorsque le tenait la dépression et la détestation de lui-même. Il mit en paiement les billets à ordre, d'un montant total d'à peu près soixante-trois mille milreis, soit pas très loin de cent quatre-vingt-dix mille francs français.

Il acheta une cabine de première classe – ce que vous avez de mieux mon brave le prix m'est indifférent à l'extrême – à bord d'un steamer-ship américain entreprenant de contourner le Horn, de remonter plein nord au long des côtes chiliennes et autres, et qui allait donc en Californie. Départ de Rio le 4 de juillet, arrivée à San Francisco aux alentours du 10 août, si on ne coulait pas en route.

– Et ayez donc l'obligeance de me garder ceci...

La pépite. Maintenant qu'il en savait le poids, elle lui paraissait diablement lourde.

Il partit pour Coritiba au matin du 19 juin.

... Soit ce même jour en ce même matin où Elie Rouch, Jeanne-Marie Fougaril et Blaise-Pascal Iraçabal le Basque – leur navire avait été retardé – arrivèrent à Rio.

Les deux bâtiments en fait se croisèrent, l'un entrant, l'autre sortant, à la hauteur du Pain de Sucre.

A soixante mètres de distance.

Eussent-ils pris position respective à bâbord et tribord, les deux frères se seraient très certainement vus.

Il n'en fut rien et d'ailleurs Joël était en réalité gisant dans sa cabine, à mordre dans du bois tendre pour s'empêcher de hurler, haletant et transpirant sous la douleur, épuisé par sa récente contremarche et point assuré du tout de survivre à son expédition au Parana.

Parana où il fut le 21. Coritiba le 22. La recommandation écrite de dom João de Carbalho da Fonseca y Souza y La Suite opéra des merveilles. Depuis tout juste trois ans, la province du Parana, s'étant détachée de celle de Saõ Paulo, avait acquis un état de quasi-indépendance, à la façon des Etats de l'Amérique du Nord, à statut fédéral. Le gouverneur-président s'y nommait Zaccharias de Goes e Vasconcellas; il fit à Joël un accueil charmant – puisque le *senhor* Rouch de l'Artigou, baron de Coufflens, se trouvait être un ami d'enfance de dom João – et lui mit chacun et toutes choses à sa disposition pleine et entière. De la terre? On en avait, au Parana, à ne savoir qu'en faire! On n'était pas deux cent mille sur un sol grand neuf fois comme la Belgique.

– Et je voudrais aussi une fazenda, souligna Joël. Tout installée, s'il vous plaît. J'y tiens beaucoup. Voire deux, tant qu'à faire.

On lui trouva en six jours à peine ce qu'il cherchait. Il paya soixante-cinq mille huit cents francs pour mille six cent vingt-deux hectares de très bonne terre. En paya encore soixante-treize mille et quelque – au moins le double de leur prix réel mais il fallut surenchérir pour convaincre les précédents propriétaires de déguerpir dans les plus brefs délais – pour deux fazendas attenantes à ce territoire et qui, outre des bâtiments déjà construits et habitables, comportaient également des terres cultivables et même en culture depuis huit ans, plus du bétail, à peu près cent soixante chevaux et environ trente employés dont vingt-deux esclaves. Plus quelques voitures et carrioles de toutes sortes, dont trois tapissières.

On lui proposa d'aller sur place pour juger de la valeur de son acquisition. Il déclina l'offre :

huit jours d'aller et retour, même dans le plus confortable des équipages, l'eussent probablement achevé, à son avis. Et puis l'attendait son steamership américain pour la Californie, il n'avait plus tant de temps devant lui.

Il expliqua très méticuleusement les aménagements qui lui paraissaient indispensables. Dans le détail. Dessins et croquis à l'appui, textes calligraphiés pour qu'on pût les recopier sans faute.

Au nom des mêmes nouveaux propriétaires de cette exploitation géante qu'il venait ainsi de créer, il ouvrit à Coritiba un compte sur lequel il versa vingt mille autres francs, pour les premiers frais et toute dépense imprévue.

Enfin, il versa quelques soultes et pots-de-vin pour s'acquitter des divers services qu'on venait de lui rendre. Il n'eut plus alors sur lui, en argent liquide, que vingt-trois mille francs; plus ce que Labadie lui avait versé à son départ de Bordeaux. Le 28 juin, dans la considération générale, il reprit la route en voiture, afin d'aller embarquer pour Rio et, de Rio, pour la Californie.

Se sentant presque bien, c'est-à-dire pas trop mourant. Et ayant évité avec le plus grand soin de prendre quelque contact que ce fût avec le village, qui ne sut rien de sa présence.

Et il fut à Paranagua, à attendre son bateau à vapeur, le 29 juin.

La date vaut qu'on la retienne.

6

– JE ne suis pas un immigrant, dit Elie Rouch pour la sixième fois, avec beaucoup de calme. Je ne fais que passer, dans votre pays de Brésil. J'y suis venu chercher quelqu'un, et sitôt que je l'aurai trouvé, je repartirai aussitôt.

Les commissaires de l'immigration barguignèrent encore un peu mais pour finir, ne parvenant décidément pas à découvrir un moyen de lui faire payer quelque chose, se résignèrent à les laisser entrer tous les trois...

Tous les trois?

– Et ÇA? Qu'est-ce c'est que ce monstre?

– C'est un chien, répondit Elie. Il est de nationalité française. Mais pour le reste, adressez-vous à lui. Il vit sa vie comme il l'entend.

Depuis que le chien avait refusé de lui obéir, sur le quai de Bayonne, le Rouch avait de la rancune, à l'encontre de Martrou.

– Il est à moi, dit Jeanne-Marie avec décision.

Elle dut payer cinquante-deux francs de droits d'importation, après une heure de négociations serrées.

– Ils t'ont volée, remarqua Elie, quand ils furent tous quatre dans les rues de Rio. Ça n'existe pas, des taxes pareilles.

– C'est mon argent et j'en fais ce que j'en veux.

– Tu en as tellement.

Elle lui sourit. Jamais elle n'aurait cru qu'il fût possible d'être si heureuse. Dans son bonheur, elle faillit mettre sa main dans celle d'Elie. Mais s'en abstint : il n'aimait guère les démonstrations publiques. A le voir et à l'entendre parler à la jeune femme, devant une audience, on aurait presque pu croire, sinon qu'il la haïssait, du moins qu'elle lui était totalement indifférente. Même si cette audience se résumait au seul Basque. Mais dans l'intimité, face à face, ô Diù Biban, c'était tout autre chose... Alors, il se révélait tendre, et doux, et caressant. A croire que dans le fond il était timide et sans doute il devait l'être, pour exprimer les choses profondes, secrètes, qui lui tenaient vraiment à cœur. C'est que Jeanne-Marie commençait à bien le connaître, son Rouch. D'abord depuis cette nuit de Bayonne, juste avant qu'ils n'embarquent sur l'*Andia*. Ensuite était venu le voyage sur la mer, avec l'arrêt forcé aux îles du Cap-Vert, pour une raison mystérieuse qui tenait à quelque chose appelé chaudière. Un arrêt qui leur avait fait perdre du temps sur leur horaire, mais dont Jeanne-Marie, tout au contraire, ne s'était pas plainte : elle et le Rouch étaient descendus à terre et ils avaient passé toute l'escale dans une cabane perdue, loin de tout, sur l'île de Santiago, dans un monde nu de rocaille et d'océan sans fin, comme si l'on avait été dans les commencements du Ciel et de la Terre.

– Et on va où? demanda Iraçabal.

Il se creusait la tête, quant à lui : il croyait bien se souvenir d'un cousin ou deux, peut-être plus, qui se seraient trouvés dans ce coin-ci des Amériques. Avec ce foutu Rouch qui n'avait cessé de le houspiller, il n'avait pas eu le temps de préparer son voyage. Ses galopades effrénées à travers le sud-ouest de la France lui restaient comme un cauchemar, qu'il n'était plus si sûr d'avoir vécu. J'ai sûrement des cousins ici, du côté de l'oncle Irigoyen... Ou bien par les Iribarne? Et il y a les Arrizabalaga... A moins que ce ne soit les Altabégoïty? Dans le coin, en tout cas. Peut-être en Argentine. Je pourrais aller coucher chez eux, le soir, et ne voir ces deux-là, qui se sont tant amourachés, que pendant la journée...

Elie Rouch demanda à voir le consul de France.

Absent, lui dit-on. Et l'ambassadeur? Non : l'ambassadeur ne recevait pas tous les Français qui se mettaient en tête de le rencontrer, où irions-nous?

– Et il rentre quand, votre consul?

Demain. Ou le jour suivant. En tous les cas dans la semaine. Probablement. Enfin, peut-être. Elie Rouch sourit, balançant doucement la tête, avec cette espèce de demi-sourire et dans les yeux cette expression amusée et un peu incrédule qu'il avait quand la colère commençait à le prendre. Il dit très doucement :

– Il doit bien y avoir quelqu'un pour me renseigner : je cherche mon village. Ils sont soixante-seize... ou soixante dix-sept. Dont un curé. Tous venant de l'Ariège, du haut Salat...

... Et regardez mes yeux, regardez-les, huit de mon village ont les mêmes.

Sardoniquement campé derrière sa grille de bois, tel un archer aposté dans l'échauguette d'un château fort s'adressant à un manant piétinant dans les douves, l'employé ricana : le signalement était mince. Et il n'était pas là pour tenir registre de tous les Français – d'ailleurs, il ne savait même pas où était l'Ariège – débarquant à Rio. En bref, il s'en foutait complètement.

Les grandes mains d'Elie accrochèrent doucement la grille de bois, en éprouvèrent la résistance. Mais il se contint, les doigts de Jeanne-Marie timidement posés sur son bras. Il fit demi-tour...

– Des yeux comme les vôtres, dit pourtant l'employé, visiblement au regret d'être utile, j'en ai vu.

Elie lui fit face.

– Pas plus tard qu'avant-hier. Il était un peu plus grand que vous, mais plus mince, et plus jeune surtout, il devait faire dix-sept ou dix-huit ans. Lui et un bossu sont venus voir l'attaché de commerce.

Non, il ne savait absolument rien d'autre. Et l'attaché de commerce était absent. Rentrant demain. Ou la semaine prochaine. Peut-être. A moins que...

Elie ressortit, la Bethmalaise à son côté.

Il crut à cet instant que son village se trouvait encore à Rio. Il le crut pendant trois jours de recherches. Jusqu'à ce moment précis où, devant les jets d'eau de Passeio Publico, Jeanne-Marie à distance identifia Zaccharie en train de conter fleurette à une jolie Brésilienne basanée qui avait un hibiscus dans ses cheveux noirs et qui, visiblement, fondait comme du sucre sous la flamme verte des yeux du plus jeune des Rouch.

– Où sont-ils?

Ce fut Boussut qui répondit. Il raconta tout.

Presque tout. Parmi ceux du village, Boussut Raufaste était l'un des rares, peut-être même le seul, à mettre parfois en doute l'omnipotence et l'omniscience d'Elie. Il avait été ému et même accablé, en apprenant de Joël la mort en Crimée de l'aïnach des Rouch (il avait senti que le Clan, perdant son chef, en était du coup affaibli). Et maintenant la brusque, la stupéfiante réapparition d'Elie, à Rio qui plus était, lui avait causé un choc et sûrement de la joie. Mais il avait très vite mesuré les conséquences de cette réapparition : l'Elie venait jusqu'au Brésil pour les ramener tous en Ariège, pas de doute. Il va tous nous botter le cul pour nous rapatrier, ça ne lui prendra guère. Boussut avait quatorze ans quand l'aïnach était parti soldat; comme tout un chacun au village, il avait subi, broyé et fasciné en même temps, l'écrasante personnalité de ce dernier. Mais sept ans avaient passé, Boussut plus que quiconque s'était accoutumé de penser par lui-même. Et puis j'en ai assez qu'un Rouch, Joël ou lui, me dise ce que je dois faire et où je dois aller; j'en ai foutrement assez que les Rouch me fassent cocu...

– Au Parana? disait Elie. Et où est le Parana?

– A mille kilomètres dans le sud.

– On y va comment?

– En bateau et en diligence. Le bateau va plus vite. Ils sont partis voici quatorze jours.

L'amour-propre sinon l'orgueil poussèrent donc Boussut Raufaste, dans un premier mouvement, à sa révolution anti-Elie. Mais...

– Combien d'argent ont-ils? Qu'est-ce qu'il leur reste, du produit de la vente de notre montagne et de nos maisons?

... mais Boussut eut encore une autre raison de prendre la position qu'il prit : ce coup de folie qu'il avait commis trois jours plus tôt, le 19. Loin de s'en repentir, il le vit comme un haut fait d'armes...

– Combien, Boussut? Combien leur reste-t-il?

... un fait d'armes dont il s'enorgueillit d'autant

plus qu'il avait été moins sûr de lui-même, sur le moment. En fait, à cet instant, ses derniers doutes et presque son remords s'envolèrent : il fut désormais certain d'avoir eu raison de faire ce qu'il avait fait, de connivence avec Zaccharie. La chance était passée et il l'avait happée; une affaire pareille, il fallait lui sauter dessus! Et après tout, c'était bien ce que le village attendait de lui : qu'il leur fît à tous faire fortune...

Elie ferma les yeux, les rouvrit. Son œil courut de Boussut à Zaccharie, avec la fulgurance acérée, avec ce regard à trouer les portes qu'il tenait d'Anastasie. Zaccharie baissait la tête, se dandinant d'un pied sur l'autre, grand dadais poussé en graine, encore tout émerveillé par le retour de son aïnach, dont la vue l'avait un instant foudroyé de bonheur... mais soudain fichtrement mal à son aise.

Quant à Boussut, il soutint l'œil d'Elie, une expression de défi dans sa prunelle.

– Je vois, dit très doucement Elie. Vous avez dû nous faire une belle cagade, tous les deux. C'est ça?

– Nous avons fait ce que nous avons cru bon, répliqua Boussut avec la dernière énergie, et un zeste d'exaltation.

– Ils t'ont confié tout leur argent, Boussut?

– Presque tout.

– Combien?

– Trente mille.

– Et il t'en reste?

– Dans les onze cents francs.

Silence. Elie sourit. Il ferma son poing, allongea le bras et tapota très délicatement le sommet du crâne du petit Boussut, qu'il dominait de toute sa masse. (Il aurait tapé vraiment, il l'eût vraisemblablement enfoncé jusqu'à la taille dans le sol du

Passeio Publico. Mais les coups furent donnés sans la moindre violence. En quelque sorte symboliques.)

– Et si ce n'est pas trop te demander, reprit-il d'une voix tranquille, je peux savoir ce que tu as fait des vingt-neuf mille francs qui manquent ?

– Nous avons acheté un train, répondit Boussut.

... Enfin, pas un vrai train. Quoique ce fût un vrai train quand même. C'est-à-dire que ce serait un vrai train un jour. Tôt ou tard. Une affaire en or, qui leur vaudrait à tous des millions. Hubrecht. C'était le nom du bonhomme. Français, malgré son nom teuton; natif d'Alsace. Et ingénieur. Ayant travaillé au chemin de fer du Brésil, sur la seule ligne pour l'heure en service sur le sol brésilien, celle allant au nord, vers Petropolis, Très Rios et Juiz de Fora. Qui avait converti partie de ses émoluments en droits d'exploitation pour une autre ligne. Mais qui, sa femme et sa fille ayant soudainement succombé à quelque maladie des tropiques, s'était d'un coup pris de dégoût pour ce pays et n'avait plus aspiré qu'à regagner la France...

– Il en voulait cent mille, puis soixante, il prenait le bateau le 18, ça nous laissait deux jours. Nous avons discuté pendant deux jours. D'abord j'ai dit tope là ! pour quarante-cinq mille. Que je n'avais pas, bien sûr, mais je voulais l'empêcher de chercher ailleurs. Et puis j'ai fait toutes les vérifications que j'ai pu... Nous les avons faites : Zacharie m'a beaucoup aidé, et il a le sens du négoce. J'ai attendu à quatre heures du départ, en le laissant tremper dans son jus; je suis revenu à lui, j'ai dit : vingt mille. Il a cédé à trente et un mille deux cents, parce que je lui ai juré sur la Bible que je n'avais pas trois sous de plus. Sur ces trente et un mille deux cents que j'ai payés, il y en a deux mille trois cents qui étaient à moi, à moi seul. Le reste, vingt-huit mille neuf cents, est au village, et donc un peu à toi et à moi, Elie.

Silence.

– Tu te seras fait voler.

Les yeux de renard eurent une lueur de vraie férocité, saisissante :

– Je n'ai que vingt et un ans, c'est vrai. Mais je vends et j'achète des choses depuis que j'ai huit ans. Et même avant. J'ai fait le colporteur pendant dix années, de l'Espagne à la Belgique. Peut-être que cet homme m'a volé, peut-être que ses papiers ne valent pas trois sous. Dans le négoce, on prend des risques pour gagner, tout est possible. Mais je ne crois pas.

– Tu avais un pouvoir du village, pour traiter en son nom?

Haussant ses épaules étroites :

– Evidemment.

Silence.

– Bon, c'est assez simple, dit enfin Elie de sa voix calme et grave. On va d'abord vérifier que ces papiers valent quelque chose. Ensuite, de toute façon, on s'occupera de les revendre. Quitte à trouver un couillon pour nous les racheter (ton Hubrecht en a bien trouvé deux). Nous avons besoin d'argent, et beaucoup. Pour les billets de notre retour, et pour racheter notre montagne. Et tout changer là-bas, nous faire une autre vie. J'ai des idées, dont je te parlerai...

C'était déjà un grand changement, que cette façon du Rouch de traiter le petit Boussut d'égal à égal. Mais l'incroyable arriva. Car Boussut secoua la tête et répondit :

– Non.

Il était petit, estropié, il pesait cinquante kilos quand il avait son béret sur la tête et ses brodequins de colporteur aux pieds. Mais il continua de secouer la tête :

– Non, Elie. Et tu peux bien me massacrer, ça n'y changera rien. Cette affaire-là est bonne et je la garde. Au nom de tout le village qui m'a accrédité.

... Et à propos du village, justement, ce train dont on détenait désormais les droits exclusifs d'exploitation, qu'on ne pourrait pas construire sans d'abord payer grassement les Rouch et les Raufaste, ce train se trouvait au Parana, pour lier Paranagua à Coritiba.

Enfin, il y serait un jour, quand on l'aurait construit.

Et dès lors, à ce moment de l'histoire, tout est clair. En comptant à peu près bien, cela fait à ce jour quatorze mille kilomètres au moins que le Rouch court derrière son village. Depuis le fin fond de la Crimée jusqu'à Rio de Janeiro, en passant par pas mal d'endroits, où pas mal de choses se sont produites. Sans parler de ce fait déjà considérable que soixante-seize Ariégeois (soixante-dix-huit avec Jeanne-Marie et Elie lui-même, mais toujours en décomptant Joël), plus un Basque, sont maintenant transportés au Brésil, il est en outre arrivé que le Rouch a trouvé femme, et une qui lui convient. (Bien qu'il ait encore un peu sur la patate le souvenir de cette femme allant au lit avec le Joël.)

Et il vient aussi d'arriver l'inconcevable, à savoir que ce même Rouch commence d'avoir des doutes. Le premier craquement s'est vraisemblablement fait entendre à Guéthary, quand le Basque lui a dit avec son gros bon sens : « S'ils l'ont tous suivi, le Joël, c'est peut-être qu'ils en avaient envie... » Ensuite – la scène de Guéthary est du 16 avril – ensuite pendant le long voyage sur la mer, au cours de l'escale aux îles du Cap-Vert, durant cette inaction forcée, le Rouch a pensé. Pensé sans cesse. Qu'on ne s'y trompe pas : Elie Rouch est homme à vous culbuter des montagnes, si son incroyable force ne tient pas seulement à ses muscles, et à ses épaules démesurées. Certes, il est têtu, obstiné à en mourir sur place, on ne ferait pas changer son opinion serait-ce à coups de hache. Il l'a prouvé, en galopant ventre à terre sur une distance pareille.

Mais il n'est pas un imbécile.

Et pour comprendre ce qui va se passer en lui, il faut prendre en compte son intelligence, son inaltérable amour pour son village...

... et très certainement aussi son amour pour Jeanne-Marie, cette douceur que Jeanne-Marie la première et à ce jour la seule, a su mettre ou découvrir en lui. Un amour qu'il a constaté par lui-même, éberlué, à Bayonne, à la veille d'embarquer, prenant entre ses paumes le visage de la Bethmalaise et disant avec une tendresse inconnue : « Je ne m'y attendais vraiment pas... »

En ce vingt-deuxième jour de juin, au terme de soixante-dix-neuf jours de poursuite (il a débarqué à Toulon le 4 d'avril), Elie Rouch est dans une situation qui le décontenance. En poche, il doit avoir quelques centaines de francs au plus. Il s'est engagé devant Salabert, à Saint-Girons, à lui verser cinq cents plus trente-neuf mille plus les intérêts soit au moins cinquante mille francs, dans un an jour pour jour – le 25 avril 1857.

Cette promesse, il entend la tenir[1].

Il comptait pour ce faire en bonne part, pour l'essentiel en fait, sur le capital emporté par le village. Il vient d'apprendre que ce capital a été largement dilapidé, et se heurte à une obstination quasiment égale à la sienne : celle du Boussut refusant de reprendre son marché.

Et d'ailleurs non sans raisons pertinentes : les 23, 24, 25 et 26 juin, Elie Rouch flanqué de Jeanne-Marie, de Zaccharie et du Boussut (le Basque a retrouvé un sien cousin et parle d'aller visiter le Far West d'Amérique, où il a aussi de la famille) parcourt avec sa détermination ordinaire les rues et les bâtiments de Rio. Il enquête, vérifie, contrôle, auprès de toutes les administrations, de toutes les banques, de tous les spécialistes possibles...

... Jusqu'à acquérir totalement lui-même la conviction que le Boussut a depuis longtemps faite sienne : cet investissement dans une future ornière de fer au Parana, est judicieux, voire enthousiasmant. Boussut a bel et bien réalisé un coup de maître, pour ses premiers débuts de roi de la finance[2].

C'est une consolation, et même une perspective alléchante. En Ariégeois qu'il est et demeure, Elie Rouch ne voit pas d'inconvénient majeur à faire fortune.

Mais pour l'heure, cela ne résout pas son problème, qui d'ailleurs est double : le sien propre, qui est d'aller jusqu'au bout de sa résolution, et il est comme la machine haut-le-pied de Mounicot

1. Il la tiendra, mais c'est une autre histoire.

2. Lucien dit « Boussut » Raufaste, toujours au nom du village, revendra trois ans plus tard, au printemps de 1859, à une compagnie française, pour l'équivalent d'un million cent soixante-quinze mille francs, des droits payés trente et un mille deux cents francs.

Basile, lancée à toute vitesse, à qui il faut du temps pour se stopper... et celui du village, qu'il voit misérable, réduit à l'état domestique, dépouillé de son identité et de son orgueil puisque privé de sa montagne.

La vérité vraie est qu'à cet instant, il est partagé, déchiré entre deux tendances. C'est un chef naturel, que lui-même le veuille ou non. Mais point sot, et attentif. Il a vu Zaccharie, son propre frère, dont il sent qu'il lui est très proche (curieusement Joël, à propos du même Zaccharie, éprouve un sentiment identique, et la même tendresse; sans doute parce que Zaccharie, qui sera le plus grand des Rouch, tient à la fois de ses deux aînés). Elie a noté sans le dire la réaction de Zaccharie, souhaitant désormais de rester au Brésil, à jamais, et de tirer un trait sur la montagne ariégeoise et sur une autre vie qui maintenant est bien morte. Et Elie devine déjà que Zaccharie ne doit pas être seul, à avoir mué de la sorte. Peut-être sont-ils d'autres, au village, à refuser de même tout retour en arrière...

C'est à Anastasie que je dois poser la question.

Il doute, déjà il est ébranlé, et connaît peut-être même la réponse que lui fera Anastasie. Si bien que somme toute, le seul sentiment qui soit très clair en lui, parfaitement indubitable, est celui de sa colère, une vraiment grosse colère, à l'encontre de Joël.

Celui-là, le retrouver entre quatre yeux ne lui ferait pas de peine.

Et justement.

Zaccharie et Boussut ont tenu à demeurer à Rio, où ils ont en vue une espèce de commerce d'importation et d'exportation dans quoi ils veulent investir l'argent qui leur reste et celui qu'ils veulent emprunter à une banque, en gageant partie des droits sur le chemin de fer. Le Basque de son côté tient décidément à aller parcourir le Far West du nord, mais promet qu'il viendra au Parana assener un poutou d'adieu...

En sorte que c'est en compagnie de la seule Jeanne-Marie que le 26 juin, Elie Rouch embarque pour le Parana.

En partant le 26, il est forcément à Paranagua le 29.

7

Une calèche somptueusement capitonnée de velours rouge, festonnée de dentelle, tirée par deux chevaux superbes coiffés de pompons, menée par un cocher noir, et abritée du soleil par une grande et ravissante ombrelle, elle-même tout enguirlandée. Et à l'intérieur, entre deux mulâtresses aux yeux de braise l'encadrant avec sollicitude, tout beau dans son merveilleux costume à gilet de soie :

– Salut à toi, mon frère, dit Joël en riant.

Elie se retourna. Sans l'apostrophe, il serait passé à côté de la calèche sans en examiner le contenu. Joël lui fit un grand sourire :

– Je ne te savais pas au Brésil. Quel bon vent t'y amène ?

– Je ne pensais pas y venir, répliqua paisiblement Elie. Quelqu'un m'y aura forcé.

Joël hocha la tête :

– Je ne te savais pas au Brésil, mais mon intuition légendaire m'avait donné à penser que tu pourrais un jour y être...

– J'y suis. Descends de là.

– Rien ne presse.

Les yeux du cadet des Rouch se posèrent sur

Jeanne-Marie. Il pencha la tête, fouillant ses souvenirs :

– Marie-Jeanne ?

– Jeanne-Marie, corrigea la Bethmalaise dont la gorge venait de se nouer. Et elle pensait avec terreur : « Elie va le tuer, d'un seul coup de poing ! » Elle examinait Joël et seulement après quelques semaines, le découvrait changé, plus qu'il n'était normal : il avait maigri, son visage était émacié, de la couleur de l'ivoire... mais plus beau que jamais, beau à vous laisser véritablement bouche bée.

– Tu as suivi Elie, Jeanne-Marie ?

Elle acquiesça, incapable de prononcer un seul mot. On était sur l'espèce de petite place de Paranagua, la ville, si l'on pouvait appeler ça une ville. Le sol était de terre rouge. Des charrettes remontaient du port, de l'embarcadère, dans le grincement de leurs essieux, des claquements de fouet, des appels réclamant le passage; leurs plateaux étaient surchargés de bagages et d'empaquetages, amoncelés. C'était le 29 juin 1856, il était à peu près midi.

Et un mouvement se produisit dans la colonne montante des passagers fraîchement débarqués. Une rumeur courut, puis un silence vint, la colonne se défit. Le grand chien gris des Pyrénées, monstrueux, apparut, provenant lui aussi du port. Il s'arrêta à une dizaine de mètres de Jeanne-Marie, la fixa de ses yeux jaunes et se coucha, la gueule sur ses pattes avant.

– Il ne doit plus rester personne, en Ariège, remarqua Joël.

– Où sont-ils ? demanda Elie.

Geste vague et nonchalant de Joël, désignant les pentes de la serra côtière, et le plateau vers Coritiba, voire la cordillère des Andes :

– Par là. Et ils vont bien, pour autant que je sache. Anastasie la première.

– Descends.

Les yeux de Joël s'écarquillèrent un peu. Il posa son menton sur sa poitrine :

– J'ai toujours été certain que les Russes ne te tueraient pas. Certain.

Il eut un petit rire :

– A partir de cette certitude, deux possibilités : tu nous suivrais ou tu ne nous suivrais pas. Tu étais loin derrière nous ?

Elie acheva de pivoter sur lui-même, ce qu'il n'avait pas fait jusque-là. Il fit trois premiers pas vers la calèche.

– Tu étais loin derrière nous, Elie ? Quand es-tu arrivé au village ?

– Le dimanche.

– Le... (Joël réfléchit :) Le 13 avril, c'est ça ?

– Oui.

– Tôt ?

– Six, sept heures du matin.

Un temps. Joël éclata de rire :

– A peine vingt-six ou vingt-sept heures après que je les ai mis sur la route ! Je t'ai bien eu, hein ?

– Oui, dit très doucement Elie. Tu m'as bien eu. Pas de doute.

Il fit les trois autres pas, saisit délicatement le cocher noir au collet, le souleva d'un bras et le posa par terre, l'air de penser à autre chose.

– C'est le coup du canal du Midi que j'ai surtout aimé, observa Joël. Celui-là, il m'a bien plu. Tu es parti tout de suite derrière nous, le dimanche ?

– Oui.

– Je suis content du coup du canal du Midi. Sans lui, tu nous aurais rattrapés tout de suite.

Gardouch! Il fallait y penser. Je suis vraiment content de moi.

Elie souleva la première des mulâtresses. L'ayant déposée par terre, il lui tapota gentiment la croupe, façon de dire : « Va jouer ailleurs. »

– Et le coup de Bayonne... Tu as vraiment galopé ventre à terre jusqu'à Bayonne, Elie?

Elie acquiesça, le visage impassible. Contournant la calèche par l'arrière, il en ôta également la seconde mulâtresse. Qui riait, sans rien comprendre. Joël s'étira, un grand air de malice joyeuse sur le visage :

– Je crois que je vais descendre un peu moi aussi. Histoire de me dégourdir les jambes.

Elie s'écarta de deux pas.

Joël mit pied à terre.

– Elie, je t'en supplie, dit Jeanne-Marie. Je t'en supplie...

Joël lui sourit :

– Ne te mêle pas de ça, petite.

... Mais ses yeux restaient plantés dans ceux de l'aïnach. Devant qui il était maintenant, face à face, plus grand de cinq centimètres, mais infiniment plus mince.

– Donne-moi ton portefeuille, dit Elie. Tout l'argent que tu as sur toi. Surtout celui que Labadie t'a donné quand tu lui as vendu notre village.

– Et dommages et intérêts pour le reste, c'est ça?

– Voilà.

Les billets passèrent d'une main à l'autre. Elie compta : quarante-quatre mille six cents francs. Il glissa la liasse dans une de ses poches. En même temps que le billet de bateau pour San Francisco.

– Je vais racheter notre montagne, dit-il. Et...

Le coup de poing de Joël le toucha à la bouche. Sa tête partit très légèrement en arrière mais à part cela il ne broncha pas. Un peu de sang perla de la lèvre fendue.

– ... Et tout le reste, acheva-t-il. Jusqu'à la...

Deuxième coup de poing, presque au même endroit. Cette fois, il ne bougea pas du tout. Le Vallier.

– ... jusqu'à la dernière pierre et au dernier mouton.

Il frappa à son tour. Une seule fois et dans l'estomac. Joël recula sur trois mètres, s'écrasa violemment contre une roue de la calèche, glissa lentement sur le sol. Il mit une bonne demi-minute à seulement relever la tête. Il sourit :

– Tu as aimé mon message, sur le mur de ta maison ?

Il finit par parvenir à se redresser tout à fait, tirant sur ses bras. Le deuxième coup le toucha également à l'abdomen. Le culbuta, l'arracha de terre, l'expédia rouler à cinq ou six mètres de là, dans la poussière rouge.

Une minute. On s'attroupa. Jeanne-Marie pleurait à gros et lourds sanglots qui la secouaient tout entière. Joël réussit à venir sur les genoux. Sourit. Articula lentement, difficilement :

– Oh ! la tête d'Anastasie, quand je lui ai appris que tu étais mort !

Il tomba très lentement, frappant le sol de son visage.

Demeura de longues secondes immobile. Puis ses mains bougèrent, raclèrent la terre de leurs ongles. Il essaya de se relever. L'effroyable douleur de la balle le faisait haleter, yeux démesurément écarquillés, presque exorbités, bouche grande ouverte.

On entendit alors un grondement sourd, surpuissant, d'une énorme férocité. Très bas.

Le grand chien gris s'ouvrit un passage dans la foule des spectateurs.

Vint se coucher près de Joël.

– Et voilà, dit Jeanne-Marie entre deux sanglots. C'est bien le plus intelligent de tous les Rouch, celui-là. Et de loin.

Elie n'avait toujours pas bougé. Son regard courait sur les crêtes de la serra do Mar, par-delà quoi s'ouvrait un pays inconnu. Où était son village. Quand il se mit enfin en mouvement, autour de lui, on s'écarta avec de la précipitation. Il vint près de Joël :

– Ça va?

Dans l'impossibilité d'articuler un seul mot, le cadet battit des paupières. Elie se pencha, le cueillit à deux mains, le prit dans ses bras comme il l'eût fait d'un enfant. Le porta jusqu'à la banquette molletonnée de la calèche, l'y allongea avec douceur. Lui-même s'installa à la place du cocher. Il prit les rênes, fit claquer sa langue. Les chevaux se mirent en marche, en direction du port. Le vapeur qui avait amené Jeanne-Marie et Elie de Rio chargeait maintenant ses passagers pour le retour.

– Tu peux marcher?

– Et même danser la castagne, parvint à dire Joël, livide.

Mais ses jambes cédèrent sous lui sitôt qu'Elie l'eut mis debout. Le Rouch le reprit dans ses bras et escalada ainsi la passerelle, visage toujours impassible. Il le porta directement jusqu'à sa cabine de première classe, dont un maître d'hôtel terrorisé lui montra le chemin et lui ouvrit la porte. Le déposa sur la couchette. Dit au maître d'hôtel.

– Il y a un médecin à bord? *Medico. Pronto.*

– Et puis quoi encore? dit Joël.

Il rouvrit les yeux qu'il tenait fermés depuis le moment où Elie l'avait pris dans ses bras :

– Tu es loin de taper aussi fort qu'avant, tu sais. Tu vieillis.

– Tu as autre chose. Ce ne sont pas seulement mes coups de poing.

Joël sourit :

– Fièvres. Ça fait des mois que je les traîne. Sans elles, je t'aurais sûrement cassé la tête.

Le médecin survint avec sa trousse.

– Fais-le partir, Elie. Il dut pressentir l'hésitation de son aïnach, car il enchaîna aussitôt : Ô Diù Biban, fous-le dehors!

Le médecin s'en alla. Ils restèrent seuls.

– Pourquoi es-tu si fou, Joël?

Les yeux de Joël fixaient le plafond de la cabine, regard perdu :

– Si on ne peut même plus rêver, ça sert à quoi, de vivre?

Silence. Elie dit doucement :

– Je n'aurais pas rencontré Boussut et surtout Zaccharie, j'aurais tapé plus longtemps. Tu m'avais vraiment mis en colère.

– Ils vont faire fortune, tous les deux, tu le sais?

– Oui.

– Zaccharie sera le meilleur de tous. Plus que toi et moi réunis, tu le sais, ça aussi?

– Oui.

– J'espère que je pourrai le voir.

Le Rouch se tourna brusquement, face à la cloison de la cabine. Dans le petit espace, ses épaules occupaient tout.

Après un moment, il dit :

– Ils ne savent pas ce qui va leur tomber dessus, en Californie.

Joël réussit à rire :

– C'est surtout au Brésil que j'ai fait un foutu cadeau. Soixante-dix-huit Rouch et Raufaste ! Macarel, ces pauvres Brésiliens ne sont pas sortis de l'auberge !

Elie retira de sa poche le billet de bateau, puis six cents francs. Déposa le tout sur la table de nuit.

Dehors, il dit au médecin :

– Occupez-vous de lui, maintenant que je suis parti. S'il meurt en route – il souleva le médicastre à hauteur de son propre visage – je viendrai vous demander pourquoi.

8

Deux jours plus tôt, Eloi à cheval accompagné d'un métis d'Indien et de Portugais avec qui il s'était lié, avait poussé jusqu'aux berges d'un étrange fleuve ocre, creusant son lit entre des murailles rouge sang envahies par la jungle.

L'Iguaçu, selon le métis.

Longtemps, il était resté à contempler cette eau barbare, ce paysage dont rien, aucune couleur, la moindre odeur, le plus ténu frémissement de l'air et des feuilles dans la jungle moite, ne pouvait lui rappeler les montagnes où il était né et avait toujours vécu.

Le déclic s'était produit à cette heure-là. L'envie était soudain montée en lui, le brûlant avec sauvagerie, envie d'aller plus loin, vers l'ouest, de s'empoigner avec cette nature vierge. Dans le lointain se trouvait un pays appelé Paraguay. Plus loin encore, à des jours et des jours de chevauchée, il y avait de gigantesques montagnes, hautes comme le ciel, à en croire toujours le métis. « Et *El Dorado ?* » Le métis avait sorti en hochant la tête et dessiné de la main un horizon sans limites.

Revenir sur ses pas, revenir où était le Village avait été pour finir un déchirement. Déjà. Mais un jour prochain...

Cela arriva alors qu'il se trouvait encore à trois heures de la fazenda de Marumbi où était employé le village. Il reconnaissait les alentours, en conséquence de ses premières explorations, entreprises au premier jour de leur installation.

Il était alors sur le sommet d'une colline. Sur sa droite, un escarpement abrupt, s'il lui interdisait toute descente, lui dégageait la vue sur trente ou quarante kilomètres, notamment sur la piste qui venait de Coritiba.

Il mit pied à terre, dans le but de faire un peu reposer sa monture.

Il vit le mouvement se produire. Son œil suraigu de mountagnol découvrit les deux cavaliers, encore à une heure de lui, en raison du relief.

Il les reconnut. Au moins un. Comment s'y serait-il trompé ? Une sorte de tremblement le prit. Il se jeta en selle.

Il voulut être le premier à l'annoncer à Anastasie.

Et tout arriva comme Elie l'avait prévu et rêvé, en dépit des treize mille kilomètres de distance.

Il entra dans la maison et durant les quelques secondes qu'il s'y tint immobile, sa masse puissante obstrua toute lumière sur le seuil. Il avança enfin. Jeanne-Marie le suivit. Il s'assit, allongea les jambes sous la table, sortit son couteau, le deplia et le posa à sa droite.

Contempla l'assiette vide :

– Et on mange quoi, aujourd'hui ?

– Soupe aux fèves, répondit Anastasie. Et si ça ne te plaît pas, tu peux toujours changer d'auberge.

Il hocha la tête :

– J'aime beaucoup la soupe aux fèves, dit-il.

Vraiment beaucoup. C'est même ce que je préfère.

– Tu entends, petite? dit Anastasie à l'intention de Jeanne-Marie. Il ne te le répétera pas trente-six fois.

– Je m'en souviendrai, affirma la Bethmalaise. Soupe aux fèves.

Elle n'avait pas osé s'asseoir et demeurait debout, sa cape de bure entre ses doigts crispés, paralysée. Jérémie Rouch entra et sans un mot déposa la malle d'osier. Il ressortit aussitôt. Dehors, par le cadre de la porte, sur la terre rouge du Parana, aux environs de Marumbi, tout le village sans oublier personne, jusqu'au dernier, était en train de s'assembler en silence, tous yeux et visages tournés vers l'intérieur de la maison, certaines des femmes pleurant, de bonheur ou parce qu'elles crurent que c'était nécessaire, dans un moment pareil.

– Tu peux t'asseoir, dit Anastasie à sa future bru. Une fois n'est pas coutume, tu as fait de la route. Mais il ne faudra tout de même pas en prendre l'habitude.

Jeanne-Marie acquiesça. Elle se glissa sur un banc, face à Elie. Anastasie apporta la soupe et les servit tous les deux. Elie amena une cuillerée pleine à sa bouche, la garda un instant sur sa langue, l'avala. Dit :

– Elle est bonne. Sauf que les fèves n'ont pas le même goût que d'habitude.

Il reposa sa cuiller, ôta avec douceur les mains d'Anastasie d'autour du poêlon. Se levant, il attira sa mère à lui, l'étreignit. Puis, de son bissac, il retira la statuette d'os : « J'ai trouvé ça en passant, à Toulon. » Il se rassit et se remit à manger sa soupe.

Jeanne-Marie étouffait de bonheur.

... Marumbi est dans le sud de la route directe de Coritiba à Asunción au Paraguay. Palmeirinha est au nord de cette même route. Elie et Jérémie Rouch, François et Jouan Raufaste passèrent à Palmeirinha dans le début de la matinée du 4 juillet 1856. Avec eux chevauchait un homme venu de Coritiba, et qui représentait l'administration de la province.

– Nous ne sommes plus très loin, dit cet homme après une heure.

Non sans raison : une clôture courant à l'infini sur la gauche et la droite apparut, percée d'un portail grossier. Au-dessus de ce portail, on avait suspendu à des poteaux un long madrier pas trop bien équarri. Qui lui-même supportait le squelette d'un crâne de taureau et un écusson peint de neuf : un double R peint en rouge liséré de blanc sur fond noir.

Un écriteau rédigé en français :

PROPRIÉTÉ DES ROUCH ET DES RAUFASTE
ÉTRANGERS DE COUFFLENS,
SEIX ET AUTRES LIEUX S'ABSTENIR.

– Ça commence ici, dit l'homme de Coritiba. Vous êtes chez vous. C'est quand même extraordinaire que vous ne le sachiez pas jusqu'à ce que je vous l'apprenne...

Ils avancèrent deux heures encore et trouvèrent les trois bâtiments d'une fazenda, un assez grand pour le personnel, un moyen pour le propriétaire, un petit pour les esclaves. Plus une grange, des écuries, des étables. Des employés se figèrent.

– Ça, c'est la plus petite, dit l'homme de Coritiba. L'autre est à quatre *leguas*[1] dans le nord-ouest, sur les sources du rio Piquiri. Elle est plus

1. Une legua : 6,600 km.

grande et mieux installée que celle-ci. Vous voulez y aller maintenant ?

– Tant qu'on y est, dit Elie.

Qui s'enquit également :

– Et les esclaves, ça peut s'affranchir ?

– C'est vous que ça regarde.

La route leur prit encore trois heures, à cause des collines et des bosquets. Jouan Raufaste demanda : « Et on est toujours chez nous ? – Toujours. »

Ils débouchèrent enfin en vue d'une grosse fazenda qui comportait une demi-douzaine de constructions, plus les bâtiments utilitaires. La plus grande des maisons avait une cour intérieure centrée sur un bassin de pierre, on y accédait en passant sous un porche frappé du double R.

Là était la deuxième pancarte :

PROPRIÉTÉ ANCESTRALE
DES ROUCH ET DES RAUFASTE

... Et la troisième pancarte décorait la plus petite des maisons, vraiment la plus petite, tout à fait ridicule, quasiment en ruine, sans toit :

MAISON D'ELIE ROUCH

Elie y entra. Seul.

Il lut sur le mur de gauche, qu'on avait très fraîchement repeint de blanc avant d'y tracer l'inscription : J'AI ENCORE GAGNÉ ET JE T'EMMERDE TOUJOURS.

Elie sourit.

Sortit.

Hocha la tête et sourit encore. Dans l'ensemble, il avait plutôt l'air content.

Table

DU MÊME AUTEUR

Aux Éditions Denoël :

LE CAÏD.
JARAÏ.

Le Livre de Poche Biblio

(Extrait du catalogue).

Sherwood ANDERSON
Pauvre Blanc

Guillaume APOLLINAIRE
L'Hérésiarque et Cie

Miguel Angel ASTURIAS
Le Pape vert

Adolfo BIOY CASARES
Journal de la guerre au cochon

Karen BLIXEN
Sept contes gothiques

Mikhaïl BOULGAKOV
La Garde Blanche
Le Maître et Marguerite

André BRETON
Anthologie de l'humour noir

Erskine CALDWELL
Les Braves Gens du Tennessee

Italo CALVINO
Le Vicomte pourfendu

Elias CANETTI
Histoire d'une jeunesse - *La langue sauvée*
Histoire d'une vie - *Le flambeau dans l'oreille*
Les Voix de Marrakech
Le Témoin auriculaire

Blaise CENDRARS
Rhum

Jacques CHARDONNE
Les Destinées sentimentales
L'Amour c'est beaucoup plus que l'amour

Joseph CONRAD et
Ford MADOX FORD
L'Aventure

René CREVEL
La Mort difficile

Iouri DOMBROVSKI
La Faculté de l'inutile

Lawrence DURRELL
Cefalù

Friedrich DÜRRENMATT
La Panne
La Visite de la vieille dame

Jean GIONO
Mort d'un personnage
Le Serpent d'étoiles

Jean GUÉHENNO
Carnets du vieil écrivain

Henry JAMES
Roderick Hudson
La Coupe d'Or
Le Tour d'écrou

Ernst JÜNGER
Jardins et routes
(Journal I, 1939-1940)
Premier journal parisien
(Journal II, 1941-1943)
Second journal parisien
(Journal III, 1943-1945)
La Cabane dans la vigne
(Journal IV, 1945-1948)
Héliopolis
Abeilles de verre

Ismaïl KADARÉ
Avril brisé
Qui a ramené Doruntine ?

Franz KAFKA
Journal

Yasunari KAWABATA
Les Belles Endormies
Pays de neige
La Danseuse d'Izu
Le Lac
Kyôto
Le Grondement de la montagne
Tristesse et Beauté
Le Maître ou le tournoi de go

Andrzeij KUSNIEWICZ
L'État d'apesanteur

Pär LAGERKVIST
Barabbas

D. H. LAWRENCE
L'Amazone fugitive
Le Serpent à plumes

Sinclair LEWIS
Babbitt

Carson McCULLERS
Le Cœur est un chasseur solitaire
Reflets dans un œil d'or
La Ballade du café triste
L'Horloge sans aiguilles

Thomas MANN
Le Docteur Faustus

Henry MILLER
Un Diable au paradis
Le Colosse de Maroussi
Max et les phagocytes

Vladimir NABOKOV
Ada ou l'ardeur

Anaïs NIN
Journal 1 - *1931-1934*
Journal 2 - *1934-1939*
Journal 3 - *1939-1944*

Joyce Carol OATES
Le Pays des merveilles

Edna O'BRIEN
Un cœur fanatique
Une rose dans le cœur

Liam O'FLAHERTY
Famine

Mervyn PEAKE
Titus d'Enfer

Augusto ROA BASTOS
Moi, le Suprême

Raymond ROUSSEL
Impressions d'Afrique

Arthur SCHNITZLER
Vienne au crépuscule
Une jeunesse viennoise

Isaac Bashevis SINGER
Shosha
Le Blasphémateur
Le Manoir
Le Domaine

Robert Penn WARREN
Les Fous du roi

Virginia WOOLF
Orlando
Les Vagues
Mrs. Dalloway
La Promenade au phare
La Chambre de Jacob
Années
Entre les actes
Flush
Instants de vie

IMPRIMÉ EN FRANCE PAR BRODARD ET TAUPIN
Usine de La Flèche (Sarthe).
LIBRAIRIE GÉNÉRALE FRANÇAISE - 6, rue Pierre-Sarrazin - 75006 Paris.

ISBN : 2 - 253 - 04997 - 2

30/6640/4